이슬람문명

الحضارة الإسلامية

이슬람문명

초판 1쇄 발행 / 2002년 8월 30일
초판 21쇄 발행 / 2024년 6월 20일

지은이 / 정수일
펴낸이 / 염종선
책임편집 / 강일우·김종곤·서정은·김경태·이명애
펴낸곳 / (주)창비
등록 / 1986년 8월 5일 제85호
주소 / 10881 경기도 파주시 회동길 184
전화 / 031-955-3333
팩시밀리 / 영업 031-955-3399 편집 031-955-3400
홈페이지 / www.changbi.com
전자우편 / human@changbi.com

ISBN 978-89-364-7077-7 03810

이슬람문명

الحضارة الإسلامية

정수일 지음

창비

책머리에

작금 문명 담론이 새로운 화두로 떠오르고 있다. 지난 두 세기 동안 인류의 문명사를 재량(裁量)해오던 유아적(唯我的)인 '서구문명 중심주의'는 이제 설득력을 잃고 빛이 바래가고 있다. 이른바 '문명화 사명'을 자처해오던 서구문명은 더이상 고압적인 우월주의에 안주할 수 없게 되었다. 대신 천시되던 '주변문명' '저급문명'이 점차 위상을 되찾으면서 문명간에는 타문명을 발견하고 이해하려는 이른바 '문명 타자관(他者觀)'이 부상하여 문명인식이 균형을 잡아가고 있다. 이것은 인류문명사에서 하나의 거역할 수 없는 시대적 흐름이고 요청이다.

이같은 시대적 흐름의 한복판에서 타자관에 입지를 제공한 주대상의 하나가 바로 이슬람문명이다. 이슬람문명이야말로 명실상부한 범세계적 문명으로서 13억 지구인을 망라한 이슬람문명권(이슬람세계)을 형성하여 막강한 영향력을 행사하고 있을 뿐만 아니라, 미래의 대안문명으로까지 예단되고 있다. 그러나 역설적으로 이슬람문명은 그 어느 문명보다도 편견과 오해, 왜곡의 시달림을 받아왔으며, 급기야는 '문명충돌'의 '주범'

으로까지 지목되고, '화약고 중동'을 비롯한 이슬람세계는 항시 분란의 소용돌이에 휘말리고 있다. 그리하여 이슬람은 세인의 주목을 받고 논란거리가 되기 일쑤다.

특히 지난해에 돌발한 9·11사건은 문명과는 무관한 문자 그대로의 '비문명적인' 테러사건임에도 불구하고 잠재적인 선입견이 작동하다 보니 이 사건을 이슬람과 관련짓는 갖가지 사론(邪論)이 기세를 부렸다. 그렇지만 한편으로는 타자관에 입각한 정론(正論)도 만만찮게 대두하여 논전(論戰)을 뜨겁게 달구어오고 있다. 사실 9·11사건은 어마어마한 마천루(摩天樓)를 순식간에 날려보냈으니 가위 파천황적(破天荒的) 사건이라 할 만하다. 아무튼 이슬람과의 유무관(有無關)을 떠나서 이 사건은 21세기의 첫 '십자군전쟁'의 도화선이 되었고, 이슬람에 관한 담론의 새로운 기폭제가 되었다. 그간의 논전과 담론을 지켜보면서 다행스러운 것은 오랫동안 이슬람에 대한 부정적 인식의 책원지(策源地)였던 서구에서조차도 허구적인 '자기신뢰'에 대한 자성의 목소리가 일고 있으며, 균형 잡힌 타자관으로 이슬람문명을 비롯한 여타 문명을 관조하려는 움직임이 나타나고 있다는 사실이다.

이러한 국제적 동향은 국내의 학계나 여론계에도 그대로 반영되고 있다. 9·11사건 이후 이슬람에 대한 관심이 폭증하자 몇달 동안에 무려 50여권이 넘는 이슬람관련 서적이 서점가에 선을 보였다. 출판계가 '이슬람특수'를 맞은 셈이다. 이에 대해 혹자는 '상업성 투기'라고 혹평을 할지 모르겠으나, 꼭 그런 것만은 아니다. 이것은 지난날 이슬람에 관한 소개가 너무 적었거나 잘못된 것이 많아서 목마름의 해갈을 위해 일시에 터져나온 성황이고, 또한 책이란 많건 적건간에 얻을 것이 있으니 무턱대고 탓할 일만은 아니다. 다만 아쉬운 것은 대부분의 책들이 종교로서의 이슬람을 밝히는 데 주목하였지, 종교를 포함한 문명으로서의 이슬람을 포괄적으로 다루는 데는 불급(不及)하다는 점이다. 이슬람은 단순한 신앙체계가 아니라 사회생활의 모든 영역을 포괄하는 '합일된 생활양식'으로서 문명 전반을 아우르고 있다. 이것이 다른 종교, 다른 문명에 비교되는 이슬람교 및 이슬람문명의 특징이다. 따라서 이슬람을 종교로만 다루면 신앙적 차원에만 머물게 되는데, 이것은 이슬람에 대한 편견을 갖게 하기 쉽다. 오로지 문명으로 통관(通觀)해야만 이슬람에 대한 제대로 된 이해가 가능하고, 또한 거기에서 인류가 추구하는 보편적 가치와 공통분모를 발견할 수 있게 된다.

필자는 이러한 인식에서 출발하여 문명으로서의 이슬람을 조명하는 데 주안점을 두고 2001년 5월부터 2002년 6월까지 '이슬람문명 산책'이란 제하의 글을 총 13회에 걸쳐 월간 『신동아』에 연재하였다. 그 글들을 다듬고 보충하여 한 권으로 묶은 이 책은 이슬람문명의 여러 분야를 포괄적으로 다룬 일종의 개설서이다. 이슬람문명은 특정 종교인 이슬람교를 바탕으로 한 복합문명으로서 그 범주와 내용을 규범화하기란 쉽지 않다. 따라서 아직까지 그러한 규범서는 많지 않을 뿐만 아니라, 논자에 따라 그 얽이도 다양하다. 필자는 문명 일반에 대한 인식과 이슬람문명이 지니고 있는 제반 특성을 고려하여 나름대로 범주와 내용을 설정하고 줄거리를 엮어 나갔다. 이러한 의미에서 이 책은 미흡하지만 이슬람문명에 관한 개설연구서의 시작(試作)이라고도 말할 수 있다.

1,400여년간의 유구한 전통을 이어온 이슬람문명에 대한 접근은 시대에 따라, 입장에 따라 각이한 양상을 보이고 있다. 특히 이슬람문명의 기조인 이슬람교는 이러저러한 편견으로 인해 폭력과 타락의 종교로 오도되고, 중세를 풍미한 이슬람문명의 역사적 기여는 외면당하거나 폄하되었다. 게다가 이슬람문명의 현대화에 대한 인식과 방도에서는 보수와 혁신으로 엇갈려 난맥상을 보이고 있다. 이러한 제반 사실은 이슬람문명의 본연(本然)에 대한 이해 부족이나 왜곡에서 비롯된 것이다. 그리하여 이 책은 이러한 본연을 밝혀내는 데 초점을 맞추었다. 물론 현실적 적용에서

는 괴리가 없지 않지만, 굳이 본연을 강조하는 것은 밑둥치를 캐내야 가지와 열매, 심지어 낙엽까지도 그 근본을 알아낼 수 있다는 가리사니에서이다.

이 책은 총 13장으로 엮어졌는데, 내용은 종교로서의 이슬람과 문명으로서의 이슬람 두 부분으로 대별된다. 1장은 서장의 형태를 띤 도입글로서 이슬람과 이슬람문명, 이슬람문명권(이슬람세계)의 개념을 정리하고 이슬람을 알아야 할 이유와 필요성을 문명사적 시각에서 제시하고 있다. 2장은 이슬람의 출현과 세계로의 확산과정을 역사적으로 추적해본다. 3장은 이슬람교의 교조(敎祖)이며 이슬람공동체의 창건자인 무함마드의 생애와 위업, 그에 의한 이슬람의 출현을 밝힌다. 4장은 이슬람교의 경전이며 이슬람문명의 지침서인 『꾸르안』과 준(準)경전 격인 『하디스』(무함마드의 언행록)의 편집과정과 내용, 독송법 등을 고찰한다. 5장과 6장은 이슬람교의 근본교리와 그 교리를 관철하기 위한 여섯 가지 믿음과 다섯 가지 의무를 구체적으로 소개한다. 이슬람교의 선명성을 부각시키기고 이해를 심화시키기 위해 가끔 타종교와의 비교전개도 곁들였다.

이어지는 장부터는 문명으로서의 이슬람의 여러 영역을 부문별로 살펴본다. 7장과 8장은 이슬람공동체의 생존과 운영의 기조를 마련하는 이슬람 특유의 정치관과 경제관을 다각도로 기술한다. 9장과 10장은 중세 이슬람문명을 선진문명화하는 데 큰 몫을 담당한 학문과 문학, 예술의 발전상을 조명한다. 11장은 무슬림들의 생활규범과 일상생활문화를 오늘의 현실 속에서 살펴본다. 12장은 이슬람세계에서 일어난 각종 사회운동을 보수와 혁신의 2대 구도로 나누어 그 성격과 맥락을 짚어본다. 끝으로 13장은 한국과 이슬람제국 간의 오랜 접촉과 교류관계의 실상을 복원함으로써 '세계 속의 한국'이 결코 오늘만의 표어가 아니었음을 재확인한다.

책의 후미에는 이슬람사 연표, 서력과 이슬람력 대조표, 찾아보기를 첨부하였다. 그리고 내용의 이해를 돕고 직관성을 살리기 위해 가급적으로 많은 사진과 그림들을 첨부하였다. 또한 가독성을 고려하여 본문에는 원어의 병기를 최소화하고 찾아보기에 원어를 모두 밝혀두었다.

앞에서 이야기한 바와 같이 이 책의 남본(藍本)은 월간지에 여러 번 나뉘어 실린 글들이다. 편집상 게재 횟수나 매번의 분량(200자 원고지 약 100매)이 한정될 수밖에 없는 여건에서 난감할 때가 많았다. 그토록 방대한 내용을 어떻게 장별로 체계화하고, 주어진 바구니 속에 차곡차곡 주워담아 서술의 논리성이나 균형성을 보장할 것인가 하는 것이 장을 열 때마다의 고민이었다. 막상 책으로 엮자고 보니 그러한 고민이 결코 기우(杞憂)가 아니었음을 절감하게 된다. 여러가지 모자라는 점을 자인(自認)하면서 독자 여러분의 질정(叱正)을 고대하는 바이다.

이 책은 많은 분들의 관심과 배려의 결과물이다. 기고를 독려한『신동아』의 관계자들과 귀중한 사진자료를 제공해준 '디지털 복원 전문가' 박진호씨, 거듭되는 배려를 베풀어 졸고를 책으로 엮어내주신 창작과비평사의 백낙청 선생님, 고세현 사장님과 편집실무진 여러분, 모두에게 심심한 사의를 표하는 바이다.

2002년 한여름

무쇠막 자택에서

정수일

| 차 례 |

005 책머리에
012 일러두기

013 **제1장 이슬람, 왜 알아야 하는가**
서로에 대한 앎은 인간의 본분|이슬람과 이슬람문명|문명사에서의 이슬람의 기여|민족사의 전개와 이슬람|이슬람에 대한 오해|이슬람에 대한 올바른 이해

035 **제2장 이슬람의 출현과 확산**
종교 출현의 당위성|이슬람 출현의 사회적 배경|이슬람 출현의 종교적 배경|무함마드에 의한 이슬람의 출현|이슬람의 확산|이슬람 확산의 특징|이슬람 확산의 요인

059 **제3장 교조 무함마드**
위인론|무함마드의 출생과 성장|인간 무함마드|성인 무함마드|이슬람 공동체의 건설|무함마드의 공적

083 **제4장 경전 『꾸르안』**
이슬람의 경전관|『꾸르안』의 편집|경문의 배열|『꾸르안』의 내용|『꾸르안』의 송독법|『꾸르안』의 주석학|『꾸르안』의 번역|성훈|『꾸르안』의 특색

107 **제5장 이슬람교의 여섯 가지 믿음**
종교적 신앙과 교리|이슬람교의 6신|이슬람교의 신관: 알라에 대한 믿음|이슬람교의 신관: 정령에 대한 믿음|이슬람교의 성관: 천사에 대한 믿음|이슬람교의 성관: 경전과 예언자에 대한 믿음|이슬람교의 내세관: 내세에 대한 믿음|이슬람교의 정명관

133 **제6장 이슬람교의 다섯 기둥**
이슬람교의 다섯 기둥|신앙증언|예배|종교부금|금식|성지순례

161 **제7장** 정치관
정교합일의 이슬람 | 이슬람의 정치원리 | 이슬람의 국가체제 | 이슬람법, 샤리아 | 지하드

185 **제8장** 경제관
이슬람 경제관의 근본 | 생산 | 분배 | 소비 | 유통 | 이슬람 경제관의 특징

209 **제9장** 학문
이슬람 신학 | 이슬람 철학 | 이슬람 역사학 | 이슬람 지리학과 천문학 | 이슬람 의학 | 이슬람 수학 | 이슬람 연금술 | 이슬람 학문의 기여와 특징

237 **제10장** 문학과 예술
문학과 예술에 대한 이슬람적 이해 | 이슬람 문학의 발달과정 | 이슬람의 시문학 | 이슬람의 산문문학 | 이슬람의 희곡 | 이슬람의 음악 | 이슬람의 미술 | 이슬람의 건축

267 **제11장** 생활문화
무슬림들의 의식구조 | 이슬람의 여성관 | 이슬람의 의식주문화 | 이슬람의 통과의례 | 이슬람의 교제문화 | 이슬람세계의 토속신앙

295 **제12장** 사회운동
역사적 배경 | 이슬람 전통주의 | 범이슬람주의 | 이슬람 현대주의 | 이슬람 사회주의 | 이슬람 근본주의 | 이슬람 사회운동의 특징

323 **제13장** 한국과 이슬람
문명의 발달 | 신라와 이슬람 | 고려와 이슬람 | 조선과 이슬람 | 한국과 이슬람의 만남의 당위성과 특징

354 이슬람사 연표
377 이슬람력과 서력 비교표
387 찾아보기

일러두기

1. 이 책의 아랍어 고유명사와 그밖의 모든 인명·지명·고유명사의 로마자-한글 표기는 가급적 아랍어 발음에 가깝게 음사하는 것을 원칙으로 하여 지은이가 정리한 일러두기 6항의 음가 표기법에 준해 표기한다. 다만, 널리 알려져 통용되는 몇몇 고유명사 및 지명의 표기는 관용에 따른다(메카, 메디나, 다마스쿠스, 바스라, 바그다드, 바레인, 마스지드, 압바스, 무슬림, 나세르, 카타피 등).
2. 아랍어의 로마자 표기에서 사용한 부가기호는 다음과 같다.

   원순음 표시를 위한 아랫점 ح→ḥ ص→ṣ ض→ḍ ط→ṭ ظ→ẓ

   장음 표기를 위한 윗선 ā / ī / ū

   홑따옴표 (') 두 명사가 결합할 때: Rasūlu'l llāh(알라의 사자)

   어미의 자음 함자(ء): qadā'(사법)

   홑따옴표(') 자음 아인(ع)의 표기: 'a / 'i / 'o / '(어미)
3. 아랍어의 정관사(ال)는 로마자로 'al-'이라 표기한다. 한글에서는 뒤에 아랍어의 태음자음이 올 경우 'ㄹ'이나 '알'로, 태양자음이 올 경우 'ㅅ'이나 '앗'으로 표기한다.
4. 아랍어 어미가 자음 ل(l) / م(m) / ن(n)인 경우(예: 나빌, 쌀림, 하싼) 한글에서는 받침으로, 기타의 경우(예: 마스지드, 할라브, 나비그)에서는 모음 'ㅡ'를 붙여 표기한다.
5. 겹자음은 로마자로는 그대로 표기하고, 한글에서는 'ㅅ'받침을 붙여쓴다(예: Kuttāb 쿳타브).
6. 아랍어 자음-로마자-한글의 음가표기는 아래와 같다.

아랍어	로마자	한글	아랍어	로마자	한글	아랍어	로마자	한글	아랍어	로마자	한글
ا	*a*	ㅇ	ذ	*dh*	ㅈ	ظ	ẓ	좌	ن	*n*	ㄴ
ب	*b*	ㅂ	ر	*r*	ㄹ	ع	'	ㅇ	ه	*h*	ㅎ
ت	*t*	ㅌ	ز	*z*	ㅈ	غ	*gh*	ㄱ	و	*w*	와
ث	*th*	ㅅ	س	*s*	ㅆ	ف	*f*	ㅍ	ى	*y*	야
ج	*j*	ㅈ	ش	*sh*	샤	ق	*q*	ㄲ	ء	'	ㅇ
ح	ḥ	ㅎ	ص	ṣ	쏴	ك	*k*	ㅋ			
خ	*kh*	ㅎ	ض	ḍ	돠	ل	*l*	ㄹ			
د	*d*	ㄷ	ط	ṭ	톼	م	*m*	ㅁ			

1

이슬람, 왜 알아야 하는가

الحضارة الإسلامية

1

이슬람, 왜 알아야 하는가

1. 서로에 대한 앎은 인간의 본분

이슬람, 아직도 우리에게는 알듯 말듯 하고 혼돈스러운 상대다. '한 손에는 코란(이슬람 경전 『꾸르안』의 서구식 표기), 다른 손에는 검'이라는 것이 마치 징표인 양 회자인구(膾炙人口)되고 전쟁과 테러의 대명사로 지목되지만 성직자 없이도 사원이 제구실을 다하고 오늘날은 타의 추월을 불허하는 교세의 부흥을 맞고 있는 이슬람. 불상을 파괴하는 탈레반 정권의 반달리즘(Vandalism, 문화예술 파괴행위) 같은 끔찍한 일이 가끔 일어나며 여성에게도 자동차 운전면허증을 줘야 하는지가 사회적 이슈로 등장하고 있지만 이자 없이도 은행이 제대로 굴러가고 아스라한 마천루(摩天樓)가 곳곳에 숲을 이루는 이슬람세계. 그토록 뜯기고 빼앗기고 곡해되었지만 1,400여년이란 긴 세월 동안 꿋꿋이 명맥을 이어왔을 뿐만 아니라, 오늘날에는 커져가는 위세에 기우(杞憂)마저 느끼게 하는 이슬람문명. 그야말로 이슬람, 이슬람세계, 이슬람문명은 헷갈리는 표상이 아닐 수 없다. 그

세계무역쎈터의 잔해. 9·11사건으로 미 국방성과 세계무역쎈터가 공격을 받았고, 6천명 이상이 사망하거나 실종되었다. 미국은 이 사건을 오사마 빈 라덴이 주도하는 알까에다가 저질렀다고 확신하고 그를 보호하고 있다는 이유로 아프가니스탄을 공격했다. ⓒ REUTERS

런데도 이러한 표상의 주역들을 제대로 알고 그들과 잘 사귀어야 하는 것은 외면할 수 없는 역사의 흐름이고 시대의 요청이며 우리의 실리(實利)이다.

아랍 속담에 '서로 알아야 친해진다'는 말이 있다. 서로 알아서 친해지는 것은 인간의 상정(常情)이기에 앞서 본분이기도 하다. 왜냐하면 인간은 어차피 서로 알아야 가까이 사귈 수 있고, 또 그 속에서 삶을 영위할 수 있기 때문이다. 이럴진대 인간에게 삶이 궁극적 목적이라고 하면 사귐은 그 목적을 달성하는 수단이고, 서로에 대한 앎은 그러한 수단을 가능케 하는 전제다. 따라서 선차적으로 중요한 것은 서로에 대한 앎이다. 이러한 도리는 비단 인간사(人間事)에서뿐만 아니라, 인간이 주도하는 사회사(社會事)에서도 마찬가지다. 인간과 자연의 관계도 크게 다를 바 없다. 자연을 잘 알아야만 자연을 효과적으로 이용할 수 있으니 말이다.

인류의 역사는 서로 다른 문명집단(문명권)이 공생공영(共生共榮)해온 역사다. 그런데 이러한 공생공영은 서로에 대한 앎과 사귐 없이는 불가능하다. 오늘 우리가 알아야 할 이슬람은 종교로서의 이슬람교보다는 이슬람교에 바탕을 둔 이슬람문명과 그 권역(圈域)인 이슬람문명권, 즉 이슬람세계에서 일어나는 여러가지 일을 포함한 이슬람이다. 원래 이슬람이란 말은 이슬람교에 대한 전칭(專稱)이었는데, 이슬람교를 바탕으로 하여 복합문화체인 이슬람문명과 그 권역인 이슬람문명권(이슬람세계)이 독자적으로 형성되면서 이슬람문명 전반에 대한 범칭(汎稱)으로 되었다. 이것이 여타 보편종교와 다른 점이다. 불교나 기독교도 나름의 복합문화체로 발전하기는 했으나 범지역적이고 독자적인 문명권을 이루지는 못했다. 기독교만 보더라도 교리나 지역을 달리하여 여러 개의 문명권으로 분립되어왔다. 따라서 이슬람이라고 하면 이슬람교와 그에 바탕을 둔 이슬람문명 및 이슬람세계를 두루 일컫는 말이라고 할 수 있다.

2. 이슬람과 이슬람문명

'이슬람'(al-Islām)이란 아랍어는 원래 '순종'과 '평화'의 뜻을 담고 있다. 그런데 그것이 승화되어 인간이 유일신인 '알라'에게 절대적으로 순종함으로써 몸과 마음의 진정한 평화에 도달할 수 있다는 종교적 의미를 포함하게 되었으며, 이것이 이슬람의 종교적 신조로 굳어졌다. 이슬람을 신봉하는 사람은 알라에게 절대 복종해야 하기 때문에 복종자, 즉 '무슬림'이라고 한다. 보편종교는 대체로 종교의 창시자(불교와 기독교)나 소속 지명(힌두교) 혹은 인종명(유대교)을 따서 이름을 짓는다. 그러나 이슬람은 이러한 관례를 벗어나 종교의 고유이념인 순종과 평화의 뜻을 그대로 담은 '이슬람'으로 명명한다고 경전 『꾸르안』(*al-Qurān*)에서 규정하고 있다.

따라서 서양에서 부르는 '마호메트교'니 동양에서 쓰는 '회교(回敎)'니 하는 이름은 적절치 않으므로 삼가야 할 것이다.

인류역사에 수많은 문명이 있었지만, 슈펭글러(1880~1936)나 토인비(1889~1975) 같은 문명론자는 한 문명의 이상적인 존속기간을 1천년으로 잡으면서 이슬람문명을 가장 역동적인 문명으로 평가했다. 그도 그럴 것이 이슬람문명은 이미 1400여년이나 존속되어 나름의 가치를 과시해왔을 뿐만 아니라, 미래의 '대안문명'으로까지 떠오르고 있다. 그래서인지 일부 미래론자들은 이슬람문명을 이른바 '문명충돌'의 주범으로 지레짐작하여 크게 경계하고 있다.

이슬람문명은 이슬람을 바탕으로 한 범세계적인 성장문명(成長文明)이다. 이슬람교의 출현과 더불어 형성되기 시작한 이슬람문명은 이슬람교가 범세계적 종교로 확산됨에 따라 세계의 광활한 지역을 망라한 한 문명권, 즉 이슬람문명권을 이루어 인류문명의 발달에 괄목할 만한 기여를 했다. 이슬람문명은 여러 민족과 나라의 다양한 고유문화가 이슬람이라는 용광로에 녹아 만들어진 다원적인 문명으로서 그 구성요소가 복잡다기하다. 게다가 이 문명의 바탕을 이루는 이슬람에 대해 여러가지 오해와 왜곡이 겹치다 보니 그 실상을 올바르게 알아내기란 그리 쉽지 않다.

이슬람문명의 권역인 이슬람문명권(이슬람세계)이란 이슬람문명을 공동으로 창조하고 향유하는 범지역적 문명공동체로서, 주민의 과반수가 무슬림(이슬람 신봉자)인 나라와 지역이 이에 속한다. 이슬람문명권은 대체로 이슬람의 발상지인 사우디아라비아를 원심(圓心)으로 하여 동서로 활모양을 이루고 있으며 권내 성원들은 지정학적으로 서로 연계되어 있다. 이슬람문명권은 이슬람이란 특정 종교를 공통분모로 하여 형성되었기 때문에 이슬람 고유의 종교적·정치적·사회적 및 문화적 성격이 깊이 배어 있으며, 지리적으로 서로 밀접히 연결됨으로써 집중성을 나타내는 것이 여타 문명권과 다른 특징이다.

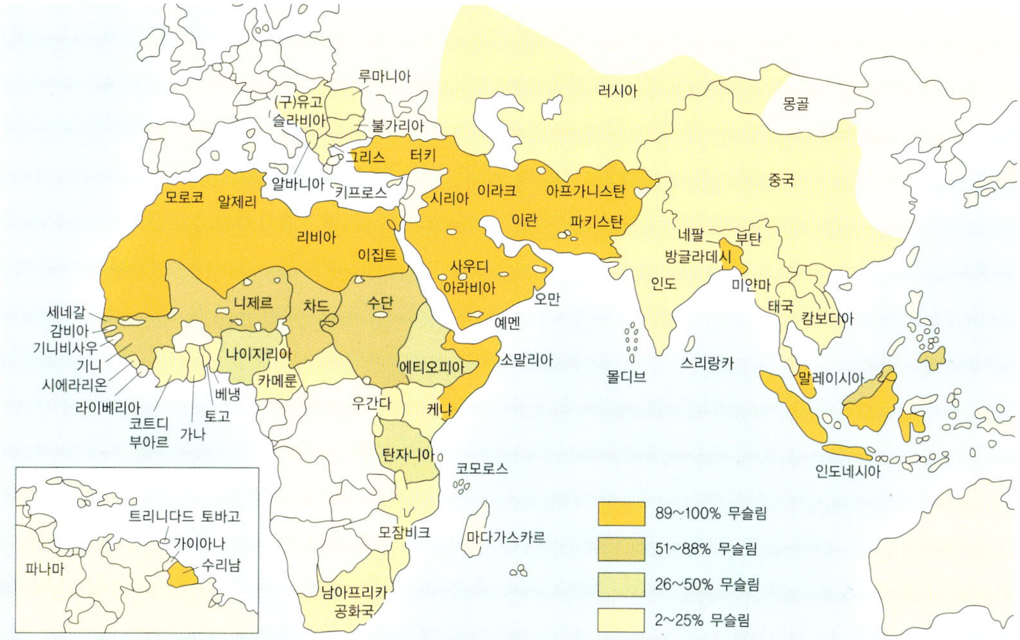

이슬람 분포도. 세계인구의 5분의 1인 13억명이 무슬림이다. 그들은 전세계 140여개 나라에 흩어져 있다. 무슬림의 수는 서남아시아, 동남아시아, 중앙아시아와 중국, 북아프리카 순으로 많지만, 국가별로는 이슬람교가 국교가 아닌 인도네시아와 인도 순이다.

이슬람문명은 7세기 초반 이슬람교의 출현과 함께 형성되었다. 교조(教祖, 관용적 표현, 이 책 2장 4절 참고) 무함마드(570?~632)가 메카에서 메디나로 히즈라(聖遷, 622)한 후 정교합일(政教合一)의 이슬람공동체인 움마(al-Ummah)가 건설되었다. 그가 죽은 뒤, 정통 칼리파 시대(632~61)에 대정복을 전개하여 아라비아반도는 물론, 그 주변국들이 점차 이슬람화함으로써 이슬람문명권의 기반을 구축했다. 이러한 기반 위에서 피정복지에 대한 아랍-무슬림들의 지배권을 확립한 아랍제국 시대(우마위야조, 661~750)를 거쳐 아랍인과 비아랍인이 이슬람교와 이슬람문명이라는 공통된 이념에 기초하여 통일된 이슬람제국(압바스조, 750~1258)을 건설함으로써 마침내 범지역적인 문명공동체로서 이슬람문명권이 형성되었다. 13세기 중엽 몽골의 침략을 받아 압바스조가 붕괴된 후 중앙집권적인 통일 이슬람제국은 다시 나타나지 않았지만 이슬람교의 부단한 전파와 더불어 도처에 이슬람국가들이 세워짐으로써 이슬람문명권은 그만큼 확대되어갔다. 그리하여 오늘날에 이르기까지 이슬람문명권은 명실상부하게 범세계적인 문명권의 위상을 유지하고 있다.

흔히 이슬람 하면 아랍이나 중동만을 연상하는데, 사실은 그렇지 않다. 오늘날 이슬람문명권에 속한 무슬림의 수는 세계인구의 5분의 1에 해당하는 약 13억명으로, 세계 140여개 나라에 흩어져 살고 있다. 그중 주민의 과반수를 차지하는 나라만도 50여개국(약 8억명)인데, 이 나라들이 바로 이슬람문명권(이슬람세계)을 이루고 있다. 무슬림 수를 지역별로 보면 서남아시아(인도·파키스탄·방글라데시), 동남아시아(인도네시아·말레이시아·필리핀·브루나이), 구소련에서 이탈한 중앙아시아 6개국과 중국, 북아프리카(이집트·수단·리비아·튀니지·알제리·모로코·모리타니), 서아시아의 비아랍국(터키·이란·아프가니스탄), 서아시아의 아랍국(사우디아라비아·팔레스타인·시리아·요르단·레바논·이라크·쿠웨이트·바레인·아랍에미리트·오만·카타르·예멘) 순이다. 국가별로 보면 1위와 2위는 뜻밖에도 이슬람교가 국교가 아닌 인도네시아와 인도이며 그 다음으로 방글라데시와 나이지리아 순이다. 민족·인종별로 보면 인도족, 말레이족, 터키족, 아랍족, 니그로, 한족, 이란족 순이다. 이러한 분포상황에서 보다시피 무슬림의 80%가 아시아에 편재해 있고, 게다가 이슬람의 발원지가 서아시아라는 점을 감안할 때, 이슬람의 주역은 분명히 아시아 무슬림들이며 이슬람교는 다름아닌 아시아 종교라고 할 수 있다.

이슬람을 이해한다는 것은 종교인 이슬람교와 그를 바탕으로 한 문화복합체인 이슬람문명의 실체와 그 권역인 이슬람문명권(이슬람세계)의 실상을 있는 그대로 이해한다는 것을 말한다. 이슬람은 단순한 신앙체계가 아니라 정치·경제·사회·문화·윤리 등 사회생활의 전반, 즉 문명의 여러 영역을 총망라한 인간의 생존양식이며, 종교와 세속 쌍방을 포괄하는 '신앙과 실천의 체계'이다. 종교라고 하면 무릇 세속의 삶보다 내세를 더 강조하고 인간생활의 육체적인 면보다 정신적인 면을 중시하는 데 반해, 이슬람은 내세와 현세를 똑같이 여기고 현세의 삶을 중시하면서 사회생활의 여러 분야에서 고유 이념과 원리, 제도와 방법을 제시하고 있다. 이것이 여타 종교나 종교문명에서는 찾아볼 수 없는 이슬람만의 독특한 점이다.

3. 문명사에서의 이슬람의 기여

그러면 우리는 왜 이러한 이슬람을, 그것도 흡사 몇고개 너머의 시골마을처럼 서먹서먹한 이슬람세계를 파고들어 참 속내를 알아내야 하는가? 그 필요성은 우선, 문명사에서 이슬람이 차지하고 있는 무게와 영향력에 있다. 이집트와 메소포타미아의 고대문명을 요람으로 하여 태어난 이슬람문명은 아랍의 전통문명과 고대 오리엔트문명, 그리스-로마문명, 페르시아문명 등 여러 외래문명이 융화하여 창출된 새로운 문명으로서 서로 다른 문명영역들을 갈무리하고 있다. 무슬림들은 단지 여러 문명을 계승하는 데 그치지 않고 그것을 시대적 요청에 맞게 한층 더 발전시켜 특유의 중세문화를 꽃피움으로써 고대문명과 근대문명을 순리적으로 이어주었다. 이것이 바로 이슬람문명의 가장 큰 세계사적 공헌이다.

바로 이러한 세계사적 공헌 때문에 우리는 이슬람문명을 통해 사라진 고대문명을 추적할 수 있을 뿐만 아니라 유럽문명을 비롯한 근·현대 문명을 올바르게 이해할 수 있는 것이다. 이슬람문명을 잉태하고 출산해 키워낸 요람은 이른바 고대 4대 문명 가운데 이집트와 메소포타미아 두 문명, 즉 오리엔트문명이다. 그리하여 이슬람문명에는 이 두 문명이 남겨놓은 흔적이 역력하며, 그러한 흔적을 추적함으로써 인류문명의 여명을 밝힌 오리엔트문명의 실체를 알아낼 수 있다. 예컨대 이슬람교의 근본교리인 유일신관(唯一神觀)은 그 모태인 유대교에서 이어받은 것이나, 유대교의 유일신관은 고대 오리엔트 종교관에 연원을 두고 있다. 이집트에서는 일찍이 중왕국시대(B.C. 2060~1780)부터 제국의 수호신인 아멘 같은 유일신이 나타났으며, 이에 따라 왕(파라오)은 신의 화신으로 추앙되었다. 기원전 1300년경 이집트에서 살다가 탈출한 모세는 이러한 유일신교의 영향을 받아 '10계명'을 핵심으로 하는 율법(律法)에 기초하여 신(야훼, 즉 여호와)과의 계약종교인 유대교를 창시했다. 『성경』에 나오는 노아의 홍수이야기도 고대 메소포타미아의 수메르족과 바빌로니아왕국의 설화인 『길가메시』의 서사시를 유대인들이 번안(飜案)한 것이라고 한다.

이렇게 고대 오리엔트문명의 자양분을 받아 나타난 유대교의 여러 종교적 요소가 이슬람교에 고스란히 반영되어 있다. 사실 이슬람교의 경전 『꾸르안』에는 『구약성서』에 나오는 모세의 5경, 아담과 이브, 노아의 방주, 다윗과 솔로몬, 소돔의 멸망 등에 관한 이야기가 그대로 나온다. 물론 예수와 성모 마리아에 관한 이야기 등 『신약성서』에 있는 내용도 옮겨놓았다. 요컨대 나중에 나온 이슬람교와 먼저 생겨난 유대교 및 기독교 사이에는 상당한 근친성(近親性)이 있으며, 그 궁극적 원류는 고대 오리엔트문명으로 소급된다. 왜냐하면 이 세 종교는 모두 같은 종족인 셈족이 만들었고, 같은 문명의 배경에서 훈육(薰育)되었기 때문이다. 그래서 종교학자들은 기독교를 유대교의 장자로, 이슬람교를 그 차자(次子)로 비유하기도 한다. 이러한 역사상은 오리엔트문명과 그 품에서 태어나 자란 유대교나 기독교를 이해하는 데서 이슬람교가 차지하는 비중의 일단을 말해준다.

문명사에서 이슬람의 기능과 영향력은 유럽문명의 사활이 걸린 일련의 문제에서 더욱 뚜렷이 나타난다. 원래 선사시대의 몽매에 허덕이던 지중해 중심의 유럽은 고대 오리엔트문명을 받아들임으로써 비로소 문명시대로 나아가게 되었고, 이른바 고대 그리스-로마의 고전문명이 싹텄다. 그래서 유럽인들은 고대 오리엔트문명을 그들의 문명사 첫머리에 억지로 앉혀놓는 것이다. 한편 이슬람은 처음부터 그리스-로마문명을 적극 수용하여 자신의 문명으로 융화했을 뿐만 아니라, 오히려 더욱 발전시켜 중세에 이르러서는 유럽에 재수출함으로써 자칫 영영 멸절될 뻔한 유럽의 고전문명을 다행히도 르네쌍스(renaissance, 재탄생·부흥)시켰다.

유럽에 중세 암흑기가 엄습하여 일세를 풍미하던 그리스-로마문명이 한창 내동댕이쳐진 7~8세기부터 무슬림들은 그리스-로마문명에서 철학·학문·기술 모두를 고스란히 받아들였다. 플라톤(B.C. 427~347)이나 아리스토텔레스(B.C. 384~322)의 철학서, 유클리드의 기하학서, 스트라본의 지리서 등 그리스-로마의 고전들은 빠짐없이 아랍어로 번역되었다. 이렇게 외래문명을 받아들여 자신을 살찌운 이슬람 선진문명은 13세기를 전후하여 빈혈에 허덕이던 유럽에 수혈되기 시작했다. 아랍어 서적들이 라틴어로 역출(譯出)되고 이슬람의 지리학·천문학·의학·수학이 유럽 대학에서 교재로 읽히게 되었다. 이를 계기로 유럽은 잃었던 문명의 전통을 바야흐로 되찾기 시작했으며, 그를 발판으로 하여 르네쌍스의 전기를 맞아 급기야 근대의 기선(機先)을 잡는 데까지 이르렀다. 바로 이러한 까닭에 유럽사의 서술체계에서 이슬람사회는 유럽 중세사회의 한 구성원으로 둔갑되어 있다. 이것은 역설적으로 중세 유럽문명에 대한 이슬람의 기여와 영향을 방증해주며, 이슬람문명을 떠나서 유럽의 중세문명, 특히 그 부흥을 말할 수 없음을 웅변적으로 설파한다.

이슬람은 동서문명의 교류에도 특출한 기여를 했다. 지정학적으로 이슬람세계의 심장부는 동서양의 중간지대·완충지대에 자리하고 있어서 동서문명교류의 가교 구실뿐만 아니라, 문명의 산파역(産婆役)까지 맡았다. 일찍이 이슬람문명의 요람인 서아시아 일원은 페르시아문명을 비롯한 오리엔트문명과 그리스-로마문명이 접합하는 곳이어서, 여기에서 사상 처음으로 동서문명을 한 그릇에 담아낸 헬레니즘문화가 꽃피었다.

기원전 4세기에 단행된 마케도니아 왕 알렉산더(알렉산드로스)의 동정(東征, B.C. 334~323)으로 출현한 헬레니즘제국(알렉산더제국)은 서아시아를 중심으로 하여 유라시아대륙을 아우른 미증유의 대제국으로서 그 판도 내에는 그리스문명과 고대 오리엔트문명, 페르시아문명, 인도문명 등 당대의 내로라하는 다양한 문명이 망라되었다. 종전에는 여러 왕조간의 격폐(隔閉)로 인해 이러한 문명들의 상호교류가 차단되어왔다. 그러나 알렉산드로스의 동정과 더불어 대제국이 출현함으로써 이러한 차단요인이 일시에 제거되었으며 제국의 광활한 판도 내에서 초유의 동서문명교류가 성사되기에 이르렀다. 이리하여 동서문명교류의 첫 모형이자 융합체인 헬레니즘이 출현했다. 그런데 어떤 이는 이러한 동서문명의 융합체인 헬레니즘을 순수한 유럽문명으로 착각한 나머지 기독교의 헤브라이즘과 더불어 정통 유럽문명의 2대 근간의 하나로 간주하면서 동양문명의 2대 근간인 유교와 불교에 대응시키는데, 이것은 어불성설이 아닐 수 없다.

중세에 와서 이슬람제국은 동방의 중화제국과 함께 세계사의 쌍벽을 이루어 동서문명교류의 주역을 담당했다. 이슬람제국은 중국을 비롯한 동방의 문물을 적극 수용하였을 뿐만 아니라, 후진 유럽에 그대로 전파하기도 했다. 인도가 발견한 영(零, zero) 개념을 받아들여 수학의 '혁명'을 일으킨 무슬림들은 영을 포함한 숫자(아라비아숫자)를 유럽인들에게 가르쳐주었으며 중국의 4대 발명품을 비롯한 동방 특산물도 대부분 아랍-무슬림들이 유럽에 전해주었다.

8세기 말경에 중국의 채후지(蔡侯紙)를 받아들인 아랍인들이 '바그다드지'니 '다마스쿠스지'니 하는 질 좋은 종이를 만들어 유럽에 수출함으로써 유럽인들은 12세기 중반에서야 문명발달의 척도라고 하는 종이를 알게 되었다. 중국의 목판인쇄술은 13~14세기 몽골제국 치하의 이슬람 일칸국(현 이란)을 통해 유럽에 알려졌으며, 중국의 화약과 화기(火器) 제조법은 13세기 중엽 몽골군의 서정(西征)을 계기로 아랍세계에 유입되어 '미드파으' 같은 아랍식 화포(火砲)가 제작되었다. 한편 유럽인들은 13세기 말엽부터 아랍인들에게서 화약과 화기 제조법을 전수받았다. 중국 북송 때 만들어진 항해용 나침반도 13세기 말경 아랍에 전해진 후 곧바로 유럽에 알려져서 14세기 초에 이딸리아에서는 중국 나침반을 개량한 한침반(旱鍼盤)을 만드는 데 성공했다. 이와같이 중세의 아랍-무슬림들은 동방문명을 적극 수용하여 자신들의 문명을 더욱 풍부하게 했을 뿐만 아니라, 그것을 유럽에 전달하는 문명중개자 노릇도 톡톡히 하였다.

근·현대에 와서 이슬람세계의 중심부인 중동은 시종 서구열강의 세력 각축장이 되었다. 그것은 '중동을 다스리면 세계를 다스린다'는 역사적 경험이 그들에게는 불변의 명증(明證)으로 다가왔기 때문이다. 이러한 맥락에서 1970년대 오일쇼크가 발생한 후 한때 세간에는 '중동을 알면 세상이 보인다'는 말이 나돌기도 했다. 새세기를 맞은 오늘날에도 이슬람의 새로운 부흥은 세인의 주목을 끌고 있다.

이상에서 살펴본 바와 같이 이슬람은 인류 보편사의 전개에서 시종일관 중요한 일익을 담당해왔다. 따라서 이슬람에 대한 이해를 떠나서는 세계를 제대로 알 수 없다. 이것이 곧 이슬람을 알아야 할 보편타당한 필요성이다.

8세기 초 우마위야조 칼리파들이 다마스쿠스에 건설한 대사원의 '생명의 나무' 모자이크.

4. 민족사의 전개와 이슬람

우리가 이슬람을 알아야 할 두번째 이유는 민족사의 전개에 꼭 필요하다는 데 있다. 한 민족의 완벽한 역사는 내치(內治)와 외치(外治)의 복합 역사다. 내치의 역사란 민족 내부나 민족국가 영내에서 전개된 대내역사를, 외치의 역사란 다른 민족이나 민족국가와의 대외관계 역사를 말한다. 일반적으로 외치는 내치의 순응적(順應的) 연장이지만, 한 민족의 국제적 위상을 결정하는 요인이 되며 내치와 상보상조적 관계에 있다. 그리하여 외치를 제대로 밝히는 것은 민족사의 전개에서 간과할 수 없는 일이다.

흔히 근세 이전 한국의 외치역사를 말할 때면 기껏해야 인접한 중국이나 일본, 몽골과의 관계사 정도를 언급할 뿐, 더이상 멀리 나아가지는 못한다. 그러다 보니 서양인에게 한국은 '은자(隱者)의 나라'(the Hermit Nation)일 수밖에 없었다. 우리 자신도 타의반 자의반 그러한 '운명'을 응분인 양 감내해왔다. 그러나 돌이켜보면 사실(史實)은 그렇지 않다. 그 역사적 증좌(證左)가 일찍부터 있어왔던 이슬람세계와의 접촉이다. 1,200여년간 한반도와 이슬람세계의 끊임없는 교류관계는 민족사의 전개에서 뜻깊은 외치의 역사로서 '세계 속의 한국'이 결코 오늘의 표어만이 아니라 어제의 엄연한 역사이기도 하다는 것을 입증한다. 이러한 역사는 서로의 관계를 기록한 중세의 이슬람문헌과 한반도에 남아 있는 이슬람유물 및 한국문헌 등에서 밝혀지고 있다. 그런데 외치의 역사로서의 이슬람과의 교류과정은 오로지 이슬람문명의 실체 및 전파상을 구명해야 제대로 파악할 수 있다. 지나간 우리 민족사를 빠짐없이 복원하기 위해서라도 이슬람문명과의 관계를 포함해 이슬람문명 전반을 알아야 할 이유가 있는 것이다.

이와같이 이슬람을 알아야 할 필요성은 과거사를 복원하는 데서도 제기되지만, 더 긴절(緊切)한 것은 민족사의 당면 과제를 푸는 데 있다. 이제 한국은 당당한 국제사회의 일원으로서 민족중흥의 일대 전기를 맞이하고 있다. 세계인으로서 다른 사람들과 어울리고 나누는 것은 우리의 권리이자 의무인 동시에 실리의 원천이기도 하다. 이러한 시대의 소명에 부응하려면 외치를 강화하여 이슬람을 포함한 세계와의 만남과 교류를 촉진해야 한다. 작금의 실태에서 알 수 있듯이 이슬람에 대한 올바른 이해가 선행되지 않고는 이러한 만남과 교류에 성과를 기대할 수 없다.

오늘날 이슬람은 우리에게 그저 이질적이고 멀리 있는 소원한 '객체'가 아니라, 어느새 가까이 다가와 우리 속에, 우리와 함께 있는 실체로 자리하고 있다. 국내만 해도 이슬람에 귀의한 4만여명의 무슬림을 핵심으로 한 종교유대체와 더불어 한국이슬람학회를 비롯한 문명유대체를 아우른 이슬람공동체가 형성되어 한국과 이슬람세계의 만남과 교류를 추진하며 이슬람을 알리고 있다. 현재 이슬람공동체는 다원화한 한국사회의 구성원으로 자리잡았다. 그뿐만 아니라 한국은 50여개 이슬람국가와 국교를 맺고 활발한 현지 외교활동을 벌이고 있으며, 이들 나라에는 예외없이 한국 교민들이 현지 무슬림과 이웃하여 살고 있다. 그리고 수많은 외국 무슬림이 한국을 찾아와 함께 어울리고 있다. 문자 그대로 공존공생(共存共生)이다.

이와같이 한국과 이슬람의 만남에서는 전대미문의 변혁이 일어나고 있다. 두 문명 사이에는 정치·경제·문화의 모든 방면에 걸쳐 오늘의 문명사에 걸맞은 만남과 교류가 이루어지고 있다. 아니, 문명사의 오늘을 훨씬 뛰어넘는 기적도 일어나고 있다. 한국인의 힘과 지혜로 저 멀리 리비아 대사막에 생명수가 콸콸 흘러넘치는 그러한 기적 말이다.

세계의 '제8대 불가사의'라고 하는 이 대수로공사야말로 한국과 이슬람의 만남에서 세워진 불후의 이정표이며 한국의 세계사적 공헌이다. 일찍이 리비아 지도자 카타피는 이러한 기적이 창조된 것은 한국인들이 리비아가 지향하는 '녹색혁명'을 충분히 이해하고 협조해준 결과라는 찬사를 보낸 바 있다. 이슬람에 대한 이해가 선행되지 않았던들 이러한 기적은 성사될 수 없었을 것이다.

오늘 한국이 사활을 걸고 이슬람세계와 만나지 않을 수 없는 이유가 또

우리나라 동아건설이 공사를 맡은 세계 '제8대 불가사의'라 불리는 리비아 대수로 건설현장. ⓒ동아건설.

있으니, 그것은 바로 중동 석유의 수입이다. '지구는 석유를 축으로 자전한다'고까지 비유되는 석유는 현대사회의 혈액이고 동력이다. '사막의 흑진주'라 일컬어지는 석유는 비록 골고루는 아니지만 알라가 무슬림에게 하사한 최고의 선물이라고 한다. 그런데 이렇게 중요한 원유(유정에서 나온 상태의 석유)가 가장 많이 부존(賦存)하는 곳이 바로 이슬람세계의 심장부인 중동인바, 그 매장량은 세계 총 매장량의 3분의 2나 된다. 그리하여 거의 모든 나라가 중동에서 원유를 수입하고 있다. 그중 석유가 한 방울도 나지 않는 한국은 원유수입량의 76%(1998)를 중동에 의존하는데, 비중으로 보아 세계 10대 원유수입국 중 단연 수위다. 이를테면 한국은 중동 석유 수입의 첫째가는 단골손님인 셈이다. 중동 하면 석유를 떠올리고, 석유는 곧 중동이라는 등식개념이 우리에게 생겨난 것은 바로 이 때문이다. 중동 석유가 재채기만 해도 큰 쇼크가 돌발해 우리는 더 말할 나위 없거니와 세계경제가 온통 몸살을 앓는 지금, 중동 석유는 우리에게 절체절명의 대상이 아닐 수 없다. 적어도 중동 석유가 고갈되는 날(중동 산유국의 평균 가채연수는 93년)까지 이러한 운명적인 의존관계는 지속될 것이다. 그밖에 이슬람세계와의 여러가지 실리적인 교역이 날로 증가하고 있다. 경험이 말해주다시피 특유의 이슬람 상법을 숙지하기만 하면 무슬림과 장사하는 데에는 묘수가 생긴다.

이상의 모든 사실은 서로에 대한 앎이야말로 사귐이나 거래의 선결조건임을 말해준다. 따라서 지난날과 마찬가지로 오늘과 내일에도 계속 있게 될 이슬람과의 성공적인 만남을 위해서는 이슬람을 제대로 알아야 할 것이다.

5. 이슬람에 대한 오해

그 다음으로, 이슬람에 대한 여러가지 오해를 풀고 변화하는 이슬람사회에 대한 정견(正見)을 세워나가기 위해서 이슬람을 알아야 한다. 주지하다시피 이슬람교는 세계에서 가장 심하게 오해와 왜곡, 심지어 능멸을 당하는 종교다. 그러다 보니 이슬람교를 바탕으로 한 이슬람문명 전반에 대한 사견(邪見)도 적지 않다. 그 원인을 따지고 보면, 한마디로 답할 수는 없지만 대체로 외연적(外緣的)인 것이다. 물론 이슬람에도 보수적이고 비현실적이어서 극복해야 할 요소가 없지는 않지만, 그렇다고 그것이 다른 이들의 오해나 능멸을 불러일으킬 정도로 유별난 것은 아니다. 따지고 보면 그 주된 원인은 피해의식에서 오는 배타성이나 시기 같은 외부세계의 비이성주의적 발상과 행태에 있다. 이 대목에서 주목해야 할 점은 이러한 발상과 행태의 진원지는 대부분 유럽과 유럽인이라는 사실이다. 이에 반해 동양과 동양인들에게서는 이슬람에 대한 백안시(白眼視)를 별로 찾아볼 수 없다. 이러한 의도적인 외연과 더불어 '선의'의 무지(無知)도 한 요인이 되어왔다. 그래서 우리는 악의의 소유자가 아닌 이상 이슬람에 대해 정확히 알아야 할 필요성을 새삼 강조하게 되는 것이다. 오해는 불신을 낳고, 불신은 갈등을 낳는 법이다.

이슬람에 대한 낭설 가운데 대표적인 예가 '한 손에는 코란, 다른 손에는 검'이다. 이 말이 마치 이슬람교의 징표인 양 오인되고 있다. 그 결과 이슬람교는 '폭력의 종교'로 비치고 있으며, 급기야는 이러한 '폭력성'이 이슬람세계에서 일어나는 모든 불행과 분쟁의 화근이 된다는 식의 연역 논리로 이어지고 있다. 권위있는 한 서양사 저서는 "마호메트의 종교(이슬람교의 오칭—인용자)전쟁이 성공적으로 수행"된 첫째 이유를 "선교사업을 무력으로 강행한 전투적 종교의 성격 때문"이라고 풀이하고 있다. 그런가 하면 어떤 역사책에는 '한 손에는 코란, 다른 손에는 검'이라는 말이 경전 『꾸르안』의 한 구절인 것처럼 기술되어 있다. 오해도 이만저만한 오해가 아니다.

선의건 악의건 이러한 오해는 이슬람을 제대로 알지 않고는 결코 풀 수가 없다. '한 손에는 코란, 다른 손에는 검'이라는 말 아닌 말을 처음으로 한 사람은 13세기 중엽 십자군이 이슬람 원정에서 최후의 패배를 당하던 시기에 활동한 이딸리아 스꼴라철학의 대부 격인 신학자 토마스 아퀴나스(1225~74)로 알려져 있다. 이슬람 본연의 평화주의 이념과 전파사가 제대로 밝혀질 때 이러한 말의 허구성은 쉬이 갈파(喝破)될 것이다.

원래 이슬람은 그 어의(語意)가 말해주듯, 또 경전에 누누이 강조되듯, 평화를 추구하는 종교로서 애당초 신앙을 '검'으로 강요하지 않으며 관용적(寬容的)으로 신앙의 자유를 보장해왔다. 원론적으로 볼 때, 종교란 일종의 잠재적 의식형태로서 결단코 강요될 수 없다. 설혹 일시적 강요에 굴복한다 하더라도 그것은 오래 지속될 수 없다. 요컨대 『꾸르안』과 검, 종교와 폭력은 본질적으로 불가상용적(不可相容的)이며 병존할 수가 없는 것이다.

흔히 같은 맥락에서 전후 여섯 차례나 전쟁이 발발한 중동을 '세계의 화약고'로, '전쟁 다발지대'로 간주하면서 그 근원을 종교갈등에서 찾으려고 하는데, 이것은 한낱 허사에 불과하다. 본래 중동지역도 다른 지역과 다를 바 없이 역사의 순리를 따라 흥망성쇠를 거듭하면서 전쟁도 있었지만 평화가 절대적이었다. 그러던 곳이 갑자기 '화약고'로 변모한 것은 제2차 세계대전 후 세계의 냉전기류가 이곳을 강타하면서부터다. 느닷없는 냉전기류는 그나마 평온하던 중동에 새로운 형태의 식민주의와 민족주의 간의 대립, 그리고 석유자원의 국제화와 민족화 간의 갈등이라는 수화상극(水火相剋)의 난세(亂世)를 몰고 와 불화와 반목의 씨앗을 뿌려놓았다.

그간 있었던 중동분쟁을 구체적으로 살펴보면 그 주범은 정치이지 결코 종교가 아님을 간파할 수 있다. 8년간의 이란-이라크전쟁을 놓고 아직도 일부에서는 이 전쟁이 일어난 원인의 하나로 이슬람교 내의 종파적 분쟁을 들고 있는데, 이것은 사실과 다르다. 종교적으로 이란은 이슬람교 2대 종파의 하나인 쉬아파에 속하기는 하나, 이라크도 인구의 과반수(참전 이라크군의 반수)가 이 교파의 신봉자들이며 그곳에는 쉬아파의 성지가 자

1980~88년 이라크와의 전쟁에서 매설된 지뢰를 아무런 보호장비도 입지 않고 금속탐지기와 대못만으로 찾고 있는 이란군 병사(2001년 1월). 이라크와 이란은 정전을 선언했으나 공식적인 평화협정에 서명하지 않고 있다. ⓒ REUTERS

리하고 있다. 따라서 이 두 이슬람국가 사이에는 전쟁을 일으킬 만큼 종파적 갈등이 있을 수 없다. 기실 영토분쟁과 지역패권다툼이란 정치적 요인이 전쟁 발발의 주원인이었다. 그밖에도 이슬람 원리주의 같은 사회운동에서 세세한 일상사에 이르기까지 이슬람에 대한 오해는 실로 다종다양하다.

오늘 이슬람사회도 다른 전통사회와 마찬가지로 변화의 물결 속에서 몸부림치고 있다. 이질적인 서구식 현대문화가 밀려들어 이슬람사회의 전통과 뒤섞이는 바람에 때로는 혼탁과 충돌이 일어나 이슬람사회 곳곳에서 일종의 아노미(anomie)현상이 나타나고 있다. 이러한 현상은 가뜩이나 오해를 받는 이슬람에 더 많은 오해의 소지를 제공하고 있다. 그러므로 이슬람 전통과 변화하는 현실에 대한 이중적인 이해가 요망된다.

6. 이슬람에 대한 올바른 이해

이상에서 종교와 문명으로서 이슬람이란 무엇이며, 또 그것을 왜 알아야 하는가에 관해 대강 이야기했다. 그렇다면 어떻게 알아야 하는가가 자연히 언급돼야 할 것이다. 그외에 무엇을 알아야 하는가에 관해서는 이어지는 각 장(章)에서 하나하나 밝혀질 것이다.

어떻게 알아야 하는가에서 무엇보다 중요한 것은 올바른 관점과 견해를 견지하는 것이다. 앞에서 살펴본 바와 같이 이슬람은 단순한 신앙체계가 아니라 정치·경제·사회 · 문화 등 사회생활 전반에서 합일된 생활양식이고, '인간의 모든 분야를 아우르는 조화로운 전체'이며 종교와 세속 쌍방을 모두 포괄하는 '신앙과 실천의 체계'다. 정치와 종교를 분리하는 기독교사회와는 달리 이슬람사회는 종교를 바탕으로 하여 샤리아(聖法)가 통치하는 정교일치(政教一致)의 사회다. 그리하여 이슬람에는 사회의 제반 영역에 대한 고유의 사상과 이념, 제도가 있다. 따라서 이슬람을 정확히 이해하려면 이러한 모든 측면을 상호 관련지어 총체적으로 연구하는 총체론적 관점이 우선 필요하다. 이러한 관점 없이 개별적인 측면만을 고립적으로 해석하면 '나무만 보고 숲은 보지 못하는' 편향에 빠져 결국은 이슬람의 본질을 제대로 파악할 수 없게 된다.

총체론적 관점과 함께 지녀야 할 것은 문화상대론적 관점이다. 어떤 특정한 사회의 제도나 관습 및 문화(문명)를 그 사회의 특수한 환경과 상황, 그리고 역사적 맥락에서 이해하고 평가하는 관점을 문화상대론 또는 문화상대주의라고 한다. 이질적인 이슬람문명은 이슬람사회가 처한 특수한 환경과 역사적 배경 속에서만 올바르게 이해할 수 있다. 왜냐하면 이슬람문명은 이슬람사회가 처해 있는 특수한 환경에 실용적으로 적응해가는 역사적 과정에서 여러 문명요소들이 축적된 결과물로서 그 나름대로 최상의 가치를 지니고 있기 때문이다.

숱한 오해와 능멸을 받아온 이슬람을 이해하기 위한 문화상대론적 관점에서 중요한 것은 자기 문화만 우수한 것으로 믿고 자기 문화를 중심으로 하는 관점에서 타문화를 부정하거나 비하하는 이른바 문화국수주의(文化國粹主義), 또는 자문화중심주의(自文化中心主義)를 철저히 지양하는 것이다. 이러한 유의 서구문화 중심주의가 이슬람에 대한 오해와 왜곡을 불러왔다는 역사의 경험을 감안할 때, 문화상대론적 관점을 견지하는 것이 얼마나 중요한지를 새삼 절감하게 된다.

이슬람을 한층 정확하게 이해하기 위해서는 이러한 관점과 더불어 비교론적 연구방법을 도입해야 한다. 이슬람문명을 포함해 모든 문명에는 서로의 공통분모인 보편성과 서로의 상이성을 확인하는 특수성이 있다. 그런데 이슬람에 대해서는 공유(共有)의 보편성보다 이질(異質)의 특수성을 지나치게 강조한 나머지 이슬람이 무모한 배타의 대상으로 전락하는 경우가 종종 있다. 그러므로 엄정한 시각에서 타문명, 특히 친연관계에 있는 유대교나 기독교 문명과 비교하면서 공통점과 차이점을 찾아나간다면 이슬람에 대한 이해를 심화할 수 있을 것이다.

이슬람을 제대로 이해하기 위해서 취해야 할 이상의 관점과 방법은 어디까지나 있는 그대로의 본연(本然)을 실사구시(實事求是)하게 알아내는 데서 출발해야 한다. 이슬람의 실체에 관한 한 왜곡은 물론이거니와 추호의 과장이나 축소가 있어서는 안된다. 예컨대 이슬람의 여성상 하면 으레 연상되는 일부다처제가 무조건 이슬람사회의 '후진성'을 말해주는 징표인 양 비난받고 있는데, 그 본연과 현실을 알고 나면 그런 것만도 아니라는 사실을 깨닫게 된다. 이와 더불어 인간사에서도 서로를 이해하는 유효한 방법으로 권장되는 역지사지(易地思之)의 아량을 베푼다면 다들 거북스러워하는 이슬람세계를 이해할 수 있는 자신이 생길 것이다.

참고문헌

김용선 『아랍문화사』, 한국외국어대학교 출판부 1986.

김정위 『이슬람문화사』, 문학예술사 1981.

최영길 엮음 『이슬람문화사』, 송산출판사 1990.

金宜久 主編 『伊斯蘭教概論』, 青海人民出版社 1987.

齋藤榮三郎 『イスラムの社會思想』, 明玄書房 昭和 39年(1964).

Ahmad Shalabī, *Mausū'atu'd tārīkhi'lislmiy wa'l hadārati'l islāmiyah*, Maktabatu'd nahdati'l misriyah 1983.

Maulana Muhammad Ali, *The Religion of Islam, A Comprehensive discussion of The Sources, Principles and Practices of Islam*, National Publication & Printing House, U.A.R.

2

이슬람의 출현과 확산

الحضارة الإسلامية

2

이슬람의 출현과 확산

1. 종교 출현의 당위성

원래 인간이란 의식적이건 무의식적이건간에 종교와 관련돼 있다. 종교에서 완전히 해방된 순수한 '비종교인'은 존재하지 않는다. 그래서 정신문명사에서는 종교를 인간의 '영원한 동반자'로 보기도 한다. 종교는 어떻게 생겨났기에 이러한 편재성(遍在性)을 지니게 되는가. 종교에 관한 학문적 연구가 본격화한 19세기 이래 그 해답을 각방으로 구했지만 보편타당한 정의는 아직껏 도출해내지 못하고 있는 성싶다. 그도 그럴 것이 종교학이 종교심리학·종교철학·비교종교학·종교사회학·종교인류학·종교민족학·종교고고학 같은 여러 분야로 세분되면서 한 대상을 놓고 각기 다른 시각에서 조명하고 있기 때문이다.

오늘의 '지구화'(globalization)와 '지구촌'(global village) 시대에도 종교의 본질과 기능에 대한 물음은 종교학계 초미의 관심사로 제기되고 있다. 근자에 와서 분명해진 사실은 세계화를 향한 '문화적 동질화'와 전근대적 전통의 '문화적 이질성' 간에 마찰과 긴장이 조성되고 있으며, 그 과정에서 이슬람을 비롯한 전통종교들이 다시 부흥하고 있다는 점이다. 이러한 마찰과 긴장의 해결책으로 어쩌면 새로운 종교의 출현이나 정립이 시대적으로 요청된다고 말할 수 있다. 세계 3대 종교인 불교와 기독교, 이슬람교는 신기하게도 각각 약 600년의 시간차이를 두고 나타났다. 이슬람이 마지막으로 출현한 지도 이미 1,400여년이란 긴 세월이 흘러갔다. 그러나 인류는 아직 또다른 보편종교를 맞이하지 못했다. 이제 21세기에 걸맞은 새로운 보편종교의 출현을 조심스레 점쳐볼 수 있지 않을까. 이런 의미에서 전통종교인 이슬람의 출현과 그 확산과정을 살펴보는 것은 나름대로 의의가 있다고 사료된다.

흔히 이슬람의 출현을 '사막의 신기루'에 비유한다. 절반은 맞는 말이다. 신기루는 지면이나 해면에서 갑자기 공기가 뜨거워지거나 차가워질 때 공기의 밀도가 급변함으로써 일어나는 빛의 이상굴절(異常屈折) 현상이다. 멀리 있는 물체가 둘로 보이기도 하고 거꾸로 보이기도 한다. 이와 같은 기이한 현상은 모래로 뒤덮여서 낮과 밤의 기온차가 크고 기후 변덕이 심한 사막지대에서 자주 일어난다. 그래서 '신기루' 하면 으레 사막을 연상하는 것이다. 물론 기온의 급격한 엇갈림으로 일어나는 한갓 잠정적인 환각현상이기에 오래가지 못하고 사라져버린다. 이렇게 보면 당대의 여러 사회적 마찰과 갈등의 결과로 출현한 이슬람을 기온의 엇갈림(마찰)으로 인해 일어나는 사막의 신기루에 비유하는 것은 발생론적(發生論的) 측면에서 맞는 말이다. 그러나 그것을 신기루처럼 착각현상 혹은 잠깐의 일로 유추하는 것은 그야말로 '신기루적'인 환각에 불과하다.

무릇 종교, 특히 보편종교는 발생론직 관짐에서 '신기루싱'을 공유하고 있다. 불교가 발생한 기원전 5~6세기의 인도는 한마디로 대변혁기로서 사회적 갈등이 극심했다. 지방의 군소국가들이 중앙집권체제로 통합되고 상공업의 발달로 경제가 변모하고 있었으나, 한편으로는 카스트제도를 비롯한 전통적인 사회악 속에서 빈부격차와 불평등이 심화되었다. 그리하여 이러한 모순을 해결하려는 사회적·종교적 운동이 일기 시작했다. 이러한 인도사회의 갈등과 모순의 해결이라는 시대적 요청에 부응하여 나타난 것이 바로 불교다. 기독교도 마찬가지다. 기독교가 발생한 기원전후 시기의 서아시아는 로마제국의 정치적 압제에서 많은 갈등을 겪고 있었다. 로마제국의 이념적 기초인 헬레니즘과 전통 유대교 이념 간에 심각한 갈등이 발생했을 뿐만 아니라, 강대한 로마제국이 형성되는 과정에 개별 민족적·국가적 종교는 고유의 기반을 잃고 해체되어, 이른바 종교의 혼효(混淆, syncretism)현상이 곳곳에서 일어났다. 요컨대 헬레니즘적 로마세계와 헤브라이즘적 전통세계 간의 부조화가 심해지면서 전통적인 체제와 가치가 붕괴되어 걷잡을 수 없는 사회적 불안과 혼란이 일어났다. 이러한 지중해사회의 갈등과 모순의 해결이라는 시대적 요청에 부응하여 출현한 것이 바로 기독교다. 이슬람도 다를 바가 없다.

이러한 종교 출현의 발생론적 해석에서 우리는 '종교란 과연 무엇인가'에 대해 나름의 정의를 도출해낼 수 있다. 한마디로 종교란 사회생활에서 제기되는 문제에 대한 해답의 상징적 체계로서 인류문명 속에 상존(常存)하는 것이다. 물론 철학도 이러한 개념으로 해석할 수 있지만, 종교는 경전과 같은 지적 구조물이나 제의(祭儀), 예배, 공동체 운영 등 정형화(定型化)한 행동과 구체적인 양태를 지닌다는 점에서 철학과는 다르다. 비록 그 형태는 상징적이지만 '사회생활에서 제기되는 문제에 대한 해답'은, 본질적으로 종교가 인간생활에서 일어나는 여러가지 갈등과 부조화적 현상을 극복해야 하는 당대 사회의 지적 요청에 부응해 출현한 사회생활의 소산이라는 뜻이다. 따라서 종교, 특히 보편종교는 역사의 격변기에 출현하는 것이 통례다.

2. 이슬람 출현의 사회적 배경

이슬람 학자들은 이슬람이 알려지기 이전 시대를 '자힐리야시대', 즉 '무지(몽매)시대' 라고 한다. 그런데 학자에 따라서는 이 시대를 넓은 의미와 좁은 의미의 두 가지로 이해한다. 넓은 의미로는 태고부터 '성천'(히즈라, 622)까지의 시대이고, 좁은 의미로는 성천 이전의 150~200년간을 말한다. 보통은 좁은 의미의 시대를 말하는데, 이 시대에 아랍부족간에 전례없이 많은 전쟁이 일어나고 영웅호걸들이 난립했다고 하여 이 시대를 일명 '아랍시대' 또는 '영웅시대'라고도 한다. 이 시대에 무려 1,700여차례의 부족간 전쟁이 발생했으니, 실로 이 시대는 이슬람의 여명을 앞두고 아랍사회 전체가 혼란과 상잔에 휘말려 있던 이슬람의 회임(懷姙)과 산고(産苦)의 시대라고 말할 수 있다.

일찍부터 아라비아반도에는 사막의 유목민(베두인)과 오아시스 정착민으로 구성된 이중적 사회구조가 있었다. 가부장적 혈연관계로 얽혀 있는 유목사회는 느슨한 정치구조와 집단주의 의식으로 유지되었다. 가족대표나 씨족대표로 구성된 장로회(長老會)에서 선출된 '샤이크'(부족장)의 기능은 중개자이지 결코 지휘자의 권능은 아니었다. 그외에 축제나 제사 등을 관장하는 '카힌'과 구성원간의 분쟁을 중재하는 '하킴', 타부족과의 전쟁을 지휘하는 '까뒤' 등 부족사회를 운영해나가는 데 필요한 직책이 따로 있었다. 이들의 관할하에 부족사회 성원들은 나름의 사회생활규범을 지켜나갔다. 황막한 사막환경에서 개별 행동은 죽음을 자초하므로 자연히 집단으로 행동하지 않을 수 없었으며, 따라서 사람들이 방목지나 수원지 등 사회적 부(富)에 대해서 공유 관념을 갖는 것은 당연한 일이다. 이러한 부족사회적인 행동과 의식은 후일 이슬람교 교리와 이슬람문명에 잠재적으로 반영되었다.

유목사회와는 달리 오아시스 정착민들 속에서는 급속한 사회 · 경제적

1세기의 페르시아 전사(위)와 224년경에 사산조 페르시아 왕 아르다시스가 건설한 궁전의 폐허(아래).

변혁이 일어났다. 특히 동쪽의 사산조(朝) 페르시아와 서쪽의 비잔틴제국 간의 장기적인 대결로 말미암아 페르시아에서 메소포타미아를 경유해 지중해로 통하는 동서통상로가 차단되면서부터 아라비아반도 서부의 홍해 연안 지방이 주요한 교역통로로 떠올랐다. 이러한 통상의 요로에 위치한 메카나 메디나에는 교역을 기본으로 하는 경제활동이 활발해져 부의 축적과 더불어 사회적 분업도 생기고 유목민과의 유대도 강해졌다. 그리하여 전래의 이중적 사회구조가 서서히 무너지기 시작해 빈부의 차가 생기고, 사유(私有)에 기초한 경제권을 추구하면서 쟁탈이 불가피해졌다. 생존의 차원에서 이웃과 마찰을 빚던 유목민들도 변혁의 와중에 간혹 정착민으로 자리바꿈을 하고 경쟁의 역군에 편입되었다. 무역권이나 대상로(隊商路)를 확보하기 위한 쟁탈전은 비일비재했다. 이슬람의 선지자 무함마드의 유년시절에 해당하는 575년부터 590년 사이에 메카지방의 맹주들인 꾸라이쉬 부족과 하와진 부족 간에 발생한 네 차례의 유혈적 상권 쟁탈전이 그 일례다.

이러한 사회·경제적 변화로 인해 혈연에 기초한 씨족제도는 더이상 지탱할 수 없게 되고, 종래의 씨족적 평화나 평등 및 선린 관계에 바탕을 두고 수평적으로 결성된 사회조직은 원추형(圓錐形)의 계층적 사회구조로 대체되기 시작했다. 아울러 생존과 영리를 위한 경쟁과 보복 등 대립의식이 점차 자라났다.

기껏해야 15~20개의 천막에 분산하여 수백의 군사를 거느리고 있는 소규모 씨족집단으로서는 날로 심해지는 상쟁국면(相爭局面)에 효과적으로 대처할 수 없었다. 살아남기 위해서는 더 큰 조직으로 뭉쳐야 했으니, 그 조직이 바로 부족들간의 연맹이다. 그 대표적인 것이 메카를 중심으로 20개 씨족이 연합한 꾸라이쉬 부족연맹이다. 부족연맹의 형성은 미래에 있을 범지역적인 국가 출범의 기틀로서 주변의 위협세력인 사산조 페르시아나 비잔틴과의 대결을 피할 수 없는 상황에서 더욱더 절박한 과제로 다가왔다.

3. 이슬람 출현의 종교적 배경

이러한 사회·경제적인 내부변화로 의식구조의 개변이 필요해졌다. 그러나 사막의 유목민은 더 말할 나위 없거니와, 오아시스의 정착민들 속에서도 원시적인 물신신앙(物神信仰)을 비롯해 각종 구태의연한 우상숭배가 행해지고 있었다. 그들은 큰 바위나 나무, 샘물 등에 신령이 살고 있으며, 진느(정령)라는 초자연적 존재가 인간생활에 영향을 끼친다고 믿었다. 그런가 하면 부족마다 고유의 신이 있었다. 메카의 꾸라이쉬 부족과 그 인근 부족들은 라트·옷자·마나라는 세 여신을 신봉했고 '카으바'라는 육면체 운석(隕石)과 그 주변에 산재한 돌 수백개도 아울러 숭배했다.

그러나 이 가운데서도 시대의 변천을 반영하듯, 아라비아반도 주위에 뿌리내린 유대교나 기독교 같은 선진종교의 영향은 구습의 종교를 극복하고 새로운 종교를 탄생시키는 데 촉매제 구실을 했다. 1세기부터 반도의 남부에 위치한 예멘에 유대교가 서서히 전파되어 5세기 말에 이르러서는 히미리아 왕조의 주누와스 왕이 유대교로 개종할 정도로 번성했다. 북쪽의 메디나에는 일찍이 로마제국의 박해를 피해 팔레스타인에서 피난온 유대인의 후예들이 살고 있었다. 이와 더불어 4세기 말 아나톨리아에 비잔틴제국이 건립되면서부터 기독교도 반도의 북부와 중부 지역으로 뻗어 갔다. 특히 기독교의 단성론자(單性論者, Monophysite)와 네스토리우스파 선교사들은 갓산과 라흐미 등 '비옥한 초승달지역'과 반도 북부의 여러 아랍부족 속에서 선교활동을 벌여 많은 기독교도들을 확보했다.

이러한 때에 대상(隊商)을 따라 남북으로 쉼없이 오가는 아랍인 가운데 세태에 민감한 구도인(求道人)들이 끼여 있었다. 세칭 하니프(Hanif, 진실한 자)라는 이들은 일신교(一神敎)인 유대교와 기독교의 영향을 받아 우상숭배 같은 낡은 종교이념에서 탈피하고 생매장 같은 폐습을 없애려는 일종의 종교개혁운동을 일으켰다.

이와같이 아라비아반도는 정치·경제·사회·종교 전반에 걸쳐 위기의식이 팽배하고 갈등으로 몸살을 앓고 있었다. 7세기에 접어들면서 이러한 상태는 극에 달했는데, 반도의 심장부에 위치한 메카는 이 모든 양상의 축소판이었다. 씨족이나 부족을 단위로 우상숭배를 하는 낡은 종교관념으로는 변화된 사회가 요구하는 새로운 문제에 적절한 신앙적 해답을 줄 수 없었다. 그리하여 부족연맹이나 범지역적 사회체제가 요청하는 새로운 종교의 탄생은 역사의 필연이었다. 이제 어떤 출중한 인물, '사건 창조적인' 위인이 나타나 이 역사적인 과제를 앞장서 수행해나가는가 하는 것만이 남아 있었다.

4. 무함마드에 의한 이슬람의 출현

이러한 시대의 부름에 따라 나타난 사람이 바로 무함마드다. 흔히 그를 가리켜 이슬람교의 창시자니 교조니 하는데, 이는 이슬람적인 사고방식이 아니다. 이슬람적인 사고에 따르면 만민을 위한 보편종교인 이슬람은 절대신 알라가 우주를 창조한 그 시각부터 이미 있어왔는데, 그동안 제대

성지 메카의 변천사. ①촌락의 모습을 한 메카(470년), ②히즈라(聖遷) 12년 전의 메카(610년), ③도시로 성장한 메카(710년), ④이븐 바투타가 방문했을 당시의 메카(1326년 11월), ⑤오늘날의 메카 금사(禁寺)에 운집한 순례자들.

❺

로 받아들여지지 않다가 선지자(先知者)인 무함마드에 이르러 비로소 완전무결하게 인간에게 계시된 것이다. 따라서 이슬람의 창조자는 원초적으로 알라일 뿐, 다른 누구도 될 수 없다는 것이다. 요컨대 무함마드는 알라에게서 계시를 받은 이슬람의 전달자이자 인도자일 따름이다. 이슬람은 무함마드가 '창시'하거나 '출현'시킨 것이 아니라 다만 그를 통해 '알려진' 것뿐이라는 게 정확한 이슬람적인 표현일 것이다. 따라서 이슬람의 '창조'니 '출현'이니 하는 말은 어디까지나 다른 종교들의 창조나 출현에 대비한 관용어(慣用語)이다.

무함마드는 고도 메카의 명망있는 꾸라이쉬 부족의 하쉼 가문 출신이다. 550년경에 유복자로 태어난 그는 어려서 어머니마저 여의고 고아로 자랐다. 낙타몰이꾼으로 대상에 참가해 북쪽 시리아 지방을 자주 내왕하면서 기독교를 비롯한 새로운 세계를 접하고 미래의 꿈을 키워갔다. 25세에 15세 연상인 부유한 과부 카디자와 결혼한 후 생활이 안정되자 메카 부근의 히라동굴에 들어가 명상과 사색에 잠겼다. 15년이란 긴 세월이 흘러 마침내 나이 사십에 천사 가브리엘(Gabriel, 아랍어로 jabril)을 통해 "읽어라! 창조주이신 너의 주님의 이름으로. 그분께서는 한 방울의 정액으로 인간을 창조하셨다"라는 알라의 첫 계시를 받는다. 그는 이것으로 각성하여 '라쑬룰 라'(聖使, 알라가 보낸 사람)로 자처하면서 유일신 알라의 종교인 이슬람 포교에 나섰다.

메카에서의 초기 포교는 온갖 탄압과 비방 속에서 우여곡절을 겪는다. 이에 무함마드는 활로를 찾기 위해 70여명의 신자와 함께 620년 9월 24일(음력 7월 16일) 메카에서 북쪽으로 400km 떨어진 메디나로 활동무대를 옮겼다. 이 역사적인 이동을 이슬람사에서는 '히즈라'(聖遷)라고 한다. 17년 후에 제2대 칼리파 오마르가 이날을 이슬람력의 기원으로 선포했다.

메디나에서 무함마드는 부족간의 고질적인 유혈복수전을 종식시키고 교세를 확장하면서 첫 신정국가(神政國家)체제인 '움마'를 건설했다. 그는 알라를 최종 주권자로 하고 자신을 알라의 대리자로 하여 혈연이나 지연이 아닌 종교신앙(이슬람)에 바탕한 새로운 인간집단, 즉 '움마'를 건설한다는 요지를 담은 '메디나헌장(憲章)'을 반포하고 그것을 실행하기 위해 유대인들을 포함한 모든 메디나 주민들과 서약을 맺었다. 이것은 부족적 단합정신을 아랍족 전체의 단합된 힘으로 승화함으로써 역사적 요청에 화답하는 새로운 아랍민족국가 건설의 바람직한 길이었다.

그러나 이 길도 순탄하지는 않았다. 외래자로서 메디나에 뿌리내리기도 어려웠지만, 기득권세력인 메카 부족과의 충돌도 피할 수 없었다. 624년부터 627년 사이에 세 차례의 큰 전투를 거쳐 메카세력을 제압하고 드디어 630년 1월 메카에 무혈입성(無血入城)했다. 이 해를 이슬람사에서

이슬람 제2의 성지 메디나에 있는 성사(聖寺). 성사 내에 무함마드의 능묘가 있으며, 수차례의 확충을 거쳐 부지면적이 16,326㎡에 달한다. 정엄하고 화려한 대사원이다.

는 '정복의 해'라고 한다. 이듬해에 메카의 여러 부족들은 메디나에 사절단을 보내 이슬람으로 개종할 것을 서약했다. 그 다음해인 632년 무함마드는 노구를 이끌고 메카 순례에 나서 아라파트산에서 마지막 고별연설을 하면서 이슬람의 승리(출현)를 세상에 공식 선포했다. 무함마드는 그 해 6월 향년 62세(?)로 영면했다.

5. 이슬람의 확산

이와같이 7세기 전반 아라비아반도의 메카에서 출현한 이슬람은 그 내

재적(內在的) 고유성과 역사적 환경 변화로 인해 광범위한 권역을 형성하면서 유라시아와 아프리카 여러 곳으로 확산되었다. 이슬람의 확산이란, 종교로서의 이슬람교와 그를 바탕으로 한 복합적 이슬람문화의 지역적 전파를 의미한다.

일찍이 범세계적인 문명권을 이룬 이슬람의 확산과정을 통관(通觀)하면, 크게 세 단계로 나누어 고찰할 수 있다. 제1단계는 초전기(初傳期)다. 메카에서 메디나로의 성천을 기점으로 하여 정통 칼리파 시대까지 약 40년을 포함한다. 앞에서 살펴본 바와 같이 무함마드는 생전에 국가체제인 이슬람공동체를 건설했으며, 계시를 통해 이슬람교의 기본 교리를 정립하고 확산할 수 있는 기틀을 마련했다.

무함마드의 유업을 이은 4대 정통 칼리파 시대 29년(632~61) 동안 이슬람군의 동·서정(東·西征)에 편승하여 이슬람교는 처음으로 아라비아반도 밖 여러 지역에 알려지기 시작했다. 특히 제2대 칼리파 오마르(재위 634~44)와 제3대 칼리파 오스만(재위 644~56) 시대에 일어난 군사적 정복활동의 첫 파고기(波高期)에는 이슬람세력이 동으로는 중앙아시아의 후라싼에서 서로는 북아프리카의 리비아까지, 남으로는 아라비아반도에서 북으로는 아르메니아에 이르기까지 호한(浩瀚)히 뻗어갔다. 비록 군사적 정복활동 기간이 짧아 피정복지에 이슬람교가 뿌리내리지는 못했지만, 이슬람법에 따른 각종 행정조치가 취해졌다. 무슬림 군사들의 이슬람적 행적으로 피정복지 사람들은 처음으로 이슬람교를 접하게 되고 부분적이기는 하나 공전(公傳)과 사전(私傳)이 동시에 이루어지기도 했다.

이슬람 확산의 제2단계는 정착기(定着期)다. 이 시기는 세습적인 전제주의적 권력구조를 가진 우마위야조 아랍제국(661~750, 13대 89년)의 건립부터 압바스조 이슬람제국(750~1258, 37대 508년)의 멸망까지 약 600년을 포함하고 있다. 이 시기에는 세계적 종교로서의 이슬람교가 신학적으로 정립되고, 그를 바탕으로 복합적인 이슬람문명이 형성되었다. 또 초기의 군사적 정복활동과 칼리파제(繼位制)의 확립에 따라 중앙집권적 통일제국이 출현함으로써 유라시아와 아프리카의 광활한 지역에 세계적 문명권인 이슬람문명권(이슬람세계)이 확고히 정착하게 되었다.

왈리드를 비롯한 우마위야조 칼리파들은 8세기를 전후하여 일시 중단했던 군사적 정복활동을 재개했다. 이슬람의 서정군(西征軍)은 7세기 말엽에 북아프리카 지역을 공략한 데 이어 8세기 초에는 지브롤터해협을 건너 유럽 원정을 단행하여 삐레네산맥을 돌파(719)하고 아비뇽을 점령(730)했다. 한편 동정군(東征軍)은 8세기 전반에 중앙아시아 일원에 대한 원정을 재개하여 730년대 말까지는 하외지역(河外地域, Mā Warāu'd Nahr, Transoxiana)과 카자흐스탄을 비롯한 서투르키스탄 전역을 장악하고 인도의 인더스강 동안까지 진출했다. 이러한 동정은 당시 그 지역을 경략(經略)하고 있던 중국 당(唐)조와 충돌하게 되어 마침내 751년에 고구려 유민의 후예인 고선지(高仙芝) 장군이 지휘하는 당군과의 역사적인 탈라쓰전투가 발발하고 말았다. 이 전투에서 이슬람군이 승리함으로써 중앙아시아 일대를 이슬람화하는 결정적 계기가 되었다.

이렇게 8세기 전반에 이르러 우마위야조 칼리파의 지배영역은 중앙아시아의 시르강과 인도의 인더스강에서 북아프리카의 모로코와 유럽의 이베리아반도 전역까지 크게 확대되었다. 이 영역의 심장부인 시리아와 이라크 및 이집트에서는 두 차례에 걸친 이슬람군의 공략으로 원주민들이 거의 이슬람화했다. 외연지역인 이란이나 아프가니스탄, 하외지역, 북아프리카, 이베리아반도 안달루시아 주민들은 이른바 '짐마'(피정복지의 비무슬림) 신분을 버리고 이슬람교로 대거 개종하여 '마왈리'(이슬람으로 개종한 비아랍인)가 되었다. 그리고 이 영역에서는 샤리아(聖法)에 준한 사회적 시책들이 실시되고 통일된 중앙집권적 행정이 펼쳐졌다. 이것은 사실상 이 영역을 기반으로 하여 이슬람문명권이 형성됐음을 의미한다.

우마위야조 아랍제국 시대에 형성된 이슬람문명권을 기본 판도로 하여 출범한 압바스조 이슬람제국 시대는 이슬람교가 넓은 지역에 뿌리내리고 핵심적(혹은 협의적) 이슬람문명권, 즉 우마위야조와 압바스조 시대에 형성된 이슬람문명권이 완성된 시기다. 특히 8~9세기는 이슬람제국의 황금시대로서 이슬람 고전문명이 형성되었다. 비록 압바스조 후기에 이르러 이슬람세계가 바그다드를 중심으로 한 동방세력과 카이로를 중심으로 한 서방세력으로 양분됐지만, 이슬람문명권의 총체성은 여전히 유지되었으며 이슬람의 정착기는 몽골의 침입으로 압바스조가 멸망할 때(1258)까지 줄곧 이어졌다.

이슬람 확산의 제3단계는 확전기(擴傳期), 즉 전파가 계속 확대된 시기다. 이 시기에는 주로 핵심적 이슬람문명권이 그 역외(域外)지역인 세계 각지로 확산되었다. 압바스조 이슬람제국의 멸망은 전래의 통일된 이슬람세계에 와해와 분열을 초래했으나, 역설적으로 이슬람의 세계적 확산을 낳았다. 비교적 관용적인 종교정책을 추구한 몽골제국은 이슬람에 관대했을 뿐만 아니라, 제국 건설의 여러 분야에서 색목인(色目人)으로 대변되는 무슬림을 대거 중용했다. 그리하여 원(元)제국 치세시 중국에서는 회교(回敎)라는 이름으로 이슬람교가 완전히 정착되고 무슬림공동체가 여러 곳에 형성되었다. 또한 몽골제국 치하에서 킵착칸국을 비롯한 동남유럽 일대가 상당한 정도로 이슬람화했으며, 몽골제국의 동정(東征)을 통해 이슬람이 고려에까지 알려졌다.

멸망한 압바스조 이슬람제국의 재현이라 할 수 있는 티무르제국(1370~1507)은 비록 오래가지 못했지만, 파미르고원에서 지중해까지, 볼가강에서 페르시아만까지 광활한 판도를 차지하고 이슬람문명권의 개편과 이슬람문명의 부흥을 시도했다. 티무르제국을 이은 오스만제국은 700여년간 범세계적 이슬람문명권의 중심세력으로서 이슬람의 세계적 확산을 주도했다. 특히 800여년간 이슬람세계와 대치했던 비잔틴제국을 무력으로 제압함으로써 비잔틴제국 치하에 있던 지중해와 동유럽 일원에 이슬람을 확산하는 결정적 계기를 마련했다.

이슬람의 동전(東傳)에서 특기할 사항은 인도대륙(오늘날의 인도와 파키스탄)과 동남아시아까지 확산되었다는 사실이다. 일찍이 8세기 초부터 이슬람 동정군은 인도대륙을 공략해 13세기에 이르러서는 이슬람 왕조를 출범시켰다. 12세기 말 이미 이슬람화한 아프가니스탄에서 델리 지방에 진출한 터키족 노예 출신들이 첫 이슬람 왕조인 노예왕조(1206~90)를 창건했다. 뒤이어 이슬람의 인도화를 시도한 킬지 왕조, 판도를 인도 남부까지 확장하고 인도의 이슬람화를 크게 촉진한 투글루끄조, 아프가니스탄계 출신이 세운 로디 왕조, 차가타이 터키계 후예를 국조로 하여 인도의 대부분 지역을 아우르고 인도-이슬람문화의 융화정책을 추구한 무굴제국까지 약 650년간(1206~1857) 다섯 개의 이슬람 왕조가 인도에 출현했다. 이슬람의 동남아시아 확산은 압바스조 이슬람제국 시대에 무슬림 상인들이 중국으로 내왕하면서 경유지인 이곳에 들러 이슬람을 전파하면서부터다. 15세기 초 말레이반도 서안의 말라카왕국이 처음으로 이슬람을 국교로 받아들였다. 또 15세기 말엽부터 16세기 말엽까지 약 한 세기 동안 말레이반도로부터 필리핀에 이르는 동남아국가들이 이슬람을 공허(公許)함으로써 동남아는 이슬람세계의 한 구성원이 되었다.

오늘날 그 어느 지역보다 이슬람이 부흥하고 있는 아프리카는 출현 초기부터 이슬람을 받아들였다. 동아프리카에서는 9세기부터 예멘과 이집트를 비롯한 무슬림 상인들이 소말리아에서 모잠비크에 이르는 연해 일대에 무역거점을 마련하는 동시에 이슬람을 전파했다. 서아프리카에서도 11세기부터 이슬람화한 북아프리카의 베르베르 상인들이 사하라사막을 남하하여 세네갈강과 니제르강 유역의 여러 나라에 이슬람을 전했다. 위정자들을 비롯한 현지인들은 이슬람을 적극 수용하여 18세기 초에는 이슬람이 적도아프리카 일원까지 확산되었다.

6. 이슬람 확산의 특징

위에서 보다시피, 같은 보편종교인 불교나 기독교의 확산과는 달리, 이슬람의 확산은 그 속도와 규모 및 결과 면에서 일련의 특징이 있다. 그 특징은 우선, 확산의 신속성이다. 이슬람은 출현 후 약 100년 동안에 동쪽으로는 중앙아시아의 하외지역과 인더스강, 서쪽으로는 유럽의 이베리아반도와 북아프리카에 이르기까지 3대륙으로 전광석화(電光石火)같이 확산되었다. 이는 발생 후 300년이 지난 아소카 왕 시대에 처음으로 영외(領外)에 포교단을 파견한 불교나, 100년이 지나서야 에뎃사에 첫 동방기독교의 거점이 형성되고 그로부터 또 300년 후에 핍박에 의한 네스토리우스파의 동전(東傳)과 서방 로마제국으로의 서전(西傳)이 가까스로 시작된 기독교와 비교해보면 엄청나게 빠른 확산이 아닐 수 없다. 이러한 종교적 확산을 뒷받침한 군사적 정복활동을 보면 실상은 더욱더 명백하다. 흔히 인류사상 최대의 군사적 정복활동으로 기원전 4세기에 있었던 알렉산더의 동정과 기원후 7~8세기에 단행된 이슬람군의 동·서정, 그리고 13세기에 일어난 몽골군의 서정을 꼽는다. 그런데 이 3대 정복활동 가운데에서도 신속성이나 활동범위, 여파 면에서 이슬람군의 동·서 정복활동이 단연 으뜸이다. 종교를 포함해 인류문명사에서 한 문명현상이 이토록 종횡무진 급속하게 널리 확산되어 뿌리내리고 지속된 선례는 거의 없다.

이슬람의 확산이 지닌 또다른 특징은 보편성(普遍性)이다. 이슬람교는 포교와 수용과정에서 다른 보편종교와는 달리, 그 비중에 경중의 차이는 있으나 공전(公傳)과 사전(私傳)이 시종 병행함으로써 확산의 폭이 대단히 넓다. 이슬람교에서는 불교의 승려나 기독교의 목사, 신부와 같이 포교나 전도를 전담하는 성직자가 따로 없으며 포교는 무슬림의 당연한 의무로 간주된다. 사원에서 예배를 비롯한 각종 종교행사를 주관하는 '이맘'(al-Imām)은 문자 그대로 '인도자'일 뿐, 영적으로 숭앙되는 성직자는 아니다. 그리하여 이슬람교 전파사에서 보면 평범한 상인들이나 여행자들이 설교를 진행하고 사원을 건립하며 교단을 꾸리고 나서 현지인들이 이슬람에 귀의하는 경우가 다반사다. 이를테면 이슬람교는 모든 무슬림이 자진하여 포교와 전파를 수행하는 참여종교(參與宗敎)다. 그뿐만 아니라, 많은 경우 이슬람교는 혈연이나 지연을 가리지 않고 위정자를 비롯해 국가나 민족, 부족 구성원 전체를 공시적(共時的)으로 집단수용함으로써 교세가 신속하게 확산하고 정착할 수 있었다. 이는 이슬람교가 전파사에서 보여준 또다른 보편성으로서 여타 종교의 전파사에서는 유례가 드문 일이다.

끝으로, 이슬람 확산의 특징은 연속성이다. 같은 보편종교에 속하는 불교나 기독교는 상당한 우여곡절을 겪으면서 단절적으로, 그리고 영성적(零星的)으로 확산되어 그 권역(圈域)이 불투명하고 교세가 유동적이다. 이에 반해 이슬람교의 확산은 시·공간적으로 중단 없이 연속적으로 추진되어왔다. 그 결과 이슬람교는 초전기와 정착기를 거쳐 부동(不動)의 핵심적 이슬람문명권을 형성하고 유지하면서 그것을 거점으로 하여 계속 확대됨으로써 범세계적 이슬람문명권을 확고하게 구축했다. 이슬람문명권은 발상지 사우디아라비아를 원심(圓心)으로 한 활 모양의 범세계적 문

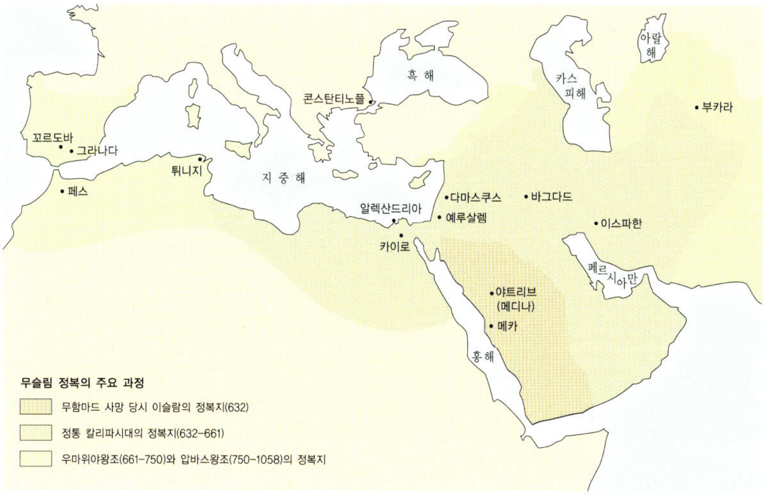

이슬람의 시기별 정복지역. 이슬람은 출현 후 약 100년 동안 동쪽으로는 중앙아시아의 하외(河外)지역과 인더스강까지, 서쪽으로는 북아프리카와 유럽의 이베리아반도까지 확산되었다.

명권으로서 구조적인 연쇄성과 집중성, 그리고 명확성을 나타내고 있다. 확산의 보편성과 더불어 연속성을 겸비했기 때문에 이슬람교의 확산은 시종 생명력을 잃지 않았던 것이다. 바야흐로 세계화시대에 진입한 오늘날에도 시대지향적인 '문화의 동질화'에 대응하여 나름의 생명력을 계속 유지하고 있다.

7. 이슬람 확산의 요인

앞에서 살펴본 바와 같이 이슬람은 명실상부하게 세계적인 보편종교와 문명으로서 기능을 다해왔다. 그러나 그 과정이나 결과를 보면 여타 보편종교나 문명에서는 찾아볼 수 없는 일련의 특징을 지니고 출현 당초부터 신속하고도 광범위하게 확산되었다. 그러면 이러한 비결은 과연 어디에 있었을까? 사실 이 문제를 놓고 오늘날까지도 이견이 분분하다. 그중에는 편견이나 오해도 상당하다. 앞장에서도 언급되다시피 권위를 인정받는 우리나라의 한 서양사 근저(近著)에는 "마호메트의 종교(이슬람교의 오칭—인용자)전쟁이 성공적으로 수행"된 첫째 이유를 "선교사업을 무력으로 강행한 전투적 종교의 성격 때문"이라고 풀이하고 있다. 그런가 하면 어떤 역사책에서는 '한 손에는 코란, 다른 손에는 검'이라는 말이 이슬람 경전 『꾸르안』의 한 구절인 양 전해져 그것이 곧 이슬람의 징표이자 이슬람의 확산을 가져온 요인인 듯 오도하기도 한다. 정말 이런 식으로 그 비결이 풀릴 것인가.

원래 이슬람은 그 어의가 말해주듯 평화를 추구하는 종교로서 신앙을 '검'으로 강요하지 않는 것은 물론, 신앙의 자유를 설교하고 있다. 경전 『꾸르안』은 "종교에는 강제가 있을 수 없다"(2:256), "사람들을 강요해서는 믿음을 갖게 할 수 없다"(10:99)라고 신앙의 자유 원리를 거듭 강조하고 있다. 이것은 자아의식의 바탕에서 자유롭게 선택한 신앙만이 진실하고 확고하다는 데 근거를 두고 있다. 종교란 일종의 잠재적 의식형태로서 결코 강요로 성취될 수 없다. 설혹 일시적 강요에 굴복해서 따른다손 치더라도 지속될 수는 없다. 『꾸르안』과 검, 종교와 폭력은 본질적으로 불가상용적(不可相容的)이어서 양립할 수 없다. 그렇다면 이슬람의 출현과 확산을 가능케 한 진정한 요인은 과연 무엇이었을까?

그 요인을 알아내려면 객관적이고도 종합적인 고찰이 필요하다. 우선, 초기 이슬람이 비교적 순조롭게 걸음마를 뗄 수 있었던 것은 주변에 형성된 유리한 국제정세와 관련이 있다. 7세기 전후에 아라비아반도의 동서에는 숙적관계인 사산조 페르시아와 비잔틴제국이 대치하여 장기간 소모전을 벌임으로써 양쪽이 피폐상태에 빠졌다. 두 제국은 장기전(602~28)을 벌이면서 엎치락뒤치락 일승일패의 이전투구(泥戰鬪狗) 속에서 지칠 대로 지쳐 있었다. 또한 서민들에게는 과중한 부담을 전가해 당국에 대한 불만과 이탈심리가 커졌다. 이러한 이반(離反)현상은 두 제국 치하에 있는 중앙아시아와 서아시아 전역으로 파급되었다. 한편, 암흑기라 일컫는 중세에 들어선 유럽은 과도기적 혼란과 공백을 겪으면서 대외방어능력을 미처 키우지 못했다. 이 모든 국제적 환경은 이슬람의 대외진출과 확산에 유리한 국면을 조성했다.

이러한 객관적이고 대외적인 여건이 초기 이슬람의 확산에 긍정적 영향을 끼친 것은 사실이다. 그러나 그것은 어디까지나 가변적이고 보조적인 요인이었다. 이에 비해 이슬람이 구비하고 있는 주관적이고 내재적인 여건은 항시적이고 절대적인 요인으로서 이슬람의 확산에 결정적 영향을 미쳤다. 그러한 주관적 요인의 첫째는 이슬람 고유의 정교합일체제다. 이슬람은 단순한 신앙체계가 아니라 인간생활 전반을 아우르는 '조화로운 전체' '신앙과 실천의 체계'다. 불교나 기독교를 비롯한 대다수 종교들이 세속의 삶보다 내세를 더 강조하고 인간생활의 육체적 면보다 정신적 면을 중시하는 데 비해, 이슬람은 내세와 똑같이 현세의 삶을 중요시한다. 따라서 종교와 정치를 갈라놓지 않고 합일체로 보면서 정교일치를 국가와 사회의 기본 체제로 유지하고 있다. 이러한 체제에서 이슬람은 군사활동을 포함한 국가의 적극적인 간여와 뒷받침 속에서 확산되었다.

이슬람의 전통적 국가체제는 이른바 킬라파제(계위제)인데, 최고실권자는 종교와 정치의 권능을 함께 장악하고 있는 칼리파(계위자)로서 이슬람에 대한 국가적 관심이 항시 보장된다. 이슬람에서 이것은 종교와 정치의 유착관계가 아니라 합일체로서 상보상조적 관계다. 정교분리의 기독교 전통에 익숙한 사람들은 이해하기 어려운 일일 것이다. 그러나 이 점을 제대로 이해할 때만이 이슬람의 확산과 오늘의 부흥을 이해할 수 있다. 이슬람사를 제외하고도 종교사 일반을 돌이켜보면 비록 이러저러한 폐단으로 종교와 정치가 분리되기는 하지만, 합일해 상보상조할 때 종교와 정치가 공히 흥성한다는 사실을 보여준다. 역사에서 위정자들이 새로운 종교를 공허(公許)하고, 그것을 시전(始傳)으로 간주하고, 국교(國敎)나 호국종교의 의미를 강조하는 까닭이 바로 여기에 있는 것이다.

둘째 요인은 이슬람의 보편성과 세계성이다. 이슬람의 보편성은 확산의 특징이면서 동시에 주관적 요인이기도 하다. 차제에 한가지 강조하고 싶은 것은 이슬람의 공동참여성이다. 이슬람에서는 인간과 신(알라) 사이에 어떤 영적 매체의 개입도 허용하지 않기 때문에 성직자가 따로 없고 모든 신자는 설교자가 될 수 있다. 믿는 자는 모두 신 앞에서 평등하며 종교적 의무를 수행하는 모습은 누구나 똑같다. 그리하여 믿음에 충직하기만 하면 특별한 영적 자질이나 권위를 갖춘 사제가 아니더라도, 심지어 무식쟁이나 걸인이라도 예배를 인도하는 이맘(인도자)이 될 수 있다. 그리고 집단예배소로 마스지드(사원)가 있지만, 이용하기 어려운 경우에는 아무 곳에서나 시간에 맞추어 예배를 근행할 수 있으며, 지위고하에 관계없이 일렬로 예배에 동참하는 것이 관행이다. 보편성과 더불어 세계성은 이슬람의 두드러진 특성이다. 이슬람은 애당초 민족이나 국가, 지연이나 혈연을 초월한 세계종교다. 이슬람에서 '이크와'(형제애)를 유난히 강조하는 이유가 바로 여기에 있다. 불교는 자비를, 기독교는 박애를 상징적인 이념으로 한다면 이슬람은 형제애를 그것으로 한다. 너나없이 무슬림들은 서로를 '아크'(형제)나 '우크트'(자매)라고 부른다. 평등이나 소박성으로도 설명되는 이슬람의 보편성과 세계성은 이슬람의 범세계적 확산을 가져온 주요한 요인이다.

끝으로, 이슬람의 신속한 확산과 정착에 기여한 주관적 요인은 관용성(寬容性)이다. 여기에는 이슬람 특유의 수용성과 베풂의 두 가지 내용이 포함된다. 삭막한 아라비아반도에서 무지와 몽매의 구각(舊殼)을 깨고 출현한 이슬람에 성장과 확산의 자양분을 공급한 것은 주변의 선진문명이었다. 고대 오리엔트문명, 그리스-로마문명, 페르시아문명과 인도문명 등 여러 문명요소를 이슬람이란 한 용광로에 집어넣고 용해하여 응고시킨 것이 바로 이슬람문명이다. 이슬람은 출현 초기부터 종교를 비롯한 제반 분야에서 주변의 선진문명을 적극 수용했다. 이슬람의 경전 『꾸르안』에서 보다시피 신관(神觀)이나 성관(聖觀) 등 교리 면에서 유대교나 기독교의 것을 다량 받아들여 그야말로 종교간의 친연성(親緣性)을 실감할 수 있게 한다.

8세기부터는 그리스-로마의 고전을 있는 대로 아랍어로 번역하여 이슬람 신학의 정립과 학문의 발달에 적극 활용했다. 그런가 하면 인도에서는 수의 영(零) 개념을 받아들여 수학혁명을 일으켰고, 중국의 4대 발명품을 죄다 받아들인 후 다시 유럽으로 전했다. 이러한 수용성과 더불어 남에 대한 너그러운 베풂은 이슬람을 폭력종교로 매도하는 사람들까지 인정할 정도로 정평이 나 있다. 이러한 베풂은 유목민 고유의 품성이 이슬람의 종교적 선행으로 승화한 결과다. 군사정복 초기에 피정복지에 대하여 종전보다 적은 인두세를 부과함으로써 피정복지 주민들에게서 호감을 산 것은 널리 알려진 사실이다.

이슬람의 일상에서도 이러한 관용성은 쉽게 찾아볼 수 있다. 무슬림의 5대 종교의무의 하나인 매년 한 달씩의 금식도 환자나 임신부, 여행자들에게는 불이행이나 순연(順延)이 허용되며, '하람'(금기)되는 돼지고기도 그것밖에 식료품이 없을 때에는 먹어도 된다. 계율종교치고는 관용성과 융통성이 확연한 종교임에는 틀림없다. 그렇다고 다른 종교에 비해 느슨하거나 문란한 것은 결코 아니다. 오히려 그와는 정반대다. 바로 이러한 관용성으로 사람들은 이슬람을 기꺼이 받아들이고, 성직자가 없어도 종단이 제대로 굴러가고 사원이 제구실을 하며, 어떠한 물리적 강요가 없어도 이슬람은 확산을 계속해왔던 것이다.

초승달은 이슬람의 징표다. 여러 이슬람국가들의 국기에 초승달이 새겨져 있고 국제적십자위원회(IRC)는 이슬람국가의 초승달 기장(旗章) 사용을 허용하고 있다. 사막에서 뜨거운 햇볕을 피해 밤길을 걸어야 하는 유목민들에게 어둠을 깨고 방긋이 모습을 드러내는 초승달이야말로 희망의 등대이고 동경의 피안(彼岸)이 아닐 수 없다. 무슬림들은 사막의 신기루로 나타난 이슬람이 사막의 초승달로 그들의 앞길을 영원히 비춰준다고 믿고 있다.

참고문헌

김정위 『중동사』, 대한교과서주식회사 1987.

余部福三 『イスラーム全史』, 勁草書房 1991.

Hasan Ibrāhīm Hasan, *Tārīkhu'l islām siyāsiy wa'd dīniy wa'd thaqāfiy wa'l ijtimā'iy*, Maktabatu'd Nahdati'l Misriyah 1984.

Sayyid Fayyaz Mahmūd, *A Short History of Islam*, Oxford University Press 1960.

3

교조 무함마드

الحضارة الإسلامية

3

교조 무함마드

1. 위인론

10여년 전 영국 작가 루시디의 소설 『악마의 시』가 세상을 뒤흔 적이 있다. 이 '걸작품'은 출시되자마자 50만 파운드라는 전대미문의 거액에 판권이 팔려나갔다. 이에 대해 이란의 호메이니는 궐석재판에서 루시디에게 '사형'을 언도하고, 거금을 걸어 루시디를 현상수배했다. 호메이니가 루시디에게 사형을 언도한 이유는 루시디가 이슬람의 교조(敎祖)인 무함마드를 모독했다는 것이다.

루시디는 작품에서 마왕(魔王)이라는 뜻이 있는 스코틀랜드어 '마호운드'(mahound)라는 단어로 무함마드를 희화화(戱畵化)하였다. 그는 발음의 유사성으로 보아 이 말이 아랍어의 무함마드(muhammad)에서 와전된 것이라고 풀이하면서 은근히 무함마드를 주술사나 악마에 빗댄 것이다. 무함마드를 교조로, 알라의 예언자로, '라쑬룰 라'(聖使, 알라가 보낸 사람)로 숭앙하는 13억 무슬림이 발끈하지 않을 수 없었다.

방글라데시 여성들이 무함마드의 탄생일에 축하행진을 벌이고 있다. ⓒREUTERS

물론 무함마드에 대한 모독이나 왜곡은 어제오늘의 일이 아니다. 1,400여년 전 무함마드가 이슬람을 펴기 시작했을 때 무지한 사람들은 그를 '지랄병 환자'로 몰아붙였다. 대명천지인 지금까지도 그때의 매도가 여운을 남기고 있다. 이에 영향을 받은 듯 우리의 권위있는 세계백과대사전에서도 여러가지 비사실적 기술과 함께 무함마드를 "무력과 탄압으로 선교를 강요하여 수십차례 전쟁까지 일으켰다"며 '폭군'으로 정평(定評)하고 있다. 그러나 다행스럽게도 근자에는 이러한 사설(邪說)의 주 진원지인 유럽에서, 양식있는 학자들은 무함마드에 대한 편견이나 오해를 자성하고 사실적인 접근을 모색하고 있다.

지난 세기 초 미국 학자 캐틀은 『세계인명사전』을 펴내면서 세계적 위인 1천명을 고르고 다시 '베스트 10'을 추렸는데, 그 면면은 나뽈레옹·셰익스피어·무함마드·볼떼르·베이컨·아리스토텔레스·괴테·씨저·루터·플라톤이다. 그런가 하면 근대 '영웅론'의 대표적 주창자인 영국의 칼라일은 역대 종교개혁자로 루쏘와 함께 무함마드를 지목하였다. 웬일인지 부처나 예수는 종교개혁자의 반열에서 빠뜨린 것이다. 그렇다면 우리는 무함마드를 어떻게 이해하고 평가해야 할 것인가.

인간을 이해하고 평가하는 것은 지극히 어려운 일이다. 인간처럼 신기한 존재는 없기 때문이다. 인간은 동물과 달리 자기의식과 변화무쌍한 감성으로 살아가는 '자연의 기형아'다. 이러한 기형아 중의 기형아가 바로 위인일진대 위인을 재량(裁量)한다는 것은 한결 어려운 일이다. 존재양식으로 본 인간의 유형에는 순수 본연적인 생물로서 명을 이어가는 '생물학적 존재'와, 유기적인 사회관계에서 살아가는 '사회학적 존재', 그리고 우주의 진리를 추구하면서 삶을 영위하는 '윤리·도덕적 존재' 세 가지가 있다. 흔히들 자기만을 위해 생물학적으로 존재하는 인간을 '단순인간'이라고 하고, 남을 위해 남과 더불어 살아가는 사회학적 존재나 윤리·도덕적 존재로서 살아가는 인간은 '사회적 인간' 혹은 '역사적 인간'이라고 한다. 단순인간에게는 인간이란 개념이 '소문자'로 적혀 있어 잘 보이지 않으나, '사회적 인간'에게는 '대문자'로 새겨져 있어 뚜렷이 보일 뿐만 아니라, 오래도록 남아 있다. '큰 그릇'에 비유하는 이런 '사회적 인간' 중에 위인이 나타나는 법이다.

그렇다면 위인은 어떠한 인물인가. 영웅론자들의 말을 빌리면 위인(영웅)은 시대의 요청에 부응해 나타난 인물이다. 그러나 누구나 할 수 있는 일을 하는 평범한 '사건적 인물'(eventual man)이 아니라, 남이 할 수 없는 일을 해내는 '사건 창조적 인물'(event making man)이다. 위인에는 사상의 위인과 행동의 위인이 있다. 철학이나 종교에서 나타나는 현자(賢者)나 성인(聖人)은 전자에 속하고, 명망있는 정치가나 군사전략가는 후자를 일컫는다. 위인이 갖추어야 할 자질은 유형에 따라, 시대에 따라 다를 수밖에 없다. 그러나 굳이 한마디로 압축한다면 '사건 창조적' 자질이 될 것이다. 이러한 자질은 어느 날 갑자기 갖추어지는 것이 아니다. 범상치 않은 인물로 태어나, 보통의 인간으로 살아가며 연마되고 온축(蘊蓄)될 때 비로소 드러난다. 이러한 자질을 갖춘 위인은 역사의 격변기에 '시대의 피조물'로 등장한다. 그리고 역사와 시대의 변혁을 선두에서 지휘하고 불멸의 업적을 남겨놓는다.

이러한 '위인론'이야말로 무함마드 같은 '역사적 인물'을 제대로 이해하고 평가할 수 있는 잣대가 된다. 결론을 먼저 말하면, 무함마드는 시대의 피조물로 나타난 '사회적 인간'이고 '사건 창조적'인 위인이다. 그는 사상과 행동을 겸행(兼行)함으로써 엄청난 역사변혁을 주도한 희세의 영걸이다. 이러한 실상은 그의 인간상(人間像)과 성인상(聖人像), 그리고 위정자상(爲政者像)에서 여실히 드러난다.

2. 무함마드의 출생과 성장

무함마드는 60여 평생의 3분의 2는 '사건적 인간'(보통 인간)으로 살았고, 3분의 1은 한 종교의 창시자(성인)이자 인간공동체의 위정자 그리고 '사건 창조적 인간'(위인)으로 살았다. 보통 인간으로서 그의 삶은 그가 위인으로 비상하는 도약대가 되었다. 위인이 되고 나서도 그의 행보에는 보통 인간으로 살았던 삶의 족적이 역력히 찍혀 있다.

무함마드도 '시대의 피조물'이라는 운명에서 자유로울 수 없었다. 7세기 아라비아반도는 전통적인 씨족제도와 유목사회 구조가 무너지고, 대신 부족연맹이 출현했다. 교역에 기초한 경제는 급속히 발달했다. 기독교와 유대교가 충격을 주고, 낡은 종교관념과 각종 사회적 폐습이 상존하는 등 사회 전체가 몸살을 앓았다. 이러한 갈등을 해결하기 위해 적절한 신앙적 해답을 줄 수 있는 새로운 종교의 탄생이 절박해졌다. 이제 어떤 출중한 인물, 즉 '사건 창조적'인 위인이 나타나 이 역사적인 과제를 앞장서 수행해나가는가 하는 것만이 남아 있었다. 이러한 시대적 소명에 부응해 갈등의 한복판인 메카에서 혜성처럼 나타난 인물이 바로 무함마드다.

무함마드의 생애는 일찍이 씌어진 전기와 이슬람 사적이 남아 있어 비교적 소상하고 정확하게 알 수 있다. 경전이나 복음서에서 자료를 뽑아 엮은 다른 성인들의 전기에 비하면 신빙성이 높다고 말할 수 있다. 그렇지만 유년시절과 청장년시절에 관해서는 전하는 바가 많지 않다. 무함마드에 관한 최초의 전기는 서거 120년 후 이븐 이쓰하끄가 펴낸 『성사전(聖使傳)』이다. 그러나 오늘날 전해오는 것은 원본이 아니고 9세기 초 이븐 히샴이 편찬한 교정본이다. 이 교정본이 여러 언어로 역출됨은 물론, 그에 근거해 몇 종의 무함마드 전기가 새로 꾸며지기도 했다.

무함마드는 메카를 중심으로 한 지역에 할거한 꾸라이쉬 부족의 하쉼 가(家)에서 태어났다. 거슬러올라가면 그는 유대민족의 조상인 아브라함과 하녀 하갈 사이에 태어난 이스마엘의 후손이다. 우리가 아랍민족과 유대민족 간, 이슬람교와 유대교 간에 역사적인 친연성이 있다고 하는 까닭은 바로 여기에 있다. 무함마드의 출생 연월일에 관해서는 몇가지 설이 있는데, 대체로 '코끼리의 해'인 570년 4월 22일로 본다. '코끼리의 해'란

메카 근처에 있는 자발 누르 산. 화강암으로 이루어진 이 산의 정상 부근에 있는 히라 동굴에서 무함마드가 천사 가브리엘로부터 첫번째 계시를 받았다.

에티오피아군이 코끼리를 몰고 메카에 침입한 해다. 코끼리를 처음 본 메카인들은 너무 신기해서 이 해를 '코끼리의 해'로 이름지었다. 바로 이 해에 무함마드가 태어났다는 것이다.

무함마드의 증조부 하쉼은 시리아와의 대상무역으로 부를 축적하고 기반을 꾸려 명문 하쉼가의 조상이 되었다. 하쉼의 아들이자 무함마드의 조부인 무퇄리브는 메카의 신전 카으바를 방문하는 순례자들에게 음식과 물을 제공하는 중요한 직책을 맡았는데, 특히 그는 메카에 있는 '잠잠'이란 성천(聖泉)을 복구한 선사(善士)로 이름을 남겨놓았다. 전설에 따르면 잠잠 샘물은 아브라함이 아내 사라의 닦달에 못 이겨 하녀 하갈과 아들 이스마엘을 메카로 내쫓았을 때 자비로운 천사 가브리엘이 나타나 이 성천을 솟게 하여 그들의 갈증을 풀어주었다고 한다. 오늘날까지도 성지순례자들은 순례의 필수코스로 신전에서 얼마 떨어지지 않은 이 성천에서 물을 꼭 떠마시곤 한다.

무함마드의 아버지 압둘라는 대상을 따라 여행하던 중 무함마드가 태어나기 두 달 전에 객사하였다. 무함마드는 유복자로 태어났다. '무함마드'는 아랍어로 '찬양을 받는'이라는 뜻이다. 뜻도 뜻이려니와 교조의 상서로운 이름이라서 무슬림 가정에서나 이 이름을 남자아이에게 붙이곤 한다. 그의 수태(受胎)에 관해서는 한두 가지 오가는 이야기가 있으나, 분명한 것은 자연인인 아버지 압둘라와 어머니 아미나의 정상적인 교합(交合)에 의해 자연인으로 수태되었다는 사실이다.

독자이자 유복자인 그는 조부의 부양을 받게 되었다. 그러나 베두인(사막의 유목민)의 기질을 길러주기 위해 자식들을 사막에 보내는 당시 관습에 따라 어린 무함마드는 사막에 사는 바누 싸이드 부족의 여인 할리마의 집으로 보내졌다. 그러다 여섯살이 되던 해 어머니가 찾아왔다. 어머니는 아들에게 돌아가신 아버지의 무덤을 보여주려고 친정이 있는 메디나로 갔는데, 뜻밖에도 도착하자마자 급서했다. 졸지에 무함마드는 부모를 잃은 고아가 된 것이다. 2년 후에는 양육자인 조부마저 사망해, 그는 하쉼가의 족장인 삼촌 아부 톨리브의 슬하로 들어갔다.

삼촌의 후견 속에 무함마드는 대상을 따라 먼 시리아까지 자주 여행하면서 세파에 부딪혔다. 어린 무함마드는 비록 조부나 숙부의 보호를 받았으나 넘겨받은 유산이 없어 어릴 적부터 방목을 하고 대상교역을 하면서 자신의 힘으로 생계를 꾸려야 했다. 그러다 보니 변변한 교육을 받을 수 없었다. 고독하고 힘겨운 삶이 무함마드의 유년기와 청년기의 전부다. 이슬람사는 역설적으로 이러한 삶이 훗날 그를 성인으로, 위인으로 발돋움하게 하는 밑거름이 되었다며, 그의 처지를 알라의 보우(保佑)로 해석하고 있다. 그래서인지 그는 어려서부터 성품이 착하고 예의발라 주위 사람들의 사랑을 한몸에 받았다. 그런가 하면 다반사였던 부족간의 전투에 자주 참가하여 담력과 투지를 키웠다.

이처럼 남다른 풍모를 간직한 채 평범한 유년기를 보낸 무함마드는 청년기인 25세 때 40세의 돈 많은 과부 카디자의 대상무역에 대리인으로 참가했다. 천성대로 성실히 일한 무함마드는 카디자의 환심을 얻어 15년 연상인 그녀와 결혼하게 되었다. 카디자는 무함마드의 충실한 내조자이자 추종자로서 이슬람의 첫 신봉자가 되었다. 무함마드 부부는 많은 연령차이를 극복하고 다복하게 산 것으로 전해진다. 무함마드는 카디자가 병으로 사망할 때까지 25년을 함께 살았다. 그들 사이에는 2남 4녀가 태어났는데, 다 요절하고 딸 파튀마만 남았다. 후일 그녀는 무함마드의 사촌아우이자 제4대 정통 칼리파가 된 알리와 결혼하였다.

3. 인간 무함마드

부유한 가정의 주인이 되자 무함마드의 생활에 다소 여유가 생겼다. 속세간(俗世間)의 난맥상에 고민해오던 그는 자주 메카 근교에 있는 히라 동굴을 찾아가 하염없이 명상에 빠져들곤 했다. 그는 부질없는 부족간의 상잔, 무지몽매한 우상숭배, 끔찍한 여아 생매장 등 그가 체험한 각종 사회 부조리와 비리, 갈등을 반추하며 '절대적인 힘'에 기구하였다. 그는 이러한 명상과 기원을 15년 동안이나 계속하였다. 그러나 이때는 아직 보통 인간 무함마드였다.

장년기의 이 기나긴 세월은 인간 무함마드에게는 수행기간이었고, 성인(聖人) 무함마드에게는 예비기간이었다. 명상을 계속하던 35세 때인 605년, 카으바 신전 재건을 놓고 이해가 충돌해 꾸라이쉬 부족 사이에서 극심한 분쟁이 일어났다. 다들 속수무책으로 방관만 하고 있을 때 무함마드가 설득과 중재에 나서 공평정대하게 해결하였다. 그가 발휘한 발군의 지혜와 충실성에 모두 감탄을 금치 못했다. 그래서 그를 '아민'(충실한 사람)이라고 불렀다. '아민'은 인간 무함마드의 유일한 아호다.

15년간 명상과 수행을 거듭하던 무함마드는 40세 때 드디어 대오각성하여 하나님(알라)의 계시를 인간에게 전달하기 시작하였다. 그후 20여년간 성사(聖使)로서 이슬람을 뿌리내리게 하고 정교합일의 위정자로서 첫 이슬람공동체를 세웠다. 그는 예수의 '신인양성론(神人兩性論)'이 부동의 신념으로 굳은 기독교로부터 여러가지 영향을 받았으나 이를 받아들이지 않았다. 무함마드는 양성론 대신 자신은 '인간일 뿐'이라는 단성론(單性論)을 고집하였다. 이러한 증좌(證左)는 이슬람교 경전에서 찾아볼 수 있다.

경전 『꾸르안』에는 "말하라. 나는 너희와 똑같은 인간으로서 나에게는 너희의 신이 유일신이라는 계시가 내렸을 뿐이니라"(18:11)고 하였다. 이를테면 경전으로 무함마드의 단성(單性, 인간성)을 단정한 셈이다. 그는 시종 인간으로, 그러나 평범한 인간이 아닌 '사건 창조적 인간'으로 종교나 정치·경제·문화·사회·군사 등 모든 분야를 넘나들며 변혁을 지휘하였다. 그는 어느 한 분야의 문패가 붙은 '칸막이방'에 국한하지 않고 이방저방을 넘나드는 '통방(通房)'을 하며 살아왔다. 여느 위인에게서도 찾아보기 힘든 '통방살이'가 가능했던 것은 그 자신이 인간으로 자부했기 때문이다. 위인 무함마드가 이름의 뜻 그대로 만민에게서 찬양받는 첫째 이유는 바로 여기에 있다.

인간 무함마드의 면모는 여러 면에서 나타난다. 그는 금욕주의자라 할 정도로 절제하고 근면하고 소박했다. 보통사람과 다를 바 없이 먹고 입고 살면서 구차한 사람들을 동정하고 사회의 평등과 정의를 강조했다. 예언자로 존대를 받으면서도 자기 옷을 손수 꿰매 입었다. 가구라야 고작 나무침대와 물동이 하나뿐인 오막살이 흙집에 사는 평범한 인간상을 보여주었고, 가복(家僕)을 비롯한 숱한 노예를 해방시켰다.

아울러 무함마드에게는 남다른 관용성이 있었다. 그는 메카에 무혈입성한 후에 이슬람 출현 초기부터 그토록 그를 비방하고 냉대하던 메카 사람들마저 모두 용서하고 관대히 대해주었다. 이에 감명을 받은 메카인들이 무리를 지어 이슬람을 받아들였다고 한다. 선교 초기 그는 메카 사람들의 박해에 시달리는 추종자들을 에티오피아로 피신시켰으나 정작 그 자신은 위험을 무릅쓰고 메카에 홀로 남아 이슬람의 싹을 지켰다. 이러한 비범함 덕분에 그는 사람들과 가까워지고, 사람들은 그를 받들었다. 그들은 무함마드를 오로지 '완전한 인간'으로 숭앙했을 뿐, 결코 신격화하지는 않았다. 무슬림들은 무함마드를 거명할 때면 꼭 "알라께 기도하나니 그에게 평화를!(쌀랄 라흐 알라이히 왓 쌀람!)"이라는 기도사를 덧붙이는데, 이는 인간 무함마드에 대한 숭앙을 표명한다.

흔히 성인이나 예언자를 기적의 화신으로 부상시키는 경우가 많다. 어떤 성인의 전기는 신묘한 기적으로 빼곡히 채워져 있다. 그러나 무함마드의 경우는 전혀 다르다. 기적다운 기적은 몇가지 되지 않는다. 그것도 주로 신과의 관계에서 일어난 기적이다. 대표적인 것이 '이쓰라 와 미으라즈'(夜行昇天) 기적이다. 어느 날 밤 그는 갑자기 천사 가브리엘의 안내로 날개 돋친 부라끄(天馬)를 타고 메카의 금사(禁寺)에서 예루살렘의 원사(遠寺)까지 일순간에 날아가 그곳에서부터는 빛에 실려 승천한다. 그리고 가까스로 7단계를 거쳐 알라의 어좌(御座)를 참배하고 돌아온다.

이때는 무함마드가 메카에서 무척 심한 박해를 받아 메디나로의 성천(聖遷)이라는 출로를 찾고 있던 때(621년 7월 27일 밤)다. 그는 이러한 기적으로 알라가 보낸 사람이라는 자신의 입지를 확인하려 했을지도 모른다. 무슬림은 인간의 상식으로 알 수 없는 일은 오직 '알라 아을람!'(알라만이 아는 일이다!)이라며 더이상 사족을 달지 않는다. 신학자들은 이 '승천'을 영혼 고양(高揚)의 상징으로 해석하며, 훗날 이것이 이슬람 신비주의를 형성하거나 이딸리아의 시성(詩聖) 단떼가 『신곡(神曲)』을 구상하는 데 영향을 끼쳤다고 주장한다. 무함마드에게 기적을 행한 행적이 적은 것은 메디나 유대인들에게 공격의 빌미가 되기도 하였다. 그들은 기적 없는 예언자가 어디 있느냐고 그를 조롱했던 것이다. 그러나 기적이 적은 것은 신이나 기인이 아닌, 인간 무함마드의 '인성'(人性)을 증언해주는 증거가 아닐 수 없다.

야행승천(夜行昇天)을 하기 위해 무함마드가 천사 가브리엘의 안내로 부라끄(天馬)를 타고 메카의 금사(禁寺)에서 예루살렘의 원사(遠寺)까지 날아가고 있다.

4. 성인 무함마드

의심할 바 없이 인간 무함마드를 더욱 빛나게 한 것은

종교적 성성(聖性)이다. 18세기 독일의 저명한 계몽사상가 헤르더는 천재적 인물에게는 '신의 오른손'이 하늘에서 비상한 힘을 내려준다고 하였다. 헤르더는 역사발전 과정에는 간혹 신이 특별히 간여해야 할 때가 있는데, 그때가 되면 신은 천재적 인물을 통해 이를 실현한다고 하였다. 이것은 신통하게도 무함마드를 두고 하는 말 같다. 유일신 알라는 7세기 초엽의 적절한 시기에 천사 가브리엘을 통해 무함마드에게 계시를 내림으로써 인간사회에 성공적으로 간여하였다. 그 과정에서 인간 무함마드는 예언자와 라쑬룰 라라는 종교적 성성을 부여받고, 20여년간 이슬람의 창시자로서 본분을 다하였다.

무함마드가 히라동굴에서 명상정진한 지 15년째 되던 610년 어느 날 밤, 홀연히 하늘가에 환영(幻影)이 나타나더니 그에게 무턱대고 "읽어라!"라고 하였다. 이에 무함마드가 "저는 무학(無學)입니다"라고 대답하자, 그 환영은 '읽기'를 세 번 권고했다. 그가 "무엇을 읽으란 말입니까?"라고 되묻자, 환영은 "읽어라! 창조주이신 너의 주님의 이름으로. 그분께서는 한 방울의 정액으로 인간을 창조하셨느니라"라고 일깨워주었다. 이 환영이 바로 천사 가브리엘이고, 이 일깨움은 알라가 무함마드에게 내린 첫 계시다.

때는 이슬람의 성월(聖月)인 라마돤(禁食月, 이슬람력 9월) 하순의 어느 기수일 밤(27일 밤으로 짐작)이었는데, 그 획기적인 의미를 살려 이 밤을 '라일라툴 까드르'(결정의 밤)라고 한다. 환영을 접하고 두려움에 사로잡혀 허둥지둥 집으로 돌아온 무함마드는 부인 카디자에게 "날 좀 감싸주오"라고 말하고는 몸이 불덩이가 되어 방바닥에 쓰러진다. 그가 부인에게서 겉옷을 받아 입을 때 다시 허공에서, "겉옷을 걸치는 자여! 일어나 경고하라! 네 주님만을 찬양하라! 네 겉옷을 청결케 할 것이며 부정을 피하라!"라는 소리가 들려왔다. 이 소리는 말방울 소리처럼 요란했다. 이것이 알라가 천사 가브리엘을 통해 무함마드에게 내린 두번째 계시다.

그러나 무지몽매한데다가 새로운 종교가 출현하는 데 겁먹은 메카 사람들은 무함마드가 최초의 계시를 받으면서 보여준 심리적 불안과 종교적 이상체험을 간질병 환자의 발작이나 히스테리 환자의 망상증쯤으로 여겼다. 그래서 그를 '지랄쟁이' '미친놈' '마법사' 등으로 백안시하고 매도하였다. 제2차 세계대전 이전까지 이러한 매도는 마치 사실(史實)인 양 유럽의 이슬람 연구자들에게 '전승'되고 활용되었다. 아마 루시디는 이러한 역사의 퇴물을 원용(援用)하여 소설의 소재로 잡은 것 같다. 다행히도 간질병 환자나 히스테리 환자는 발작중에 일어나는 일을 전혀 기억할 수 없다는 현대의학의 연구결과가 있어 이러한 매도가 비어낭설(蜚語浪說)임이 과학적으로 증명되었다.

무함마드는 사망할 때까지 20여년간 천사 가브리엘을 통해 알라의 계시를 간단없이 받았다. 실타래같이 얽히고설킨 속세의 일로 고민할 때, 알라는 조목조목 그것을 풀 수 있는 가르침을 내렸다. 계시는 '읽어라'부터 시작했기 때문에 알라의 계시를 묶은 경전을 『꾸르안』이라고 한다. '꾸르안'(al-Qurān)은 '읽다'라는 뜻을 가진 '까라아'(qaraa)의 동명사니, '읽기' 혹은 '읽음'이라는 뜻이 된다. 이것이 종교적 전의(轉意)에 의해 '독경물(讀經物)', 즉 독송하는 이슬람 경전으로 승화하였다. 대체로 초기의 계시는 한마디씩 또박또박 내려졌으나 후에는 섬광처럼 순간적으로 스쳐오는 영감으로 바뀌었다.

무함마드는 이러한 계시를 통해 자신이 종교적 예언자(豫言者, 일명 선지자·나비)이며 동시에 알라가 인간세계에 파견한 성사(聖使, 라쑬룰 라)임을 거듭 확인했다. 이슬람적 해석으로는 예언자나 성사는 모두 절대신 알라의 영감과 계시를 받아 선택된 완전무결한 인간이다. 예언자는 문자 그대로 신의 뜻이나 종교적 비전을 예언하는 사람이다. 그러나 성사는 예언과 더불어 그것을 실현할 수 있는 능력을 부여받은 사람이므로, 예언자보다 한 차원 높은 성인이다. 따라서 모든 성사는 예외없이 예언자이나, 모든 예언자가 다 성사가 될 수는 없다.

『꾸르안』에 따르면 알라의 축복을 받은 민족들 가운데서는 대부분 축복을 알려주는 예언자가 배출되는데, 그 수가 무려 12만 4천명에 달한다. 그렇지만 모든 민족을 아우르는 성사는 극히 제한적이어서 아담·노아·아브라함·모세·예수·무함마드 등 여섯명만이 거명되고 있다. 예언자나 성사에 관한 이같은 견해는 무함마드의 성성을 살피고, 이슬람의 비(非)배타적인 포용성을 입증하는 중요한 증거다. 이슬람은 유대교와 기독교의 창시자인 모세와 예수를 무함마드와 동등한 성사로 인정하고, 둘에 대한 신앙도 교리적 신조의 하나로 규정하고 있다.

무함마드는 2년여의 고민과 망설임 끝에 알라의 성사임을 확신하고 613년부터 메카에서 공개적으로 포교활동에 나섰다. 그는 구래의 각종 종교적·사회적 폐습을 비난하면서 절대신 알라에 무조건 복종하라고 경고한다. 여기서 순종한다는 뜻의 '이슬람'과 복종자라는 뜻의 '무슬림'(이슬람 신봉자)이란 말이 나왔다. 무슬림들은 순종을 뜻하는 의례적 동작으로 알라를 향해 몸을 굽혀 이마가 바닥에 닿도록 절하는 예배법을 창안해냈다.

그러나 무함마드의 설교는 처음부터 꾸라이쉬 부족 상층의 불만과 저항을 가져왔다. 무함마드가 등장하자 메카로 오는 순례자가 일시적으로 줄어들어 그들이 입은 경제적인 손실이 적지 않았다. 무함마드의 선교가 활발해지고 추종자들이 늘어날수록 그들은 무함마드를 더욱 심하게 박해하였다. 이때 하리스는 무함마드를 보호하다 타살돼 이슬람사상 첫 순교자가 되었다. 양측 사이에 협상이 있었으나 타협은 이루어지지 않았다.

무함마드는 이어지는 박해를 피해 615년경 1, 2차로 나눠 추종자 아흔여섯 가족을 기독교 국가인 하바쉬(현 에티오피아)로 피신시켰다. 그러자 메카의 권력자들은 하바쉬의 왕 네구스에게 뇌물을 주면서 피신자들을 돌려보내라고 요청하였다. 그러나 피신자들이 예수와 성모 마리아를 찬양하는 『꾸르안』 구절을 송독하자 네구스 왕은 그들의 신앙이 기독교와

천사 가브리엘이 알라의 계시를 무함마드에게 전달하고 있다.

한 뿌리에서 나온 것이라고 믿고 오히려 보호해주었다. 기독교와 이슬람교가 티격태격하는 현실을 보면 저승에 있는 네구스 왕은 쓴웃음을 지을 것이다. 메카의 권력자들은 무함마드에 현상금을 걸고 그의 출신 가문인 하쉼가에 협상을 제의했으나 거절당했다. 그에게 보복하기 위해 메카 권력자들은 하쉼 가문과는 계약이나 결혼, 무역거래 등을 일절 하지 않기로 결정하였다. 그들은 특히 무함마드의 보호자인 삼촌을 갖가지 방법으로 회유하고 공갈하여 조카의 전향을 유도했다. 회유와 압력을 견디다 못한 하쉼 가문은 모든 권리를 빼앗긴 채 메카 동쪽 한 계곡으로 집단 피난하였다.

설상가상으로 619년 평생을 동고동락해온 아내 카디자와 삼촌이 세상을 떠나, 무함마드는 정신적인 안식처마저 잃었다. 아부 퇄리브의 후임으로 하쉼 가문의 수장이 된 또다른 삼촌 아부 라하브는 아부 퇄리브와 달리 유일신교를 극력 반대했다. 그는 가문의 성원을 설득하여 무함마드를 보호대상에서 제외했다. 이로써 메카에서의 포교가 어려워지자 무함마드는 타지에서 출구를 찾으려 했다. 메카 동남쪽 80km쯤에 산재해 있는 톼이프족은 메카의 꾸라이쉬 부족과 앙숙관계였다. 무함마드는 이 점을 포교에 이용하고자 그곳으로 찾아가 한 달간 설득했으나 조롱과 멸시만 받았다. 그들은 설교하는 그에게 돌을 던지고 잠자리도 내주지 않았다.

온갖 냉대와 박해를 받으면서도 무함마드는 결코 절망하지 않고 지혜를 짜내 포교를 이어갔다. 예나 지금이나 순례의 달과 성스러운 달인 '금식월'에는 폭력 행사가 전면 금지된다. 무함마드는 이 기회를 활용하기로 마음먹고 멀리 북방 400km의 야스리브(메디나의 옛이름)에서 온 순례자들을 찾아가 설교를 하였다. 뜻밖에도 그들은 흔쾌히 호응해왔다. 야스리브에는 만성적인 분쟁을 겪고 있는 아우스족과 카즈라즈족의 대표들이 있었다. 그들은 무함마드 같은 성현만이 소모적인 분쟁을 조정·해결해줄 수 있으리라 믿었다. 그리하여 621년 이 두 부족의 대표 12명이 메카 근교인 아끄바에 와서 무함마드에게 제1차 '아끄바 충성서약'을 하였다.

그들은 서약에서 "우리는 유일신만 섬기며, 도둑질을 하지 않고, 간음을 하지 않으며, 우리의 자식을 살해하지 않을 것이다. 우리는 중상과 비방을 그만두고, 모든 진리의 예언자에게만 복종할 것이다"라고 선언하면서 무함마드를 메디나로 초청하여 중재를 부탁하며 그를 보호해주기로 약속했다. 이것은 무함마드의 포교활동에서 획기적인 사변이었다. 위기에서 탈출구를 찾은 동시에 희망의 서광이 비쳐왔기 때문이다. 의외로 일이 잘 풀리면 무슬림들은 으레 '함둘 릴라!'(알라에게 찬미를!)라고 말한다.

이듬해 6월에는 그 전해에 충성서약을 한 12명을 포함한 75명의 대표가 야스리브에서 아끄바로 다시 와, 1차 서약과 비슷한 내용의 제2차 아끄바 서약을 하고 무함마드를 공식 초청하였다. 이 소식을 접한 메카의 박해자들은 무함마드가 집에서 나오는 순간 급습할 계략을 꾸며놓았다. 그러나 이 계략을 사전에 알아낸 사촌동생 알리의 기략으로 무함마드는 무사히 위기에서 벗어났다. 그는 교우 아부 바크르와 함께 메카 남쪽에 있는 사우르산 동굴에서 3일 동안 숨어지내다가 70명의 추종자와 함께 비밀리에 메카를 탈출해 야스리브 남쪽 3km 지점에 있는 꾸바 마을에 당도했다. 그때가 이슬람력으로는 9월 24일이고, 서력으로는 622년 7월 15일이다.

무함마드가 메카에서 메디나로 이주한 것을 이슬람사에서는 '히즈라'(聖遷)라고 한다. 히즈라는 이슬람사의 전환점이 되었으며, 성천의 날은 이슬람력 원년 1월 1일이다. 무함마드와 함께 히즈라한 70명을 성문천사(聖門遷士)란 뜻을 가진 '무하지룬', 혹은 무함마드의 추종자인 성문도반

(聖門徒伴)이란 뜻으로 '솨하바'라 부른다. 이들은 최초의 이슬람 신봉자이자 수호자로서 최상의 반열에 속하는 무슬림으로 존대받는다. 이들이 메디나에 도착한 후 안착하도록 지원하고 무함마드의 포교를 도와준 사람들을 성문보사(聖門輔士, 돕는 자)라는 뜻을 가진 '안솨르'라고 하는데, 이들 역시 성문도반에 버금가는 무슬림으로 존대받는다. 무함마드의 야스리브 입성으로 이 도시의 이름도 '예언자의 도시'라는 뜻을 가진 '마디나툿 나비'(약칭 메디나, 아랍어로는 al-Madinah)로 바뀌었다.

무함마드는 메디나를 거점으로 이슬람공동체를 건립하고 주변 여러 부족과 유목민에게 이슬람을 보급함으로써 아라비아반도의 이슬람화를 실천해나갔다. 그는 몇차례 전투를 거쳐 여러 정적(政敵)과 종적(宗敵)을 제압하고 630년 이슬람의 본향인 메카에 무혈입성하였다. 그리고 두 번의 메카 순례를 단행해 이슬람교의 창시를 마무리하였다. 특히 632년의 순례에서 발표한 유명한 '고별연설'은 마지막 계시를 전달하는 행사답게 이슬람교의 완성을 만천하에 선포하였다. 무함마드는 이 순례에서 돌아온 후 3개월간 심한 열병을 앓다가 6월 8일 향년 62세(570~632)로 영면하였다.

이슬람교의 창시와 관련해 한가지 부언할 것은 이슬람적 사고방식으로는 무함마드가 이 교의 창시자나 교조가 아니라는 점이다. 이슬람적 시각에 따르면 만민을 위한 보편종교인 이슬람은 절대신 알라가 우주를 창조한 그 시각부터 이미 있어왔다. 그런데 그동안 제대로 받아들여지지 않다가 마지막 예언자이며 성사인 무함마드에 이르러 비로소 완전무결하게 인간에게 계시된 것이다. 따라서 이슬람의 창시자는 원초적으로 알라일 뿐, 알라 외에는 아무도 창시자가 될 수 없다. 무함마드를 이슬람의 '교조'니 '창시자'니 하는 것은 어디까지나 다른 종교의 교조나 창시자에 대비한 관용어에 불과하다.

5. 이슬람공동체의 건설

무함마드의 60여 평생에는 평범한 인간으로서의 삶과 종교 교조로서의 성직(聖職), 그리고 사회공동체의 창건자·위정자로서의 위용이 공존한다. 메디나라는 낯선 타향에 천거한 후 그는 이슬람의 착근과 그에 바탕을 둔 무슬림들의 생존을 위해 특정 부족집단에만 의거하던 종래의 혈연 및 지연관계를 초월했다. 이후 그는 여러 부족과 이교도를 망라하는 범지역적인 사회공동체를 형성하는 데 주력하여 유대인이나 이교도들과의 약속이기도 한 '메디나헌장'을 반포하고 헌장정신에 입각해 이슬람에 기초한 이른바 '움마'(이슬람공동체)를 건설하였다. 움마의 구성원으로는 메디나 일원의 모든 무슬림, 그들과의 제휴를 감수하는 유대인, 이교도들이 망라되었다.

헌장은 구성원간의 상잔(相殘)을 금지하고 모든 분쟁은 알라와 그가 파견한 사자(使者)인 무함마드가 중재한다고 규정하였다. 이것은 이슬람공동체라는 새로운 권력체에서 무함마드가 행사하는 행정·사법권이 인정되었음을 뜻한다. 또한 헌장은 무함마드의 지휘에 따라 단합해 대적(對敵)투쟁을 전개할 것을 호소함으로써 군사동맹체 성격을 명시하였다. 그뿐만 아니라, 책무나 속금(贖金)의 상환, 자유거래의 보장 등 공동체 내의 경제질서와 생활규범도 제정하였다. 그리하여 헌장은 정교합일체적 이슬람국가의 맹아인 이슬람공동체를 건설하는 데 법적 초석이 되었고, 무함마드는 이러한 공동체의 최고권력자로 '왕관 없는 왕'의 권능을 행사하게 되었다. 그는 유능한 위정자의 자질을 유감없이 발휘하였다.

공동체가 직면한 최우선 과제는 교세확장과 더불어 생존수단의 확보였다. 이를 위해 무슬림들은 '지하드'(聖戰)란 이름으로 메카의 부유한 대상과 주변 부족이나 유목민을 상대로 약탈전을 단행했다. 이 약탈전과 원정은 보복전인 동시에 종교적·정치적·군사적으로는 아라비아반도의 지배권을 장악하기 위한 쟁탈전이기도 하였다. 당시만 해도 부족간의 약탈전은 생존을 위한 불가피한 방편으로 공인돼 문제가 되지 않았다. 이것은 무슬림에게도 마찬가지였다. 그리하여 히즈라 이듬해에 메디나의 무슬림들은 메카의 대상을 공격해 물품을 약탈하고 메카 원정을 준비하였다.

메카 무혈입성이 있을 때까지 약 10년 동안 무함마드 휘하의 메디나군과 메카군은 약탈과 보복의 성격을 띤 큰 전쟁을 세 번이나 치렀다. 624년 3월 무함마드가 이끄는 300여명의 메디나군은 메디나 서남쪽 32km 지점에 있는 바드르에 매복하고 있다가 귀향하는 메카의 대상을 기습하였다. 이때 원군으로 급파된 950여명의 메카군을 격파함으로써 전투는 메디나군의 승리로 끝났다. 이것이 이슬람사에서 유명한 '바드르전투'다. 비록 작은 규모의 초전(初戰)이었지만 무함마드는 탁월한 전략가 기질을 발휘했고, 이 전투를 통해 절대신 알라의 예언자이며 성사라는 그의 주장이 정당하다는 사실을 보여주었다. 무함마드의 권위와 명성이 크게 향상되었고 적지 않은 전리품과 포로들도 노획하였다.

이듬해 설욕전을 결심한 메카는 아부 수피얀 장군에게 3천명의 대군을 딸려 메디나를 공격케 했다. 전투는 메디나 근교 우후드산에서 벌어졌는데, 300여명의 전사들이 겁을 먹고 후퇴하는 바람에 메디나군은 많은 사상자를 내며 참패했다. 이 전투에서 무함마드도 큰 부상을 입었다. 우후드전투 이후 양측의 적대관계는 더욱 깊어지고, 급기야 결정적인 격돌로 치닫고 말았다. 메카측은 2년의 준비 끝에 최후의 일전을 결심하고 주변 유목민들과 1만의 연합군을 조직해 627년 메디나로 출정하였다. 이러한 상황을 예견한 무함마드는 한 페르시아인의 건의를 받아들여 메디나 주위에 견고한 '칸다끄'(참호)를 파고 응전하였다. 메카군은 40일간의 무모한 위공작전을 폈으나 전과가 없어 결국 자진 퇴각하고 말았다. '칸다끄전투' 승리를 계기로 무함마드는 소극적인 방어에서 적극적인 공격으로 전환하였다.

무함마드는 능란한 정치적 수완을 발휘해 628년 봄 메카인들로 하여금 자진해서 10년간 정전하고 무슬림의 메카 순례를 허용한다는 내용의 '후다이비야협약'을 체결하게 하였다. 협약에 따라 그는 이듬해 1천여명의 무슬림을 이끌고 메카 순례를 근행했다. 한편으로 메디나 주변의 유대인들과 북방 시리아 변방지대에 있는 유대 부족들도 강온양면정책을 구사해 제압하였다.

이렇게 되자 정전에 불만을 품은 일부 세력의 준동으로 메카측은 돌연히 후다이비야협약을 무시하고 순례를 막았다. 무함마드는 오히려 이를 호기로 여기고 신속히 대군을 지휘해 630년 금식월 10일 메카에 진입하였다. 불의에 일격을 당한 메카의 적장 아부 수피얀과 압바스 등은 기가 꺾여 항복하고, 이슬람에 귀의하겠다고 약속했다. 이로써 무함마드 휘하의 무슬림군은 피 한 방울 흘리지 않고 메카에 입성했다. 무함마드는 메카인들에게 관용을 베풀며 카으바 신전 부근의 우상 360개를 폐기했다.

바드르전투 전에 기도하는 무함마드. 이 전투에서 그는 탁월한 군사 전략가의 기질을 발휘하여 전투를 승리로 이끌었다.

대세가 무함마드에게 기울자 이에 영합한 아랍 부족들은 631년 줄줄이 대표단을 보내, 무함마드에게 '바이아'(충성서약)를 하고 이슬람으로 개종할 것을 약속하였다. 이슬람사에서는 이 해를 '대표단의 해'라고 부르며 아라비아 반도를 이슬람화한 결정적 징표로 평가한다.

이듬해인 632년, 무함마드는 다시 순례차 고향인 메카에 개선하였다. 그는 아라파트산에서 유명한 '고별연설'을 하였다. 파란

우후드전투 장면. 이 전투에서 무함마드가 이끄는 메디나군은 참패했고, 그 자신도 큰 부상을 입었다.

만장했던 한평생의 마감을 예고하듯이, 그는 연설에서 이슬람의 교리와 이념을 간명하게 요약한 후 23년간 받아온 알라의 마지막 계시를 이렇게 전달했다. "오늘 나는 너를 위해 네 종교를 완성하고, 너에 대한 내 호의를 완결하며, 이슬람을 네 종교로 결정하노라." 이로써 무함마드는 이슬람이 아랍인의 종교임을 확언하고 이슬람의 종국적 승리를 만천하에 선포하였다.

이슬람의 승리와 더불어 무함마드는 역사무대에서 사라졌다. 이는 이슬람의 초지역적 확산과 그에 바탕을 둔 이슬람공동체가 정통 칼리파 시대를 맞아 초기 아랍-이슬람국가로 과도(過渡)하는 전기가 되었다.

6. 무함마드의 공적

이상에서 살펴본 바와 같이 무함마드는 분명 희대의 위인임에 틀림없다. 그러나 같은 반열의 위인들에 비해 '얼굴'이 여러 개라는 것이 특색이다. 이것은 그만큼 그의 진면목을 그려내기가 어렵다는 뜻이기도 하고, 또 그만큼 많은 공적을 세웠다는 이야기도 된다. "위인은 공적으로 가리라"는 말이 있듯이, 무함마드가 남긴 공적은 다음 몇가지로 헤아려볼 수 있다.

그는 아랍민족사에 파천황적(破天荒的) 변혁을 일으켰다. 무함마드에

630년 무함마드가 이끄는 이슬람 군이 메카에 무혈입성하는 장면.

의한 이슬람 창시와 보급, 그리고 이슬람에 기초한 정교합일의 사회공동체 건설은 아라비아반도에서 수천년간 지속돼오던 자힐리야(몽매)시대를 마감하고 문명시대를 불러왔다. 무함마드의 생전에 실현된 아라비아반도의 이슬람화는 서로 다른 혈통과 지연, 신앙과 풍습을 가진 여러 부족을 하나의 유대로 연결함으로써 혈연적 부족단합을 가치공유적인 민족단합으로 승화했다. 이러한 발전은 통일 아랍민족이 출현할 수 있는 기틀이 되었다.

둘째 공적은 인류문명사 전개에 불멸의 업적을 쌓았다는 점이다. 무함마드가 세계 3대 종교의 하나인 이슬람교를 창시했다는 것 자체가 인류문명사에 특기할 만한 기여다. 이슬람에 기초하여 창출된 이슬람문명은 중세기 가장 선진적인 문명으로 중세문명 발달에 견인차 구실을 하였다. 이슬람문명을 공통분모로 한 이슬람세계는 세계사 전개와 동서문명교류에서 중요한 일익을 담당하였다. 1천여년간 지구상의 수억(오늘날은 13억) 무슬림이 국가와 민족을 가리지 않고 무함마드를 교조와 스승으로 숭앙하고 그의 가르침대로 살아가는 것은 무함마드의 범세계성을 여실히 증명해주는 것이다.

끝으로 그 공적은, 이른바 '무함마드식' 위인의 전범(典範) 창출이다. 전술한 바와 같이 위인에는 여러 유형이 있다. 모두 '사건 창조적' 인물임에 틀림없지만, 어떤 일을 어떻게 해내느냐에 따라 각인각색이다. 바로 여기서 개개인의 특색이 감식된다. 무함마드는 범세계적 종교를 창시한 인물이지만, 다른 종교의 창시자인 부처나 예수와는 확연히 다른 모습을 보이고 있다. 거의 모든 예언자나 성인들은 생전에 자신에게 부과된 사명이 실현되는 것을 보지 못한 채 세상을 떠났다. 그들이 내놓은 주장이나 설교는 그들이 죽은 후에야 종교로 엮어지고, 그제야 삶이 재조명되었다. 그러나 무함마드는 자신이 예언한 사명을 생전에 수행한 유일한 예언자다.

거의 모든 예언자나 성인이 여러 형태로 신격화되었지만 무함마드는 시종 보통 인간의 인성만으로 빛을 발하였다. 그는 다양한 '얼굴'의 소유자였다. 명실상부한 종교의 개조(開祖)일 뿐만 아니라, 탁월한 정치지도자이면서 유능한 군사지휘관, 명민한 지략가이기도 하였다. 이것이 '무함마드식' 위인의 본보기다. 이렇게 그는 남다른 공적과 위훈을 세웠다.

아마도 이러한 공적과 본보기를 인정받아 동서고금의 세계적 위인을 엄선하는 방문(榜文)에서 무함마드는 낙방(落榜)된 적이 없었나 보다.

참고문헌

막심 로댕송, 김종철 옮김 『마호멧』, 두레 1983.
前嶋信次 『イスラムの時代』 2(『世界の歷史』 第10卷), マホメットとイスラム教, 講談社 昭和 59年(1984).
嶋田襄平 『マホメット』, 淸水書院 昭和 50年(1975).
Muḥmmad al-Khuḍrī, 秦德茂·田希寶 옮김, 『穆罕默德傳』, 寧夏人民出版社, 1983.

4

경전 『꾸르안』

4

경전 『꾸르안』

1. 이슬람의 경전관

경전(經典)은 원래 불교의 경문을 가리키는 말이다. 그러나 오늘날에는 그 개념이 확대되어 넓은 의미와 좁은 의미의 두 가지로 쓰이고 있다. 넓은 의미의 경전은 교도들이 알고 지켜야 할 교리나 계율을 적은 글이나 책을 말한다. 즉 『불경(佛經)』(*the Sutras*)은 물론, 기독교의 『성경(聖經)』(*the Bible*)이나 이슬람교의 『꾸르안』(*al-Qurān*, 영어명 코란 the Koran)도 경전이라고 한다. 이에 비해 좁은 의미의 경전은 불교의 교리나 계율을 적은 글이나 책을 일컫는다. 그밖에 사서오경(四書五經)처럼 성인이 지은 글이나 성인의 언행을 적은 글도 경전 혹은 경(經)이라고 한다. 따라서 경전은 보통 글이나 책과는 달리 신성시되며 종교적으로나 윤리적으로 규범적인 역할을 한다.

그런데 무엇을 교리나 계율의 연원(淵源)으로 삼는가에 따라 종교마다 경전을 구성하는 내용이 다르다. 불교에서는 경장(經藏)·율장(律藏)·논장(論藏)의 3장을 경전이라고 하는데, 그중 경장은 부처의 설교이고 율장은 계법을 기록한 것이며 논장은 주로 경장에 관해 불자들이 해석한 글들을 말한다. 그런가 하면 구약과 신약으로 이루어진 기독교의 『성경』(총 66권)은 모세가 기록한 '모세 5경'과 예수의 생활과 교훈 및 죽음과 부활을 기록한 '복음서'를 비롯해 여러가지 '시가서(詩歌書)'와 '역사서' '편지서' 등으로 구성되어 있다. 요컨대 불경이나 성경은 부처와 모세, 예수 같은 성인이나 종교 창시자들이 직접 기록했거나 다른 사람들이 그 기록에 관해 서술한 내용들을 집성(集成)한 것이다.

이에 반해 경전으로서의 『꾸르안』은 이슬람교의 창시자 무함마드가 절대신에게서 받은 계시를 그대로 기록한 것일 뿐, 무함마드 자신이나 어느 삼자의 개입도 없었다고 한다. 이것이 『꾸르안』의 특이한 점이다.

이슬람에는 경전 『꾸르안』 다음으로 인정하는 신앙적 규범서 『하디스』(일명 쑨나)가 있다. 여기에는 교조 무함마드의 평소 언행과 관행이 기록되어 있다. 『하디스』에 따르면, 무함마드는 알라가 파견한 '라쑬룰 라'(聖使)이기 때문에 그의 언행과 관행은 언제 어디서나 정확무오(正確無誤)이며, 따라서 그것을 믿고 따라야 한다. 이를테면 『하디스』는 불교나 기독교의 경전과 맞먹는 셈이다. 그러나 이슬람에서는 결코 경전으로는 인정하지 않고 경전의 보충서나 이슬람법 법원(法源)의 하나로만 취급한다.

이슬람에는 경전에 관한 관점, 즉 경전관(經典觀)이 있다. 그 관점을 요약하면, 우선 경전의 보편성을 인정한다. 즉 절대신은 모든 예언자(선지자)들에게 계시로서 경전을 내렸다고 본다. 『꾸르안』은 이와같은 경전이 총 114부나 된다면서, 그중 중요한 것으로 『모세 5경』과 다윗의 『시편』, 예수의 『복음서』, 그리고 『꾸르안』을 들고 있다.

다음으로 이슬람에서는 모든 경전은 인간이 만든 것이 아니라 절대신의 언어로 만들어진, 일종의 초인간적인 기적으로 간주한다. 그리하여 어떤 경전이든지 신임하고 존중한다(3:84; 17:88). 다만 선행한 모든 경전은 미완(未完)이며 오로지 『꾸르안』만이 가장 완벽한 마지막 경전이라고 본다. 이슬람의 경전관에 따르면 절대신 알라가 인간에게 내린 경전은 하나밖에 없는데, 그 원본은 천상에 보관되어 있다. 그리고 그 원본과 일치하는 것이 『꾸르안』인바, 『꾸르안』이야말로 가장 완전무결한 경전이라는 것이다. 이슬람의 유아독존적인 경전관이라 하겠다.

이슬람의 경전 『꾸르안』. 『꾸르안』은 무함마드가 절대신 알라에게서 받은 계시를 그대로 기록한 것일 뿐, 무함마드나 삼자의 개입이 없었다고 한다.

경전 『꾸르안』은 알라가 20여년간 천사 가브리엘을 통해 무함마드에게 내린 계시를 한데 묶은 책이다. 이 계시들의 첫마디가 "읽어라!"이기 때문에 경전명의 어원을 거기에 두고 있다. 즉 '꾸르안'은 아랍어 '까라아'(qaraa, 읽다)의 동명사 '꾸르안'(qurān, 읽기)에서 연유한 것으로, 이 동명사가 종교적으로 전의(轉意)되어 송독(誦讀)하는 이슬람의 경전명으로 승화되었다(아랍어의 정확한 표기는 '알 꾸르안' al-Qurān인데, '알' al은 정관사이므로 발음하지 않아도 무방하다). 그런데 오랫동안 라틴어 계통의 영향을 받아 '코란'(Koran)으로 발음하다가 근간에는 또 그 기원은 알 수 없으나 '꾸란'으로 발음하고 있다. 그렇지만 이 두 가지 모두 정확한 음사는 아니다. '코란'은 말할 나위 없거니와 '꾸란'(quran)도 정확한 발음인 '꾸르안'으로 바꾸어야 한다. '꾸란'과 '꾸르안'은 전혀 다른 글자로서 '꾸란'에는 '읽기'라는 뜻이 없기 때문이다.

2. 『꾸르안』의 편집

경전 『꾸르안』은 토막 계시들의 모음책, 즉 경문집(經文集)이다. 무함마드 생전에는 간헐적으로 내려진 경문들이 개별적인 추종자들, 특히 안쏴르(聖門輔士)들에 의해 양피지·목간·석편(石片) 등에 기록되거나 암송되어 전해졌을 뿐 모아지지는 못했다. 그러다 무함마드 사후에 이 경문들을 수집·정리해 하나의 책으로 묶어야만 할 필요성이 대두되었다. 그 이유는 우선, 이슬람이 부단히 확대되면서 이슬람공동체가 발전함에 따라 그 이념적 바탕이며 사회적 전범(典範)인 이슬람에 대한 통일적인 이해가 필요했기 때문이다. 다음으로 그보다 더욱 절박하게는 경문을 알고 있는 사람들이 전사(戰死, 70여명의 안쏴르)하거나 병사(病死)해 점차 사라져감에 따라 시급히 대책을 세워야만 했다.

무함마드에 이어 이슬람의 수장(首長)이 된 초대 정통 칼리파 아부 바크르(재위 632~34)는 일찍이 무함마드 곁에서 계시들을 기록한 해방노예 출신의 자이드 이븐 사비트에게 그것들을 수집·정리하여 책으로 엮으라고 명했다. 오늘날의 『꾸르안』 남본(藍本)이 된 이 최초의 경문집은 아부 바크르와 2대 칼리파 오마르(재위 634~44)가 보관하고 있다가 무함마드의 미망인 하프쏴(오마르의 딸)에게 넘겨졌다. 오마르시대는 대정복시대라서 손댈 겨를이 없었다가, 3대 칼리파인 오스만(재위 644~56)대에 이르러 광활한 정복지를 포함해 이슬람세계 각지에서 떠도는 경문들이 독법이 제멋대로인데다가 해석까지 엇갈려서 종종 논쟁을 야기했다. 그러던 중 멀리 아르메니아와 아제르바이잔 정복지에 나가 있는 후자이파가 오스만에게 널려있는 경문의 실태를 보고하면서 이를 한데 묶은 공식적인 경문집을 만들 것을 제의했다. 오스만은 이 제의를 받아들여 자이드, 이븐 주바이르, 싸이드 이븐 아쉬 등 하피즈(경문 암송자)들과 경문 보관자들을 불러 아부 바크르의 남본(藍本)에 준해 통일적인 경전을 편집하도록 하여 이슬람군 주둔지와 주요 도시들에 보내 공식적으로 사용하게 하는 동시에 각지에 널려 있는 초본들은 전부 폐기하도록 했다.

이렇게 무함마드 사후 곧바로 수집·정리되기 시작하여 약 20년이 지난

9세기 중반의 「꾸르안」 필사본. 금색과 붉은색, 검정색의 조화와 우아한 서체가 경전이 신성함을 입증해준다.

오스만시대에 이르러 정식으로 편집된 경전을 이슬람사에서는 '이맘본' 혹은 '오스만본'이라고 하며 이것을 정본(定本)으로 삼는다. 오늘날 통용되는 『꾸르안』은 모두 이 정본을 원본으로 하고 있다. 그러나 초기에는 경전언어인 아랍어가 제대로 정리되지 않아 독법이나 서법에서 혼란이 생겼다. 이후 이슬람문명의 전성기인 933년에 이르러 아랍어 문법이 정립되자 『꾸르안』의 독법과 서법이 최종적으로 확정되었다. 그것이 그대로 오늘날까지 전해오고 있다.

3. 경문의 배열

『꾸르안』 연구에서 가장 이견(異見)이 분분한 문제의 하나가 경문의 배열이다. 어떤 원칙에 준해 장절(章節) 순위와 그 내용이 배열되었는가 하는 문제다. 『꾸르안』은 총 114쑤라(章), 6천여 아야(節)로 구성되어 있다. 각 장은 여러 개의 절로 되어 있는데, 연구자에 따라 절을 나누는 방법이 약간씩 달라 절의 총수는 6,200여개에서 6,600여개에 이르기까지 주장이 다양하다. 교조 무함마드의 생전활동은 크게 메카시대(610~22)와 메디나시대(622~32)로 구별되며, 이 두 시대에 내려진 계시의 내용도 성격상 차이점이 있기 때문에 경문도 크게 메카편(86장)과 메디나편(28장)으로 나뉜다. 그렇지만 경전 『꾸르안』의 장절은 시대별이나 계시 전달의 연대순에 따라 배열되어 있지 않을 뿐만 아니라 한가지 내용으로 한 장을 꾸민 것도 아니며, 한 장 속에 메카편과 메디나편이 뒤섞여 있는 경우도 많다. 한마디로 『꾸르안』의 장절이나 내용 배열은 '불가사의'하다.

그래서 경문 배열의 원칙을 놓고 왈가왈부하게 된다. 일부에서는 그 배열은 알라가 이미 정한 것이기 때문에 논할 소지가 없다는 이른바 '예정론(豫定論)'을 주장한다. 그러나 사실은 계시를 받은 무함마드가 배열한 것이 아니라, 후세들이 경문을 정리하여 편집하는 과정에서 인위적으로 배열한 것이기 때문에 결코 '예정'된 것이라고는 말할 수 없다. 그런가 하면 어떤 이들은 경문의 장단(長短)에 따른 '기계적'인 배열이라고 설명하는데, 이것은 실제와 괴리가 있다. 즉 7절로 된 1장이나 8장, 9장, 15장, 16장 등은 이러한 기술적인 '장단원칙'에 어긋난다.

이와같이 '예정론'이나 '장단론'은 다 같이 설득력이 없다. 이에 비해 시대적 요청이 반영되었다는 '상황론'에는 수긍이 간다. 『꾸르안』이 정본으로 편집될 당시는 이슬람이 이미 아라비아반도뿐만 아니라, 주변의 여러 지역에 비교적 순조롭게 뿌리내리기 시작한 반면에 이슬람공동체 건설을 위한 정치사회적 변혁은 치열하게 진행되었다. 따라서 당면한 정치사회적 과제가 종교적 과제보다 더 긴요하게 제기되지 않을 수 없었다.

이러한 상황에서 신앙과 교리 문제를 위주로 한 짤막짤막한 메카편보다 장수는 적지만 당면한 사회관계와 제도 및 율법을 기본으로 다룬 길고도 다방면적인 메디나편이 배열 순위에서 앞서게 된 것이다. 그러다 보니 앞장의 분량이 많아지고 한 장 속에 두 편의 관련 내용을 뒤섞은 경우가 나타나게 된다. 그 결과 앞 10개 장의 내용을 살펴보면 메카편과 메디나편이 1대 6의 비율로 후자가 단연 많다. 이것은 유대교의 경전 『구약성서』의 경문 배열에서 율법의 내용을 수위(首位)에 놓은 경우와 이치가 같다고 할 수 있다.

4. 『꾸르안』의 내용

『구약성서』와 『신약성서』의 중간 분량인 『꾸르안』의 내용은 대단히 풍부하고 취급한 문제도 광범위하다. 내용의 주종은 이슬람교의 기본 교리다. 만물은 알라가 창조하고 알라는 만유(萬有)의 주인이며, 따라서 인간은 알라에게 복종하고 귀의해야 한다는 알라의 유일성(唯一性)과 무함마드는 알라가 파견한 사람, 즉 라쑬룰 라(聖使)라는 이슬람교의 근본교리와 이 교리에서 연유된 6가지 종교적 신앙과 5가지 종교적 의무, 다시 말해 6신(信) 5주(柱)를 포함하고 있다. 그밖에 선행(善行)을 기본으로 하는 종교적 윤리도덕도 다루고 있다. 『꾸르안』은 같은 유일신교인 유대교나 기독교 경전들에 비해 알라의 유일성을 더욱 강조하고 우상숭배를 강도 높게 배격한다. 나아가 『구약성서』를 방불케 할 정도로 각종 종교적 계율도 엄하게 규정하고 있다. 이와같은 『꾸르안』의 내용은 일시에 정립된 것이 아니라 메카시대에서 메디나시대로 옮겨가면서 그때그때의 요구에 따라 점진적으로 내려진 계시들에 기초하고 있다. 이러한 점진성은 교조 무함마드의 지위 변화에도 나타난다. 초기에는 '경고자'나 '희소식 전달자'쯤으로 불리다가 후기에는 '예언자'(선지자)나 '성사'로, 심지어 '마지막 예언자'로까지 그 지위가 격상한다.

다음으로 『꾸르안』의 내용은 각종 사회문제의 해결책이다. 이슬람공동체 건설에서 당면 과제는 정복전을 치르는 것이었기에 전쟁문제가 부각되지 않을 수 없었다. 그리하여 이른바 지하드(聖戰)를 알라에 대한 무슬림의 보은(報恩)으로 의무화하고 참전을 독려한다. 전리품과 전쟁포로의 처리, 참전 회피자에 대한 문책 등 전쟁과 관련된 일련의 대책들이 제시된다. 전쟁문제와 더불어 사회경제적 문제들도 널리 다루고 있다. 일부다처제를 비롯한 혼인문제와 유산 계승, 고아 부양, 빈자 구제, 노예 해방, 사회평등, 계약에 의한 공정한 무역거래, 개인재산의 침범 불허, 예배시의 장사 금지 등 실로 다양한 사회경제적 시책들을 구체적으로 규정하고 있다.

다음으로 주목되는 것은 무함마드의 포교과정에서 발생한 여러가지 논쟁거리들이 『꾸르안』에 그대로 재현되고 있는 점이다. 사실 무함마드의 포교과정은 각양각색의 반이슬람적 종교집단과 투쟁하면서 그들을 단속하는 과정이기도 하다. 이른바 '광음파(光陰派)'는 경전에 나오는 창세설이나 사후 부활 및 최후심판설을 반대하면서 인간의 생사는 천운(天運)이 아니라 오로지 '광음', 즉 세월의 흐름으로 결정된다고 주장했다. 그들은 사후에 부활한다면 "어서 우리의 조상들을 부활시켜달라"(44:25)고 도전하고 나섰다. 그런가 하면 '위선적(僞善的) 예언자'들은 자신만이 진정한 예언자라면서 무함마드는 한낱 '광인'이나 '마술사'에 불과한 '가짜 예언자'라고 비방했다. 그밖에 유대교도들과 기독교도들이 이슬람을 공격하고 그들과 논쟁한 사실, 그리고 각축 끝에 유대교도와의 제휴를 철회하고 그들을 메디나에서 축출한 사실 등도 상세히 전하고 있다.

한편, 이슬람교는 그 출현부터 교리를 정립하는 과정에서 친연종교(親緣宗敎)인 유대교나 기독교의 영향을 적지 않게 받았다. 『꾸르안』에 실린 전설과 이야기의 4분의 1은 이 두 종교의 성경에 나오는 동류의 전설과 이야기라는 사실이 이를 증명한다. 성경에 나오는 아담·노아·아브라함·모세·예수 등 24명에 관한 이야기가 그대로 이슬람 경전에 전재되어 있다. 어떤 이야기는 거듭 반복되는데, 아담과 노아 관련 이야기는 각각 5

회와 8회 반복되고, 모세 관련 이야기는 모두 450절의 경문 속에 담겨 있으며, 유일전통의 맥을 강조하기 위해 아브라함의 이름은 무려 70여 회나 거명된다. 심지어 12장은 태반이 유대교에 관한 이야기여서 이슬람의 한 분파인 카와리즈파는 이 장은 계시문이 아니라고 주장했다. 그런데 유대교나 기독교 관련 이야기들이 영성하게 전재된 점으로 미루어 그 목적은 이야기를 소개하는 것이 아니라 이미 잘 알려진 이야기들을 빌려 이슬람의 전파에 교훈으로 활용하자는 것이라고 할 수 있다. 아무튼 유대교나 기독교와의 관계에 관한『꾸르안』의 기술은 종교사 연구에서 귀중한 자료로 평가되고 있다.

『꾸르안』을 구성하는 내용 중에는 맹세나 저주를 나타내는 표현들과 더불어 은유적인 내용이 있어서 그 함의(含意)를 놓고 연구자들간에 논의가 분분하다. 예컨대 95장의 첫 절은 "무화과와 올리브의 이름으로 맹세하나니"인데, 여기에서 '무화과와 올리브'는 알라에게서 축복받은 주요한 양식이므로 그것을 두고 맹세한다는 뜻이란 견해와 그 주요생산지, 즉 무화과는 다마스쿠스, 올리브는 예루살렘을 두고 맹세한다는 뜻이라는 서로 다른 견해가 있다. 103장은 "아스르의 이름으로 맹세하나니"로 시작되는데, 여기에서의 '아스르'의 의미를 놓고 인간의 나이를 헤아리는 '세월', '흘러가는 시대', 낮 동안의 '마지막 시간', '저녁기도 시간', '무함마드의 시대' 등 여러가지로 해석한다.

그리고『꾸르안』전편에는 은유적인 표현도 상당히 많다. 흔히 인용하는 '낙타가 바늘구멍에 들어가다'라는 말은 알라의 말을 거역하는 불신자(不信者)들이 천국에 들어가는 것은 마치 비대한 낙타가 바늘구멍에 들어갈 수 없는 것처럼 도저히 불가능하다는 비유에서 나온 말이다(7:40). 알라에게 재물을 희사하는 것을 한 알의 '밀알'에 비유한 것은 한 일에서 일곱 개의 이삭이 패고, 한 이삭에 백개의 낱알이 달려 풍성해지는 것과 마찬가지로 알라는 희사하는 자에게 몇백배의 보상을 준다(2:261)는 뜻이다.

우상숭배자를 가장 허약한 '거미'에 비유(29:41)해 멸시한 것도 그 한 예다.

5. 『꾸르안』의 송독법

이상의 여러가지 내용을 갈무리하고 있는 『꾸르안』은 '읽기'라는 어원이 말해주듯이 단순히 종교적 신앙의 기록물이나 전거물이 아니라, 소리 내어 읽으면서 그 뜻을 새기는 송독물(誦讀物)이다. 송독을 강조하고 언제 어디서나 송독할 수 있도록 문장구조가 짜여진 것이 다른 경전과 다른 『꾸르안』만의 특징이라고 할 수 있다. 하루 다섯 번씩 근행하는 예배 때는 물론, 수시로 하는 염송(念誦)이나 결혼식 및 장례식 같은 모든 행사에서는 으레 『꾸르안』의 관련 구절을 송독한다.

동물을 도살할 때도 도살자가 『꾸르안』의 각 장(9장 제외)의 '타쓰미야' (始句語)인 "인자하시고 자애로우신 알라의 이름으로!"를 되뇌고서야 칼을 댄다. 타쓰미야를 되뇌지 않고 잡은 동물의 고기는 '하람'(禁忌物)으로 취급되어 먹을 수가 없다. 식전 식후를 비롯해 일상생활의 계기마다 무슬림들은 입버릇처럼 이 시구를 되뇐다. 그뿐만 아니라 경문을 송독할 때는 "소리를 높이지 말되 너무 낮추어도 안되며 그 중간을 택하라"(17:110)고 송독방법까지 타이른다.

자고로 아랍어는 문학어로 정평이 나 있다. 『꾸르안』은 특히 각운(脚韻)을 맞추어 송독할 수 있게 문장이 엮어져 있다. 그리하여 한 편의 시문(詩文)을 연상케 할 정도로 리듬감과 박력이 있고 글이 아름다워 아랍어의 최고 수작이라고 할 수 있다. 이렇게 널리 쓰이며 일정한 음율을 타고 읽어야 하는 복잡한 송독법을 규범화하기 위해 나타난 것이 '독경학(讀經學)'이다.

7세기 중엽 『꾸르안』 정본이 확정될 때는 내용만 통일했지 송독법은 미

『꾸르안』을 송독하는 무슬림. 『꾸르안』은 각운(脚韻)을 맞추어 송독할 수 있게 문장이 엮여 있다. 그리하여 한 편의 시문을 연상케 할 정도로 리듬감과 박력이 있고 글이 아름다워 아랍어의 최고 수작으로 꼽힌다.

처 조율하지 못했다. 그러다가 아랍어 문법과 모음표기법을 규범화함에 따라 9세기 전반에 이르러 지역적 특성을 고려해 그때까지 유행하고 있던 여러가지 송독법을 7가지로 규합했다. 이 7가지 송독법의 창시자들을 '7대 송독가'라고 하며, 그중 어느 한가지를 택해도 합법으로 인정된다.

이러한 '독경학'에 근거해 경문을 구성하고 있는 어휘와 장절 및 송독 단락을 규정하고 있다. 독경학자들의 연구로 경문의 자모 수(약 33만 자)와 어휘 수(약 7만 8천 자)가 집계되기는 했지만 연구자에 따라 그 수효가 조금씩 다르다. 절(節, 아야)은 경문의 기본 단위인데, 지역본마다 그 수가 약간씩 달라 메디나본에는 6,214개 절이 수록되어 있다. 여러 절을 묶어 하나의 경전내용을 이룬 단위가 쑤라(章)인데, 장의 작명(作名) 유래는 내용과 연관성을 찾기가 힘들어 신기하기만 하다. 예를 들어 2장은 '암소의 장'이라고 부르는데, 암소에 관한 것은 몇 절에 불과하다.

그럼에도 불구하고 그렇게 이름을 붙인 것은 알라의 명에 따라 암소 한 마리를 잡아서 살인자를 찾아냈다는 기적을 기념하기 위해서라고 한다. 그런가 하면 몇몇 장의 이름은 별 뜻이 없는 순 아랍어 자모로 지어졌는데, 그것을 일러 기적의 상징이라고도 하고, 무함마드가 의식이 몽롱한 상태에서 계시를 받다 보니 생긴 일이라고 해석하기도 한다. 각 장의 길이는 3~286개 절로 크게 차이가 난다.

'독경학'에는 송독의 방법도 구체적으로 명시되어 있다. 『꾸르안』에는 14곳에서 예배시 머리를 숙이는 고수배(叩首拜)와 무릎을 꿇는 궤배(跪拜) 때 송독해야 할 구절을 구체적으로 지적하고 있다. 그리고 기간과 계기에 알맞게 송독할 수 있도록 경문을 나누어놓았다. 우선 금식월 기간 동안 하루에 한 권씩 독파할 수 있도록 전 경문을 30권으로 분권했다. 또 송독의 편리를 위해 매 권을 4분의 1, 4분의 2, 4분의 3의 3종으로 세분하기도 한다. 다음으로 경문을 1주일 동안에 완독할 수 있도록 7등분하기도 하는데, 그 한 부분을 '만질'이라고 한다. 그밖에 경문을 60등분하는 '단락' 독송분법도 있는데, 지금은 별로 쓰지 않는다.

6. 『꾸르안』의 주석학

『꾸르안』이 이슬람교의 경전으로 채택된 이후 시간이 흐르고 사회가 변화함에 따라 그 내용에 대한 정확한 해석과 파악이 절실히 필요해졌다. 그리하여 하나의 학문연구 영역으로 나타난 것이 '주석학(註釋學, 일뭇 타프씨르)'이다. '주석학'은 『꾸르안』 연구에서 가장 중요한 학문으로서 오늘날도 여전히 중시되고 있다.

『꾸르안』에 대한 주석이 필요한 것은 우선 경문(계시)이 내려진 시대적 배경과 사회적 환경을 파악해야 하기 때문이다. 계시는 메카시대와 메디나시대라는 서로 다른 시대에 내려졌을 뿐만 아니라, 계시가 내려진 구체적인 환경과 원인 및 경위도 서로 다르다. 그러므로 이러한 시대적 배경과 사회적 환경에 대한 해석이 없이는 경문내용을 제대로 이해할 수가 없다.

다음으로 주석이 필요한 것은 은유(隱喩)를 비롯해 난해하거나 모호한 경문내용을 정확히 이해해야 하기 때문이다. 다른 경전도 그러하지만 『꾸르안』도 보통 인간의 작품이 아니고 성언(聖言)이므로 난해하거나 분명치 않은 내용들이 적지 않다. 이러한 내용은 주석가의 해석이 없이는 도저히 이해할 수가 없다. 설혹 한가지를 두고 여러 해석이 엇갈린다고 하더라도 그 자체가 내용을 파악하는 데는 도움이 된다. 게다가 시간이 흐름에 따라 여러 교파와 학파 들이 난립하면서 경문내용에 대한 아전인수식 해석이 난무하고 혼란과 갈등이 심화되는 양상을 띠어감에 따라 이러한 경향을 차단하기 위해서도 통일적인 주석이 시급히 필요했다.

그밖에 경문의 편집과정에서 제기된 이른바 '정경(停經)', 즉 '경문의 정지'는 오로지 주석을 통해서만 불가피성이 해명될 수 있었다. 알라의 계시는 무함마드 생전 20여년 동안에 내려졌는데, 그사이에 엄청난 사회적 변화가 발생하여 어떤 계시는 그 적응성을 상실할 수밖에 없었다. 그리하여 부득이하게 어떤 경문은 '다른 절로 한 절을 대체'(16:101)하게 되었다. 이 '정경' 문제를 놓고 주석가 사이에 해석이 엇갈리는데, 그들은 '경문이 정지'된 절 수를 적게는 5개, 많게는 500개까지 보고 있다.

이같은 필요성에 의해 나타난 '주석학'에는 3가지 형태가 있다. 그 첫째는 '전승주석학(傳承註釋學)'이다. 이것은 알라의 계시를 직접 받은 무함마드의 언행을 근거로 한 주석이다. 무함마드의 언행은 무함마드의 제자와 제자의 제자, 또 그 제자를 통해 대대로 전해내려왔는데, 이러한 전승에 근거해 엮인 주석학이 바로 '전승주석학'이다. 이것은 가장 신빙성있고 권위있는 주석학으로서 모든 주석의 원전으로 인정된다. 둘째 형태는 '의견주석학(意見註釋學)'이다. 이것은 주석자 개인의 견해와 이해를 서술한 주석학으로서 때로는 편견이나 오류를 면치 못하고 있다. 그래서 일부 『꾸르안』 연구자들은 이런 유의 주석은 배격하고 있다. 주석학의 셋째 형태는 이른바 '이스라엘식 주석학'이다. 이것은 유대교나 기독교의 경전이나 전설에 근거해 주석을 가한 것이다. 근원적으로 이슬람교와 유대교, 기독교는 유일신적인 친연종교이기 때문에 『꾸르안』에는 유대교나 기독교의 전설과 이야기들이 그대로 전재되었을 뿐만 아니라, 교리도 상당한 근접성이 있다. 따라서 유대교나 기독교의 경전이나 전설에 근거해 『꾸르안』의 일부 경문을 해석하는 것은 불가피하다.

『꾸르안』 연구사에서 대표적인 주석학자로는 쑨니파의 톼바리(838~923)와 이븐 아라비(1165~1240), 쑤유티(1445~1505), 그리고 쉬아파의 자으파룻 쇼디끄(?~991)와 와지즈(?~1315) 등을 들 수 있다.

7. 『꾸르안』의 번역

모든 경전의 연구에서 역경(譯經)은 필수불가결하다. 그래서 불경이나 성경은 집성되기 바쁘게 여러 언어로 번역되었으며, 그 역출(譯出)과정이 곧 불교나 기독교의 전파과정이기도 했다. 그러나 『꾸르안』의 경우는 사정이 좀 다르다. 아랍어로 편집된 후 약 500년 동안은 다른 언어로의 번역이 불허되었다. 경문은 유일신 알라의 언어(아랍어)로 내려진 계시로서 다른 언어로는 그 본래의 뜻을 정확히 표현할 수 없어 왜곡하기 쉬운데다 힘들더라도 원어(아랍어) 독해만이 알라에 대한 경건한 정성의 표시라고 여겼기 때문이다. 그나마 오랫동안 원어 독해를 고수할 수 있었던 것은 이같은 믿음 때문이기도 했지만, 당시까지만 해도 이슬람은 주로 아랍어를 적통어(嫡統語)로 한 셈족이나, 아니면 아직은 온전한 민족어가 없는 민족들 속에서 전파되고 있었으므로 아랍어로밖에는 독해할 수 없었으며 게다가 이슬람에 대한 외계의 연구가 거의 없어서 역출이 필요없었다는 데도 그 원인이 있다.

그러나 10세기를 전후해 이슬람문명이 동서남북 각지로 크게 확산됨에 따라 이민족들이 이슬람에 귀의하고, 특히 중세 암흑기의 터널을 벗어나기 시작한 유럽에서 이슬람에 대한 관심이 점차 높아지게 되자 『꾸르안』을 여러 나라 언어로 번역하고 출판하는 일이 불가피하게 되었다. 1143년 영국의 로버트와 독일의 헤르만이 최초로 『꾸르안』을 라틴어로 번역했다. 그러나 정식으로 출간하지 못하고 미루어오다가 꼭 4세기가 지난 1543년에야 비로소 출간되었다. 이어 이 역본의 이딸리아어와 독일어, 네덜란드어 중역본(重譯本)이 나왔다.

최초의 현행 유럽어 직역본은 1616년에 출간된 독일어 역본이며, 영역본은 1734년에 처음 나왔다. 그사이에 동방 이슬람제국에서는 페르시아어와 터키어, 우르두어, 말레이어 역본이 속속 출간되었다. 13세기 원(元)제국 때에 이슬람교가 완전히 정착한 중국의 경우에는 17세기 초에 일부분만을 골라서 번역하는 초역(抄譯)이 시작되어 약 300년간 여러 형태의 역경이 돌다가 1927년에 이르러서야 비로소 일역본과 영역본을 대본으로 한 한역(漢譯) 완역본을 내놓았다. 메이지(明治)시대 초기부터 이슬람세계에 관심을 돌려온 일본은 중국보다 좀 앞선 1920년에 영역본을 중역(重譯)한 일역 완역본을 선보였다. 오랜 단절기를 거쳐 1950년대 이후에야 이슬람세계와의 관계를 회복한 우리나라는 1981년 최초의 한글 완역본을 내놓은 이래 지금까지 모두 3종의 한역본을 간행했으며 『꾸르안』에 관한 몇 편의 연구논문도 발표되었다.

한글판 「꾸르안」 표지. 1981년 최초의 한글 완역본이 발간된 후 지금까지 3종의 한글판 「꾸르안」이 간행되었다.

8. 성훈(聖訓)

이슬람의 신앙과 행동을 근본적으로 규제하는 경전은 『꾸르안』뿐이다. 그런데 이 경전을 해석하고 보완하는 '준경전(準經典)' 격의 『하디스』가 따로 있다. 『하디스』의 아랍어 어의는 '전문(傳聞)' '이야기' '새로운' 등 여러가지가 있으나, 이슬람사에서는 전승으로 알려진 무함마드의 언행록(言行錄)을 말한다. 한역(漢譯)으로는 '성훈(聖訓)'이라고 한다.

이 '성훈'에는 생전에 무함마드가 행한 말과 취한 행동뿐만 아니라, 남의 말이나 행동에 대한 입장(인정이나 거부, 묵과 등)까지 포함된다. 그리하여 '성훈'을 '언어성훈'과 '행위성훈', '묵인성훈'의 3가지로 구분한다. '성훈'은 교조 무함마드의 언행록이기 때문에 불경이나 성경의 기준으로 보면 당연히 경전에 속한다. 그러나 이슬람교에서는 경전으로 인정하지 않는다. 왜냐하면 알라가 보낸 사람이라 할지라도 무함마드의 언행은 신이 아닌 자연인의 언행으로서 절대신 알라의 직접적인 말이자 계시인 『꾸르안』과는 엄연히 구별되며 결코 동일시할 수 없기 때문이다. 그럼에도 무함마드는 '완전무결한' 인간으로서 그의 언행은 '정도(正道)'이기 때문에 믿고 따라야 한다고 여긴다. 그래서 '성훈'에 '준경전' 격을 부여하고 샤리아(이슬람법)에서는 『꾸르안』에 버금가는 법원(法源)으로 공인한다. 어찌 보면 이율배반적인 논리인 성싶다.

'성훈'은 무함마드의 언행을 곁에서 지켜본 제자들과 그 제자의 제자, 또 그 제자를 통해 구두나 기록으로 약 100년간 전승되다가 수집·정리된 이래 다시 약 100년이란 시간이 지나서야 비로소 이븐 한발(780~855)이나 부카리(810~70) 같은 성훈학자들이 정본(定本)으로 편집했다. 진지한 성훈학자들은 전승되는 수많은 '성훈'들을 조목조목 진위(眞僞)를 가려가면서 진정한 무함마드의 언행만을 골라서 수록했다. 부카리는 평생 동안 이슬람세계 방방곡곡을 누비면서 60여만 조목의 성훈을 수집해 그중 7천 조목을 참 성훈으로 취록했다.

'성훈'을 취록하는 과정에서 가장 어려운 문제는 참 성훈과 거짓 성훈을 가려내는 작업이다. 즉 200년 동안이나 입에서 입으로 전해내려온 수많은 '성훈' 가운데서 어느 것이 무함마드가 실제 한 '진훈(眞訓)'이고, 어느 것이 전하는 자들이 자의로 꾸미고 부풀린 '위훈(僞訓)'인가를 판별하는 일이다. 이를 위해 성훈학자들은 '이쓰나드'와 '마튼'이라는 두 가지 기준(원칙)을 제시하고, 그것을 잣대로 진위를 결정했다.

'이쓰나드'는 아랍어로 '전거(典據)'나 '전승자(傳承者)'란 뜻으로, '성훈'을 전하는 연결고리가 믿을 수 있는지를 가려내는 것을 말한다. 성훈집을 보면 수록자는 어떤 '성훈'을 누구에게서 전해들었고, 또 그 누구는 누구에게서 전해들었다는 식으로 몇 단계, 심지어 십여 단계로까지 거슬러 올라가 마지막에는 무함마드에게서 직접 들었다로 귀결된다. 무함마드까지 이르는 과정에서 '누구누구'라는 중간 연결고리들의 정확성 여부를 판단하는 것이 바로 '이쓰나드'다. 그런데 여기에서 2대 교파인 쑨니파와 쉬아파 간에는 다른 점이 하나 있다. 전자는 연결고리의 종착을 무함마드로 하나, 후자는 제4대 정통 칼리파이며 쉬아파의 개조인 알리로 주장한다.

다음으로 '성훈'의 진위를 결정하는 기준의 하나인 '마튼'은 아랍어로 '주문(主文)'이나 '내용'이란 뜻으로, 전하는 '성훈' 내용이 사리에 맞는지 여부를 가려내는 것을 말한다. '성훈'의 내용이 경전내용과 일치하는가, 당시의 사회적 환경에 부합하는가, 행하게 된 이유가 합리적인가 등을 따져서 그 정확성을 결정한다.

성훈학자들은 이러한 두 가지 기준에 따라 전해져오는 '성훈'을 '솨히흐'(건전한 것), '하싼'(양호한 것), '돠이프'(미약한 것)의 3등급으로 나눈다. 믿을 만한 연결고리에 의해 전승자가 무함마드까지 간단없이 연결되고 전승내용이 정확하면 '건전한 성훈' 판정을 받게 된다. 즉 '이쓰나드'와 '마튼'이 모두 완벽한 경우다. 두 가지 기준에서 약간의 하자가 있으면 '양호

60만 조목의 『하디스』를 한데 모은 부카리(810~70)의 『건전한 것의 집성』 중 한 조목.

한 성훈'으로 밀려나고, 도저히 믿을 수 없다고 판정되면 '미약한 성훈'으로 낙인된다. 정통성훈집에 수록된 '성훈'은 1등급 판정을 받은 '건전한 성훈'들이다. 성훈학의 태두인 부카리가 수집한 60만 조목의 '성훈' 중에서 골라잡은 7천 조목이 바로 '건전한 성훈'에 속한다. '양호한 것'은 참고로 이용되기는 하지만 일반적으로 '미약한 것'과 함께 '성훈'으로 채택되지는 못한다. 요컨대 '건전한 것'은 진훈이고 '미약한 것'은 위훈에 속하며 '양호한 것'에는 위훈의 소지가 있다.

경전 『꾸르안』에 버금가는 성훈집 『하디스』의 편집은 장장 200년이란 긴 세월이 걸려서야 완성되었다. 정통 쑨니파 계통의 성훈학자들이 정본으로 완성한 '성훈집'은 편성방법에 따라 크게 두 가지 유형으로 나눈다. 첫째 유형은 '이쓰나드', 즉 전승자들의 연결고리를 따라 편성한 '성훈집'이다. 대표적인 것이 4대 정통 법학파의 하나인 '한발리야파'의 시조이자 성훈학자인 이븐 한발이 펴낸 『무쓰나드 성훈집』이다. 이븐 한발은 700여명의 전승자들에게서 약 75만 조목의 '성훈'을 수집하여 그중 약 3만 조목만을 이 성훈집에 올렸다.

성훈집의 둘째 유형은 내용에 따라 부문별로 편성한 것이다. 쑨니파의 6대 성훈학자가 편집한 『6대 성훈집』이 바로 이 유형에 속한다. 그중에서 부카리와 무슬림(817~75) 두 사람이 펴낸 성훈집을 '2대 진본(眞本)'이라고 한다. 이 두 가지 유형의 성훈집에서 대체로 후자의 권위가 인정되어 많이 이용되고 있다. 그런데 여기에서도 쉬아파는 주장을 달리한다. 그들은 알리와 그 이후의 이맘들의 언행을 기본 내용으로 하는 성훈집을 편집하여 쑨니파에 대응해왔다. 그리고 10~11세기에 편집된 이른바 『4대 성서(聖書)』를 자파의 성훈집으로 삼고 있다.

성훈집들도 『꾸르안』처럼 여러가지 주석본이 간행되었다. 성훈집들을 펼쳐보면 내용이나 언어표현에서 난해하거나 모호한 점이 적지 않다. 그래서 자칫 오해의 소지가 있는 부분에 초점을 맞추어 후세의 성훈연구가들이 다수의 주석본을 찬술했다. 예컨대 부카리의 『부카리 성훈실록』 주석본은 무려 80여종이나 된다. 종합적인 주석본과 함께 분야별로 간략하게 주석을 단 간략주석본도 있다. 원래 성훈집은 『꾸르안』과는 달리 송독을 위한 것은 아니지만, 지역이나 교파에 따라 부분적으로 몇 조목씩 골라서 송독하는 경우가 있다.

9. 『꾸르안』의 특색

이상에서 이슬람의 경전 『꾸르안』에 관련된 제반 문제들을 개략적으로 살펴보았다. 그리고 '준경전' 격인 『하디스』에 관해서도 간단히 부언했다. 그 과정에서 우리는 여타 종교의 경전과는 다른 이슬람교 경전 고유의 몇 가지 특색을 발견할 수 있다.

그 특색은 우선 신성관(神性觀)이 투철하다는 것이다. 『구약성서』의 핵이라고 할 수 있는 『모세 5경』을 보면 「창세기」나 「출애굽기」 「신명기」에서는 하나님(여호와)의 창조성이나 하나님과의 계약을 언급하고 있으나, 「레위기」나 「민수기」에서는 인간으로서의 신봉자들이 지켜야 할 규정이나 역사를 기록하고 있다. 그런가 하면 『신약성서』 27개 문서는 그중 4개 '복음서'만이 하나님의 아들로서의 예수의 생활과 교훈, 죽음과 부활 등을 설교하고 있고, 나머지는 인간으로서의 제자들의 전도 기록과 바울을 비롯한 사도들의 편지를 집록(輯錄)한 것이다.

이와같이 이슬람교와 같은 유일신교인 유대교나 기독교의 경전은 그 일부가 절대신과의 계약을 기록함으로써 분명히 신성관을 가지고 있기는 하나, 인간의 말이나 활동을 기록한 내용도 포함함으로써 인성관(人性觀)도 겸유(兼有)하고 있다. 양적으로 보면 인성관 쪽이 더 많다. 요컨대 유대교나 기독교의 경전은 신성관과 인성관이 혼재되어 있다. 그러나 이슬람교의 경전 『꾸르안』은 자자구구(字字句句) 모두가 절대신 알라의 말씀과 계시뿐이다. 인간의 말이나 글은 전혀 게재되어 있지 않다. 철두철미 신성관뿐이다. 그래서 자연인간인 교조 무함마드의 언행을 기록한 『하디스』는 경전에 대한 보완으로 취급하지 결코 경전으로는 인정하지 않는다.

다음으로 그 특색은 일관성(一貫性)이 있는 경전이라는 것이다. 대소 36개 문서로 구성된 『구약성서』는 기원전 1000년부터 기원후 100년경까지 약 1100년 동안의 수집과 편집과정을 거쳐 정경화(正經化)하였다. 그중 『모세 5경』인 율법서는 기원전 444년경에, 예언서는 전·후기로 나누어 기원전 200년과 180년경에, 마지막으로 기원후 100년경에 얌니아(Jamnia)에서 열린 종교회의에서 성문서 11권을 경전으로 채택함으로써 드디어 경전으로서의 『구약성서』가 완성되었다. 『신약성서』의 경우 초기에 유사문서들이 많이 나돌아 상당한 혼란을 겪었다. 이 과정에서 교회는 문서의 내용을 검토하고 취사선택할 필요성을 절감했다. 그래서 예수의 십자가 죽음 후 근 400년이 지난 397년에 열린 카르타고 종교회의에서 최종적으로 현행 27권의 문서가 정전(正典)으로 공인되었다. 이를테면 처음부터 경전(성경)이 결정된 것이 아니라 논쟁과 선택과정을 거쳐 수백년 후에야 비로소 사람들이 경전으로 결정했다.

이렇게 인위적으로 결정되다 보니 경전내용에 대한 논의와 변경이 꼬리에 꼬리를 물었다. 현존 4대 복음서는 마태·마가·누가·요한의 순으로 60~90년 사이를 두고 각각 완성됐으나, 18세기 이후에는 요한을 제외한 3개 복음서는 내용이 서로 비슷하다고 하여 이른바 '공관(共觀)복음서'로 불리기도 한다. 교회의 성립과정을 기술한 「사도행전」은 내용에서 전·후반부가 서로 다를 뿐만 아니라, 저작자나 저작연대 등 역사성에서도 19세기 이래 논쟁이 이어져왔다. 그밖에 세례를 받고자 하는 초신자들을 위해 성경을 쉽게 풀이한 교리집도 『공교요리』(가톨릭)니, 『교리문답』(프로테스탄트)이니, 『공회문답』(성공회)이니 하는 등 교파에 따라 이름과 내용이 서로 다르다. 사실 기독교 성서는 원본이 거의 소실되어 현존하는 것은 거의 다 번역물이다.

불경의 경우도 사정은 비슷하다. 기본 경전인 3장(藏) 중에서 석가의 교설을 기술한 문서인 경장(經藏, 현존 1,500여부)과 불교도들이 준수해야 할 규정이나 예법, 교단규약 같은 것을 기술한 율장(律藏, 분량은 경장과 비슷)은 원래 석존의 말을 기록한 것으로 알려져 있으나 현존하는 것은 그러한 것이 별로 없고, 다만 석존의 말을 근본으로 하여 후세에 개인이나 교단이 기록·편집한 것이다. 더구나 논장(論藏, 분량은 경장의 5분의 2)은 여러 나라에서 각 시대의 불교도들이 경장과 율장을 해석하고 논술한 내용이다. 부처의 언행은 입적 후 1세기 반이 지난 뒤에야 제자들이 기록하기 시작하여 수세기를 거쳐 경전으로 모아진 것인데, 무려 5천여 권에 달한다.

이에 비해 『꾸르안』은 무함마드 사후 곧바로 수집·정리하기 시작하여 약 20년 후에는 정본으로 정경화했으며, 그 정본이 오로지 하나의 이름하에 유일본으로 오늘날까지 1,400여년 동안 통일적으로 보존돼왔다. 전술한 바와 같이 『꾸르안』은 알라의 말이 누구(무함마드)에게 언제 어디서 어떻게 얼마만큼이나 전해졌다는 사실성(史實性)이 명백하다. 경전의 언어면에서도 『꾸르안』의 일관성은 유례가 없다. 현행 불경이나 성서는 모두가 역서(譯書)로서 원어는 이미 사라진 지 오래다. 그러나 『꾸르안』은 오늘날까지 처음 씌어진 원어(아랍어)가 그대로 보존되어오고 있다.

그 다음으로 『꾸르안』의 특색은 내용의 포괄성이다. 일반적으로 불경이나 성경을 비롯한 경전은 신앙이나 교리, 율법, 종교적 윤리도덕 같은 종교신학적 내용을 주로 담고 있다. 그러나 『꾸르안』은 종교신학적 내용뿐만 아니라, 정치·경제·사회·문화·군사·윤리도덕 등 인간생활 전반에 관한 내용들을 폭넓게 포괄하고 있다.

마지막으로 문학성이 뛰어나다는 점도 특색으로 지적된다. 물론 오늘날까지 전해오는 모든 경전은 언사(言辭)를 다듬고 또 다듬었기 때문에 모두가 문학서라 일컬어도 큰 하자가 없을 것이다. 그렇지만 『꾸르안』은 그중에서도 단연 빼어나다고 말할 수 있다. 대체로 다른 경전들의 문체는 산문체이나 『꾸르안』의 문체는 준시어체(準詩語體)로서 절마다 각운이 뚜렷하다. 그래서 선율을 탄 송독이 가능한 것이다. 한편, 『꾸르안』은 아랍어의 표준문법서이기도 하다. 아랍어 문법의 최종 전거는 이 경전에 의존하고 있다.

참고문헌

김용선 『코란의 이해』, 민음사 1990.
최영길 『꾸란해설』, 짓다 1989.
王靜齋 譯譯 『古蘭經譯解』, 中國回敎協會, 1964(民國 53年).
日本ムスリム協會 『日亞對譯 · 注解 聖クルアーン』, 第一法規出版株式會社, 昭和 58年(1983).
Muhammad 'Alī al-Sābūnī, *Safwatu'd tafāsīr*, Bairut, Dāru'l Qurāni'l Karīm 1981.

5

이슬람교의 여섯 가지 믿음

الحضارة الإسلامية

5

이슬람교의 여섯 가지 믿음

1. 종교적 신앙과 교리

때가 때이니만큼 요즘 만나는 사람마다 이슬람에 관해 무언가 꼭 묻곤 한다. 무슬림의 일상에서 '지하드'에 이르기까지 궁금한 것이 한두 가지가 아니다. 그간 이슬람이 제대로 알려지지 않은데다가, 최근 들어 보통사람으로서는 이해하기 어려운 일들이 이슬람세계에서 일어나고 있으니 그럴 만도 하다. 물론 정치적 동기나 역사적 관계를 들어 그 이유를 이러저러하게 풀이해볼 수도 있겠으나, 그것은 어디까지나 하나의 방편에 불과하고 근본적인 해명은 될 수 없다.

의식이 행동을 결정한다는 것은 지극히 평범한 철학적 원리다. 신앙인에게 의식은 곧 종교적 믿음(신앙)이다. 따라서 신앙인들의 행동거지를 이해하려면 반드시 그들의 종교적 믿음부터 제대로 알아야 한다. 종교적 믿음에서 그들의 가치관(도덕관·인생관·세계관 등)이 형성되기 때문이다. 그런데 종교적 믿음과 인간의 가치관이 이슬람에서만큼 직결(直結)되이라크의 어린이들이 마스지드에서 이맘으로부터 이슬람과 『꾸르안』에 대해 배우고 있다. 이 강의 과정은 팔레스타인의 봉기의 이름을 따서 꾸드(al-Quds)라고 불린다. ⓒREUTERS

고 밀착된 종교는 찾아보기 어렵다. 이것이 바로 이슬람 고유의 특징이다.

거듭 강조하지만 이슬람은 단순한 신앙체계만이 아니고 정치·경제·사회·문화 등 사회생활 전반이 합일된 생활양식이며, '인간의 모든 분야를 망라하는 조화로운 전체'이고, 종교와 세속 쌍방을 모두 아우르는 '신앙과 실천의 체계'다. 이런 이슬람의 합일성과 포괄성을 제대로 이해할 때 이슬람세계에서 일어나는 크고 작은 모든 일들을 올바르게 헤아릴 수 있다. 그런데 이러한 합일성과 포괄성의 근저에는 돈독한 종교적 믿음, 즉 신앙이 자리하고 있다.

신앙이란 일반적으로 종교에서 성스러운 것을 믿고 의지하며 무조건 그에 복종하는 것을 말한다. 신앙은 다분히 심적인 현상으로서 종교적 의무를 포함한 제반 활동을 규제한다. 이러한 심적 현상으로서의 신앙과 그것을 실천하기 위한 행동사항을 조문화(條文化)하여 신앙의 원리를 밝힌 것을 교리(教理)라고 한다. 그러므로 종교를 이해하기 위해서는 우선 교리부터 알아봐야 한다. 근간에는 이러한 종교적 교리를 종교적 가르침으로 표현하기도 한다.

2. 이슬람교의 6신(信)

불교나 기독교의 교리에 비해 이슬람교의 교리는 '단순'하다고 할 만큼 비교적 명료하게 정립되어 있다. 이슬람교 교리는 '이만'(6가지 종교적 신앙)과 '이바다'(5가지 종교적 의무)를 기본 내용으로 한다. 이것이 이른바 이슬람교의 6신(信) 5행(行)이다. 5행은 무슬림의 신앙생활을 받치고 있는 기둥이라 하여 '아르칸'(al-Arkān, 기둥 rukn의 복수)이라고도 한다. 그리고 모든 신앙생활의 전제라 할 수 있는 '이흐싼'(종교적 선행)을 교리로 보기도 한다.

이슬람교 교리의 근본은 '신은 오로지 알라뿐이고, 무함마드는 알라가 보낸 사람이다'라는 두 마디에 함축되어 있다. 이를테면 '타우히드'(알라의 유일성)와 무함마드는 '라쑬룰 라'(알라가 보낸 사람)라는 원리가 교리의 근본을 이루며, 모든 신행(信行)은 여기에서 출발한다. 따라서 교리가 곧 무슬림의 사유와 행동 및 가치관의 근본이 되는 것이다.

6신이란 알라(하나님)와 천사(天使), 경전, 예언자, 최후심판, 정명(定命)에 대한 여섯 가지 믿음을 말한다. 그런데 경전 『꾸르안』에는 앞의 다섯 가지 믿음에 관해서는 명문으로 규정하고 있으나(4:136), 정명에 관해서는 명문화한 것이 없다.

그렇지만 경전의 저변에 정명관이 깔려 있다는 이유로 정통교파인 쑨니파는 정명까지 포함해 6신으로 규정하고 있다. 이에 비해 쉬아파는 정명이 6신의 하나임을 부정하지는 않지만, 실제로는 정명 대신 인간의 자유의지를 더 강조한다. 이 6신을 보편적인 종교철학적 관점에서 크게 신관(神觀), 성관(聖觀), 내세관(來世觀), 정명관(定命觀)으로 나누어 고찰할 수 있다.

3. 이슬람교의 신관(神觀): 알라에 대한 믿음

신관의 요체는 유일신 알라에 대한 이슬람적 관점이다. 신(神)이란 종교의 대상으로서 초인간적 또는 초자연적 위력을 가진 추상적인 정신실체를 말하는데, 이슬람교에서의 이러한 정신실체는 바로 유일신 알라다. 알라 외에 신과 유사한 정신실체로 진느(영혼)가 있지만, 이슬람교 신관에서 근본은 알라의 유일성이다.

물론 유대교나 기독교 같은 유일신교에서도 신의 유일성을 이야기하고 있지만, 이슬람교에서는 철두철미하고 그 개념이 더욱더 명확하다. 그러면 알라의 유일성이란 무엇인가? 그것은 알라가 만물을 창조하고 만물의 주인이며 전지전능하기 때문에 인간은 알라에게만 절대적으로 복종해야 한다는 것이다. 얼핏 봐서는 다른 유일신교에서 말하는 신의 창조성이나 전지전능함과 별반 차이가 없다. 그러나 알라의 속성을 구체적으로 살펴보면 다른 유일신교의 신과는 자못 다른 면들을 발견하게 된다. 그렇다고 이슬람교에서 유대교의 여호와나 기독교의 하나님 같은 다른 교의 유일신을 배척하거나 차별시하지는 않는다. 다 같은 유일신인만큼 숭배하라고 권한다(29:46).

비록 알라는 시종 불변의 정신실체로 존재해왔지만, 그 속성(본질)에 대한 무슬림들의 이해는 이슬람교의 확산에 따라 심화되어왔다. 원래 알라는 이슬람이 출현하기 이전 메카 꾸라이쉬 부족의 주신인 창조신의 이름이었다. 이러한 전통을 이어받아 이슬람 초기, 즉 메카시대에 알라의 속성은 비교적 단순해 창조성이나 유일성을 강조하는 것이 특징이었으나, 메디나시대에 이르러서는 한층 추상화되었다. 이 두 시대를 거친 무함마드는 신자들에게 "다만 알라의 은총만을 생각하고 그 실체에 관해서 생각해서는 안된다. 너희들은 그러할 힘이 없다"(『하디스』)고 못박음으로써 알라의 속성에 관한 논의는 무모한 짓, 불경한 일로 일절 불허되었다. 그러다가 8세기 초에 이슬람 신학이 도입되면서 알라의 속성이나 본질에 관한 논의가 허용되고 연구가 본격화되어, 드디어 알라의 속성에 관한 이슬람적 신관이 확립되었다.

알라의 첫째 속성은 독존성(獨存性)이다. 알라는 낳지도 낳아지지도 않고, 부모처자도 없으며, 동료도 없고, 성별도 가리지 않는 유일무이(唯一無二)한 존재다. 알라는 색도 형태도 모양도 없고, 웃음도 눈물도 없으며, 잠도 망각도 없고, 음식도 불필요하며, 말도 없고, 병도 나지 않으며, 시작도 끝도 없으며, 외계의 영향도 받지 않는 무형(無形)의 존재다. 따라서 어떠한 공물(供物)이나 제물(祭物)이 필요없는 비우상(非偶像)의 존재다. 여기에 우상을 숭배하거나 여러 신을 섬기는 다신교와 근본적인 차이점이 있다. 기독교의 경우 신인 하나님은 성부·성자·성령(聖靈)의 3개 위격(位格)을 가진 일체(一體)라는 삼위일체설을 주장하고, 이 설이 325년의 '니케아 공의회(公議會)'에서 선포되고 451년의 '칼케돈 공의회'에서 추인되었다. 이 점만 보더라도 기독교의 삼위일체적인 하나님의 속성과 이슬람교의 독존적인 알라의 속성은 엄연히 구별된다.

알라의 둘째 속성은 무한성(無限性)이다. 알라의 무한성은 영원성(永遠性)과 편재성(遍在性)에서 나타나고 있다. 알라는 시·공간적 제한 없이 모든 한계를 초월하여 절대적으로 영원히 존재한다. 알라는 모든 사물과 모든 곳에 항시 존재할 뿐만 아니라, 모든 인간을

'알라 외에 신은 없다'라고 씌어진 타일(17세기, 위)과 '알라'라고 쓴 서예품. 여러가지 서체의 서예품은 마스지드의 벽에 걸어놓는다.

위해 공통적으로 존재한다. 알라는 특정 인간에게만 선별적으로 편재하지 않으며 모든 민족, 모든 계층과 "목에 있는 혈관보다도 더 가까이에 함께 있다"(50:16). 이러한 무한성 때문에 인간은 알라 앞에서 모두가 평등하다. 현세에서 인간들 사이에 생겨나는 잠깐의 차이(예컨대 재산의 차이)나 차별이 아무리 크다 해도 알라의 무한성에 비하면 한순간이나 무위(無爲)에 불과하며, 모두가 똑같이 알라 앞에서 최후의 심판을 받게 된다. 그러므로 일시적인 과대망상증에 빠지지 말라고 경고한다.

알라의 셋째 속성은 창조성(創造性)이다. 창조성은 알라가 우주만물을 창조하고 전지전능하다는 절대적인 권능에서 나타나고 있다. 알라는 천지만물의 창조주며, 만물은 알라의 피조물이다. 알라는 6일 안에 우주를 창조(7:54)하고 흙으로 인간을 만들어냈다. 그래서 인간은 "대지 위에 설치된 알라의 대리인"(2:30)에 불과하다. 알라는 인간의 생사뿐만 아니라, 심지어 울음과 웃음까지도 관리하며 천지의 열쇠를 쥐고 있다. 알라는 우주만물의 법칙을 제정하고 그 실현을 관장하는바, 인공위성을 쏘아올리고 달나라 여행을 하는 등 과학기술의 성과는 인간이 알라가 제정하고 관장하는 인력운동(引力運動)과 공기저항, 에너지 같은 제반 과학법칙을 알아내고 그대로 운영한 결과라고 본다. 이러한 알라의 창조와 권능은 『구약성서』 제1장에 나오는 천지창조설과 대동소이하다. 다만 『꾸르안』에서는 우주계나 자연계의 창조에 관해서는 간략하게 이야기하나, 인간의 창조에 관해서는 비교적 상세히, 그리고 반복해서 기술하고 있는 점이 다르다. 이슬람 경전은 인간이 한 방울의 정액으로 만들어진 후 모태 내에서 혈육으로 성장해 출생하는 과정을 여실히 밝히고 있다.

끝으로 알라의 속성은 자비성(慈悲性)이다. 알라의 자비성은 인간에 대한 알라의 사랑과 은총에 바탕하고 있다. 흔히 이슬람을 '호전적'인 종교로 매도하는 사람들은 이른바 알라의 '무자비성'을 의도적으로 부각시킨다. 그러나 『꾸르안』은 알라가 인간을 포함해 우주만물을 창조했을 뿐만 아니라, 창조한 천지간의 모든 것을 인간의 소유로 제공한 것은 인간에 대한 알라의 최대 은총이며 자비이므로 인간은 마땅히 알라에게 감사하고 보답해야 한다고 강조한다. 이러한 감사를 무시하는 것을 최대의 죄악으로 간주한다. 아랍어에서 감사하지 않는 자라는 뜻의 '카피르'가 곧 '불신자'나 '배교자'를 지칭하게 된 이유가 여기에 있다. 그리하여 알라의 자비에 관한 찬양이 『꾸르안』 전편에 관통되어 있다고 해도 과언이 아니다. 총 114장 중 제9장을 제외한 모든 장은 "인자하고 자애로우신 알라의 이름으로"라는 서사(誓詞)로 시작된다. 알라의 속성을 반영하여 붙인 알라에 대한 경칭(敬稱) 99가지 중 그 대부분은 '자비로운' '인자한' '선량한' '관대한' '공정한' '지혜로운' 등 자비성과 관련된 말들이다.

4. 이슬람교의 신관: 정령에 대한 믿음

알라와 더불어 이슬람교에서 신적인 존재로서 정령(精靈), 즉 '진느'라는 것이 있다. 정령은 그 실체가 모호하기 때문에 적지 않게 논의의 대상이 되고 있지만, 일반적으로 인간의 영혼 외에 동식물의 체내나 그밖의 모든 사물에 그것과는 독립된 존재로서, 잠정적으로 깃들어 있다고 보는 영혼을 말한다. 영국의 문화인류학자 타일러(1832~1917)는 '인간이 가지고 있는 영혼이 외계의 사물에 적용된 것'이 정령이라는 간명한 정의를 내린 바 있다.

아무튼 정령은 알라나 여호와, 하나님 같은 신들처럼 명확한 개성이 없는 종교적 대상을 가리킨다. 원시적 종교나 민간신앙에서는 정령의 개념이 지배적이어서 그 숭배가 성행한다. 한국의 전통사회에서 보다시피 정령은 길흉화복(吉凶禍福)과 깊은 관계가 있다고 믿어 그것을 두려워하고 위무(慰撫)하기 위해 굿과 같은 여러가지 의례행사를 치른다. 정령숭배는 조상숭배나 자연숭배, 샤머니즘과도 관련이 있고, 현대 종교의 기층부와 도 관계가 있다.

이슬람교에서도 정령은 하나의 종교적 대상으로 다루어지고 있다. 『꾸르안』 제72장은 장 제목이 아예 '진느장'(28절)으로 '진느' 문제를 다루고 있다. 메카를 비롯한 아라비아반도에서는 이슬람이 출현하기 이전에도 여러가지 형태로 진느가 존재하였는데, 사막의 곳곳을 떠돌아다니면서 주로 악역을 담당했으며, 복술가들은 진느에서 점복(占卜)의 힘을 얻기까지 했다.

그러나 이슬람이 출현한 이후에는 진느에 대한 이해와 그 역할이 달라졌다. 진느도 알라의 피조물이기는 하나, 인간처럼 흙으로 만들어진 것이 아니라 불로 되어 있으며 형태나 성별은 없다. 진느는 알라의 통일적인 지배씨스템에 종속되어 있는데, 알라에게 복종하는 무리와 불복하는 무리의 두 갈래가 있다. 알라에게 복종하는 무리 중에는 알라의 계시를 전하는 예언자적 역할을 하는 진느도 있다. 이와 더불어 『꾸르안』에는 알라에게 불복하고 이슬람을 외면하는 진느를 '샤이퇀'(사탄)이라고 지칭한다. 샤이퇀에 관한 기술은 상당히 부정적이고 엄혹하다. 샤이퇀은 인간과 함께 최후의 날에 알라의 심판을 받고 지옥에 떨어진다. 왜냐하면 샤이퇀은 인간을 유혹하여 예언자 무함마드에게 반항하도록 하며 인간에게 못된 주술을 가르쳐 인간을 오도하기 때문이다.

'진느' 중에서 알라에게 불복하는 샤이퇀과 기독교에서 하나님을 배반한 존재를 일컫는 '사탄'(악마)은 동의어다. 인간을 유혹하여 타락시킨다는 샤이퇀의 악역은 두 종교에서 공통적이다. 단 기독교에서는 인간의 조상인 아담과 이브를 유혹하여 원죄를 저지르게 한 장본인이 사탄이란 점에서 사탄의 악역을 원초적으로 규탄하고 더 강조한다.

그렇다면 전지전능한 알라(하나님)가 자신을 적대시하고 못된 짓을 하는 샤이퇀과 그 유혹을 애당초 제거하지 않고 방치한 이유는 어디에 있을

천사 가브리엘. 가브리엘은 수좌(首座)천사로서 모든 천사들을 관장하며 무함마드에게 알라의 계시를 전달한다.

까? 샤이톤은 인간을 부단히 유혹하는데, 그 유혹에서 벗어나려면 오직 알라의 힘에 의존해야 한다. 이러한 극복과정은 알라에 대한 인간의 공덕(功德)을 쌓는 과정이므로 유혹을 방치하는 것이 필요하다고 신학자들은 그 이유를 설명한다. 너무나 사변적인 이야기다. 이런 경우 무슬림들의 관용어를 빌리면 '알라 아을람!'(알라만이 알 일이다!)

5. 이슬람교의 성관(聖觀): 천사에 대한 믿음

종교철학에서 성관(聖觀)이란 신과 인간을 종교적으로 연결해주는 고리나 매개물에 대한 이해와 견해를 말한다. 이슬람교의 6신 중에서 성관의 범주에 속하는 것은 천사와 경전, 예언자에 대한 믿음이다.

천사(天使, angel)란 종교에서 신과 인간의 중개자로서 신의 뜻을 인간에게 전하는 한편, 인간의 기원(祈願)을 신에게 전하는 영적 존재를 말한다. 천사는 독존적이고 위엄이 있으면서도 자비로운 신과 신의 피조물인 인간을 연계하기 위해 인간의 구상에서 나온 것으로 보인다. 불교나 기독교에서도 천사의 존재를 인정한다. 불교의 정토(淨土)에는 자유로이 비행하는 천인(天人)과 염라왕(閻羅王)의 천사 등이 있다. 기독교에서는 천사를 인간보다 더 지혜롭고 능력이 뛰어난 영(靈)이라고 정의하면서 최초의 천사는 한결같이 거룩하고 행복한 상태에 있었는데, 시련기에 루시페르를 비롯한 일부 천사들이 신을 배반함으로써 결국 착한 천사(善天使)와 악한 천사(惡天使)로 나뉘게 되었다고 한다.

이슬람교의 천사(malāk, 복수는 malāikah)도 불교나 기독교의 천사와 모습이 비슷하나, 그 이해가 한결 구체적인 성싶다. 이슬람 초기에는 무함마드가 천사를 거치지 않고 알라에게서 직접 계시를 받은 것으로 생각해왔으나, 후기에는 유대교의 천사관을 받아들여 천사 가브리엘을 통해 계시를 받은 것으로 최종 인식되었다. 그러면서 천사의 속성이 명백히 밝혀졌다. 천사는 낳지도 낳아지지도 않는, 알라의 피조물로서 빛으로 만들어지나 신성은 없다. 무형의 영체(靈體)로서 남녀 구별이 없고, 노소 차별이 없으며, 식음도 하지 않고, 정욕이나 희로애락을 모른다. 날개를 달고 창공을 훨훨 날아다니는데, 사람의 눈으로는 볼 수 없다. 알라는 인간보다 먼저 천사를 창조했다.

천사의 역할은 우선 알라의 명령을 집행하는 것이다. 알라에게 복종하고 알라를 위해 봉사하는 천사는 항시 알라의 옥좌 곁에 대기하면서 알라의 계시를 한 자도 빠짐없이, 한 자도 틀림없이 무함마드에게 전한다. 다음으로 지상의 인간생활을 관장하는 것이다. 천사들은 천지지변을 일으키고 인간의 활동에 간여한다. 그뿐만 아니라 인간들의 행동을 일일이 기록했다가 최후심판의 날에 결산한다. 일례로 624년 3월 무함마드가 이끈 메디나군과 메카군 사이에 벌어진 바드르전투 때 알라는 3천명의 천사를 보내 무함마드군을 도와 전승토록 했다고 한다(3:121~25).

『꾸르안』에서는 이러한 역할을 수행하는 10명의 천사를 거명하고 그들 중 주요한 4명의 역할에 관하여 특별히 강조하고 있다. 가브리엘은 수좌(首座)천사로서 모든 천사들을 관장하며 예수나 무함마드 같은 예언자들에게 알라의 계시를 전달한다. 미카엘은 유대인 보호자로서 물을 관리한다. 이쓰라일은 생사를 관장하는 천사로서 우주를 관찰하고 의식(衣食)을 공급한다. 머리는 천상에 대고 발은 대지를 밟고 있는 이쓰라필은 거인으로서 비바람을 관장하고 부활의 날에 나팔을 불며 세계 말일(末日)의 도래를 선포한다. 나머지 6명의 천사는 천국이나 지옥의 문을 지키고 인간의 오른쪽과 왼쪽 어깨에서 선행과 악행을 기록하며 죽기 전의 종교신앙을 캐묻는 등 각기 다른 역할을 한다. 그밖에 알라의 신좌(神座)를 보위하는 8명의 천사와 지옥을 지배하는 16명의 천사도 따로 있다. 천사들 중에서 가장 악랄한 천사는 이블리쓰인데, 그는 알라의 명령을 거역하고, 인간을 적대시하며, 인간을 범죄의 길로 유혹한다. 그리하여 알라의 저주를 받으며 최후심판의 날 알라는 그를 지옥으로 보낼 것이라고 한다.

6. 이슬람교의 성관: 경전과 예언자에 대한 믿음

이슬람교의 성관에서 다음으로 중요한 것은 경전과 예언자 일반에 대한 믿음이다. 대소를 막론하고 어느 종교건 타종교의 경전이나 창시자를 신앙의 대상으로 명시하는 경우는 거의 없다. 오로지 아집과 배타로만 치닫는 오늘의 종교 현실은 더더욱 그러하다. 그러나 이슬람교만은 모든 경전과 예언자의 보편성을 인정함으로써 타종교의 경전이나 창시자들에 대한 믿음을 셋째와 넷째의 신앙(이만)으로 명문 규정하고 있으며, 행동으로 실천하고 있다.

이슬람교에서는 종교의 창시자를 비롯한 모든 예언자(prophet, 선지자)들이 설교한 경전은 비록 『꾸르안』에 비하면 불완전하기는 하지만, 각기 다른 시대 다른 장소에서 다른 민족들에게 내려진 알라의 계시이기 때문에 경전으로 믿고 존중해야 한다고 주장한다(3:84; 17:88). 『꾸르안』에는 알라의 계시로 내려진 경전이 무려 114부에 이른다고 명시되어 있다. 그러나 그중 가장 중요한 경전으로 『모세 5경』, 다윗의 『시편』, 예수의 『복음

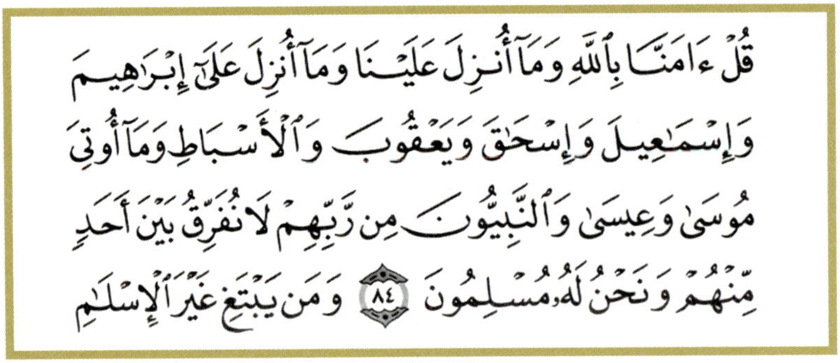

모세와 예수 등 다른 민족의 선지자들을 통해 내려진 경전을 믿으라고 하는 『꾸르안』 경문(3장 84절).

서』, 무함마드의 『꾸르안』 등 4부를 꼽는다. 이 4부 중에서도 『꾸르안』을 더이상 없는, 천상의 원형 그대로의, 완결된 최후의 경전으로 지정한다. 1400여년 전에 『꾸르안』이 나온 이후 경전다운 경전이 더이상 나오지 않았다는 것이 이에 대한 무슬림 신학자들의 증거 제시다.

경전과 마찬가지로 다른 종교나 민족들의 예언자에 대해서도 이슬람은 포용적이다. 종교의 창시자들을 비롯해 여러 민족이 배출한 예언자들은 모두 알라가 서로 다른 시기에 인간에게 파견한 사람들이기 때문에 그들을 믿고 존중해야 한다(16:36)는 것이 이슬람의 예언자관이다. 그런데 예언자들이 담당 수행하는 역할은 서로 다를 뿐만 아니라, 저마다 경전을 가지고 있는 것도 아니다. 『꾸르안』은 알라가 인류에게 보낸 예언자가 총 12만 4천명이라면서 그중 25명을 선별하여 거명하고 있다.

그러나 그중에서도 6명(아담 · 노아 · 아브라함 · 모세 · 예수 · 무함마드)만이 경전을 가진 예언자라고 지목했으며, 다시 그중 아브라함 · 모세 · 예수 · 무함마드 4명만을 알라가 직접 파견한 사람(라쑬룰 라, 성사)으로 우대한다. 또 이 4명 중에서도 무함마드를 마지막 예언자로 가장 우대한다. 예언자들도 역할에 따라 이렇게 지위와 등급이 다르다. 중국의 이슬람 연구자들은 예언자 일반을 성인(聖人)이라고 부르면서 성인들을 반열화하여 지성(至聖, 무함마드), 대성(大聖, 아담 · 노아 · 아브라함 · 모세 · 예수 · 무함마드), 흠성(欽聖, 313명), 열성(列聖, 그외 성인들)의 4등급으로 나누기도 한다.

이슬람의 예언자관에서 주목되는 것은 예언자 일반과 '성사'를 구별한다는 점이다. 기독교에서 말하는 예언자(선지자)는 예수 이전에 나타나서 예수의 강림과 그밖의 하나님의 뜻을 예언한 사람으로서 대체로 신인양성(神人兩性)을 지닌다. 그러나 이슬람에서는 그 해석이 좀 다르다. 예언자란 절대신 알라의 계시를 인류에게 설명하고 해석하는 임무를 받은 사람으로서 미래의 일을 예측하는 사람은 아니다. 이에 비해 알라가 인간에게 파견한 사람, 즉 성사는 알라의 말씀을 인간에게 설명하고 해석하는 일 외에, 그의 복음을 인간에게 전달하고 가르치며 그 실천을 인도하는 임무까지 부여받은 선택된 사람이다. 대표적인 성사가 곧 모세와 예수, 무함마드다. 따라서 모든 성사는 예언자이나 모든 예언자는 성사가 될 수 없다.

7. 이슬람교의 내세관(來世觀): 내세에 대한 믿음

이슬람교의 6신 가운데 다섯째는 '아키라'(來世)에 대한 믿음이다. 『꾸르안』은 내세를 '야우물 아키르'(末日)로 표현하고 있다. 말일이란 개념에는 '야우물 끼야마'(復活)와 '까돠으'(最後審判)의 두 가지 내용이 포함되어 있기 때문에 일부에서는 이 두 가지를 각각 다른 믿음으로 해석하여 이슬람교의 신앙을 6신이 아닌 7신으로 하자는 주장이 있으나, 말일에 부활하여 최후심판을 받게 되므로 두 가지를 말일 개념으로 묶어 하나의 믿음으로 하자는 것이 중론이다.

이슬람교의 세계관은 유대교나 기독교와 마찬가지로 2세(二世, 현세와 내세)관이다. 오늘의 불교는 3세(전세, 금세, 내세)관이나, 초기 불교는 2세관인 듯하다. 제자 바카가 인간이 죽은 뒤 다시 태어나는가 묻자 부처는 타던 불이 꺼지면 그 불이 동으로 갔는지 서로 갔는지 알지 못하는 것처럼 '질문답지 못한 질문'이라고 일축한 일례가 이를 시사해준다. 모든 보편종교는 나름의 내세관을 제시하고 있다. 내세관이 출현하게 된 원인은 현세의 인생문제를 종교적으로 해결해보자는 데 있다. 종교에서 인과응보 관계로 현세의 인생문제를 내세와 직결시켜 해결하려고 함으로써 내세관은 주요한 신앙의 하나로 굳어졌다. 그런데 인생의 본질과 속성에 대한 견해, 즉 인생관은 종교마다 같지 않다. 그것은 내세관에 그대로 반영되어 있다.

창조주가 흙으로 아담을 만들어 생명의 입김을 불어넣었다. 창조주는 아담을 깊이 잠들게 하고 그의 갈빗대 하나를 빼내 하와(이브)라는 여자를 만들었다. 아담과 하와는 에덴동산에서 행복하게 지냈으나 뱀(사탄)의 유혹에 넘어가 금단(禁斷)의 과실을 따먹었다. 창조주의 금령(禁令)을 어긴 죄로 그들은 에덴동산에서 쫓겨났으며, 땀흘려 일해서 먹을 것을 얻지 않으면 안되게 되었다.

인생관의 출발점은 인간의 원초적 출현과 관련된 문제다. 이슬람교는 알라가 창조한 인간이 출현한 다음 인간이 인간을 낳음으로써 생이 이어진다고 믿는다. 즉 알라가 인간의 조상인 아담을 흙으로 빚어 만든 다음 형태를 만들어 입김을 불어넣고 영혼을 주어 인간을 창조했다. 그후 인간이 인간을 낳는 과정을 거쳐 인간 생명이 영원히 지속되는 것이다(32:7~9).

이것은 기독교의 창세설과 다를 바 없다. 이에 비해 불교는 생의 근원에 관해서는 직접적인 언급이 없다. 다만 생사윤회설(生死輪廻說)과 인과응보설(因果應報說)로 생의 출현과 지속을 설명한다. 즉 모든 생물은 부단한 윤회의 과정에서 생성되며 모든 사물과 생명체는 원인과 결과의 관계로 연결된다는 것이다.

이슬람의 인생관에서 다음으로 중요한 것은, 인간의 속성은 원래부터 착하다는 성선설(性善說)이다. 기독교는 성악설(性惡說)을, 불교는 고행설(苦行說)을 주장한다. 기독교의 성악설에 의하면, 인간의 원조인 아담이 지은 원죄로 인간은 태어나면서부터 신의 뜻을 위반한 죄를 범하게 되었다. 이러한 죄과를 씻기 위해서는 속죄를 해야 하는데, 예수 그리스도가 바로 이 속죄(신과의 화해)를 위해 십자가에 못박혀 죽게 되었다는 것이다. 흔히 기독교를 사랑의 종교라고 하는 것은, 원죄를 범한 인간을 구제하려면 죄를 지었다고 증오할 것이 아니라, 사랑을 베풀어야 한다는 종교적 이념을 중시하기 때문이다. 그런가 하면 불교에서는 인생의 속성을 '두카', 즉 고행으로 보고 있다. 고집멸도(苦集滅道)라는 불교의 사성제(四聖諦, 진리)는 인생문제를 다루고 있는데, 그 중심은 두카관이다. 따라서 '번갯불처럼 잠깐인' 이 고통스러운 인생살이를 빨리 마무리하고 무고경계(無苦境界)인 열반(涅槃)으로 가야 한다. 불교를 자비의 종교라고 하는 것은, 인생은 고통이니 그것을 덜자면 인간을 측은히 여겨 자비를 베풀어야 한다는 불교의 종교적 이념에 기인하고 있다.

그러나 성선설에 입각한 이슬람교는 인생을 달리 본다. 한마디로 인생을 낙천적으로, 관용적으로 본다. 이슬람의 인생관은 교조 무함마드의 언행을 기록한 『하디스』 여러 곳에 뚜렷이 나타나고 있다. "인간은 순수 결백하게 태어난다." "불행과 시련은 모두 자신의 과오 때문이 아닌 것이 없다. 그러나 알라는 이러한 과오를 다 용서한다." "선행(善行)은 신앙의 반(半)이다." "오래 살고 좋은 일을 많이 한 사람이 최상(最上)의 인간이다." "좋은 일을 하는 자, 오래 삶으로써 좋은 일을 더욱 많이 할 수 있을 것이니 죽음을 원하지 말라. 범죄자도 죽음을 원하지 말라. 그것은 오래 삶으로써 회개하여 알라의 용서를 받을 길이 있을 수 있기 때문에 (…) 진실로 신자는 오래 살수록 좋은 일을 많이 한다." "현세는 내세로 가는 경작지(耕作地)에 지나지 않으니, 내세에서 받을 상을 저축하기 위해 현세에서 좋은 일을 하라. 노력은 알라의 명령이며, 알라가 명한 것은 노력분투해야만 달성할 수 있다."

이슬람의 생사관을 요약하면, 생의 아름다움을 구가하고, 현세에서 선행과 생을 오래 즐길 것을 권장하며, 원죄가 아닌 후천성에서 비롯된 죄나 과오를 자진 회개하고 알라의 용서를 빌며, 헛된 죽음을 말라는 것이다. 바울(?~67?)이 제창하고 아우구스티누스(354~430)가 『신국론(神國論)』에서 확립한 기독교의 원죄설과 그것에서 파생한 기독교의 생사관과는 자못 다른 양상이다. 이슬람에서 인간의 죄성(罪性)은 선천적인 것이 아니라 후천적인 것이다. 즉 인간은 유한한 피조물이기 때문에 죄나 불의를 저지를 수 있다. 그러나 모든 죄나 불의는 알라 앞에서 참회하면 알라의 용서를 얻을 수 있다. 왜냐하면 인간은 미움으로 버려진 것이 아니라, 평생 동안 온갖 해악으로부터 알라의 보호를 받고 있기 때문이다. 이슬람을 관용의 종교라고 하는 것은, 인간은 원래가 착한 존재이기 때문에 실수나 죄, 불의 같은 것은 일시적인 것으로서 용서할 수 있다는 이슬람의 종교적 이념에서다.

이슬람교의 내세관을 이루는 다른 한 내용은, 말일과 더불어 도래하는 최후심판에 관한 문제다. 말일이나 최후심판에 대한 믿음은 유대교나 기독교에서 유래되었기 때문에 그 내용은 이들 두 종교의 것과 대동소이하다. 말일(혹은 종말일)에 이르러 각 영혼이 다시 이전의 육신과 합해져서 심판을 받아 천국과 지옥으로 가는 것이 상정되는데, 이것을 최후심판이라고 한다. 『꾸르안』은 말일과 최후심판의 정경을 생생하게 묘사하고 있다. 말일에 나팔소리가 울리면서 천지이변이 일어나 하늘이 갈라지고 산이 무너지며 무덤이 열리고 부활하는 사람들과 진느(정령)가 재판석에 소집된다. 그러면 각자의 행위에 관해 천사가 증언하고, 그 행위를 저울에 달아 칭찬받은 자는 행위 기록을 오른손에, 영겁(永劫)의 형벌을 받은 자는 행위 기록을 왼손에 받는다. 천사의 증언이 끝나면 양손의 경중에 따라 선악이 결정되는데, 오른손 쪽이 무거운 사람이 생전에 신앙심이 돈독하고 선행을 많이 베푼 자다. 말일이 언제 오는가라는 질문에 무함마드는 "신념이 사라졌을 때 말일을 기다리라"고 대답했다. 이것은 알라만이 아는 일로서, 예정된 때에 순간적으로 갑자기 온다고 한다. 불교나 유교 같은 동방종교에서는 영혼의 존재는 인정하나 육체의 재생이나 최후심판은 믿지 않는다.

마지막으로 이슬람교의 내세관에서 중요한 내용을 이루는 것은 부활론(復活論)이다. 『꾸르안』 제75장은 '부활의 장'으로서 부활문제를 집중적으로 다루고 있다. 이 부활론도 유대교나 기독교에서 취한 것이므로 그 내용이 서로 비슷하나 이슬람교는 좀더 구체적으로 언급하고 있다. 부활이란 최후의 심판이 있기 직전에 모든 영혼이 이전에 죽었던 육체와 다시 결합하여 살아난다는 뜻이다. 부활하면서 선인(善人)은 영혼과 육체가 같이 천당(잔나, 피르다우스)에 가서 영원한 즐거움을 누리는 반면에, 악인(惡人)은 지옥(자한남, 자힘)에 떨어져서 영원히 고통을 당한다고 한다.

『꾸르안』은 천당에 들어갈 수 있는 자격을 갖춘 자와 천당의 정경을 아주 생동감있게 그리고 있다. 최후심판의 날에 신을 경외한 선남선녀, 신을 섬긴 자, 가난한 사람에게 은혜를 베푼 자, 마음이 관대한 자, 신을 위해 고뇌하고 박해를 받은 자, 신을 위한 성전(聖戰)에서 순교한 자, 이를테면 '칭찬을 받은 자'들만이 천상의 낙원이자 평화의 집인 천당에 들어가 영주하게 된다. 그들은 흐르는 강물가에서 신을 찬미하면서 비단으로 꾸민 잠자리에 들고 진수성찬을 즐기며 눈빛이 고운 소녀와 순결한 부인들에게 둘러싸여 지상에서는 맛볼 수 없는 열락(悅樂)에 빠져 행복한 나날을 보낸다. 천당은 8층 하늘의 7층 위에 위치하고 있으며, 거기에는 악담이나 거짓말은 전혀 없고 다만 축하의 말만 있을 뿐이다. 천당의 맨 위에 알라의 보좌가 설치돼 있다. 기독교의 천당과 흡사하나 더 호화롭다.

깨달음과 무아(無我)를 최상의 이상으로 추구하는 불교에 굳이 천당 개념을 도입한다면, 그것은 극락정토(極樂淨土)인 니르바나(涅槃)에 해당될 것이다. '인생의 욕망의 불꽃을 꺼버린다'는 뜻의 니르바나란 어떤 것인가 라고 묻는 제자의 질문에 부처는 "바람처럼 만질 수도 잡을 수도 보여줄 수도 없는, 그러나 그것(바람)을 알고 확신하는 것과 같다"고 대답했다. 덧붙여 부처는 우리의 생각과 느낌, 의지, 육체의 모든 제한을 넘어선 상태가 바로 니르바나로서, 최고의 즐거움이라고 해석했다. 요컨대 열반에 들어간다는 것은 세속적인 원인과 결과의 생성과정에서 벗어나 세상의 욕정과 근심에서 해방되는 상태를 말한다. 그러한 상태가 바로 이슬람교나 기독교에서 말하는 천당의 정경이라고 해도 크게 어긋나지는 않을 성싶다.

『꾸르안』에는 천당과 함께 지옥에 관한 기술도 비교적 상세하게 나온다. 최후심판일에 모든 사자는 부활하여 알라의 심문을 받는다. 심문 후에 지옥 위의 천당으로 가기 위해서는 머리카락처럼 가늘고 칼날처럼 예리한 가교(架橋)를 통과해야 하는데, 생전에 선행을 한 자는 무사히 통과하나 악행을 범한 자는 통과하지 못하고 지옥에 떨어진다. 지옥에 떨어지는 자로는 탐욕을 부린 자, 불신의 무리들, 알라 이외의 신을 숭배한 자 등이 있다.

지옥의 정경은 그야말로 무시무시하다. 7층의 7개 문을 거쳐 들어가면 암흑 속에서 독풍(毒風)이 불고 끓는 물이 흐른다. 불옷에 불이불을 쓰고 자니 살이 불에 한겹 한겹 타들어간다. 마시는 것은 끓는 물과 고름이고 먹는 음식은 가시 돋친 독열매다. 끓는 물을 머리에 붓고 쇠채찍으로 얻어맞는 등 더없이 잔혹한 형벌이 가해진다. 그밖에 지옥과 천당 사이에 죄악을 범한 자가 회개하여 알라의 용서를 기원할 수 있는 '고정되지 않은 병풍(屛風)', 즉 '아으라프'(煉獄)가 있다고 한다. 이것은 천국에 가기 전에 영혼의 경미한 죄악을 정화하는 연옥이 있다고 하는 가톨릭의 연옥관에서 영향을 받은 것으로 보인다. 불교에도 인과응보관에 기초한 유사한 지옥관이 있다. 현세에서 불법을 지키면 내세에서 이상적인 전생(轉生)을 하고, 위법하면 축생(畜生)이나 아귀(餓鬼)가 되어 지옥에 떨어진다는 것이다.

8. 이슬람교의 정명관(定名觀)

이슬람교의 6신에서 마지막 것이 '정명(定命)'에 대한 믿음이다. 정명(혹은 숙명宿命)이란 일반적으로 인간의 행위와 존재를 포함해 우주의 삼라만상은 미리 정해져 있어서 모든 사상(事象)의 진행에 인간의 의지와 지력(知力)이 무력하다는 것이다. 정명관은 크고 작은 모든 종교에서 보편적으로 찾아볼 수 있다. 이슬람교도 예외는 아니다. 그것은 아마 초인적인 절대적 존재에 의한 정명이야말로 종교적 신앙을 가능케 하기 때문일 것이다.

초기 이슬람교 경전을 보면 기타 다섯 가지 믿음은 명백히 제시되고 있으나, 정명만은 뚜렷하지 않고 모호하다. 그러나 후일 알라의 권능이나 절대력을 약화하려는 불신자들의 반항이 거세지자 정명이 계시로 명문화되었다. 경전 『꾸르안』에 명시된(3:145, 17:13, 78:29) 이슬람교의 정명관을 종합해보면, 인간 행위의 최종 목표는 경전의 가르침 속에서 알라가 정해준 운명대로 삶을 영위하고, 우주의 모든 현상이 알라의 의지에 따라 일어나며, 어떤 것이라도 알라의 지배를 받도록 예정되어 있으며, 인간은 알라에 대한 복종의 삶을 감수해야 평정을 얻고 사회의 평화를 확립할 수 있다는 것이다. 이와같이 이슬람교의 정명관은 알라의 권능과 그에 대한 절대적인 신앙에 기초하고 있다.

그런데 다른 종교에서와 마찬가지로 신학적 논의가 심화되면서 모든 사상(事象)은 신이 미리 정해놓은 것이므로 요지부동이라는 절대적 정명과 이에 반해 인간의 자유의지에 따라 사상을 선택할 수도 있다는 자유의지 문제가 치열한 논쟁거리로 대두되었다. 이슬람에서는 8세기 중엽에 그리스의 과학과 철학서적을 번역하기 시작하면서 개념이나 추리, 논리 등 일련의 철학이론이 도입되어 비로소 이슬람 신학이 출현했다. 그 과정에서 경문 해석이나 알라의 속성과 본질, 알라의 인격성, 조물주와 속세의 관계, 정명과 인간의 자유의지 등 여러가지 신학적 문제가 제기되었다. 그리고 이러한 신학적 문제에 대한 입장과 견해에 따라 몇개의 신학파가 출현했다.

우선, 가장 중요한 파는 7세기 말부터 8세기 초에 이라크의 바스라에서 와하니(?~699)가 주도하여 출현한 까다리야파(定命派)다. 최초의 신학파의 하나인 이 파는 알라는 인간의 죄행과 무관하므로 인간은 자신의 행위에 대해 책임을 져야 하며, 죄악을 알라의 정명에 전가해서는 안된다고 주장했다. 인간은 자유의지의 소유자로서 선악을 선택할 능력이 있으므로 선행과 악행은 인간 자신이 선택한 결과라고 본 것이다. 다시 말해 인간의 죄악에 대해서는 인간이 책임을 져야지 알라가 책임질 수는 없다는 것이다.

다음으로 중요한 신학파는 정명파의 반숙명론을 계승한 이성주의파(理性主義派)다. 인간의 자유의지를 강조하는 이 파는 알라가 만물을 창조한 후에 인간에게 이성의 능력을 부여함으로써 인간은 이성에 의해 시비와 선악을 이해하고 가려낼 수 있으므로 자기의 뜻, 즉 자유의지에 따라 행동할 수 있다고 주장했다. 그러면서 인간을 자유의지에 따라 행동하지 못

"주여, 당신께서는 나를 당신에게로 향하도록 만드셨나이다. 내 영혼은 당신 품에서 휴식을 취할 때까지 편안하지 못할 것입니다"라는 유명한 말을 남긴 교부신학자 아우구스티누스.

하게 하고는 그 행동의 후과에 대해 책임지라고 하는 것은 불의이고 어불성설이며 모순이라고 반론을 제기했다. 이것은 기독교의 자유의지론과 맥을 같이한다. 기독교에서 처음으로 자유의지를 신학의 문제로 거론한 교부(敎父)신학자 아우구스티누스는 아담 이래 인간이 원죄를 짊어지고 있는데, 인간에게 자유가 없고 죄가 필연적이라면 그것은 죄인 동시에 죄가 아니며, 아울러 인간의 죄에 대한 책임 추궁은 자유의지를 인정하지 않고는 무의미하다고 주장했다.

중용에 입각한 인과응보로 이상의 두 파에 비해 정명을 특별히 강조하는 정통파(쑨니파)가 있다. 이 파에서는 인간의 모든 행위(선, 악, 순종, 배신 등)는 알라의 의지와 판단, 정명에 의해 결정되고, 인간이 자유로이 행동할 수는 있지만, 자유는 알라가 결정하며, 인간의 자유의지는 독립적으로 존재할 수 없으므로 반드시 알라의 창조에 의지해야 한다고 주장했다. 한마디로 정명은 절대적이고 자유의지는 상대적이라는 관점이다.

정통파의 이러한 정명관에 대해 자유의지론자들은 경문을 인용해가면서 논박했다. 그들은 『꾸르안』에 "기여한 것만큼 보상한다"(45:22)는 경문이 있는데, 이것은 그 기여도나 보상도가 사전에 정해진 것(정명)은 아니라는 뜻이라고 해석한다. 또다른 일례로 행위의 선악 여하나 정도에 따라 최후심판이 결정된다(45:15)는 경문의 내용은 행위의 선악이 정명이 아님을 말하며 정명이라면 구태여 다시 심판할 필요가 없다고 풀이하면서 정명을 부정하고 나섰다. 일리가 있는 추론이다.

이렇게 보면 이슬람교의 정명관은 대체로 인과율에 따른 정명관으로서 불교의 인과응보설과 공통점이 있다. 선인(善人)에게는 선과(善果)가, 악인(惡人)에게는 악과(惡果)가 차려지듯이 인업(因業)이 있으면 반드시 그에 상응한 과보(果報)가 있다는 것이 인과응보설이다. 이러한 차원에서 행한 것만큼[因] 그 결과[果]를 받는다는 것이 인과율이다. 원인과 결과의 관계에 대한 자연의 법칙인 인과율이 곧 이슬람교 정명관의 이론적 근거가 되었다. 여기에서 '인'은 인간의 자유의지이고, '과'는 정명이다. 단, 행동의 규범이나 선악의 내용은 알라가 규정한다고 본다. 이와같이 총체적으로 보면 이슬람교의 정명관은 알라의 정명과 인간의 자유의지를 조화시킨 유연한 정명관, 혹은 정명과 자유의지 간의 중도관(中道觀)이라고 말할 수 있다.

이에 비해 기독교는 한층 숙명론적이다. 기독교에서는 '일반적인 예정설(혹은 定名說)'보다는 '구제(救濟)예정설'을 주장한다. 즉 인간의 구제가 완전히 신의 자유로운 은혜의 선택에 기인한다는 것이다. 한마디로 신의 판단에 의해 구제가 이루어진다는 숙명론이다. 기독교와는 달리 불교에서는 인간의 자유의지를 절대시한다. 즉 원인과 결과의 생성과정에서 인간의 의지는 자유로우며, 이 자유로운 의지가 자신의 운명을 좌우한다는 것이 인과응보설에서의 자유의지론이다.

중국 전통사상의 경우 정명관에 대한 입장은 파마다 서로 다르다. 도가(道家)는 숙명론을 제창하고, 묵가(墨家)는 이른바 '비명설(非命說)'을 내세워 천명(天命), 즉 숙명을 거부한다. 그러나 유가(儒家)는 인위(人爲), 즉 자유의지도 믿고 동시에 명(命), 즉 정명도 인정하는바 이슬람교의 정명관과 유사하다. 이와같이 이슬람교의 정명관은 숙명과 자유의지의 어느쪽에도 기울어지지 않은 정명관이다. 이것은 이슬람의 '와싸뒤야'(중용사상)를 반영하고 있다.

참고문헌

김정위 엮음 『이슬람입문』, 한국외국어대학교 출판부 1993.

金宜久 主編 『伊斯蘭教概論』, 青海人民出版社 1987.

Abū Bakr Jābir al-Jazāiriy, *Minhāju'l muslim*, Maṭābi'o'l Wafā' 1991.

6

이슬람교의 다섯 기둥

6

이슬람교의 다섯 기둥

1. 이슬람교의 다섯 기둥

이슬람세계를 다니다 보면 신기한 일이 한두 가지가 아니다. 관광버스 기사가 쏜살같이 달리던 차를 갑자기 길섶에 멈춰세우고는 홀로 슬쩍 내려서 잠깐 예배를 드리고 되돌아온다. 찌는 듯한 무더위 속에서도 한 달씩 대낮에 물 한 모금 안 마시는 인고의 금식을 한다. 세계 곳곳에서 한 해에 100~200만명의 사람들이 한꺼번에 똑같이 하얀 계복(戒服)을 차려입고 순례지 메카에 구름떼처럼 모여든다. 현대인의 상식으로는 이해하기 힘든 '이상(異狀)'이라서 어리둥절하기도 하고 의혹도 생기며, 간혹 폄하하기도 한다. 그러나 그것이 지구상 13억 무슬림들이 의무적으로 행하고 있는 정상적인 행위라고 할 때, 우리는 새삼 우리의 무지와 편견에 대해 되돌아보게 된다.

사실 무슬림들의 일상이나 평생을 살펴보면 어느 것 하나 그들의 종교적 신앙이나 교리와 무관한 것이 없다. 물론 다른 신앙인들에게도 그러한 점이 없지는 않지만, 무슬림들만큼 그렇게 신실하게 자기들의 신앙심을 몸짓으로 드러내는 사람들은 드물다. 이슬람교의 교리는 다른 종교의 교리에 비해 '단순'하다고 할 정도로 분명하고 확실하다. 그 교리는 경전으로 명문화한 '이만'(6가지 종교적 신앙) 즉 알라(하나님) · 천사 · 경전 · 예언자 · 최후심판 · 정명(定命)에 대한 믿음의 '6신(信)'과, 이바다(5가지 종교적 의무) 즉 신앙증언 · 예배 · 종교부금(宗敎賦金) · 금식 · 성지순례의 '5행(行)'을 기본 내용으로 하고 있다. 이것이 이른바 이슬람교의 '6신 5행'이다.

6신은 알라를 비롯한 우주만물에 대한 무슬림들의 종교적인 믿음이기 때문에 내재적이고 정태적이다. 이에 비해 5행은 그러한 믿음을 행동으로 실천하기 때문에 외형적이고 동태적이다. 그래서 이 6신과 5행을 이슬람교라는 '장엄한 수레'를 움직여나가는 '쌍축(雙軸)'에 비유하기도 한다. 또 5행을 일러 6신뿐만 아니라 이슬람교의 모든 것을 말로서가 아닌 행동으로 떠받치는 기둥의 역할을 한다고 하여 '다섯 기둥', 즉 5주(柱, 아르칸 al-Arkān은 루큰rukn의 복수) 또는 '실천 5주'라고도 한다.

5행은 종교적 의무를 수행하기 위한 실천행동이기 때문에 이슬람교의 표징이라고 말할 수 있다. 무슬림들의 일상과 평생의 삶에서 일어나는 모든 일은 5행의 구체적 표현이고, 5행의 실천 여부에 따라 현세에서의 신앙심이 평가되며, 나아가 최후심판에서 낙원과 지옥으로 갈 길이 결정된다고 한다. 이것이 이슬람교의 '5주관(柱觀)'이다. 이만큼 중요하기 때문에 무슬림들은 이 '5주'를 문자 그대로 '마음의 기둥'으로 간직하고 그 실천에 자기의 운명을 걸고 있다.

물론 이런 종교적 의무가 다른 종교들에 없는 것이 아니고, 또 그 유래를 보면 유대교나 기독교와 상관되는 것도 있다. 그러나 이슬람교는 자기 발전의 역사적 및 사회적 환경과 여건에 부합되게 그 내용과 방도를 선택하고 있다. 그뿐만 아니라 실천에서도 이슬람교 특유의 융통성과 관용성을 여실히 보여주고 있다.

첫째 의무인 신앙증언을 제외한 나머지 의무사항들은 실제 수행에서 제외되거나 가감(加減)되는 경우가 간혹 있다. 유대교 같은 엄격한 계율종교의 견지에서 보면 '느슨한' 것 같지만, 사실은 자각에 기초한 자발행위이기 때문에 그 수행력은 더 강할 수밖에 없다. 여기에 이슬람교의 생명력이 있는 것이다.

이슬람교의 5행은 단순한 통과의례가 아니라 무슬림들의 일상이며 삶 그 자체다. 이러한 일상과 삶을 모르고서는 이슬람을 이해할 수 없으며, 무슬림들과의 진실한 어울림은 불가능한 일이다. 금식날에 무슬림들 앞에서 군것질하다가는 변을 당하기가 일쑤고, 전쟁을 하다가도 그만두는 금식월에 전쟁을 불사하겠다고 나서다가는 뜻밖의 화를 자초할 수 있다. 무슬림들의 의식구조나 가치관은 6신과 더불어 이 실천 5주에서 구체적으로 드러나고 있다. 따라서 그 하나하나를 살펴보는 것은 이슬람교를 이해하기 위해 반드시 필요하다.

2. 신앙증언

무슬림들의 종교적 의무인 '실천 5주'에서 첫째는 '샤하다'(신앙증언)이다. 그 내용은 "알라 외에는 신이 없고, 무함마드는 알라의 사자(使者)임을 증언한다"(라 일라흐 일랄 라흐 무함마드 라쑬룰 라)라는 증언사(證言詞)를 소리내어 말하는 것이다. 이 짧은 증언사는 사실상 이슬람교의 근본교리를 함축하고 있는 말이다. 이슬람교의 모든 신행(信行)은 이 근본교리에서 출발한다. 그런데 이 근본교리가 종교적 의무가 되는 이유는 이를 그저 마음속으로 믿는 것만으로는 안되며 반드시 소리내어 행동으로 고백해야 한다는 데 있다.

그리고 이러한 신앙증언을 여러 의무 가운데서 첫번째로 수행해야 하는 이유는 그 내용이 바로 이슬람교의 근본교리이기 때문이다. 그래서 다른 의무들은 상황에 따라 수행과정에서 융통성을 보일 수 있지만, 이 사항만은 절대로 미루거나 어길 수 없다. 어떠한 경우에도 이 증언을 거부하거나 미루면 그는 그 즉시로 무슬림임을 그만두어야 한다.

증언의 내용은 크게 두 가지다. 하나는 이 세상에 알라만이 유일신으로서 다른 어떠한 사상(事象)도 믿어서는 안된다는 것이다. 다른 신은 물론이거니와 어떠한 우상물에 대한 숭배도 있을 수 없다. 최고위정자나 상관, 부모까지도 존경은 하되 숭배하는 것은 허용이 안된다. 오로지 알라의 유일성과 창조성, 전지전능함과 자비함을 믿고 알라에 귀의(歸依)해야 한다는 것이다.

증언의 두번째 내용은 이슬람교의 창시자인 무함마드만이 알라가 인간에게 보낸 사람, 즉 '라쑬룰 라(聖使)'라는 것을 고백하고 증언함으로써 예언자 무함마드를 통해 인간에게 내린 알라의 계시를 그대로 믿고 따라야 한다는 것이다. 역설적으로 무함마드가 알라의 성사임을 인정하지 않을 때는 경전 『꾸르안』에 집성된 알라의 계시나, 그 계시에 따라 무함마드가 제시한 제반 종교 교리나 제도는 그 존립기반을 뿌리째 잃고 마는 것이다. 이것이야말로 이슬람의 '대란'이 아닐 수 없다. 따라서 무함마드가 알라의 성사임을 증언하는 것은 알라의 유일성을 확신하는 것과 함께 이슬람을 지켜나가는 무슬림들의 첫째 의무가 되지 않을 수 없다. 그래서 원래 경전에는 따로 나오는 이 두 마디 말을 하나의 증언사로 엮어서 5행의 첫째로 규정했던 것이다.

이 증언사는 무슬림들이 평생 동안 가장 많이 쓰고 듣는 관용어(慣用語)다. 증언사치고는 남용이라 할 정도로 언제 어디서나 입버릇처럼 흔하게 쓴다. 예배나 기도 때는 물론이거니와 평상시에도 늘 되뇐다. 그도 그럴 것이 이 증언사야말로 자신의 종교적 신앙에 대한 무슬림의 확인과 자부이기 때문이다. 그러기에 이 증언사로 정중한 서약을 대체하기도 한다.

갓난아기가 어머니에게서 듣는 첫마디가 바로 이 증언사이기에 그 아이는 태어나자마자 자연히 무슬림이 된다. 비무슬림이 이맘 앞에서 이 증언사만 외면 다른 절차 없이 곧바로 이슬람교의 입교자가 된다. 남녀가 이맘과 두 증인이 지켜보는 데서 이 증언사를 한번 따라 외기만 하면 그 자리에서 성혼된다. 대통령의 엄숙한 취임사도 이 두 마디 증언사로 운을 뗀다. 비록 짧은 두 마디 말이지만, 증언사는 그만큼 큰 뜻을 지니고 있다. 증언사는 반복할수록 좋다. 왜냐하면 '천국을 여는 열쇠'니까.

3. 예배

5행에서 두번째는 '쌀라'(예배)이다. 신앙숭배 대상을 경배하는 행위나 의식으로서의 예배는 방법은 달라도 거의 모든 종교에서 행하는 일종의 보편적인 종교행사다. 이슬람교도 예외는 아니나, 구체적인 방법이나 질서에서 몇가지 특징이 있다. 우선, 예배의 주목적이 자기정화(自己淨化)라는 점이다. 어느 날 무함마드는 제자들을 모아놓고 "만약 어떤 사람의 집 앞에 개울이 있어 매일 다섯 번씩 목욕을 한다면, 그의 몸에 때가 끼어 있을까?" 하고 질문을 던졌다. 제자들은 일제히 "때가 낄 리 만무합니다"라고 대답했다. 그러자 예언자는 "매일 다섯 번씩 하는 예배의 의미가 바로 그것이다. 알라께서는 그러한 예배를 통해 모든 죄악을 씻어줄 것이다"라고 제자들을 일깨웠다. 대체로 다른 종교들의 예배는 경배대상으로부터의 시혜나 구원 같은 것을 바라는 기복적(祈福的) 성격이 강하지만, 이슬람에서는 그것보다는 자기정화의 측면을 강조한다. 경전 『꾸르안』은 예배는 '무례함과 사악함을 방지하고 제거'하기 위해 하며, 예배를 통해 '견인성(堅忍性)을 함양해야 한다'고 예배의 목적을 지적하고 있다(29:45).

다음으로 이슬람교 예배의 특징은 알라와 무슬림들이 항시 만나고 대

예배를 하는 무슬림. 무슬림들은 예배를 알라를 만나는 장으로서 생각하고 중시하여 예배에 적극적으로 참여한다.

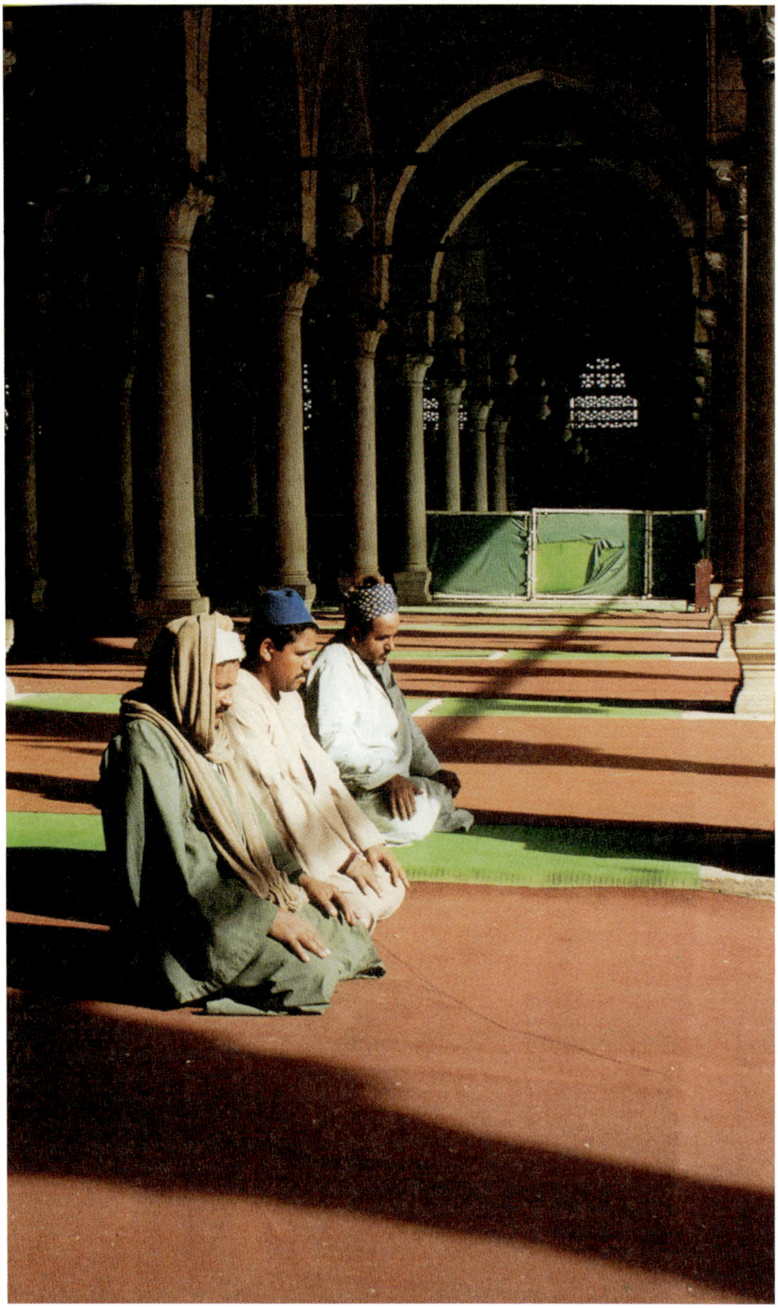

화하며 서로 가까이하는 장이라는 것이다. 그러나 성직자가 있는 다른 종교에서 예배는 대체로 신자와 경배대상 간의 만남이라기보다는 신자와 성직자 간의 직접적인 만남으로 요약할 수 있다. 무슬림들은 그 어느 신앙인들보다도 예배를 알라를 만나는 장으로서 생각하고 참여에 적극성을 보인다.

마지막으로 이슬람교 예배의 특징은 다양성이다. 이슬람에는 하루에 다섯 번 드리는 일상예배를 비롯해 계기마다 하는 예배가 있는가 하면, 때와 장소에 상관없이 마음 내키는 대로 자유롭게 하는 예배도 있다. 그리고 계기마다 하는 예배의 방법도 다르다.

예배를 드리는 데는 몇가지 선결조건이 따르는데, 요약하면 마음의 안정과 몸의 정결이다. 예배 전에는 반드시 마음을 안정시키고 알라에 대한 최대한의 경배심을 간직해야 한다. 이와 더불어 몸을 깨끗이 해야 한다. 예배 전에는 반드시 '우두으'(부분세정)나 '구쓸'(전신세정)을 해야 한다. 대소

이슬람의 예배동작. 무슬림들은 번호순에 따라 예배를 보며, 하루 다섯 번의 일상예배를 가장 중요하게 여긴다.

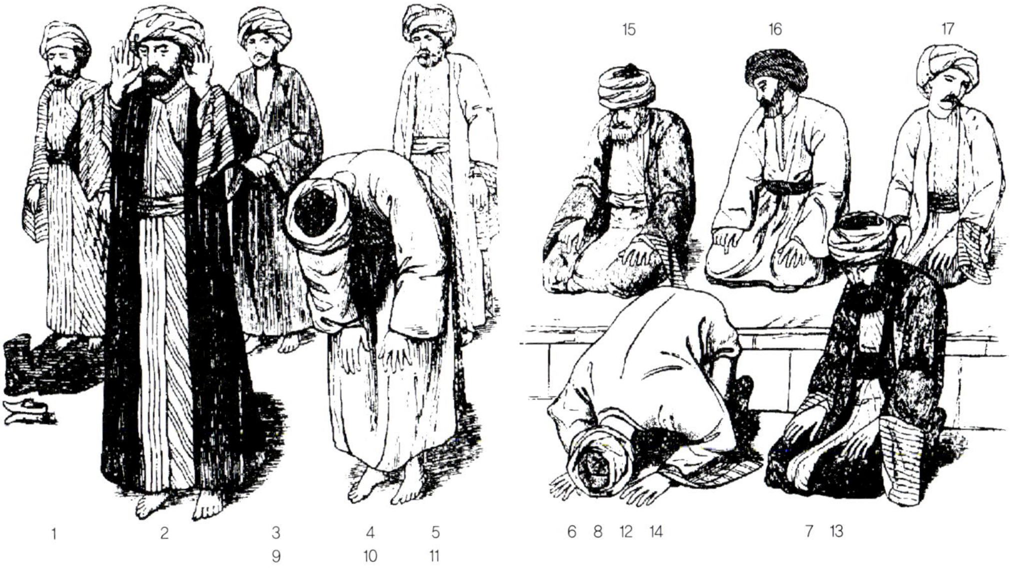

변을 봤거나, 피를 흘렸거나, 방귀를 뀌었거나, 몸의 한 부분이 불결하다고 느꼈을 때는 부분세정으로 얼굴과 팔꿈치, 양손, 머리카락, 발목 등을 흐르는 깨끗한 물로 씻는다. 일상예배 때 이런 부분세정을 많이 한다.

그리고 성교를 했거나, 개·돼지 등 불결한 동물을 만졌거나, 장기 여행을 했거나, 전신이 불결하다고 느꼈을 때, 또는 금요집단예배나 명절예배 같은 중요한 합동예배 때에는 반드시 물로 전신세정을 해야 한다. 만약 물이 없거나 귀하고, 또 병이 나서 물을 묻힐 수 없거나 물로 씻을 시간이 없을 때는 '타이ممм'이라고 하여 깨끗한 모래나 돌로 손바닥을 문지르거나 몸을 닦는다. 이를테면 대체세정인 셈이다. 그리고 예배는 목욕탕이나 묘지, 도살장이 아닌 깨끗하고 조용한 곳에서 성지 메카를 향해 해야 한다.

예배동작은 바로 선 자세로 있다가 예배를 하겠다는 마음을 가다듬은(닛야 al-Niyyah) 다음 두 손을 귀 위까지 올리면서 "알라는 가장 위대하시다"라는 찬사와 증언사를 읊은 후 팔짱을 끼고(쉬아파는 팔짱을 끼지 않음) 『꾸르안』의 개경장을 송독한다. 이어 허리를 반쯤 굽혔다가 펴는 반절을 하고서는 다시 무릎을 꿇고 땅바닥에 엎드려 이마가 바닥에 닿도록 두 번 절한 다음 일어나서 바른 자세로 돌아온다. 여기까지가 예배동작의 한 단위인데, 이것을 '라크아', 즉 궤배(跪拜)라고 한다. 모든 예배는 이 궤배를 단위로 하여 진행된다.

이슬람에서 예배는 여러 계기에 다양한 형태로 드린다. 가장 중요한 것은 하루 다섯 번의 일상예배다. 일상예배는 해뜨기 전 한 시간 반부터 해뜰 때까지 사이에 2궤배를 하는 새벽예배, 정오를 15분쯤 지나서 4궤배를 하는 정오예배, 정오예배부터 3시간 지나서 4궤배를 하는 오후예배, 일몰 후 5분에서 1시간 사이에 3궤배를 하는 저녁예배, 저녁예배 후 1시간 반부터 심야 사이에 잠들기 전 4궤배를 하는 밤예배로 이루어진다.

경전에는 이러한 다섯 번의 일상예배를 의무로 하고 있다. 이렇게 매일 규정된 궤배 수대로 행하는 예배를 '의무배(義務拜)'라고 한다. 그밖에 자의로 궤배를 추가할 수도 있는데, 이런 예배를 '부가배(附加拜)'라고 한다. 심신이 건장한 성년남녀는 반드시 의무배를 근행해야 한다.

단 병약자나 여행자, 또는 부득이한 상황에 처한 자는 일상예배를 단축하거나 뒤로 미루어 보충할 수 있다. 그리고 정오예배와 오후예배는 더운 시간을 피하기 위해 지연되기도 하고, 저녁예배와 밤예배의 경우 행사 등으로 인해 제시간에 할 수 없을 경우에는 한꺼번에 몰아 하기도 한다. 이슬람의 융통성과 관용성을 보여주는 일례라고 할 수 있다. 일출과 일몰 시간은 지역에 따라 다르므로 일률적으로 그 시간을 기준으로 새벽예배나 저녁예배를 할 수 없다. 지금은 남북 위도가 45도 이상 되는 곳에서는 해의 출몰시간에 관계없이 적정시간을 정해 예배를 드리고 있다.

가끔 어떤 사람들은 분초를 쪼개 사는 현대인들에게 하루 다섯 번씩이나 예배를 할 여유가 어디 있냐고 반문하기도 하고, 심지어 이것을 이유로 일상예배를 '시대에 뒤떨어진 구태'라고 비아냥거리기도 한다. 그럴 때면 무슬림들은 "담배 한 대 피울 사이면 되는 일인데"라고 넌지시 되받아친다. 사실 4궤배에 걸리는 시간은 기껏해야 10분을 넘지 않는다. 원래가 느긋한 사람들이라 누가 뭐라고 해도 별로 아랑곳하지 않고 꼬박꼬박 제 할 일을 하는 것이 대다수 무슬림들의 모습이다.

예배의 형태 중에는 매주 금요일에 주변의 사원에 함께 모여 집단적으로 근행하는 '줌아'가 있다. 교조 무함마드는 생전에 새로운 이슬람공동체 움마를 건설하는 데 필요한 집단공동체 의식을 함양하기 위해 집단예배를 장려했다. 그가 금요일을 집단예배일로 택한 것은 이날이 메디나에 장이 서는 날이라 장꾼들을 대상으로 설교를 할 수 있었기 때문이다.

그래서 예배시간도 날씨가 뜨거워지기 전에 귀가하는 시간대에 맞추어 정오쯤으로 잡았다. 이날은 흡사 명절 같은 분위기다. 모두들 하던 일을 멈추고 깨끗한 옷에 말끔히 전신세정까지 하고 반갑게 인사를 나누면서 사원에 모여든다. 대체로 남성들만 참가하는데, 일부에서는 여성도 함께 한다. 금요일의 집단예배는 주로 사원에 상주하는 이맘(예배인도자)이 인도하는데, 교리를 비롯해 세상사까지 곁들인 쿠트바(설교)는 필수다. 한가지 흥미로운 것은 이날의 예배는 종무(宗務)를 맡아보는 이맘(성직자는 아님)뿐만 아니라 무슬림이면 누구나 예배인도자로 등단하여 설교할 수 있다는 점이다. 직업적인 목사나 신부, 스님이 아니고서는 교회나 성당, 사찰에서는 마음대로 설교를 할 수 없다는 사실과 비교해보면 이슬람 나름의 개방성과 포용성을 헤아려볼 수 있다. 그리고 두 사람 이상이 예배를 드릴 때에는 반드시 그중 한 사람이 앞에 나서서 예배를 인도한다.

예배의 형태에는 그밖에도 명절예배와 장례예배 등이 있다. 명절예배로는 이슬람의 최대 명절인 '이둘 피트르'(개재절開齋節, 금식월인 라마돤이 끝나는 날)나 '이둘 아드하'(희생절犧牲節, 메카 성지순례가 끝나는 날)의 일출 후 정오까지 사이에 행하는 집단예배가 있는데, 이때는 남녀가 다 참여한다. 예배 후에는 이맘의 설교가 있다. 장례예배는 망자의 명복을 비는 예배로서 무슬림들에게는 일종의 의무배다. 대체로 사원에서 치러지는데, 절은 하지 않고 시신의 곁에서 메카 쪽을 향해 똑바른 자세로 서서 예배를 본다. 이러한 예배 외에도 심야나 금식월 기간에 밤새도록 하는 예배 등도 있다.

이슬람국가에서는 어디에 가도 하루 다섯 번씩 인근 사원의 뾰족탑에서 울려퍼지는 낭랑한 목소리를 들을 수 있다. 이것은 예배시간을 알리는 이른바 '아잔' 소리이며, 그 주인공을 '무앗진'(예배하러 오라고 부르는 사람)이라고 한다. 무앗진은 "예배가 잠보다 나으니 소원성취하러 어서 오라"고 간절히 호소한다. 예배시간을 알리는 방법은 종교마다 다르다. 무함마드 생존시 유대교에서는 '쇼파르'라고 하는 수사슴 뿔나팔을, 기독교에서는 나무 딱딱이를 사용했고, 오늘도 일부에서는 종이나 붓을 쓰고 있다. 이에 비해 이슬람에서는 시종 사람의 육성으로 예배시간을 알리는 것이 독특하다.

메카 금사의 대문과 뾰족탑. 50만 명이 동시에 예배할 수 있는 금사의 주위에는 64개의 출입구가 있는데, 그중 주요한 3개의 대문 양측에는 각각 92m의 뾰족탑이 세워져 있다.

예배는 마스지드(사원, 원래 뜻은 '엎드리는 곳')에서 드리는 것을 권장하지만, 깨끗한 곳이면 어디에서나 가능하다. 안방에서, 일터에서, 야외에서, 심지어 비행기 안에서도 상관없다. 사원 내부는 될수록 소박하고 단정하게 꾸린다. 벽화 같은 것은 거의 없으나, 경전만은 상비하고 있다. 내부 구조물로는 우측 정면에 있는 여섯 계단의 목제 설교단과 정면 중앙에 메카 쪽을 향해 움푹 파인 아치형 벽감(壁龕, 미흐라브)이 고작이다. 이맘은 설교단에 올라가 설교를 하고는 벽감 앞에서 예배를 인도한다. 이슬람의 3대 사원은 무슬림들의 순례지인 메카의 금사(禁寺)와 무함마드의 시신이 안치되어 있는 메디나의 성사(聖寺), 그리고 무함마드가 야행승천(夜行昇天)했다는 예루살렘의 원사(遠寺)다.

4. 종교부금

실천 5주의 세번째는 이른바 '자카트'라고 하는 종교부금이다. 원래 '자카트'는 아랍어로 '순결' '정화'의 뜻으로서 무슬림들의 모든 재부는 '자카트'를 납부한 후에야 '순결'하다는 데서 연유한 말이다. 이러한 종교부금은 이슬람의 재부관(財富觀)에서 출발한 것이다. 이슬람에서 모든 재부의 최종 소유자와 주재자는 알라다. 개인의 재부는 알라로부터 잠정적으로 사용권만을 넘겨받았을 뿐, 소유권은 알라에게 속한다. 따라서 그 재부의 일부는 갹출해서 알라가 원하는 일에 써야 한다. 그것이 주권자인 알라에 대한 응분의 보답이다. 그래서 종교부금을 무슬림들이 반드시 수행해야 할 종교적 의무로, 그것도 예배와 더불어 주요한 의무로 규정하고 있다.

5행으로서의 자카트에는 '의무적 자카트'와 '자발적 자카트'(솨다까)가 있는데, 흔히 자카트라고 하면 의무적 자카트를 말하고 솨다까는 문자 그대로 자발적으로 내는 종교부금이다. 자발적 부금은 사원에서 예배할 때나 공중모임 등에서 수시로, 액수의 제한 없이 헌사한다. 일종의 헌금이나 자선금에 해당하는 희사(喜捨)인 셈이다. 비록 자발적이라고는 하지만 돈독한 무슬림들은 그것 역시 의무라고 생각한다. 그래서 의무적 자카트 못지않게 성의를 다한다. 솨다까도 자카트와 비슷하게 쓰인다.

이슬람 초기에는 자카트가 주로 빈민들에 대한 구제용으로 쓰여 빈부격차를 줄이고 사회적 대립과 모순을 해결하는 데 긍정적인 역할을 했다. 그리하여 빈민계층의 호응을 얻었으며 그들을 교화하는 데 도움이 되었다. 아직 이슬람이 입지를 다지지 못한 초기(메카시대)에는 납부를 자발심에 맡길 수밖에 없었다. 그러나 무함마드가 메디나로 성천하여 이슬람공동체를 건설하기 시작한 때부터는 사정이 달라졌다. 이슬람이 뿌리내리기 시작하자 공동체를 건설하고 운영하는 데 많은 자금이 필요했다. 그리하여 성천한 다음해(623)에 무함마드는 자카트를 종교적 의무로 규정하고 구체적인 시행책을 마련했다. 경전 『꾸르안』(주로 메디나편)에는 무려 80여 군데에서 자카트를 언급하고 있다.

무슬림들은 통화·가축·과실·곡물·상품·매장자산(광산 등) 같은 재부를 1년 이상 소유하면 반드시 일정한 비율의 자카트를 물어야 한다. 납부율은 대상에 따라 다르다. 예컨대 일반 무슬림들은 연간 수입의 2.5%를, 곡물인 경우 천수답이나 관개답이면 10%, 그외는 5%를, 매장자산은 20%를 납부해야 한다. 미성년이나 정신이상자, 가난한 자, 노예 등은 자카트에서 제외되며, 이슬람국가에 살고 있는 다른 종교인들은 납부할 의무가 없다. 대신 이들은 과거에는 인두세를 물어야 했고, 현대에는 조세제도에 따른 세액 부담을 지게 된다.

자카트는 일년에 한번씩 내는데, 과거에는 주로 사원(개재절 집단예배 때 납부)이나 종단 같은 종교기관에 맡겼으나, 오늘날은 정부 내에 자카트를 비롯한 종교기금을 전문적으로 관리·운영하는 기관을 두어 거둬들이고 있다. 현재는 의무성이 약화되어 자유헌납의 형식을 취하는 경향이 있다. 일종의 시대순응적인 변화라고 하겠다.

자카트는 가난한 순례자나 결식자, 빈민, 채무환급 불능자, 가난한 여행자, 새 입교자, 자카트의 관리자 등의 구제에만 사용된다. 사원이나 학교 건설 등에는 사용할 수 없고, 가족을 포함해 다른 사람에게 넘겨줄 수 없으며, 유산으로 남길 수도 없다. 이와같이 자카트는 대체로 빈곤한 자들에 대한 구제에 주로 쓰이기 때문에 혹자는 자카트를 '구빈세(救貧稅)'라고 하는데, 기독교의 구빈세와는 성격이 크게 달라서 적절한 지칭은 아닌 성싶다. 이와같이 자카트는 종교적 의무치고는 유례없이 관용적이라고 말할 수 있다.

5. 금식

종교적 의무로서의 5행의 네번째는 쏴움(금식)이다. 무슬림이 아닌 사람들이 가장 의아해하는 것이다. 그만큼 궁금한 점이 많고, 또 유의해야 할 점도 있다. 해마다 이슬람력 9월인 라마된 한 달 동안은 해뜰 때부터 해질 때까지 먹거나 마시는 것이 일체 금지된다. 담배를 피워도 안되고, 부부관계도 금기사항이다. 대낮에 기온이 섭씨 40~50도를 오르내리는 사막에서 물 한 모금 마시지 못하는 것은 언뜻 보아 끔찍한 일이 아닐 수 없다. 그런 일을 거뜬히 해내는 무슬림들을 보노라면 측은하기도 하지만, 한편 거룩해 보이기도 한다. 어떤 의미를 부여하든간에 해내기가 벅찬 일임에는 틀림이 없다.

비록 종교적인 의무이기는 하지만, 역시 이슬람 특유의 융통성과 관용성을 반영하여 임신부나 해산모, 생리중인 여인, 노약자, 환자, 어린이, 정신이상자는 금식에서 제외된다. 여행자에 한해서는 금식을 할 수 없다면 후일로 미루되, 금식을 깬 날짜만큼 따로 해야 한다. 그밖에 입놀림과 관련해 여러가지 자질구레한 문제들이 제기되어 논란이 일고는 있으나 대략 이렇게 합의를 보고 있다. 즉 물로 이를 닦거나 입을 헹구는 일, 배우자나 아이들에게 하는 가벼운 입맞춤은 허용한다. 침을 삼키는 문제는 지금까지도 왈가왈부하고 있다.

이렇게 '가혹'하리만치 어렵고, 게다가 단식으로 인한 부작용(예컨대 노동시간의 단축 등)도 없지 않은데, 굳이 실천의무로까지 규정하여 결행하는 이유는 도대체 어디에 있을까? 의문이 아닐 수 없다. 여기에 이에 대한 좋은 대답이 있다. 1958년 이라크에서 군사쿠데타가 일어난 후 감옥에 수감된 한 정치지도자가 아들에게 보낸 편지에서 이렇게 쓰고 있다.

"금식은 개인적으로 알라에 대한 순종과 그의 은총에 대한 감사를 표시하는 정신적 훈련이며, 사회적으로는 가난한 사람과 약한 사람에 대한 동정과 모든 무슬림들의 연대의식과 동등의식을 권장하는 집단훈련이다."

요약하면 금식이야말로 무슬림들에게 필요한 정신적 훈련이며 사회적 훈련이라는 것이다. 여기에 더해 금식은 개인의 의지를 강화하는 도덕적 훈련이며, 또한 그것을 통해 자신의 자제력을 키우고 굶주림과 목마름 등을 이겨내는 육체적 훈련이기도 하다. 일부 학자들은 신진대사를 촉진한다는 등 금식이 가져오는 의학적인 효과도 빼놓지 않는다. 요컨대 금식은 여러모로 유용한 정신적 및 육체적 훈련이다. 불교나 기독교 등 여러 종교들에서 많은 고승대덕(高僧大德)들이 이와 유사한 고행을 마다하지 않는 것은 마찬가지 이치에서일 것이다.

바로 이 때문에 이슬람교에서는 금식을 대단히 중요시한다. 일찍이 교조 무함마드는 "누가 알라를 위해 금식을 하루 하면 알라는 그의 몸을 불지옥으로부터 70년 멀리하게 할 것이다"라고 하면서 금식은 알라에게서 '10배의 보상을 받는 선행'이라고 강조했다. 아마 이러한 가르침을 깊이 간직하고 있기에 무슬림들은 그토록 어려운 훈련도 마음으로 기꺼이 받아들이고 해내는 것이라고 사료된다.

이라크 바그다드의 한 상인이 하루의 금식이 끝난 후 무슬림들에게 팔기 위한 빵을 내오고 있다.
ⓒREUTERS

이슬람에서의 금식은 유대교에서 영향을 받은 것으로 알려지고 있다. 원래 무함마드는 이스라엘 백성들이 바로 왕의 속박에서 벗어난 것을 기념하여 모세의 명에 따라 금식을 하는 것을 보고 이슬람력 1월 10일 하루를 금식일로 정한 바 있다. 그러다가 메디나에 성천한 다음해(623)에 이슬람력 9월 한 달 동안을 금식월로 선포하고 종교적 실천의무로 굳혔다. 비록 유대교의 영향을 받아 설정한 것이기는 하지만, 그 내용이 똑같지는 않다. 금식기간이 자기 성찰과 반성의 계기이기는 하지만 슬프거나 우울한 기간은 아니다. 오히려 무슬림들은 금식월을 축제의 달로 경하하고 있다.

이 한 달은 신성한 달이다. 이 달만 되면 '뽑아들었던 칼을 칼집에 집어넣는다'고 한다. 이 달에는 서로가 말다툼도 삼가며 덕담만 한다. 유난히 인사말이 길고 야화(夜話)가 오순도순하다. 하루의 금식을 깨는 '이프타르'는 여러 사람이 사원에 모여 함께 하고, 집집마다 음식을 돌리면서 형제애를 과시한다. 한마디로 평화롭고 즐거운 한 달이다. 이런 달에 뽑았던 칼을 집어넣기는커녕 도리어 결단을 내겠다고 악을 쓰며 더 높이 휘두른다면 그것은 이유 불문하고 무슬림들의 뿌리 깊은 정서를 거스르는 일이 될 것이다.

무함마드가 굳이 이슬람력 9월인 라마단 월을 금식의 달로 정한 데는 그럴 만한 이유가 있다. "이 달 중에 사람들의 길잡이가 될 『꾸르안』이 내려졌기"(2:53) 때문이다. 내린 것은 경전 전체가 아니고, "읽어라! 창조주이신 너의 주님의 이름으로. 그분께서는 한 방울의 정액으로 인간을 창조하셨다"라는 알라의 최초 계시다.

이 첫 계시가 내린 밤을 '결정의 밤'이라고 하는데, 이 밤이야말로 가장 신성한 밤이다. 그런데 그것이 어느 날 밤인지는 아직까지 확실치 않다. 하순 마지막 3개의 기수일(25, 27, 29일) 밤이라고만 알고 있는데, 대체로 학자들은 27일 밤으로 보고 있다. 이 밤이 끼여 있는 하순 10일간은 금식월 중에서도 가장 성스러운 기간으로 간주하고 있다. 라마돤 월의 시작과 끝, 바꾸어 말하면 금식의 시작과 끝은 초승달의 출현으로 결정된다. 두 사람 이상이 초승달이 떠올랐다는 것을 확인하면 곧 금식을 시작하고, 마찬가지로 한 달 후에 새 초승달이 떠올랐다는 것을 확인하면 금식을 끝내는 것이다.

이슬람에는 이러한 의무금식 외에 자발적으로 행하는 금식(나팔 al-Nafal)도 있다. 자발금식도 그 목적은 의무금식과 다를 바 없다. 다만 자의에 따라 이슬람력 1월 10일이나 8월 15일 같은 특정한 기념일에 하루 이틀 행하는 것이 특징이다. 그러나 이러한 자발금식은 '이둘 피트르'와 '이둘 아드하' 같은 명절 당일이나 이런 명절 뒤 3일 내에는 삼간다.

6. 성지순례

마지막으로 다섯번째 종교적 의무는 '핫즈'(성지순례)이다. 어떠한 종교든지 발생지가 있는 한, 그곳이 성지가 되어 신자들, 특히 성직자들이 만난(萬難)을 무릅쓰고 순례하는 것은 상례다. 그러나 이슬람을 제외하고는 그 어느 종교도 성지순례를 신자들이 수행해야 할 종교적 의무로 못박고 있는 종교는 없다. 한편, 멀고 먼 성지 메카를 순례한다는 것은 보통 일이 아니다. 탈것이라야 고작 낙타나 말밖에 없었던 옛날에는 더욱더 그러했다.

사실 예나 지금이나 이슬람의 실천 5주 중에서 성지순례는 가장 힘겨운 실천사항이다. 그래서 이슬람교에서는 비록 종교적 실천의무로 규정은 하고 있으나, 건강과 재정형편이 허용되는 성년 무슬림들이 일생에 한번만 해도 그 의무를 수행한 것으로 높이 평가하고 있다. 이렇게 어려운 실천사항임에도 불구하고 왜 유독 이슬람에만 그것이 생겨났고 유지되고 있는가? 그것의 의의는 과연 무엇일까? 누구나 던지는 질문이다.

먼 옛날부터 성지순례는 신앙을 중시하는 셈족들의 관행이었다. 이슬람이 출현하기 이전에 지금의 순례지인 메카의 '마스지드 하람'(禁寺) 안에 있는 '카으바'(石殿, 일명 '알라의 집')는 인근 꾸라이쉬 부족을 비롯한 아라비아반도 유목민들의 성소로서 순례의 대상이었다. 그러다가 630년 메카에 무혈입성한 무함마드는 석전 주위의 여러가지 우상들을 제거하고 그곳을 이슬람의 순례성지로 선포했다. 2년 후에 그곳을 다시 찾은 그는 석전을 참배하고 메카 주위의 여러 곳을 두루 돌아보고 나서 유명한 고별연설을 했다. 그가 참배하고 돌아본 그 내용이 그대로 순례의 의례와 절차 및 순서로 굳어져버렸다.

무함마드가 순례를 종교적 의무로 규정한 목적은 한마디로 이슬람의 일체성과 유대를 유지·강화하기 위해서였다. 역설적으로 오늘날까지도 그 어려운 순례가 종교적 의무로 꿋꿋이 지켜져오는 것은 바로 이러한 일체성과 유대 때문이다. 우리는 이러한 사실에서 이슬람이란 세계적 거대종교의 의미를 다시 음미해보게 된다.

한 해의 순례자는 19세기 말엽의 5~15만명에서 1990년대는 200~250만명으로, 1세기 동안 약 40배로 늘어났다. 세계 방방곡곡에서 온 엄청난 수의 무슬림들이 똑같은 의상으로 갈아입고 한목소리로 알라의 계시를 되뇌면서 그토록 부대껴도 불평 한마디 없이 함께 어울려 행사를 치르고 희생절에는 희생물을 나누어 먹는다. 그들 서로에게 어떤 일체감이나 유대의식이 없었던들, 이 모든 것은 도저히 불가능한 것이다. 그러기에 일찍이 이집트 대통령 나세르는 이 엄청난 순례는 순례자들 스스로가 '범세계적인 무슬림들의 모임을 만듦으로써 정규적인 국제회의'가 되는 셈이라고 지적했으며, 서구 이슬람 연구가인 루이스는 유럽에서는 유형을 찾아볼 수 없는 이 순례야말로 '가장 중요한 이슬람문명의 요소'라고 평가했다.

메카 순례 증명서. 무슬림들은 순례를 가장 중요한 실천의무로 간주하고 그 수행을 최상의 영광과 보람으로 여긴다. 한 해 동안의 성지 순례자는 지난 1세기 동안 무려 40배나 늘었다.

바로 이러한 의미 때문에 무슬림들은 순례를 가장 중요한 실천의무로 간주하고 그 수행을 최상의 영광과 보람으로 삼는다. 순례자의 이름 앞에는 반드시 순례를 수행한 사람이란 뜻의 경칭 '핫즈'를 붙인다. 이 경칭은 '대통령'이란 직함 앞에도 놓을 수 있는 지고의 직함이다. 순례자가 돌아오는 날에는 온 마을이 대축제를 벌이며, 그의 집을 흰칠로 단장한다.

순례에는 몇가지가 있다. 규정된 기간(이슬람력 12월 8일부터 10일 사이)에 규정된 절차를 수행하는 정규적인 순례(핫즈, 일명 '대순례')와 규정된 기간 외에 대체로 규정된 절차대로 행하는 순례(옴라, 일명 '소순례'), 임의의 기간에 몇가지 절차만 밟는 순례(지야라), '소순례'를 한 후에 얼마 있다가 '대순례'를 행하는 순례(분할순례), '소순례' 이후 곧바로 '대순례'를 행하는 순례(연속순례) 등이 있다. 신앙이 돈독한 사람일수록 분할순례와 연속순례를 수행하는 경우가 많다.

순례자는 세정을 하여 몸을 깨끗이 하고 순례의지를 가다듬은 후 메카 가까이에서 평복을 벗고 바느질을 하지 않은 두 조각의 흰 천인 이흐람(戒服)으로 몸의 아래위를 가린 채 성지에 들어간다. 순례기간에는 머리카락을 자른다든가 손발톱을 깎을 수 없고, 향수를 바르거나 보석으로 치장할 수 없으며, 성관계나 언쟁, 험담을 해서도 안된다. 또한 풀 한 포기 나무 한 그루도 다치게 해서는 안되며 희생물을 제외한 어떤 생명체도 죽

메카 중심부에 있는 금사를 순례하는 모습. 중앙에 있는 검은 입방체(12×10×15m)가 '알라의 집'이라고 불리는 카으바 신전이다. 무슬림들에게는 가장 신성한 곳으로, 그들은 이 방향을 향해 예배하며 그 주위를 도는 의식으로 성지순례를 시작한다.

일 수 없다. 그리고 순례기간 내내 순례자들은 "주여 내가 왔나이다, 명을 받들어 왔나이다"라는 존명사(尊命詞)를 쉬지 않고 되뇐다. 이 모든 것은 정결한 마음으로 오로지 순례에만 전념하도록 하기 위해서 지켜나가는 것들이다.

대개 3일간 진행되는 순례(대순례)의 절차는 고정되어 있다. 우선, 메카의 금사(禁寺)에 들어서서 카으바를 중심으로 시계바늘 반대방향으로 7번 빙빙 돈다. 이것을 '톼와프'(榮廻)라고 한다. 금사는 이슬람의 성지 메카의 중심부에 있는 이슬람 제1의 신성한 사원으로, 이슬람 이전에도 이 곳은 노천 예배장소였다. 그러나 구조물이라곤 카으바뿐이었다. 그러다가 무함마드가 메카를 수복하고 이곳을 금지구역으로 선포했다. 즉 비무슬림의 진입과 수렵·살생·싸움질 등을 금지했다. 이로부터 금사(禁寺), 즉 '마스지드 하람'이란 이름이 나왔다.

그간 세 차례의 증수를 거친 이 사원의 총면적은 무려 18만m^2나 되어 50만명이 동시에 예배를 할 수 있다. 출입구만 해도 64개나 된다. 순례자들은 카으바를 참배하면서 그 안에 놓여 있는 흑석(黑石)에 입맞춤하거나 손으로 만져보고자 한다. 그러나 숱한 참배자들로 붐비다 보면 어떻게 할 수 없어 멀리서 손짓만 하기도 한다.

'카으바'는 금사의 중정(中庭)에 있는 길이 12m, 너비 10m, 높이 15m의 입방체 돌덩어리를 말한다. 이슬람에서는 가장 신성하게 여기는 것으로서 무슬림들은 어느 곳에서나 이 석전의 방향을 향해 예배하고, 순례도 이 석전 주위를 도는 것으로부터 시작한다. 따라서 이 석전 참배가 곧 성지순례를 뜻한다고 말할 수 있다. 흑석은 이 석전의 동쪽 모퉁이에 있는 자그마한 검은 돌덩이다. 검은 면에 약간 붉은 기가 도는 매끌매끌한 타원형 돌인데, 길이는 약 30cm이다. 전설에 따르면 천당에서 떨어진 돌이라고 하여 신성시하는데, 사실은 운석(隕石)이다.

카으바를 7번 돌고 나서는 카으바 동쪽 근처의 '아브라함의 발자국'이 있다는 곳에서 두 번 궤배를 하고 남쪽에 있는 성천(聖泉)인 잠잠 샘에 가서 물을 마신다. 전설에 의하면 이슬람교가 출현하기 이전에 선지

메카 금사의 마당 한가운데 있는 카으바(위)와 그 동쪽 모퉁이에 있는 흑석(아래). 순례자들은 카으바를 참배하면서 길이가 약 30cm의 타원형 흑석에 입을 맞추거나 손으로 만져보고자 한다.

순례의식의 하나인 싸이(질주)하는 무슬림들. 그들은 '쇄파'와 '마르와'라는 두 봉우리 사이 420m 길을 7번 질주한다.

자 아브라함의 처 하갈과 아들 이스마엘이 이곳에 왔는데, 갈증이 난 이스마엘이 울면서 발로 땅을 굴렀더니 그곳에서 바로 이 샘이 솟아났다고 한다.

지표에서 약 4m 지점에서 솟아나는 이 샘은 수량이 풍부하고 약간 염기가 있기는 하지만 맑고 수질이 좋다. 무슬림들은 이 샘물이 신의 은총을 준다고 믿기 때문에 순례시 실컷 마시고 나서는 물을 떠가지고 고향에 가서 선물하기도 하고, 또 어떤 이들은 천을 이 물에 적셨다가 염포(殮布)로 쓰기도 한다.

이어 금사의 동편, 약간 떨어진 곳에 있는 '아비 까비쓰' 산에 가 남북으로 마주보고 있는 '쇄파'와 '마르와'라는 두 봉우리 사이(약 420m)를 7번 '싸이'(질주)한다. 전설에 의하면 아브라함의 처 하갈이 수원(水源)을 찾기 위해 이 두 산봉우리 사이를 7번이나 왕복했다고 한다. 이것이 이런 질주의식이 생긴 유래다.

참배한 다음날에는 메카 동쪽 7km 지점에 있는 미나 계곡에 가서 숙영한다. 그 다음날 역시 메카 동쪽으로 25km 떨어진 해발 228.6m 지점에 있는 성산(聖山) 아라파트에 가서 각종 행사를 치른다. 이날 행사가 순례 행사의 절정을 이룬다. 전하는 바에 의하면 아담이 에덴동산에서 쫓겨난 후 이 산에서 아내 이브와 재회했다고 한다.

북측에 높이 30m의 라흐마라는 돌산이 있는데, 632년 무함마드가 바로 이 돌산 위에서 순례 고별연설을 했다. 이를 기리기 위해 하루를 '아라파트일'로 정하고 이곳에 묵는다. 이것을 '아라파트 체류'라고 한다. 돌아올 때는 메카에서 12km 떨어진 '무즈달파'산에서 하룻밤을 묵으면서 자그마한 돌멩이 몇개씩을 주워가지고 와서는 미나 계곡 부근의 아끄바 돌산에 세워진 3개의 마귀돌기둥에 대고 마구 던진다. 이 돌기둥은 아브라함이 아들 이스마엘을 제물로 바칠 때 유혹한 사탄을 상징한다고 한다. 그래서 돌을 던져 저주를 표한다고 한다.

메카 근처의 미나 계곡에 있는 무슬림 순례자들의 숙영(宿營) 텐트촌. 매년 전세계에서 200만명 이상의 순례자들이 대순례에 참여한다. ⓒREUTERS

수많은 무슬림 순례자들이 미나 계곡에 있는 마귀돌기둥에 순례의식의 하나로 돌을 던지고 있다. 이는 사탄에 대한 저주의 표시이다.
ⓒ REUTERS

다음날은 순례가 끝나는 날인 '이둘 아드하'(희생절)이다. 원칙상 한 사람이 양 한 마리, 7명이 소 한 마리 혹은 낙타 한 마리를 잡는다. 네발짐승(돼지나 개는 제외)을 제물로 바치는 이 의례는 경전 『꾸르안』(37:97~113)에서 이야기하다시피 선지자 아브라함이 아들을 제물로 바치려다가 대천사 가브리엘의 중재로 양을 대신 바쳤다는 데서 유래한 것이다. 잡은 고기는 이웃끼리 서로 나누어 먹기도 한다.

이것으로 순례행사는 마무리된다. 순례자들은 그제야 수염이나 손발톱을 깎는다. 또 어떤 순례자는 성이 차지 않아 다시 금사를 찾기도 하고, 멀리 무함마드의 묘가 있는 메디나로 순례를 이어가기도 한다.

이상에서 이슬람교가 종교적 의무로 제시하고 있는 다섯 가지 내용을 개괄적으로 살펴봤다. 이 '실천 5주'가 이슬람 전반을 떠받들고 있는 '기둥'이란 의미에서뿐만 아니라, 실제로 그 안에 이슬람교의 신앙이나 제도, 그리고 무슬림들의 가치관이나 생활관이 고스란히 투영되어 있기 때문에 세세한 의식이나 절차 같은 것을 언급했다. 구체적으로 여기에서 요체는 이러한 구체적인 고찰을 통해 이슬람교와 무슬림 고유의 내면세계를 정확히 파악하는 것이다.

물론 이러한 내용은 경전의 계시나 선지자 무함마드의 언행을 근거로 하여 1,400여년간 굳어질 대로 굳어진 전통이고 관행이다. 그러나 이슬람 사회도 여느 사회와 마찬가지로 여러가지 현실적인 도전을 받고 있다. 특히 근·현대에 유입된 서구문명이 이슬람사회의 전통 및 현실과 융합하거나 충돌하면서 일종의 아노미현상이 나타나고 있다.

종교적 의무로서의 '실천 5주'도 예외는 아니다. 젊은 직장인들은 하루 다섯 번씩의 예배를 잘 지키지 않으며, 종교부금도 현대적인 조세제도에 밀려 변형이 불가피하다. 그리하여 이러한 전통과 현실의 갈등을 놓고 고민하는 것이 오늘 이슬람세계의 모습이기도 하다. 그러나 종교적인 신행(信行)을 포함해 모든 사회문제의 포괄적 씨스템을 구성하고 있는 이슬람은 그 고유의 중용사상이나 관용성을 바탕으로 하여 비교적 전통을 끈끈히 이어가면서 해결의 실마리를 찾고 있다.

참고문헌

공일주 『아랍문화의 이해』, 대한교과서주식회사 1996.

Abū Bakr Jābir al-Jazāiriy, *Minhāju'l muslim*, Maṭābi'o'l wafā' 1991.

Sa'īd Hawwiy, *al Islām*, Dār 'ammār 1988.

7

정치관

7

정치관

오늘날 이슬람세계에서 일어나는 정치사건들을 살펴보면 이슬람교와 무관한 것은 거의 없다. 종교의 이름으로 정치행위를 하는 것이 다반사다. 보수적인 왕정국가는 더 말할 나위 없거니와, 현대적인 공화정 국가조차 정치이념이나 국가활동에서 종교의 간여를 공식화하고 있다. 이슬람국가들에는 예외없이 이슬람의 이름으로 종교단체나 정치조직이 결성되어 국가의 정치변화에 큰 영향을 미치고 있다.

이슬람국가들의 연대와 협력을 목적으로 창립된 이슬람회의기구(OIC)의 상징. 1971년 창립된 이 기구에는 60여개국이 가입했다.

그런가 하면 56개 이슬람국가들은 이슬람이란 하나의 공통분모 위에 범세계적인 '이슬람회의기구'(OIC)를 만들어 국제무대에서 나름의 목소리를 내고 있다. 이와같이 이슬람세계에서 종교와 정치는 평행선을 그으면서 불가분의 교착관계에 있는데, 이러한 현상은 어느 사회, 어느 종교에서도 유례를 찾아볼 수 없다. 한마디로 이것은 정교합일(政敎合一)이라는 이슬람 고유의 특징에 기인한다.

1. 정교합일의 이슬람

이슬람은 단순한 신앙체계만이 아니라 사회생활 전반이 합일된 생활양식이고, '인간생활의 모든 분야를 망라하는 조화로운 전체'이며, 종교와 세속 쌍방을 포괄하는 '신앙과 실천의 체계'다.

기독교사회는 "가이사의 것은 가이사에게, 하나님의 것은 하나님께 바치라 하시니"(「누가복음」 20:25)라고 정치와 종교를 분리하고 있으나, 이슬람사회는 종교를 바탕으로 하여 이슬람법(샤리아)에 의해 통치되는 정교일치(政敎一致)의 사회다. 여기에서의 '정(政)'은 세속사회 일반을 말한다. 따라서 이슬람에는 정치·경제·사회·문화·종교·군사 등 사회의 제반 영역에 대한 고유의 사상과 이념, 규범과 제도가 있다. 이것이 이슬람교가 기타 종교와 구별되는 가장 큰 차이점이자 특징이다.

이슬람교 고유의 정교합일은 이슬람의 역사과정에서 형성된 당연한 이념이고 제도였다. 이슬람은 출현 초기부터 정치와 종교를 구별할 수가 없었다. 어느 종교사에도 종교 창시자가 종교와 더불어 국가권력을 창출한 예는 없다. 유독 무함마드만이 종교를 바탕으로 한 이슬람공동체를 건설했다. 그는 메카에서 신의 계시를 전달하는 선지자로 출발했지만 메디나로 성천한 후에는 최고의 종교지도자일 뿐만 아니라, 공동체를 세우고 이끄는 최고의 국가통치자가 되었다. 이 메디나 공동체와 그 권력구조(정부)는 비록 단순하고 불비한 점이 있었지만, 민족·영토·통치권 등 기간적(基幹的)인 권력구조를 두루 갖춘 국가형태였다. 무함마드의 신분은 이에 더해 전장에서는 군사들을 통솔하는 총지휘관이었으며, 공동체 내에서는 분쟁을 해결하는 중재자, 재판관의 역할도 했다. 그런가 하면 공동체 운영에 필요한 규약이나 법령을 제정하고 각종 행정명령을 반포하며 그 집행을 감독하는 행정수반이었으며, 대외적으로는 다른 부족들이나 공동체들과 화약(和約)을 체결하는 등 명실상부한 최고위정자의 지위에 있었다.

2001년 12월 테헤란에서 있었던 기도회를 이끄는 이란의 최고지도자 하메네이. 1979년 이슬람혁명으로 세워진 이란이슬람공화국(이란)의 헌법은 국가의 최고지도권을 종교법학자에게 부여한다. 하메네이는 1989년 호메이니의 사망으로 최고지도자의 지위를 계승했다.
ⓒ REUTERS

그의 뒤를 이은 칼리파(계위자)들도 무함마드의 계위자란 공식 직함을 가지고 그가 행사하던 종교와 정치 두 분야의 대권을 그대로 계승했다. 그들은 공동체를 통치하는 정신적 및 세속적 지도권이 자신들에게 있다고 믿었으며, 백성들 또한 그렇게 생각했다. 이러한 정교일치의 신념은 알라의 계시로도 보증을 받았다.

경전 『꾸르안』은 알라에 대한 복종(종교적 복종)과 현세 통치에 대한 복종(정치적 복종)을 동시에 강조하고 있다. "오, 믿는 자들이여, 알라께 복종하라. 그리고 알라의 사자(使者)와 너희들 가운데 권위를 지닌 자들에게 복종하라"(4:59)고 알라는 계시했다. 여기서 '권위를 지닌 자들'이란 현세의 통치자들을 뜻한다. 알라께 복종하듯 무함마드와 칼리파들에게도 복종해야 하며, 그렇게 하는 것이 믿는 자들(al-Mu'minūn, 무슬림들)이 간직해야 할 신앙이라는 것이다.

칼리파들이 통치하는 공동체의 주기능은 사람들을 경전에 명시된 이슬람법에 복종시키고, 그 법에 따라 사회를 운영하는 것이다. 그리하여 경전을 정확히 해석하고 따르며, 무함마드의 언행(『하디스』)에 비추어 제반 문제를 판단하고 처리하는 것이 급선무였다. 따라서 『꾸르안』과 『하디스』는 종교와 정치를 가리지 않고 모든 행위의 근원적인 준거가 되었다. 사실상 『꾸르안』과 『하디스』에는 종교뿐만 아니라, 정치나 사회 전반에 관한 원리들이 구구절절 명시되어 있다. 그리하여 종교적 명분과 정치적 명분이 항상 상보상조적 관계에 있으면서 공동체 운영의 근본이념으로 기능했다. 1,400여년간의 이슬람 역사는 이러한 정교일치의 역사로서 오늘도 그 이념에는 변함이 없다. 이와같이 무함마드에 이어 후세의 칼리파들이 정치와 종교의 제반 영역에 대한 통수권을 행사하여 이슬람공동체를 다스리는 체제를 이슬람 정치사에서는 킬라파제(al-Khilāfah, 킬라파는 'Khalafa 계위하다'의 동명사)라고 한다.

이러한 정교합일의 통치체제를 유지하기 위해 이슬람 고유의 정치이념과 제도, 즉 정치관이 정립되었다. 그 핵심 내용은 이슬람 정치의 성격을 규정하는 여러 원리들, 킬라파제에 기초한 국가체제 및 이러한 체제의 운영을 규제하는 이슬람법, 그리고 지하드를 지향한 대외관계 등이다.

이러한 정치관은 시대의 흐름에 따라 적지 않은 변화를 보이고 있으나, 그 핵심만은 여전히 유지되고 있다. 그것은 '종교이자 국가'라는 이슬람 고유의 정교합일적 일원론(一元論)만은 큰 변함없이 지켜왔기 때문일 것이다. 근자에 와서 일부 학자들이 이 정교합일적 일원론에 대해 이의를 제기하고 있지만, 아직은 입지를 얻지 못하고 있다.

2. 이슬람의 정치원리

이슬람의 경전 『꾸르안』과 무함마드의 언행록인 『하디스』에는 이슬람 정치가 관철해야 할 제반 원리들이 명시되어 있다. 이러한 원리들은 이슬람국가의 목적과 기능, 정치제도의 특성을 규정해줌으로써 이슬람 정치의 '최고 가치'로 인정된다. 그리하여 지금까지 이슬람국가들은 여러가지 법적·행정적·군사적 수단들을 동원하여 이 가치들을 지키려 하고 있다.

이슬람의 정치원리 중 첫째는 이른바 '슈라'(협의제)다. 슈라는 무슬림공동체를 운영하는 데서 제기된 문제들을 공동으로 협의하여 해결하는 일종의 협의제다. 이슬람에서 슈라는 공동체운영의 한 원칙이고 샤리아(이슬람법)상의 의무일 뿐만 아니라, 무슬림 개개인이 간직해야 할 속성과 자격이라고까지 규정하고 있다. 경전 『꾸르안』은 국가 수장(칼리파)은 반드시 공동체 성원들의 협의로 선출되고, 직무를 수행하는 과정에서 제기된 문제들에 대해서는 역시 공동체 성원들과의 협의를 거친 뒤에 처리해야 하며(3:159), 그리고 알라의 의지에 귀의하고 그 부름에 호응하며 공동체의 일을 서로 협의하는 자만이 무슬림이 될 수 있다(42:38)고 가르치고 있다.

선지자 무함마드는 생전에 여러번의 전투를 비롯해 중대사가 발생할 때마다 솨하바(聖門徒伴)를 비롯한 여러 사람들과 자주 슈라를 행했다. 그리하여 성문도반인 아부 후라이라는 "나는 라쑬룰 라(聖使, 무함마드)보다 더 자주 성문도반들과 협의하는 사람을 보지 못했다"고 회고했다.

무함마드가 수범적(垂範的)으로 행한 슈라는 그의 뒤를 이은 위정자들에게 전범(典範)이 되어 정치행위의 한 원칙으로 공식화되었다.

슈라는 무함마드가 계위자를 지목하지 않고 사망하자 제1대 계위자(칼리파)를 협의의 방법으로 선출한 데서 비롯되었다. 그후 제4대까지는 슈라의 방법으로 칼리파를 선출하여 이른바 정통 칼리파 시대(632~61)를 열었으나, 자식에게 직위를 물려주는 세습제가 시작된 우마위야조 시대(661~750)부터 최고통치자를 선출하는 '대슈라'는 사라지고 말았다. 그러나 법학자들의 집단적 협의에 의해 입법하는 이즈마으(합의제)나, 이맘의 주도로 지역적 사회문제를 협의하는 '소슈라'는 상당 기간 지속돼왔으며 오늘날까지도 그 잔영(殘影)이 남아 있다. 이러한 역사적 사실을 근거로 해 일부 이슬람학자들은 현대 민주주의의 뿌리를 슈라에서 찾고 있으며, 슈라 정신이야말로 이슬람 민주주의의 가장 귀중한 유산이라고 주장한다.

슈라는 하나의 협의체로서 그 구성방법이나 형태는 시대에 따라 다르다. 대체로 그 구성원들은 독자적으로 법을 해석하고 법적 판단을 내릴 수 있는 능력을 소유한 법학자인 '무즈타히드'들이다. 협의에 상정되는 내용은 주로 『꾸르안』이나 『하디스』에 구체적으로 언급되어 있지 않은 시급하고 중요한 문제들이다. 예컨대 음주자의 처벌이라든가, 정복지의 땅 분배 문제 등이었다. 『꾸르안』이나 『하디스』에 이미 명시되어 있거나, 이슬람법에 엄연히 위배되는 사항들은 협의에 상정될 수 없다.

이슬람 정치가 추구하는 두번째 원리는 '아들'(정의)이다. 아랍어에서 '아들'은 '똑바름' '바로잡음' '동등' '균형' 등의 의미를 가진 낱말이나, 그것이 종교 및 정치사회적 의미로 승화했을 때는 '신 앞에 올바름'이란 종교적 의미에다가 '공평' '균등' '절제' '정직' 등 윤리·도덕적 의미를 가미한 복합적 술어로 쓰인다. 따라서 정교합일의 이슬람 정치원리를 나타내는 용어로는 복합적 의미를 지닌 이 낱말이 안성맞춤이다. 종교적으로나 윤리·도덕적으로 정의와 불의의 경계선이 명확하고, 또 불의를 일소하고 정의를 구현하는 것이 알라가 계시를 내린 목적이고 무함마드가 알라에게서 받은 사명이라고 믿는 이슬람에서 정의를 정치원리로 삼는 것은 당연한 일이 아닐 수 없다.

이러한 당위성은 경전에도 누누이 강조되고 있다. 『꾸르안』은 "알라는 정의와 선행을 명하셨고 (…) 부정과 악행을 금하셨다"(16:90)고 정의의 구현을 명문화하면서 재판을 비롯한 모든 권력 행사를 공정하게 진행할 것과 불의를 저지르는 자에 대한 경고 메씨지를 보내고 있다. "사람들에게 압제를 행하고 지상에서 불의로 부정을 자행한 자들에게는 가혹한 형벌이 내려질 지어니…"(42:42)라는 경고가 바로 그것이다. 그리하여 이슬람 정치 연구자들은 이러한 이슬람 정치의 원리를 일반화하여 '정의는 통치권자들에게 요구되는 첫번째 덕목'이라고 지적하고 있다.

이슬람 정치원리의 세번째는 '홀리야'(자유)이다. 이슬람은 인간의 자유의지를 존중한다. 왜냐하면 원래부터가 착한 인간에게는 압제를 받을 이유가 없으며, 자유가 잠재의식으로 온존해 있기 때문이다. 따라서 자유의지나 선택의 자유는 하나님이 인간에게 부여한 속성의 하나로 간주한다.

이슬람은 아담과 이브가 금단의 과실을 취한 것에 대해 그들이 자유로이 선택한 행위로 본다. 6신의 하나인 정명에서도 인간의 자유의지를 존중함으로써 유연한 정명관이란 평가를 받고 있다. 알라의 가르침을 좇아 낙원에 들어가든, 그렇지 못하여 처벌을 받고 지옥에 떨어지든 인간이 행한 모든 일은 다 인간의 자유로운 선택의 결과라는 것이다.

신앙도 이슬람은 강요가 아닌 자유선택에 맡긴다. "종교에는 강제가 있을 수 없다"(2:256), "사람들을 강요해서는 믿음을 갖게 할 수 없다"(10:99)고 신앙의 자유원리를 강조한다. 종교란 일종의 잠재적 의식형태로서 결코 강요로 성취될 수 없기 때문이다. 초기 슈라시대에는 칼리파도 무슬림들의 자유선택으로 선정되었다. 제4대 정통 칼리파 알리의 임종을 앞두고 원로들이 그의 큰아들 하싼을 후계자로 옹립할 것을 진정하자, 알리는 주저없이 "나는 명령도, 거부도 하지 않는다"면서 통찰력이 있는 원로들이 알아서 자유로이 처리하라고 당부한 이야기는 이슬람 정치사상 유명한 일화다. 그러나 이슬람에서 이러한 자유는 무절제한 자유가 아니다. 이슬람법 샤리아에 의해 허용되는 범위 안의 자유라는 단서가 있다. 이를테면 조건부적 자유다.

네번째 이슬람 정치원리는 '무싸와'(평등)이다. 주지하다시피 평등원리는 현대 정치제도의 기본 원리이자 인간의 기본 권리다. 이 기본 원리가 보장되었다고 호언하는 근대 서구국가들은 그 연원을 1789년 8월 프랑스혁명 개시 직후 국민공회(國民公會)가 제정 발표한 '인권선언'(전문과 17개조)에서 찾고 있다. 그러나 이슬람사에서는 이보다 1,000여년 앞선 7세기에 벌써 평등원칙이 선포되었다. 유목사회에 팽배한 종족과 계층간 불평등과 차별을 극복하는 것이 새로운 종교를 창시하는 데 급선무임을 자각한 무함마드는 당초부터 인간의 창조나 사회생활에서 만민평등사상을 제시했다. 그가 별세하기 직전(632)에 행한 유명한 고별연설은 전인류를 향한 '인간평등선언'으로 평가받고 있다. 그는 이 연설에서 "그대들의 조상은 하나이니, 실로 아랍은 비아랍에 우월치 않으며, 오로지 신에 대한 경외(敬畏) 외에는 황인종이 흑인종에 우월치 않다"고 열변을 토했다.

『꾸르안』에도 "사람들아, 내가 그대들을 남녀로부터 만들었고, 그대들이 서로 알 수 있게 민족과 부족으로 그대들을 만들었도다. 알라 앞에서 존귀한 자는 알라를 경외하는 자이니라"고 타이르고 있다. 인간은 원래가 한 조상에서 태어난 존재로서 서로의 다름은 오직 신에 대한 경외의 정도에서 나타날 뿐이지, 결코 선천적인 차별이나 불평등은 있을 수 없으며, 신 앞에서 만민은 평등하다는 것을 설파하고 있다.

이슬람에서는 인간의 차등이나 우위를 현세에서는 불허하나 내세에서는 인정한다. 즉 현세에서 인간이 알라에 대해 행한 경외가 어느 정도인가에 따라 내세에서 그의 차등과 우위가 결정된다는 것이다. 환언하면, 인간이 누릴 수 있는 우위의 자리는 내세의 신 앞에 있지, 결코 현세의 인간 앞에는 있을 수 없으며, 인간 앞에 있는 것은 오로지 평등뿐이라는 것이다. 무함마드는 자신의 실천행위로 이 평등원리를 보여주었다. 한번은 절도죄로 고소된 한 여인을 주위에서 변호하면서 처벌하지 말 것을 청하자, 무함마드는 대로하여 "알라의 이름으로 말하건대, 만약 내 딸 파튀마가 도둑질을 했다고 하면 나는 그애의 손을 자르리라"라고 단호히 대답했다. 모두들 그의 불편부당한 말에 숙연해졌다.

3. 이슬람의 국가체제

이슬람의 정치관에서 다음으로 고찰해야 할
것은 킬라파제에 기초한 국가체제다. 이슬람사
에서 정교합일의 국가체제로 출발한 것이 바로
킬라파제다. 교조 무함마드가 별세한 후 슈라를
통해 4명의 칼리파가 계승적으로 선출되어 이
슬람공동체의 최고권력자가 됨으로써 그들을
정점으로 한 킬라파제가 출현했다. 따라서 킬라
파제는 계위에 의한 정교합일의 국가체제라고
말할 수 있다. 이것은 동서고금 어디에서도 유
례를 찾아볼 수 없는 특수한 국가체제다. 이 제
도에서 이슬람국가의 칼리파들은 최선임자인

무함마드가 그러했던 것처럼 종교를 수호하고 현세 정치도 올바르게 펴
는 이슬람 본연의 정교합일체로 국가를 운영해야 했다.

그러나 킬라파제는 30년도 채 안되는 짧은 기간에만 그 빛을 발하다가
우마위야조부터 세습제가 도입되면서 점차 빛을 잃어가기 시작했다. 그
후 킬라파제는 이상과 현실의 괴리 속에서 기복무상한 역사의 길을 걸어
왔다. 적지 않은 위정자들이 칼리파란 이름으로 이슬람국가의 최고통치
자 지위에 오른 후에 종교적 사명감은 뒷전으로 하고 비이슬람적인 강권
과 술수로 기득권 유지에만 급급함으로써 이상적인 킬라파제는 점차 변
질되었다. 그 결과 중앙집권적인 킬라파제는 통치력을 상실하고 유명무
실한 존재로 전락하고 말았다. 이러한 판국은 1258년 몽골의 침입으로 압
바스조 이슬람세국이 멸망할 때까지 지속되었다. 그후 이집트 맘루크조
(1250~1517)가 정통 킬라파제를 복구하려고 시도했으나 실패했으며 이름뿐
인 칼리파는 한낱 꼭두각시에 불과했다.

맘루크조를 정복하고 이슬람국가의 선통을 이어받았다고 한 오스만 투르크(터키)는 애당초 약 300년간은 칼리파란 명칭조차 사용하지 않았다. 그러다가 서구열강의 내침에 대처하고 이슬람세계의 종주국이라는 명분을 내세워 위상을 과시하기 위해 근세에 와서야 술탄제와 함께 킬라파제를 도입했다. 그러나 제1차 세계대전에서 전패한 터키는 1924년 잔명이나마 가까스로 유지해오던 킬라파제를 아예 폐기하고 정교분리의 공화제를 선포했다. 이로써 1,400여년의 이슬람 정치사에서 이상으로 꿈꿔오던 킬라파제는 영영 막을 내리고 말았다. 오늘날 명의상으로나마 정교합일의 국가체제를 고수하고 있는 보수적인 이슬람국가에서조차 시대의 흐름을 거역할 수 없어 킬라파제의 복원을 주장하는 사람은 거의 없다.

킬라파제에서는 원칙적으로 삼권(입법, 사법, 행정)분립을 허용하지 않고 모든 권력이 칼리파 한 사람에게 집중된다. 현대국가의 권력구조에서는 도저히 용납이 안되는 제도인 것이다. 이것이 오늘날 정교합일의 이슬람적 국가체제에서 극복할 수 없는 한계다. 그리하여 이슬람 법학자들은 킬라파제만이 능사가 아니라, 이슬람은 여러가지 형태의 국가체제를 수용한다고 변을 토한다. 그래서 오늘날 이슬람국가들 중에는 왕정제가 엄존하는가 하면 공화제나 술탄제 같은 다양한 국가체제가 존재하고 있다.

이슬람 법학자와 정치학자 들의 견해에 따르면, 국가체제의 상이함에도 현대 이슬람국가가 수행해야 할 책무는 크게 종교업무와 국민권익업무의 두 가지로 대별된다. 그 내용을 세분하면, 종교의 보호, 재판의 시행, 영토의 보존, 범법자의 처벌, 국경의 수비와 강화, 지하드의 수행, 세금의 징수, 예산의 집행, 관료의 임명, 공공업무의 감사 등 10가지다. 세부내용에서 보다시피 아직은 정교합일적인 국가체제 성격이 어느정도 투영되어 있지만, 현대적인 국가체제 성격도 강하게 나타나고 있음을 알 수 있다.

4. 이슬람법, 샤리아

이슬람의 정치에서 다음으로 중요한 것은 국가체제나 그 체제의 지배하에 있는 국민의 활동을 규제하는 샤리아, 즉 이슬람법이다. 원래 아랍어의 '샤리아'는 '물가에 이르는 길'이란 뜻이다. 건조한 사막지대에서 물은 생명이며, 물가로 가는 길은 생명의 길이고 구원의 길이 아닐 수 없다. 『꾸르안』에서도 이 단어는 '길'이라는 보통명사로 쓰이기도 한다. 이러한 어원에서 인간에게 생활규범을 제시함으로써 알라에게 다가갈 수 있는 길을 열어주는 법, 즉 이슬람법을 '샤리아'라고 칭하게 되었다.

이슬람의 법 개념은 현대법의 일반개념과 사뭇 다르다. 현대법은 주로 인간의 사회생활 질서를 유지하기 위한 규범의 체계로서 공사(公私)의 사회관계만을 규제한다. 그러나 이슬람법은 사회관계뿐 아니라, 인간의 신앙적 관계마저 규제한다. 그리하여 이슬람법은 예배·종교부금·금식·순례·장례·세정(洗淨) 등 종교적 신행(信行)에 대한 규범(이바다)과 혼인·상속·징세·친자관계·노예와 자유인·계약·매매·종교기금·소송·재판·비무슬림의 권리와 의무·범죄·전쟁 등 사회적 관계(무아말라)에 대한 규범을 포함하고 있다. 바꾸어 말하면, 이슬람법은 신과 인간의 관계(전자)와 인간과 인간의 관계(후자)를 규제하는 두 부분으로 구성되어 있다.

또한 현대법이 '인간의 지혜와 이성의 산물로 변화하는 사회적 요구에 부응하기 위해 만들어진 것'이라면, 이슬람법은 '신성한 신의 계시에 의한 불변의 것'으로 '예언자를 통해 계시된 신의 의지'다. 이러한 천계법(天啓法)에서 공동체의 주권자나 입법자는 국가나 인간이 아니라 절대적인 신이다. 그래서 법을 어기는 행위는 사회조직과 질서를 파괴하는 행위일 뿐 아니라, 신에 대한 불신과 불경의 죄행으로 간주된다. 그리고 이슬람사회에서는 법학을 신학보다 우위의 개념으로 받아들여 중시한다. 그것은 이슬람이 '신앙과 실천의 체계'로서 현세의 삶을 중시하는 종교이기 때문이다.

무슬림들은 철두철미하게 샤리아에 따라 생활하고 행동할 것을 요구받는다. 샤리아는 종교와 사회윤리도덕을 기준으로 하여 무슬림들의 행위를 5대 부류로 규범화하고 있다. 5대 부류의 행위는 다음과 같다. ① 와지브(의무): 예배·금식·효도 등과 같이 행하면 보상받고 행하지 않으면 처벌받는 행위, ② 하람(금기): 음주·절도·이자놀이·뇌물 등과 같이 행하지 않으면 보상받고 행하면 처벌받는 행위, ③ 만두브(권유): 친우나 이웃 방문, 외모 단정 등과 같이 행하면 보상받고 행하지 않아도 처벌되지 않는 행위, ④ 마크루흐(비난): 흡연, 해뜰 때까지의 늦잠 등과 같이 행하지 않으면 보상받고 행하면 처벌은 없으나 비난을 받는 행위, ⑤ 무바흐(허용): 직업이나 음식, 주택의 선택 등과 같이 행해도 보상이 없고 행하지 않아도 처벌이 없는, 즉 법과 무관하여 해도 그만 안해도 그만인 행위.

종교적 신행이건 사회적 관계이건간에, 그것이 합법인가 불법인가 하는 것은 어떤 법적 근거에 준해서 판단하는데, 그 법적 근거를 법원(法源)이라고 한다. 이슬람법에는 4가지 법원이 있다. 가장 근본적인 법원은 경전 『꾸르안』이다. 총 114장으로 구성된 이 경전은 현세와 내세의 인간에 관한 알라의 모든 계시를 집대성한 대법전이다. 법학자 압둘 와하브의 통계에 의하면, 경전 속에 있는 부분별 관련 구절의 수는 대략 신분법이 70개, 채권이나 물산권 등 민사법이 70개, 형사법이 30개, 형사소송법이 13개, 집단이나 개인의 권리에 관한 법이 10개, 국제법이 25개, 재정법이 10개 정도로서 샤리아의 사회적 관계법 영역을 거의 다 포함하고 있다. 그 밖에 종교적 신행법에 관한 내용은 경전 전편에 널리 깔려 있다. 법원의 견지에서 볼 때 경전내용은 포괄적이고 일반적인 법적 원칙만 제시했을 뿐이며, 또한 초기 이슬람시대의 사회환경을 반영한 것인만큼 적용 면에서는 시대적 한계성을 면할 수가 없다.

샤리아의 두번째 법원은 무함마드의 언행을 수록한 준경전 격의 『하디스』다. 이 언행록에는 무함마드가 한 말과 행동, 그리고 어떤 일에 대해

묵인한 것 등 3가지 내용이 수록되어 있는데, 그것을 법적 준거로 채택하고 있다.

이슬람의 법학자. 현대법의 일반개념과는 달리, 이슬람법은 신과 인간의 관계와 인간과 인간의 관계를 동시에 규정한다.

그런데 사회가 발전하고 복잡해짐에 따라 경전과 언행록의 두 법원에서 판결의 법적 근거를 찾을 수 없는 일들이 종종 발생하였다. 이에 대한 법적 근거를 마련하기 위해 고안해낸 것이 이른바 끼야쓰(類推)와 이즈마으(合議)라는 두 가지 법원이다. 이미 발효된 법적 범례에서 유사한 사항을 찾아내어 비교 유추하거나 관행에 비추어 결정하는 것이 법원으로서의 유추다. 이와는 달리 종종 유추해서도 판단이 불가능한 경우가 있는데, 이때는 주로 법학자들이 집단적으로 협의해 결정을 도출한다. 이것이 법원으로서의 합의다. 이러한 법원, 특히 유추와 합의에 의한 법원의 당위성이나 효력에 관해 많은 논란이 계속되다가 8세기 말엽에 이르러 법학자 샤피이(767~820)가 최종적으로 정리해냄으로써 마침내 4대 법원으로 확정되었다.

그러나 일단 확정된 법원일지라도 그 해석이나 적용범위에 관해서는 서로 다른 견해가 있어 결국 법학파가 생겨나고, 법학파들간의 논쟁 속에서 이슬람 법학인 '피끄흐'가 정립되었다. 그 결과 8~9세기에 정통 이슬람사회에는 4대 법학파가 출현했다. 가장 이른 법학파는 8세기 초 이맘 아부 하니파(699~767)가 이라크에서 세운 하나피야파(일명 이라크파)다. 이 파는 이성과 자유의지를 존중하고 경전에 명시되어 있지 않은 경우에는 개인적인 견해에 따라 이성적 판단을 내릴 수 있다고 주장했다. 그리고 처음으로 유추를 법원으로 인정하여 법적 판단에 가장 많이 적용했다.

다음으로 이맘 말리크 이븐 아나쓰(714~95)가 메디나에서 결성한 말리키야파(일명 메디나파)다. 당시 메디나는 이슬람공동체의 발원이자 중심지로서 이슬람의 전통과 관행이 잘 보존되어온 고장이었으며, 이맘 말리크는 하디스 수집의 대가였다. 그리하여 이 법학파는 메디나의 전통과 구전되어온 하디스에 준하여 법이론을 발전시켰다.

세번째 법학파는 이맘 말리크의 수제자인 샤피이가 이끈 샤피이야파다. 말리키야파뿐 아니라, 하나피야파의 법학에도 정통한 샤피이는 815년 이집트 카이로로 옮겨가 전승을 위주로 하는 말리키야파와 이성을 중시하는 하나피야파의 법학을 절충하여 독자적인 새 법학체계를 세웠다. 그는 하나피야파가 즐겨 적용하던 유추를 최소화하고 말리키야파의 중심체계를 이루고 있는 메디나 전통과 관행 중에서 오직 하디스만을 골라 법원으로 채택했다.

마지막 법학파는 샤피이의 제자인 아흐마드 이븐 한발(780~855)에 의해 출현한 한발리야파다. 이븐 한발은 앞의 세 파가 유추와 합의를 법원으로 채택한 것을 반대하면서 오직 경전과 하디스만을 법원으로 인정하고 독자적인 법학체계를 세웠다. 그는 이성을 적용하여 인위적인 것이 출현하면 그만큼 순수한 진리에서 멀어지는 위험성이 있다고 역설하면서 비록 확실성 검증에서 약한 하디스라고 판시(判示)한 것일지라도 이성에 의한 법원보다는 진리에 더 가깝고 옳은 법원이라고 주장했다. 요컨대 한발리야파는 유추나 합의의 법원을 부정하고 보수적이며 경직된 법학을 고집했다. 이븐 한발은 얼마나 보수적이고 경직된 사고를 했는지 무함마드가 수박을 먹어도 좋다고 한 증거를 찾아볼 수 없다는 이유로 평생 수박을 먹지 않았다고 한다.

이들 4대 법학파 사이에는 법 구성의 특성 때문에 세부적인 측면에서만 약간의 차이가 있을 뿐, 본질적인 측면에서는 별반 차이가 없다. 그리하여 서로를 정통 법학파로 인정하고 있다. 대체로 10세기에 들어와서 법학자들은 인간행위에 관한 본질적인 문제에 대해서는 충분히 논의하였으며 최종 결정도 내려졌다고 판단하여 향후 종교법에 대해 독자적인 법 견해를 세우는 행위를 금지했다. 그리하여 오늘날까지 이 4대 법학파가 이슬람사회의 법무를 관장하고 있다. 무슬림이면 누구든 반드시 이 네 파중 한 파에 소속되어 자파의 법적 판단에 따라야 한다.

오늘날 4대 법학파의 분포상황을 보면, 대체로 하나피야파는 이라크, 터키, 동유럽, 아프가니스탄, 구소련의 중앙아시아, 중국, 파키스탄, 인도, 하(下)이집트의 카이로와 델타 지역에서, 말리키야파는 모로코·알제리·튀니지 등 북아프리카와 스페인, 상(上)이집트, 수단, 쿠웨이트, 바레인 등지에서 우세하다. 샤피이야파는 팔레스타인, 레바논, 예멘, 동남아시아의 인도네시아와 말레이반도, 동아프리카, 인도양 연안에 퍼져 있다. 한발리야파는 북부와 중앙아라비아반도(사우디아라비아)에 집중되어 있다. 오늘날 사우디아라비아가 여느 이슬람 지역보다 훨씬 보수적이고 경직되어 있는 것은 바로 이 한발리야파에 속해 있기 때문이다.

이상은 무슬림들 중에서 절대적인 다수를 차지하고 있는 정통 이슬람파(쑨니파)에서 적용하는 법체계와 법원에 관한 언급이다. 이와 달리 소수파인 쉬아파 역시 나름의 법학체계를 세우고 법이론을 발전시켜왔다. 쉬아파도 경전과 『하디스』를 법원으로 삼는 것은 쑨니파와 같다. 다만 『하디스』에 대한 해석과 적용 및 채택에서 쑨니파와 상당한 차이를 보인다. 쉬아파는 합의제 법원을 인정하지 않으면서 그것을 이맘(예배인도자, 쉬아파 교권의 수장)의 역할로 대체한다. 왜냐하면 이맘은 법 해석과 판단의 신성한 권리를 갖고 있는 무오류의 절대적 권위자이기 때문이다. 두 파는 비록 전통과 법 해석에서는 차이점을 보이고 있지만, 근본적인 종교이념이나 신행(信行)은 다를 바가 없다.

5. 지하드

이슬람의 정치관에서 또 한가지 중요한 것은 전쟁수단에 의해 수행되는 지하드다. 자고로 이슬람 역사에서 지하드만큼 논의가 많은 문제는 없을 것이다. 경전이나 『하디스』에는 지하드에 관한 일반적인 언급만 있어서 시각에 따라 그 해석이 다를 뿐 아니라, 전쟁이라는 민감한 문제와 관련되어 있으니 당연한 일이다. 게다가 시대마다 담고 있는 내용이 다르다는 점도 한몫하고 있다. 사실 지하드론은 이슬람의 전시국제법이라 할 수 있을 만큼 중요한 정치문제로 부각되어왔다. 특히 이슬람세계의 대내외적인 갈등이 어느 시대보다 첨예한 오늘날에 와서 지하드는 더욱 복잡하고 심각한 문제로 제기되고 있다. 작금의 끔찍한 자살폭탄이나 테러 같은 행위에 영락없이 '지하드'가 꼬리표처럼 붙어다니니, 그 해석을 두고 말이 많을 수밖에 없다. 갖가지 자기합리적인 해석과 주장에 지하드의 본질은 이미 흐려질 대로 흐려지고 말았다고 해도 과언이 아니다.

지하드는 그 내용의 일부가 전쟁이라는 대외관계 문제와 직결되어 있기 때문에 우선 이슬람의 국제질서관을 이해해야 한다. 이슬람은 출현 초기부터 세계를 '이슬람영역'(다룰 이슬람)과 '전쟁영역'(다룰 하르브)으로 이분화하고 그 대응관계를 모색해왔다. 이슬람영역이란 이슬람식 정의가 실현된 지역이고, 전쟁영역이란 비(非)이슬람식 질서가 온존하는 지역이다.

이슬람영역은 무슬림공동체와 무슬림이 아닌 '아흘룰 짐마'(피보호민)들의 공동체로 구성되어 있다. 피보호민이란 이슬람 정복지에서 이슬람법을 존중하면서 인두세를 지불하는 댓가로 생명과 재산의 보호를 받고 자신들의 신앙과 법률을 지켜나가는 이교도인을 말한다. 이른바 이슬람영역과 전쟁영역은 이슬람세계와 비이슬람세계로 대변되는데, 전자의 견지에서 보면 후자는 언젠가는 병합해야 하는 대상이다. 그 병합을 실현하는 방도가 바로 전쟁일 수도 있고, 평화적일 수도 있는 지하드라는 것이다. 따라서 지하드는 이 두 영역(세계)의 관계 처리에서 지렛대 역할을 하게 된다.

원래 아랍어 단어 '지하드'(jihād)는 동사 '자하다'(jāhada)의 동명사로서 '정신적 및 육체적으로 최선을 다해 노력함'이란 뜻이다. 이러한 복합적 뜻이 이슬람의 종교적 지향과 교감을 이루어 '신의 길에서 헌신적으로 노력(분투)함'이란 종교적 함의로 승화하였다. 여기에서 '신의 길'을 '이슬람' 혹은 '이슬람의 정도(正道)'라고 풀이할 때, 지하드는 곧 이슬람을 위해(이슬람을 위한 정도에서) 헌신 분투하는 것을 의미한다.

팔레스타인 이슬람 저항운동단체 하마스의 창설자 야신. 1987년 말 창설된 하마스는 이스라엘이 서안(西岸)과 가자지구를 계속 통치하는 데 저항한 민중봉기 시기에 팔레스타인해방기구(PLO)를 대신할 만한 이슬람단체로 두각을 나타냈다.

지하드를 행하는 사람을 '무자히드'라고 한다. 이러한 종교적인 함의에서도 엿볼 수 있다시피, 이슬람적인 지하드에는 세진(世塵)에서 벗어나 자신을 순화(純化)하기 위한 개인적인 신앙 차원의 노력과 이슬람영역의 발전이나 방어 및 확대를 위한 집단적인 공헌 차원의 분투라는 두 가지 내용이 포함된다. 전자는 내면적이고 평화적인 성격을 띠고 있으며, 후자는 다분히 외향적이고 전투적인 성격을 지니고 있다.

그런데 종종 후자의 전투적 성격이 자의건 타의건간에 확대 과장되어 지하드는 마치 그것뿐인 것으로 오인되어왔다. 다시 말해 서구식 '성전'(聖戰, 영어로 holy war, 프랑스어로 guerre sainte)으로 오해되고, 급기야는 그렇게 의역(意譯)되고 말았다. 그 영향은 한자문명권에까지 미쳐 결국 그대로 한자역(漢字譯)되었다. 앞에서 살펴본 것처럼 이슬람적 '지하드'에는 신앙 차원의 노력과 공헌 차원의 분투(전쟁)라는 두 가지 내용이 있기 때문에 지하드 일반을 '성전'으로 번역하는 것은 오역(적어도 편파적인 번역)일 수밖에 없으므로 마땅히 삼가야 할 것이다.

별로 합당한 역어(譯語)가 없으므로 아랍어 그대로 '지하드'라고 하는 것이 바람직하다고 본다. 단, 집단적인 공헌 차원의 분투는 왕왕 전쟁의 방법으로 진행되므로, 그러한 형태의 지하드만은 '성전'이라고 불러도 무방하지 않을까 생각한다. 이슬람의 지하드론으로 보면 이러한 전쟁은 '신의 길'에서 이슬람을 위한 일종의 헌신으로 신성한 전쟁이며, 또한 원론적으로 이슬람에서는 '신성한' 전쟁밖에 허용하지 않기 때문이다. 여기에서

무함마드 당시의 지하드군. 지하드에는 자신을 순화하기 위한 개인적 신앙 차원의 노력과 이슬람영역의 방어 및 확대를 위한 집단적 공헌 차원의 분투라는 두 가지 측면이 포함되어 있다. 따라서 서구식 성전(聖戰)과는 그 차원이 다르다.

특히 유의할 것은 지하드의 전쟁 부분만을 지칭하는 '성전'과 이때까지 지하드 일반을 부당하게 지칭해온 '성전'과는 다르다는 점이다. 굳이 지하드의 두 가지 내용을 분리하여 지칭해본다면, 개인적인 신앙 차원에서의 노력은 '노력 지하드', 집단적인 공헌 차원의 분투는 '성전 지하드'라고 칭할 수 있을 것이다. 요컨대 지하드는 노력 지하드와 성전 지하드의 두 부분으로 구성되어 있다고 말할 수 있다.

지하드가 지니고 있는 중차대한 종교적 의미와 역할 때문에 이슬람에서는 그것을 무슬림들이 수행해야 할 종교적 실천의무로 규정할 것인가의 여부를 놓고 많은 논의가 있어왔다. 소수파인 쉬아파는 지하드를 실천의무로 간주해야 한다고 하면서 오늘날까지도 그 수행을 강력히 촉구하고 있다. 이 파는 지하드를 대·소 지하드로 양분하는데, 대지하드는 신에 가까이 가기 위한 정신적 지하드고, 소지하드는 전쟁수단에 의한 지하드다. 종교신앙적 가치로 보면 대지하드가 소지하드보다 훨씬 높다고 한다. 그러나 다수파인 쑨니파는 지하드를 격려하면서도 원래 실천의무는 개인 차원의 의무사항이기 때문에, 개인 차원과 집단 차원의 이중적 성격을 띠고 있을 뿐만 아니라, 모든 무슬림들이 꼭 수행해야 할 의무도 아닌 지하드를 일반 무슬림들의 종교적 실천의무의 하나로 규정하는 것은 부당하다고 주장한다. 그리하여 일반적으로 다수 정통파의 주장을 따라 이슬람의 종교적 실천의무는 다섯 가지(5行, 5柱)로만 한정하고 지하드는 의무에서 제외되어 있다. 아무튼 지하드는 종교적 의무가 될 만큼 이슬람에서 중요한 종교적 행위인 것만은 틀림이 없다.

이렇게 중요시되는 지하드는 마음으로, 입(말)으로, 손으로, 검으로 수행해야 한다고 경전은 그 방도를 가르치고 있다. 여기에서 마음과 입으로 한다는 것은 정신적 수행을 말하고, 손과 검으로 한다는 것은 육체적 수행을 의미한다. 따라서 지하드는 정신적 및 육체적 행위 전반을 포괄하는 정교합일의 대표적인 표상이다.

지하드에서 노력 지하드는 어디까지나 무슬림 개개인의 내면적인 수행 문제이기 때문에 논의의 대상이 되고 있지 않지만, 성전 지하드는 여러가지 사회문제와 법리(法理)문제를 야기해 오늘날까지도 구구한 논란거리가 되고 있다. 법학자들은 성전 지하드를 대상에 따라 다음과 같이 몇가지로 구분하고 그 구체적인 수행방법을 제시하고 있다.

① 다신교 신자들에 대한 지하드: 유일신을 믿지 않는 다신교 신자들은 처음부터 가장 완강하게 유일신교인 이슬람교를 반대하고 박해를 가했으므로 그들과는 성전을 할 수밖에 없다.

② 배신자들에 대한 지하드: 이슬람영역을 이탈하여 전쟁영역에 들어간 배신자들에 대해서는 돌아올 것을 권유하는데, 응하지 않으면 성전을 하되, 전쟁영역의 사람들과 동등하게 취급한다.

③ 의견을 달리하는 사람들에 대한 지하드: 비록 의견을 달리해도 이슬람의 권위를 부정하지 않으면 성전은 하지 않고 이슬람영역에서 살 수 있도록 한다. 그러나 이맘의 설득을 받아들이지 않고 이슬람법을 어기면 성전을 한다. 이견(異見)이 이슬람 신앙과 관련된 것이 아니라 어떤 불만이라면 화해를 시도한다. 그들에 대해 성전을 할 경우, 재산을 전리품으로 몰수하지 않는 등 다신교 신자들이나 배신자들에 대한 처우와는 다소 다르다.

④ 도망자나 도적에 대한 지하드: 처벌을 하되, 그 형태에 관해서는 법학자들간에 견해차이가 있다. 살해나 투옥을 해야 한다는 의견도 있지만, 대체로 추방을 주장한다. 추방의 경우도 이슬람영역 밖으로의 추방과 거

주지에서의 추방 두 가지가 있다. 이들에 대한 처우는 이견자들에 대한 처우와 비슷한 수준이다.

⑤ 피보호민에 대한 지하드: 피정복지에서 이슬람에 개종하지 않고 인두세를 납부하면서 자신들의 신앙이나 법을 지켜나가는 피보호민들이 규정된 인두세를 납부하지 않는 경우에는 다신교 신자들과 동등하게 취급하여 성전을 한다.

⑥ 리바트(駐屯): 이슬람영역을 방어하기 위한 목적으로 외지에 주둔하는 것을 말하는데, 이것도 일종의 성전 지하드에 속한다. 이슬람 초기부터 무함마드는 전쟁영역과 접경하고 있는 지대에 방어군을 주둔할 것을 장려해왔다. 그는 하루의 주둔이 1,000일의 기도보다 더 가치있다고 주둔의 의의를 강조했다.

성전 지하드는 일종의 전쟁과 폭력행위이기 때문에 아무나 임할 수 없으며, 반드시 일정한 자격을 갖춘 자만이 참여하게 된다. 그 자격은 다음과 같다.

① 이슬람교 신자여야 한다. 말리키야파와 샤피이야파 법학자들은 무함마드가 비무슬림의 입대를 거절했다는 사실을 근거로 지하드 참가자, 즉 무자히드의 자격을 이슬람교 신자로 제한한다. 그러나 하나피야파 법학자들은 무함마드가 비무슬림들의 원조를 구한 바 있다는 예를 근거로 그들도 무자히드가 될 수 있다고 주장한다.

② 심신이 건강한 성년남자여야 한다. 어린이나 환자는 성전 지하드에 참가할 수 없음은 자명하다. 여성도 육체적 한계성으로 인해 직접 참전하기 어려운 것이 사실이다. 무함마드는 "여성에게는 순례가 곧 지하드다"라고 말했다. 그러나 부상병을 간호한다든가 참전자들을 고무하는 일에는 참가할 수 있으며, 이러한 일도 일종의 지하드라고 법학자들은 해석한다.

③ 경제적으로 자립해야 한다. 경제적 자립이란 본인과 가족을 부양할

수 있는 경제력을 소유하고 있음을 말한다. 이러한 경제력 없이 호주가 전장에 나갔을 때 가족은 생계가 끊기게 되며, 따라서 사회적 문제가 발생한다. 주인의 경제력에 의존하는 노예는 무자히드가 될 수는 없지만 전선을 도울 의무는 있다.

④ 참전 전에 양친의 허락을 받아야 한다. 단, 적이 급습한다든가 하는 비상시에는 허락을 받지 않아도 무방하다.

⑤ 알라와 이슬람을 위해 헌신 분투하겠다는 굳은 의지를 가져야 한다.

⑥ 경전과 이슬람법에 충실하고 지휘관의 명령에 복종해야 한다.

지하드는 이슬람의 종교적 신앙을 정화하고 정치적 이념을 실현하는 데 중요한 기여를 했다. 그리하여 지하드는 신성시되고 그 수행자 무자히드는 전사하면 순교자로 추서되어 '천국의 보상'을 받는다고 한다.

지금 이러한 지하드가 전쟁과 폭력으로만 왜곡되어 이슬람의 '호전성'을 대변하는 징표인 양 회자인구되고 있다. 한편, 이슬람세계에서는 지하드의 이름 아래 음양으로 이루 다 헤아릴 수 없을 정도로 수많은 운동과 투쟁, 전쟁이 벌어지고 단체와 조직이 결성되었으며, 오늘도 그 양상은 계속되고 있다. 물론 개중에는 지하드 본연에 충실한 것도 있지만, 그렇지 못한 것도 있다. 지하드란 이름을 걸고 지하드와는 무관한 행위들이 자행되기도 한다. 비문명적인 테러나 무모한 자폭은 어떠한 명분으로도 지하드를 합리화할 수 없다. 오늘날의 가장 큰 폐단은 지하드의 본연을 망각하고 정치를 빙자한 지하드가 자행되고 있다는 것이다.

참고문헌

김상태·손주영 엮음 『중동의 새로운 이해』, 오름 1999.
김정위 엮음 『이슬람입문』, 한국외국어대학교 출판부 1993.
손주영 『이슬람 칼리파제사』, 민음사 1997.

金宣久 主編『伊斯蘭教概論』, 青海人民出版社 1987.

齊藤榮三郎『イスラムの社會思想』, 明玄書房 昭和 39年(1964).

眞田芳憲『イスラム法の精神』, 中央大學出版部 1985.

Abū Bakr Jābir al-Jazāiriy, *Minhāju'l muslim*, Maṭābi'o'l wafā' 1991.

8

경제관

الحضارة الإسلامية

8

경제관

부의 축적을 원하는 것은 인지상정이다. 그래서 사람들은 몇푼이라도 덧붙는 것이 없으면 은행을 찾지 않는다. 그런데 사우디아라비아나 말레이시아 같은 이슬람국가에서는 웃돈 한푼 없이 돈을 맡기고 맡는 은행이 가끔 눈에 띈다. 이른바 무이자은행(interest-free bank)이다. 현대인에게는 상식 밖의 일이 아닐 수 없다. 종교적 이념에 바탕을 둔 이슬람 경제체제의 시범(示範)이라는 사실을 감안하지 않고는 도저히 그 비밀을 알아낼 길이 없다.

지금 이슬람세계는 경제적 후진성을 극복하기 위해 이러한 식의 시범에 나름의 기대를 걸고 있다. 근세에 와서 이슬람세계는 타율적으로 서구 중심적인 세계경제체제에 편입됨으로써 전통적인 경제체제의 붕괴는 물론, 숱한 경제적 수탈로 민생이 피폐해지고 빈부의 격차가 심해졌으며 사회적 갈등이 격해졌다. 제2차 세계대전 후에는 경제재건의 주체인 이슬람 국가들이 속속 출현하면서 경제문제가 심각한 사회문제로 제기되었다. 해결방도는 강요된 경제적 예속에서 벗어나 이슬람사회의 전통에 부합하는 경제의 자립을 실현하는 것이다. 이를 위해 이슬람국가들은 전후에 보편화한 이슬람 부흥운동의 일환으로 전래의 이슬람 경제체제를 재정비하고 새로운 경제체제의 수립을 시도하는 한편, 이슬람이란 공통분모를 갖고 있는 이슬람국가들간의 경제적 협조를 도모키로 했다.

이슬람 경제계에서는 1970년대부터 이슬람 고유의 경제관에 입각해 현실에 알맞은 경제체제의 수립을 모색해왔다. 1976년부터 이슬람국가들은 정기적으로 '이슬람 경제에 관한 국제회의'를 열어 이슬람 경제체제 수립과정에서 제기되는 이론과 실천적 문제들에 관해 논의하고 구체적 대책과 시안들을 제시하고 있다. 그 일환으로 '이슬람 경제 연구를 위한 국제센터' '이슬람 은행과 경제를 위한 연수원' 등 연구기관을 설치하고 20여개 대학에 이슬람 경제학과를 개설하여 이슬람 경제에 관한 연구 및 교육을 줄곧 진행하고 있다. 이러한 일련의 연구와 실천과정을 통해 현대의 경제운영에 대한 이슬람적 논리, 즉 이슬람 경제관이 윤곽을 드러내고 부분적으로 정립되었다.

물론 다른 종교들도 고리대 금지 같은 경제문제를 다루고 있기는 하지만, 어디까지나 하나의 사회윤리 문제로 접근할 뿐, 경제논리나 체제로까지는 확대되지 않고 있다. 그러나 이슬람에는 현세에서 인간이 직면하고 있는 제반 경제사항들을 종교적 윤리도덕과 결부하여 규범화하는 나름의 경제관이 있다. 왜냐하면 이슬람은 종교일 뿐만 아니라, 정치·경제·사회·문화 등 인간생활 전반을 포함하는 신앙과 실천의 복합적인 체계이기 때문이다. 그래서 언필칭 '정치의 이슬람'이니, '경제의 이슬람'이니, '문화의 이슬람'이니 하는 것이다.

'경제의 이슬람'이란 경제에 대한 이슬람적 사고를 말한다. 그런데 경제는 제반 사회현상 가운데서 가장 민감하고 시류를 잘 타며 변화무쌍하다. 이를테면 가장 '반(反)전통적'이다. 이러한 경제를 전통적인 종교이념의 틀로 해석한다는 것은 어떻게 보면 이율배반적이다. 여기에 이슬람 경제관이 안고 있는 고민이 있으며, 바로 이로 인해 논란이 일고 가끔 혼선이 빚어지기도 한다.

그렇지만 이슬람의 근본이념에서 출발해 현실적인 경제활동을 규제할 수 있는 보편타당한 이슬람식 경제원리들은 여전히 작용하고 있다. 이 원리들은 생산과 분배, 소비와 유통 등 경제활동의 제반 분야에서 현실적으로 구현되고 있다. 이렇게 여러 분야에서 각이한 형태로 작용하고 있는 경제원리들을 이슬람 경제관이란 하나의 개념으로 통합하여 설명할 수 있을 것이다.

1. 이슬람 경제관의 근본

이슬람 경제관의 근본은 경전 『꾸르안』과 교조 무함마드의 언행록인 『하디스』에 집성되어 있다. 예나 지금이나 이슬람사회에서의 모든 경제활동은 이러한 근본에서 출발한다. 오늘날 이슬람세계에서 시도하고 있는 여러가지 경제체제도 예외없이 이러한 근본에서 그 존립의 근거를 찾고 있다.

이슬람 경제관의 근본은, 첫째로 모든 부(富)는 알라에게 속한다는 것이다. 경전에는 "하늘과 땅의 보물은 알라의 것이다"(63:7)라고 규정되어 있으며, '이슬람 경제에 관한 제1차 국제회의'(1976. 2)의 제안에서도 이슬람 경제활동을 지탱하는 첫째 기반으로 "우주는 알라에게 속하며, 모든 부는 알라에게 속한다는 믿음"이라고 못박고 있다. 이에 따르면 우주 속에 있는 모든 부의 소유권은 오로지 알라에게만 속하며, 그 주재자는 알라뿐이다. 이른바 인간이 '소유'하고 있는 부는 알라의 하사품이며 인간에게 위탁 관리된 한시적인 부일 따름이다. 속세에서 말하는 '소유'나 '소유권'은 어디까지나 상대적이고 잠정적인 개념이며, 모든 부에 대한 알라의 소유나 소유권만이 절대적이고 항구적인 것이다.

10세기 튀니지에서 통용되던 디나르(금화, 위의 2개)와 7세기 시리아에서 사용되던 디나르(아래 2개).

이른바 부에 대한 인간의 '소유'는 알라에게서 위탁받은 부의 사용권에 대한 일회적인 차용(借用)에 불과하다. 그래서 인간은 부를 독점하려는 아집을 부려서는 안되며, 영구 점유를 꿈꾸어서도 안된다. 인간은 자연생명이 다하면 부의 사용권마저도 포기해야 한다. 재산에 대한 상속권을 법제화한 것은 바로 이 때문이다. 그런데 부에 대한 개개인의 사용권은 반드시 합법적인 방법으로 취득해야 한다고 이슬람은 강조하고 있다. 문제는 개개인의 사용권을 어느 범위까지 적용해야 하는가다. 이제까지는 생산수단이나 토지, 지하자원 등 간접자본에 대한 개인의 사용권이 제한되어왔으나 지금은 적용범위가 확대되는 추세이다. 간접자본 개발이 늘어남에 따라 이러한 확대는 가속화할 것이다.

개개인이 누리고 있는 부는 알라로부터의 응분의 하사품이며 그 주재자는 알라이기 때문에 분별없이 타인의 부를 시기하거나 침범해서는 안된다(4:29). 이것은 사유재산과 그에 대한 신성불가침성의 인정을 의미한다. 이렇게 경전은 부에 대한 알라의 베풂과 보호를 천명하면서도 금은보화보다 더 중요한 것은 알라에 대한 믿음이라고 역설한다. 그 믿음을 버린 자는 죽을 때 황금으로 가득 찬 땅덩어리를 보상으로 바친다고 한들 결코 천벌을 면치 못할 것이라고 경전은 경고한다(3:91).

이슬람 경제관의 근본은 다음으로 합법적인 부의 축적과 향유를 장려하는 것이다. 이슬람은 인간은 원래부터가 착하다는 성선설(性善說)을 주장한다. 그래서 선한 인간은 오래 살면서 좋은 일을 많이 하여 부를 늘리고 즐기라고 권유하면서 무모한 고행이나 죽음을 지양한다. 이슬람의 이러한 진취적이고 낙천적인 인생관은 기독교의 성악설(性惡說)이나 불교의 고행설(苦行說)에서 나오는 인생관과는 사뭇 다르다.

이슬람은 인간의 물질적 복리를 권장한다. 경전에는 부녀들이나 자녀들, 좋은 말과 가축, 농작물 같은 것은 인간에게 즐거움을 주는 것들이니 즐기라고 한다. 그러나 동시에 이런 것들은 현세의 순간적인 기쁨에 불과

15세기 후반 베네찌아의 대사가 다마스쿠스에서 영접받는 장면. 맘루크지역과 베네찌아에서 향신료와 비단 무역은 아주 중요했다. 다마스쿠스의 통치자는 자신의 계급을 나타내는 뿔이 달린 모자를 쓴 채 낮은 제단에 앉아 있다.

하고 영원한 기쁨은 알라가 있는 내세에 있으므로 현세의 향락에 유혹되지 말라는 당부를 잊지 않는다. 무함마드는 "가난은 이슬람을 부인하는 것과 같다"고 하면서 내내 만족할 수 있도록 많은 부를 하사해달라고 알라께 기도했다고 전한다.

그런데 이러한 물질적 부는 반드시 합법적 방법으로 취득한 것이어야 한다. 합법적 방법이란 한마디로 자기의 노력에 의한 획득이다. 자기의 짐을 다른 사람이 대신하여 질 수 없듯이 보상(물질적 부)도 오로지 자기의 노력으로 받을 수 있다고 경전은 가르친다(53:38~39). 그리고 그 구체적 방법으로 장사와 방목, 농사, 전리품 획득, 자선의 수용 등을 들고 있다. 장사인 경우, 매매는 공정하고 저울에 편차가 있어서는 안되며 차관은 계약서를 쓰고 보증인의 입회하에 이루어져야 한다고 세세히 규정하고 있다. 지하드(성전 지하드)로 얻는 전리품도 지하드라는 노력에 의해 얻어지는 것이니만큼 합법적인 부의 취득방법에 속한다. 알라를 위한 길에서 부득이하게 궁핍해진 사람이나 신체적 병약자들은 자선으로 생계를 유지하는 것이 허용되며, 그 또한 합법적 부의 취득방법이다.

이와 더불어 부정한 방법으로 물질적 부를 얻거나 축적하는 것은 불허한다. 경전에 따르면 부정한 방법에는 공물(公物) 사취, 타인의 재물 약탈, 뇌물수수, 이자놀이 등 일체의 불로소득성 취득방법이 속한다. 경전에는 이러한 방법들을 추구하는 자들을 '불의자(不義者)'라고 강력히 비난하면서 끝내는 불지옥에 떨어지고 말 것이라고 엄포를 놓는다.

끝으로, 이슬람 경제관을 지탱하고 있는 또다른 근본은 사회적 평등의 실현이다. 이슬람은 인간의 윤리도덕적 평등뿐만 아니라 사회경제적 평등도 아울러 주장한다. 특히 경제적 빈부차이에서 오는 사회적 불평등 해소를 알라의 지상 명령으로 간주한다. 비록 인간 개개인에 대한 알라의 베풂은 불편부당(不偏不黨)하고 똑같지만 개개인의 의지와 능력에 따라 그 베풂을 받아들이는 정도가 다르므로 마침내 빈부의 차이가 생기게 된다. 그러나 그것은 절대불변의 차이가 아니고 서로 나눔을 통해 극복할 수 있는 일시적인 차이일 뿐이니, "가진 자의 재산 중에는 못 가진 자의 몫도 있으니"(51:19) 부의 공정한 분배를 통해 평등을 실현하는 것이 이슬람 경제관이 추구하는 주요한 목표의 하나다.

이와같은 이슬람 경제관의 근본에 따라 이슬람사회에서는 생산과 분배, 소비와 유통 등 구체적인 경제활동이 진행된다. 물론 지금까지 살펴본 경전적인 근본 요구와 원리가 오늘날의 경제활동이나 시책에 그대로 구현된다고 말할 수는 없다. 그러나 적어도 이슬람세계의 경제체제나 정책의 수립에서 사고나 입안의 근거가 되고 있는 것은 엄연한 사실이다. 따라서 이슬람세계의 경제를 이해하기 위해서는 이러한 근본에 유념하지 않을 수 없다.

2. 생산

이슬람에서는 생산을, 인간의 물질적 부를 증식할 뿐만 아니라, 인간의 정신도덕적 가치까지도 향상시키는 아주 능동적인 행위로 간주하고 적극 권장한다. 경전 『꾸르안』은 인간이 생산활동을 하게 된 동기를 이렇게 설명하고 있다. 만일 알라께서 인간에게 충분한 양식을 마련해주었더라면 인간은 그에 만족하고 게으름을 피우면서 탈선을 저지를 것이다(42:27). 다행히도 이를 갈파한 알라께서는 적당한 양을 하사했기 때문에 인간은 부족을 느끼고 분발해서 일함으로써 심신이 건전해진다는 것이다. 말하자면 생산이야말로 인간이 노력으로 생계를 해결하면서 동시에 정도(正道)를 걸을 수 있게 한 원동력이라는 것이다.

이러한 생산의 이중적 성격은 서로 보완관계에 있으면서 결과적으로 생산의욕을 고취한다. 그리하여 이슬람에서는 물질적 부만 추구하고 도덕적 가치를 무시하는 생산행위는 금기가 되며, 반면에 도덕적 가치만을 외치면서 부의 축적을 게을리하는 폐단도 배격한다. 무함마드는 매춘을 소득원으로 삼는 것과 같은 비도덕적인 행위는 엄금했다고 한다.

이와같은 생산의 중요성을 감안해 경전은 생산성을 향상하기 위하여 여러가지 구체적 조처들을 제시하고 있다.

1) 토지이용률을 높인다. 휴경지는 국가가 몰수하고, 임자 없는 땅을 개간할 경우 소유권을 부여하며, 비생산적인 토지매매 행위를 금한다.

2) 이용하지 않는 천연자원에 대한 소유권은 무시된다.

3) 이자는 생산활동에 직접 참가하지 않는 자들의 소득원이 될 수 있으므로 금지한다.

4) 도박 같은 비생산적인 활동은 엄금한다.

5) 생산에 투입되지 않고 사장된 자산에 대해서는 연 2.5%의 세금을 부과한다.

6) 주류나 마약같이 정신적 불구를 초래해 생산활동을 저해하는 일체 행위는 금한다.

7) 상거래나 금융시장에서 투기를 금한다.

8) 상속법을 관철시켜 부의 집중과 편재를 막음으로써 생산의 균형적 발전을 도모한다.

9) 사치와 낭비를 막고 생산적인 투자를 장려한다.

10) 이슬람공동체(국가)의 구성원들은 지식과 기능으로 공동체를 위해 봉사한다.

11) 국가는 생산을 계획하고 공공사업을 관장하며, 재원을 확보하고 재분배하며, 모든 경제활동을 지휘 감독한다.

이와 함께 이슬람에서는 노동과 근면만이 사회의 부를 창조하고 증식할 수 있다고 믿고 그것을 적극 권장한다. 노력하는 자만이 보상을 받을 수 있다고 거듭 강조하는(53:39~41) 경전은 물론이거니와, 무함마드 또한 "일할 수 있는 능력이 있으면서도 자기를 위해서나 남을 위해서 일하지 않는 자는 알라의 보상을 받지 못하느니라"고 게으름을 피우는 자들에게 경고했다. 그는 '최상의 예배는 노동'이라고 노동의 가치를 찬양하면서 굶어죽지 않는 한 구걸하는 것을 나무랐으며, 일하지 않는 수행이나 금욕은 무의미한 짓으로 금하도록 했다. 선지자는 노동을 신성시해 흙 묻은 손에 입맞추는 것을 즐겼다고 전한다. 요컨대 이슬람에서 근면은 미덕이고 나태는 악으로 간주된다. 이 모든 것은 생산에 의한 부의 축적과 도덕의 함양을 아울러 지향한 내용들이다.

3. 분배

생산에 대한 독려와 더불어 부의 분배에서도 이슬람 경제관 특유의 시책들이 강구되고 있다. 부의 분배에 대한 이슬람적 사고의 핵심은 부의 집중과 편재를 막고 경제적 평등과 공평을 실현하는 것이다. 아직은 이렇다 할 성공적인 실현을 보지 못한 이상적인 이야기이기는 하지만, 이슬람 경제가 추구하는 목표임에는 틀림이 없다. 이슬람 경제학자들은 이 목표에 이르는 첫 통로로 이례적으로 다수의 상속자들에게 유산을 분배하는 이슬람의 상속제도를 들고 있다. 이슬람의 상속제도는 대부분의 비이슬람국가들과 마찬가지로 신분상속제(예컨대 우리나라의 호주상속제)가 아니라 재산상속제다. 그러나 자타가 다 인정하다시피 이슬람 상속제도는 직계와 혈족을 포함해 상속자가 많을 뿐만 아니라, 상속분(相續分)도 대단히 합리적이고 공평하게 배분하고 있다. 이에 대해서는 부의 집중을 막고 평등한 분배를 보장하기 위해서라는 것이 이슬람 법학자들과 경제학자들의 일치된 해석이다.

경전 『꾸르안』은 상속권에 관해 다음과 같이 언급하고 있다. "남자에게는 부모나 가까운 친척이 남긴 재산의 몫이 있으며, 여자에게도 부모나 가까운 친척이 남긴 재산의 몫이 있나니, 각자에게는 적건 많건간에 규정된 몫이 차려지리라"(4:7). 그러면서 마치 상속법 조항처럼 상당히 구체적으로 상속분을 일일이 명시하고 있다. 그 내용을 보면 ① 사망자에게 아들이 없고 딸만 둘 이상이 있을 경우 딸들에게는 유산의 3분의 2가, 배우자에게는 나머지 3분의 1이 차려지며, 딸이 하나일 때는 그녀와 배우자가 각각 절반씩 상속한다. ② 자식이나 배우자가 없을 경우 유산의 3분의 1은 어머니가, 3분의 2는 아버지가 이어받는다. ③ 남편이 사망할 때 자식은 없고 부모가 있을 경우 미망인에게는 유산의 4분의 1이, 나머지는 부모에게 돌아간다. ④ 남편이 사망했을 때 자식만 있고 부모가 없으면 미망인에게 유산의 8분의 1이 돌아가고, 나머지는 자식들의 몫이다. ⑤ 사망자에게 자식이나 부모는 없으나 형제자매가 있는 경우는 형제자매가 유산의 3분의 1을, 나머지는 배우자가 상속한다.

이와같은 유산상속과 더불어 정부에 의한 사회보장도 분배의 주요한 조처로 간주되고 있다. 정교합일의 이슬람공동체에서 정부의 역할은 이슬람의 신앙적 교리와 이슬람법(샤리아)에 기초한 제반 행정업무를 집행 관장하는 것이다. 그런데 그러한 행정업무의 수행은 일정한 경제적 뒷받침이 있어야 하기 때문에 이슬람 정부는 경제업무를 전담하는 '히쓰바'(현대의 재정경제부서)라는 전문기구를 설치해 운영해왔다. 이 기구가 수행하는 주임무의 하나는 사회보장정책을 펴는 것인데, 이것은 이슬람이 시종일관 추구하는 사회구제책인 동시에 부의 경제적 배분책의 하나라고 이슬람 경제학자들은 주장한다.

경전과 『하디스』에는 사회보장책으로 다음과 같은 몇가지를 제시하고 있다. ① 구차하여 빚을 갚을 수 없는 사람의 부채는 국가가 일부 혹은 전부를 부담한다. ② 유산보다 더 많은 빚을 지고 사망한 자의 부채는 국가가 부담한다. ③ 국가는 유공자나 그 후예들의 생활보장을 책임진다. ④ 근로자들은 주택이나 결혼비용 등에서 국가적 혜택을 받는다. ⑤ 종교기금은 무슬림들의 사회복지사업에 유용한다. 오늘날 이슬람국가들에서는 종교기금이나 정부 출자의 사회복지기금으로 사회보장책을 실시하고 있으나, 그 내용은 천차만별이며 수준도 서로 다르다.

끝으로, 전통 이슬람사회에서는 국가가 징수하는 각종 세금도 일종의 부의 분배로 간주하고 구체적인 세제(稅制)를 마련하고 있다. 그런데 당초 이러한 세제의 제정에는 징수대상자와의 정치적 관계나 그들의 신앙관계가 고려되었다는 데 그 특색이 있다. 초기 이슬람 정복시대에는 무력으로 정복한 땅에 대해서는 일정한 양의 화폐나 실물로 '카라즈'(地稅)를 부과했는데, 그 액수는 지방에 따라 좀 다르지만 최저가 용지수입의 20%였다. 그리고 같은 지세지만, 마왈리(이슬람으로 개종한 비아랍인)들의 땅이나 정부로부터 봉토(封土)로 상여받은 땅에 대해서는 '오슈르'(10分制)라는 특별세제를 적용하였다. 징수액이 용지수입의 10%에 불과한 '오슈르'제는 이슬람으로의 개종을 유도하는 종교시책이기도 했다. 그밖에 건전하고 지불능력이 있는 비무슬림들에게는 '지즈야'라는 대인세(對人稅), 즉 인두세를 부과했다. 대인세의 액수를 보면 중산층은 빈곤층의 두 배이고, 부유층은 또 중산층의 두 배로서, 결국 부유층은 빈곤층의 네 배를 부담하는 셈이다.

생산물에 대한 이와같은 주도면밀한 분배책은 소수에게 부가 집중되고 편재되는 것을 막음으로써 궁극적으로 사회경제적 평등과 공평을 실현하려는 전통적 이슬람 경제관에 뿌리를 두고 있다. 현재도 부의 공정한 분배로 사회경제적 평등을 실현하는 것은 모든 이슬람국가들이 주장하는 국가적 시책인 동시에 지향하는 이상적 목표다.

4. 소비

생산물의 분배는 필연적으로 소비와 직결된다. 흔히들 소비라고 하면 소모나 낭비를 연상하는데, 이슬람에는 이러한 상식을 불식시키는 특유의 소비윤리가 있다. 이슬람에서는 소비를 알라의 하사품에 대한 생산적인 효용(效用)으로 간주하고 소비나 소비재에도 도덕적 가치를 부여한다. 즉, 소비나 소비재에는 항상 물질적 및 윤리도덕적 유용성(有用性)이 있어야 한다는 것이다. 이러한 유용성이 결여된 재화는 소비재로 인정되지 않는다. 일례로 음주는 이슬람교에서 금기사항이기 때문에 술은 도덕적 가치나 유용성이 결여된 무용지물이다. 따라서 술은 재화나 소비재가 될 수 없다.

소유권자이고 주재자인 알라는 자신이 인간에게 하사한 재화를 인간의 삶을 위해 쓰도록 했기 때문에 소비를 적극 권장한다. 알라는 금단의 열매를 따먹은 아담과 이브더러 "천국에 거하면서 원하는 양식을 먹으라"고

권하고(2:35), 인간에게는 "지상에 있는 허용된 좋은 것을 먹으라"고 타이르며(2:168), 허용된 양식을 외면하는 무지한 인간들(노예들)에게 "알라가 노예들을 위해 창조하신 그 아름다운 양식을 누가 감히 금기시하느냐"(7:32)라고 엄한 질책까지 한다. 요컨대 알라는 인간들을 위해 하사한 재화를 마음껏 즐기고 소비하라고 독려한다.

그러나 소비한다고 하여 방탕하게 낭비해서는 안된다는 것도 아울러 가르치고 있다. 경전은 불허하는 방탕한 낭비현상의 한 예로 불법적인 뇌물을 들면서 "낭비하는 자는 사탄의 형제"(17:27)이므로 알라는 "낭비하는 자를 사랑하지 아니한다"(6:141)고 못박고 있다. 하지만 낭비를 조심한답시고 과도하게 절제하여 인색해져서는 안된다고도 경전은 가르치고 있다. "너희 손이 너희 목에 걸릴 족쇄가 되지 않도록 할 것이며, 그렇다고 또한 너무 펼쳐도 아니되나니, 이는 너희가 비난을 받지 아니하고 빈곤하지 아니하도록 하기 위함이다"(17:29)라는 잠언(箴言)이 경전에 나온다.

최근 튀니지의 수끄(시장). 이슬람사회에서는 상거래를 비롯한 생산적인 경제활동을 통해 얻는 이익과 불로소득의 이자를 엄격히 구별한다.

여기에서 "목에 걸릴 족쇄가 되지 않도록 하라"는 것은 누구에게나 아무것도 주지 않는 인색한 구두쇠가 되어서는 안된다는 뜻이며, "너무 펼쳐도 아니된다"는 것은 분에 넘치는 소비를 해서는 안된다는 뜻이다. 이를테면 인색하지도 말고 낭비하지도 말라는 균형 잡힌 간곡한 충고다.

이슬람에서 권장하는 가장 아름답고 효용있는 소비는 '자카트', 즉 종교부금(宗敎賦金)이다. 자카트는 이슬람 특유의 재물관(財物觀)에서 출발한다. 앞에서 말한 것처럼 이슬람에서 모든 재물의 소유권자와 주재자는 알라이며, 인간이 향유하는 재물은 알라가 위탁한 일시적인 하사품에 불과하다. 그러므로 그 재물의 일부는 갹출해서 알라가 원하는 일에 써야 한다. 그것이 시은자(施恩者)인 알라에 대한 응당한 보답이고 회사(回謝)이며, 또 알라도 그러기를 내심 원한다. 그래서 자카트를 모든 무슬림들이 반드시 수행해야 할 중요한 종교적 실천임무의 하나로 규정한 것이다. 바로 이 때문에 자카트로 쓰인 재화는 가장 신성하고 값진 소비재로 평가된다.

자카트에는 종교적 의무로서의 의무적 자카트와 희사성을 띤 자발적 자카트(솨다까)가 있다. 자카트는 가난한 순례자나 걸식자, 빈민, 채무환급이 불가능한 자, 가난한 여행자, 새 입교자, 자카트의 관리자 등의 구제에만 쓰인다. 그밖의 용도에 쓰이면 소비재로서의 도덕적 가치를 상실하여 전혀 쓸모가 없게 되고 만다. 무슬림들은 통화나 가축, 과실, 곡물, 상품, 매장자산(광산 등) 같은 동산이나 부동산을 1년 이상 소유하면 반드시 일정한 비율의 자카트를 납부해야 한다. 그 납부율은 구체적 대상에 따라 다르다. 이슬람 초기에는 화폐나 실물로 자카트를 지불했는데, 낙타나 양 등 가축에 한해서는 40~100마리까지는 1마리를, 그 다음은 100마리당 1마리를 물었다. 상인의 경우는 상품가치의 2.5%를, 금은광 등 지하자원은 전쟁으로 정복했을 때는 가치의 25%를, 평화적으로 정복했을 때는 2.5%를 각각 지불했다. 농산물과 과실은 천수답이면 소출의 10%를, 관개지면 5%를 물게 되어 있다. 오늘날도 자카트는 여전한데, 그 형태는 주로 연간 수입의 2.5%를 화폐로 계산해서 라마돤(이슬람력 9월)이 끝나는 개재절(開齋節, 이둘 피트르)에 한꺼번에 납부한다.

자카트와 함께 전리품도 유용한 소비재로 간주되어 엄격한 규정에 따라 배분되고 소비된다. 전리품은 크게 전투를 거치지 않고 얻은 '파이으'와 전투를 거쳐서 노획한 '가니마'로 대별되는데, 그 처리방법이 다르다. 전자의 경우는 일부를 원래의 소유주에게 돌려주나, 후자의 경우는 전부 몰수한다. 획득한 전리품은 국고에 바치는 것이 원칙이나, 정복전에서의 유공자나 행정관리들에게 분여(分與)하기도 한다. 전리품도 역시 알라의 하사품이고 위탁품이기 때문에 무모하게 낭비해서는 안된다.

5. 유통

이라크의 남동부에 위치한 바스라에서 출항하는 옛 이슬람 상선. 중세 수세기 동안 무슬림들은 해상무역을 제패하고 있었다.

여느 사회와 마찬가지로 이슬람사회에서도 생산물은 유통과정을 거쳐 분배되고 소비되는데, 유통에는 크게 실물유통과 화폐유통의 두 가지가 있다. 그중 실물유통은 주로 실물 상거래를 통해, 화폐유통은 금융거래를 통해 이루어진다. 종래 이슬람사회에는 유통, 특히 금융거래에서 이자 금지나 무이자은행 같은 특이한 체제가 있어 경제계의 주목을 끌어왔다.

우선, 이슬람에서는 상거래를 통한 부의 증식을 일종의 생산행위로 보기 때문에 적극 장려한다. 역사적으로 보면, 이슬람의 출현과 확산을 계기로 '사막의 아들'이던 아랍-무슬림들이 일약 '바다의 아들'로 변신하여 대양을 누비면서 중세의 해상무역을 수세기 동안이나 주도했다. 우리의 문헌기록에 따르면 고려 초기에 무슬림 상인들이 백여명씩 무리를 지어 수도 개경(開京)에 드나들었다고 하니, 그들의 교역망이 얼마나 멀리까지 뻗쳤는가를 짐작할 수 있다. 아랍-무슬림들의 뛰어난 상술은 누구나 부러워했다고 한다. 중세 이슬람문명의 번영은 무슬림들의 활발한 교역활동과 떼어놓고 생각할 수 없다. 이러한 대외교역은 대내상업의 연장으로서, 이슬람제국 무슬림들 사이에서는 상거래가 상당히 번성했으며, 이에 상응하여 이슬람의 경제이념에 기초한 상거래법이나 관행이 마련되었다.

2000년 12월 바레인에서 있었던 걸프아랍 6개국 정상회담. 참석자들은 이란과 이라크가 야기하는 지역의 긴장 완화 방안과 원유가 하락 현상에 대해 논의했다.
ⓒ REUTERS

경전에는 여러 곳에서 상거래의 공정성을 누누이 강조하고 있다. 교환거래를 하면서 수량과 무게를 약속대로 정당하게 보장해야 하는바(11:85), 수량을 되로 잴 때는 되를 가득 채우도록 하고, 무게를 저울로 달 때는 저울을 균형있게 해야 한다. 이것이 바로 선(善)이고 내세에 더 나은 재화를 기약하는 일이라고(17:35) 거래의 공정성을 설교하고 있다. 이와 함께 거래에서의 불법행위를 퇴치하라고 거듭 경고한다. 그래서 거래를 독점하는 자는 '죄인'으로 낙인찍히고, 이기적인 매점매석을 하는 자는 비난의 대상이 된다.

오늘날 이슬람세계에서 가장 큰 상거래는 단연 석유거래다. 이슬람국가가 주축이 된 중동은 세계에서 가장 많은 원유(유정에서 나온 상태 그대로의 석유)가 부존(賦存)되어 있는 지역으로서 그 매장량(약 6,770억 배럴)은 세계 총 매장량의 3분의 2에 해당한다. 앞으로 얼마나 오랫동안 석유를 채굴할 수 있는지를 보여주는 가채연수(可採年數, R/P)에서도 중동산유국은 다른 지역과 비교해서 단연 우세를 점한다. 전세계 산유국의 평균 가채연수

국제 석유자본에 대한 산유국의 발언권을 강화하기 위하여 1960년 결성된 석유수출국기구(OPEC)의 11개 회원국

는 42년에 불과하지만, 중동산유국은 93년으로 두 배에 가깝다. "지구는 석유를 축으로 자전한다"고 하리만치 석유는 세계경제 운영에서 사활이 걸린 중요한 재원이다. 그리하여 채굴 초기부터 석유는 중동이나 이슬람세계라는 지역성을 초월한 범세계적 유통체제에 편입되어 그 지배를 받아옴으로써 중동산유국은 수혜(受惠)를 제대로 누리지 못했다.

오늘날 이들 산유국들이 '자원민족주의'를 부르짖지만 아직 구각(舊殼)에서 크게 벗어나지 못하고 있다. 흥미롭게도 석유의 부존 혜택을 받지 못한 일부 이슬람국가들은 중동 이슬람 땅에서 솟아나는 석유는 알라가 이곳 무슬림들 모두에게 내린 하사품이므로 골고루 향유해야 한다고 강변하면서 공정치 못함을 하소연한다. 그렇지만 '국경'이라는 또다른 하사품 앞에서는 속수무책이다. 어찌 보면 그러한 '불공정함'이 알라의 또다른 하사품일지도 모를 일이다. '알라 아알람!'(알라만이 알 일이다!)

다음으로, 이슬람에서는 금융거래를 통한 유통도 상당히 중시하면서 나름의 유통구조를 운영하고 있다. 금융거래를 포함한 모든 유통은 재산취득과 증식의 목적이자 방법이라고 말할 수 있다. 이슬람은 재산의 취득과 증식 방법에서 정의와 불의, 합법과 불법을 엄격히 구분하고 정의와 합법은 장려하면서 불의와 불법은 단속한다. 불법적인 방법 중에서 대표적인 예로 유통과정에서 생기는 이자를 꼽고, 그 금지를 교리로 명문화하고 있다. 아마 이러한 현상은 다른 종교에서는 없을 것이다.

아랍어로 이자를 '리바'(이자)라고 하는데, 그 뜻은 '증가' '추가' '확장' '성장'이다. 그러나 경전에서는 그 의미가 전화되어 '화폐나 상품에서 기준보다 초과된 것'이라는 경제용어로 쓰인다. 보통 경제학에서 이자는 화폐유통 과정에서 생기는 이익금을 말하나, 이슬람 경제학에서는 화폐유통뿐만 아니라 상품유통에도 적용되는 이중의 개념으로 쓰인다. 즉 화폐유통 과정에서 원금에 덧붙여 부과되는 모든 종류의 추가지급금과 상품유통과정에서 특정 상품의 교환과 거래에서 생기는 초과분을 통틀어 '리바'라고 한다. 이렇게 이슬람은 이자의 금지를 대출금에만 국한하지 않고 상품의 교환이나 거래에까지 확대함으로써 모든 형태의 불공정거래와 불법유통을 차단하려고 한다.

경전 『꾸르안』에는 이자를 금지하는 계시가 12번이나 등장하여 이자행위를 강력히 비난하고 있다. 무함마드는 이자를 받은 사람을 36번 간통하거나 자기 어머니를 겁탈한 파렴치한과 동등하게 여겼으며, 이자를 주고받은 사람뿐만 아니라 이자수수의 증인까지도 불법인으로 취급했다. 이렇게 이슬람이 유통과정에서의 이자를 엄격히 금지하는 이유는, 첫째로 위험을 감수하지 않고 얻은 이자 같은 이득은 정당화될 수 없고, 둘째로 이자는 성실한 근로를 저해하는 불로소득이므로 인정될 수 없으며, 셋째로 공평한 소득분배를 실현하고 소수에게 부가 집중되고 편재되는 것을 막기 위해서이다.

한편 이슬람에서는 상거래를 비롯한 생산적인 경제활동을 통해 얻는 이익(이윤)과 불로소득의 이자를 엄연히 구별하고 있다. 생산자들은 노동력과 자본을 투자하여 소비자들에게 필수품을 공급하고 있으며, 상인들의 상거래행위도 노고를 들인 상술을 요하고 노력을 지출하며 위험도 부담한다. 따라서 이러한 경제활동으로 얻은 이익은 성실과 근로의 대가로서 윤리·도덕적으로 지당한 일이다. 그리하여 이슬람사회에서 상거래는 장려되고 상인은 존경을 받는다. 반면에 성실과 근로가 결핍된 이자놀이는 비난을 받고 고리대금업자들은 멸시의 대상이 된다.

그런데 문제는 현대의 교환경제에서 이슬람식 이자 개념이 허용될 수 있는가 하는 것이다. 특히 1970년대에 이슬람식 무이자은행이 출범하면서부터 이자 문제에 관한 이러저러한 논의가 일기 시작했다. 논의의 주제는 현대의 교환경제 운영에서 이자의 긍정적인 역할을 감안할 때, 이슬람의 이자 금지는 소비성 대출과 사업성 대출에 똑같이 적용되어야 하는가, 예외적인 적용은 있을 수 없는가 하는 문제다.

많은 이슬람 경제학자들은 이자 지급은 소비성 대출에 한해서만 금지돼야 하고, 사업성 대출에는 이자를 부과해야 한다고 주장한다. 그 근거는 주로 가난한 사람들이 생계유지를 위해 이용하는 소비성 대출에 이자를 부과하는 것은 구차한 사람들을 도와야 한다는 이슬람의 도덕정신에 위배되는 반면에, 사업성 대출은 채권자와 채무자 모두의 재산증식을 위한 일종의 협력행위로서 쌍방에 골고루 이득을 줄 수 있는 생산적인 금융유통이기 때문이라는 것이다.

이자의 예외적인 적용 문제에서도 이견이 분분하다. 보수적인 학자들은 예외적인 적용이 있을 수 없다고 고집한다. 그러나 현대의 교환경제에서 이자의 긍정적 역할과 이슬람세계에서 사실상 적용되고 있는 현실, 그리고 이자 금지를 교리로 규정한 당시와 오늘의 시대환경이 다르다는 등 상황논리를 근거로 하여 일부 학자들은 이자의 예외적인 적용을 주장한다. 심지어 일부 법학자들은 오늘날 이슬람세계의 금융시장에서 부분적이기는 하나 이자가 적용되고 있는 사실은 현실의 불가피한 필요성 때문일 것이라고 판단하면서, 그렇다면 '필요는 금지에 우선한다'는 이슬람의 법리에 비추어봐서 이자는 허용될 수도 있을 것이라는 논리를 조심스럽게 개진하고 있다.

'필요는 금지에 우선한다'는 이슬람의 법리란, 예컨대 돼지고기를 먹는 것은 교리상으로 금지되어 있지만, 돼지고기밖에 없어서 그것을 먹지 않고는 살 수 없을 경우(즉 필요조건)에는 먹어도 된다는 이슬람의 가변법리(可變法理)를 말한다. 이것은 이슬람의 관용성과 융통성에서 오는 법리다. 일리가 있는 추론이기는 하나, 문제는 교리의 불변성과 상황논리 사이에서 이자의 필요성을 인정하느냐 하지 않느냐에 있다.

아무튼 이러한 논의와 문제 속에서도 아직은 이자 금지라는 이슬람의 종교적 이념에 따라 무이자은행으로 대표되는 이슬람식 무이자 금융제도가 여러 이슬람국가들에서 운영되고 있다는 사실을 무시해서는 안된다.

한편, 이러한 제도에서 이론적·실천적으로 엉킨 실타래를 풀기 위해 완전한 이자 금지보다는 변용적(變容的)으로 그것을 대체할 수 있는 건설적인 방안들이 강구되고 있다는 사실도 아울러 직시해야 한다. 어떻게 보면 이러한 방안들이 건전한 이슬람식 유통구조를 구축하는 데 희망의 불빛으로 앞길을 비출 수도 있을 것이다. 그러한 대체방안들의 모태가 바로 손익분배제도(損益分配制度, PLS)다. 이 제도는 대출 전에 정률(定率)의 이자를 결정하지 않고 유통 후에 정해지는 이익 또는 손실을 공동분담하는 금융운영제도다. 대출 전에는 이익이나 손실을 어떻게 배분하는가 하는 비율만 결정한다. 사실상 이 제도가 오늘날 이슬람세계에서 무이자 금융시장을 주도해가고 있다.

이슬람세계에서 유행하고 있는 이 손익분배제도는 전통적인 이슬람식 금융제도를 변형 대체한 제도인만큼 전통적인 요소들을 일거에 제거할 수는 없다. 그리하여 전통과 현대를 결합한 몇가지 새로운 무이자금융 형태가 운영되고 있다. 그중에는 특정 사업에 자금을 제공하는 투자자와 노동이나 경영기법을 제공하는 사업가들 사이의 조합계약 형태인 '무돠라바'가 있는데, 수익이 발생할 경우 사업가는 사전에 약속한 이익배분율에 따라 이익분을 투자자에게 지급하고, 손실이 발생한 경우는 손실을 공제한 금액을 투자자에게 상환한다. 다음으로, 자금제공자와 사업가가 공동

이슬람은행 중 자산 규모 1위인 아랍은행(ABC)의 싸이트. 이 은행은 아메리카 · 아시아 · 아프리카 · 유럽 등 전세계 20여개국에 진출했으며, 2001년의 자산 규모는 무려 265억 8500만 달러이다.

출자하고 사업경영에도 공동참여할 뿐만 아니라, 이익의 배분이나 손실의 부담도 사전에 합의한 비율에 따라 양자간에 배분하는 '무샤라카'가 있다.

그 다음으로, '무라바하'라는 형태가 있는데, 이 경우 상품이나 기계의 구입을 원하는 고객을 대신하여 자금소지자(은행)가 그 상품을 우선 구입한 다음 일정 기간 후에 고객은 사전에 합의한 대로 상품의 구매가격에 정률의 이윤을 가산한 금액을 지불하고 해당 상품을 매입한다. 구매원가에 약정이윤을 덧붙여 재판매하는 방식인 '무라바하'는 앞의 두 가지 형태에 비해 위험이 적고 이익의 회수가 신속하기 때문에 이슬람 금융제도에서 가장 보편적인 방식으로 각광을 받고 있으며, 현재 이슬람은행 금융업무의 대부분을 차지하고 있다. 끝으로, 은행이 고객의 수요를 충족시키기 위해 설비나 건물 등을 구입하여 고객에게 임대료를 받고 일정 기간 대여하는 '이자라'가 있는데, 이 경우 만기가 되면 고객은 임대한 자산을 은행에 반환하거나 취득할 수 있다.

오늘날 전세계 이슬람 금융기관들이 운용하고 있는 자산은 1천억 달러를 능가하고 있으며, 이슬람 금융의 국제화도 급진전되고 있다. 이슬람 금융기관들의 총 자산에서 이슬람 무이자금융액이 차지하는 비중이 아직은 20% 미만이지만, 앞에서 말한 여러가지 개선책으로 규모가 커질 전망이어서 세계금융시장에 미칠 영향은 날로 확대될 것이다. 뿐만 아니라, 무이자를 기반으로 하는 비자본주의적인 금융 형태가 존재한다는 사실만으로도 그 의미가 크다고 하는 것이 경제학자들의 일치된 견해다. 사실 이슬람 무이자 금융제도는 서구의 금융제도가 간과하고 있는 사회정의 문제에 착안해 그 해결을 시도하고 있다는 점에서 높이 평가해야 할 것이다.

6. 이슬람 경제관의 특징

이상에서 이슬람 고유의 경제관에 입각해 경제활동의 몇가지 영역을 살펴봤다. 물론 이슬람세계도 시대의 흐름에 부응해 경제의 전근대적 후진성에서 탈피하기 위해 나름의 지혜를 짜내고 있다. 그러나 현재까지도 이슬람 경제운영의 저변에는 종교적 이념을 비롯한 전통적인 가치관과 사회경제관이 짙게 깔려 있어 그 향방에 간과할 수 없는 영향을 끼치고 있다. 그 영향은 정도의 차이는 있으나 앞으로도 지속될 것이다.

비록 전통과 현대의 갈등 속에서 경제운영의 구체적 측면에서는 이러저러한 변용을 보여왔지만, 앞에서 살펴본 바와 같이 이슬람 경제는 시종일관 고유의 체제를 유지하면서 이슬람사회의 발전에 기여해왔다. 그것은 이슬람 경제관만이 지니고 있는 특징 때문이다.

그 특징은 우선, 종교적 윤리도덕에 기반한 경제관이라는 것이다. 1976년 이슬람 성지 메카에서 열린 '이슬람 경제에 관한 제1차 국제회의'의 결의문에는 "이슬람의 규범과 가치가 이슬람 경제체제의 기초를 이루며" "이 체제(이슬람 경제체제)의 기본 원리는 타우히드(알라의 유일성)에 기반을 두고, 『꾸르안』과 『쑨나』(『하디스』)에서 파생되었다"고 지적하고 있다.

정교분리(政敎分離)의 사회에서 종교는 기껏해야 사회의 윤리도덕 일반에 간여할 뿐, 정치나 경제의 기반이 될 수는 없으며, 정치나 경제가 종교이념에 묶이는 일은 결코 없다. 그러나 정교합일의 이슬람사회에서는 사정이 전혀 다르다. 이슬람교의 근본교리인 타우히드, 즉 알라는 유일무이한 우주만물의 창조주이고 주재자라는 알라의 유일성 교리에 의하면 지상의 모든 부의 소유권은 알라에게 속하며, 인간의 재화는 알라의 하사품이고 위탁품에 불과하다. 그리고 이자 문제에 이르기까지 경제운영의 기본 이념과 원칙이 『꾸르안』과 『하디스』에 세세히 규정되어 있다. 평등과 공정, 형제애란 윤리도덕이 부의 분배와 소비에서의 집중과 편재를 막는 합법적 근거가 되고 있다.

다음으로 이슬람 경제관이 지니고 있는 특징은 중용적(中庸的) 경제관이다. 이슬람은 경제활동의 전과정에서 극단이나 편중(偏重)을 피하고 절충과 균형을 추구한다. 부의 처리에서 알라의 소유권과 인간의 사용권을 '하사품'과 '위탁품'이란 명분으로 분리하면서도 연계하고, 생산활동을 통한 부의 증식은 권장하면서도 그 집중이나 편재는 막고 있으며, 소비는 권장하면서도 무모한 낭비와 지나친 인색은 경계한다. 유통에서 이자 개념을 금융유통에만 한정하는 것이 아니라 상품유통에까지 확대하고 있으며, 투자자와 사용자 쌍방이 이득과 손실을 공동분담하는 손익분배제도를 도입함으로써 어느 일방의 손익 편중을 피하고 있다. 이 모든 중용적인 경제관과 그 실행책은 이슬람 본연의 중용이념과 연관되어 있다.

이슬람의 경제관은 이슬람의 정치관과 더불어 이슬람의 정교합일성을 입증하는 주요한 징표의 하나다. 따라서 이슬람이 정교합일이란 근본속성을 상실하지 않는 한, 이슬람의 경제관은 계속 능동적인 기능을 발휘할 것이다.

참고문헌

김정위 엮음 『이슬람입문』, 한국외국어대학교 출판부 1993.

심의섭·홍성민 엮음 『이슬람경제학』, 마루 1985.

한덕규 「중동경제의 어제와 오늘」, 김상태·송주영 엮음 『중동의 새로운 이해』, 오름 1999.

金宣久 主編 『伊斯蘭教概論』, 青海人民出版社 1987.

齊藤榮三郎 「イスラムの經濟思想」, 『イスラムの社會思想』, 明玄書房 昭和 39年(1964).

Aḥmad Shalabī, *al-Iqtiṣād fī'l Fikri'l Islāmiy*, Maktabatu'd Nahḍati'l Miṣriyah 1983.

9

학문

الحضارة الإسلامية

9

학문

이슬람은 과연 인류문명의 보편적 가치에 어떤 기여를 했을까? 언필칭 '이슬람' 이란 용어의 근저에는 '이슬람교'란 종교가 깔려 있고, 또 그래서 사람들은 흔히 '이슬람'이라고 하면 종교로서의 이슬람만을 연상하게 된다. 물론 1,400여년이란 길고도 긴 세월 동안 줄곧 세계 3대 종교의 하나로서 위상을 굳혀왔으니 그럴 법도 하다. 그리고 그것만으로도 인류문명의 보편적 가치에 기여했다고 말할 수 있을 것이다. 그러나 그것이 종교라고 할 때, 어디까지나 한정된 사람들(무슬림)의 가치관으로 그 '보편성'은 한정적일 수밖에 없다. 따라서 그것만으로 인류문명의 보편적 가치에 이슬람이 기여했다고 말하기에는 미흡하거나 부적절하다고 할 것이다.

사실 인류문명의 보편적 가치에 대한 기여도 면에서 따져보면, 종교로서의 이슬람보다 문명으로서의 이슬람이 월등하다고 말할 수 있다. 이슬람문명이야말로 중세 700~800년 동안 지구의 서반구에서 문명사의 주역을 담당했고, 서구의 르네쌍스 도래에 촉매제가 되었을 뿐만 아니라, 오늘날에 이르기까지 지구인 모두가 크건 작건 그 문명의 혜택과 결실을 향유하고 있기 때문이다. 물론 정교합일이란 이슬람 고유의 특성으로 인해 이슬람에서는 종교와 문명이 불가분의 관계에 있기는 하지만, 가치의 보편성에 대한 재량(裁量)에서는 결코 같을 수가 없다.

비록 사막이라는 문명의 불모지에서 출현했지만, 이슬람은 당초부터 문화교육에 지대한 관심을 돌렸다. 경전 『꾸르안』을 보면 알라의 첫 계시절(96:1)이 바로 "읽어라, 창조주이신 그분의 이름으로"인데, 이것은 무지에서 탈피함을 절체절명의 첫째 과제로 명한 절이라고 경전 주석가들은 해석한다. '꾸르안'은 바로 이 절의 명령형 동사 '읽어라'의 어근인 '읽기' '읽음'이란 뜻이다. 교조 무함마드는 문도들에게 읽고 쓰기를 배우며 지식인을 존경하라고 거듭 강조하면서, 이슬람교 전파를 위해 외국어까지 배우라고 권고했다. 전쟁포로가 무슬림 어린이 10명에게 읽고 쓰기를 깨우쳐주기만 하면 곧 석방했다고 하니, 배움을 얼마나 중요하게 여겼는가를 짐작할 수 있다.

예나 지금이나 이슬람의 마스지드(사원)는 종교활동의 거점일 뿐만 아니라, 문화 전수와 교육의 장이다. 대체로 사원에는 도서관이나 학교가 부설되어 무슬림이라면 누구나 수시로 찾아가 책을 읽고 강의를 들을 수 있다. 메디나의 싸파흐 사원은 '지식과 지혜'를 가르치는 최초의 학교였으며, 830년 압바스조 칼리파 마으문 치세시 바그다드에 설립된 '지혜의 집'은 첫 고등교육기관이었다.

이 '집'은 이슬람문명의 전수와 연구에서뿐만 아니라, 특히 그리스-로마나 페르시아 등 주변 선진문명국에서 저술된 서적들을 대거 아랍어로 번역하여 이슬람문명의 형성과 발달에 절대적인 공헌을 했다. 이어 859년 모로코의 페스에 또하나의 이슬람 교육 중심인 까이르완 사원이 세워져 서방 이슬람세계의 문명 창달에 일익을 담당했다.

10세기 중엽에 설립된 안달루시아(현재 스페인 남부지방)의 꼬르도바대학은 유럽 학생들의 유학의 요람이어서 이슬람교와 이슬람문명의 서구 전파에 중요한 역할을 했다. 그리고 오늘날까지도 이슬람문명의 전파와 연구를 선도하는 학문의 최고전당으로 카이로의 아즈하르대학과 이라크의 니좌미야대학을 꼽는다. 983년에 개교한 아즈하르대학은 세계에서 가장 오래된 대학으로서 전통 이슬람문명의 계승과 향상에서 명실상부한 견인차 역할을 하고 있다. 쌀주끄 왕조(1038~1194)의 칼리파 니좌물 물크가 1065~67년 바그다드에 세운 니좌미야대학은 이슬람의 정통파인 쑨니파 교리를 주로 전수하고 연구하는 전당으로서 이슬람문명을 전승하는 데 한 축을 담당하고 있다.

이슬람세계의 최고 학부로 일컬어지는 카이로의 아즈하르대학(983년 개교).

이렇게 성장해온 이슬람문명에서 학문은 특별한 위치를 차지하고 있다. 중세 이슬람문명이 세계적 문명으로 돋보이게 된 것은 바로 높은 학문수준 때문이었다. 이슬람은 지식과 학문의 탐구를 속세와 내세를 포함한 모든 곳에서 인간생활과 활동의 필수로 의무화하고 있다. 무함마드의 언행록인 『하디스』에는 "그 누가 현세를 원한다면 지식을 얻어야 하고, 그 누가 내세를 원한다 해도 지식을 얻어야 하고, 또 그 누가 이 두 가지를 다 원한다 해도 역시 지식을 얻어야 한다"고 지식 습득의 당위성을 강조하고 있다. 그런가 하면 이슬람의 학문을 이야기할 때면 으레 인구회자되는 "학문은 멀리 중국에까지 가서라도 구할지어다"라는 말로 학문탐구를 독려하기도 한다.

이슬람교의 출현과 더불어 경전이 편찬되고 이슬람교가 확산되며 아랍어가 유일 공용어로 정착됨에 따라 신학과 문법학을 비롯한 이슬람 고유의 학문이 싹트기 시작했다. 그러다가 9세기 전반에 이르러 '지혜의 집'이 세워져 본격적으로 외국서적을 번역하여 새로운 학문을 수용하고 융화시킴으로써 이슬람의 학문체계가 정립되기에 이르렀다.

대수학의 아버지로 불리는 카와리즈미. 그는 이슬람의 학문을 아랍 고유학문과 외래학문으로 구분했다.

대수학의 아버지로 불리는 카와리즈미는 역저 『학문의 열쇠』(10세기 후반)에서 당시까지 정립된 이슬람의 학문을 크게 아랍 고유학문과 외래학문으로 대별했다. 고유학문으로는 법학·신학·문법학·서기학(書記學)·시학(詩學)·음률학·역사학이 있고, 외래학문에는 철학·논리학·지리학·의학·수학·기하학·천문학·음악·기계학·연금술이 있다.

10세기 이슬람문명의 황금기에 이르러 고유학문이건 외래학문이건간에 이슬람문명이라는 큰 용광로 속에 녹아서 이슬람 학문이란 하나의 덩어리로 응결됨으로써 이슬람 고유의 학문체계를 갖추게 되었다. 물론 학문의 부단한 발전과 변모에 따라 학문영역이 확대되고 세분되었지만, 학문체계의 기본틀은 시종 유지되었다. 이슬람의 학문체계에서 주요한 역할을 한 몇가지 학문분야를 간략하게 살펴보면 다음과 같다.

1. 이슬람 신학

이슬람 학문에서 전통이 가장 오래된 것은 단연 이슬람 신학이다. 신학이란 종교신앙에 관한 일체 지식의 총칭으로서, 그 요체는 신앙과 이성(자유의지)의 관계를 해명하는 것이다. 이슬람 신학은 신앙과 이성을 조화시킴으로써 신학의 근본문제인 신의 존재를 증명하는 데 이론적 근거를 마련했다. 즉 이슬람 신학자들은 이성보다 신앙을 앞세워 유일신의 존재를 절대화하고, 지적(이성적)인 노력으로 신앙을 심화하는 방법으로 신학의 근본문제를 해명했다. 그들은 11~12세기에 잊혀졌던 아우구스티누스 사상을 유럽에 전함으로써 중세 유럽의 스꼴라철학 형성에 직접적인 영향을 끼쳤다.

이러한 이슬람 신학을 구성하는 세부 학문으로는 경전 『꾸르안』을 해석하는 주석학(註釋學, 타프씨를 꾸르안), 무함마드의 언행을 연구하는 성훈학(聖訓學, 하디스), 이슬람교의 법과 교리를 연구하는 성법학(聖法學, 샤리아)과 교의학(教義學, 아끼다), 경전 중에 은폐되거나 내재된 심오한 함의를 해명하는 은둔학(隱遁學, 일뭄 바퇴니야)이 있다. 종래 이슬람 신학에는 신앙과 이성(자유의지)에 대한 입장의 차이로 4개의 신학파가 나타나 치열한 신학 논쟁을 벌여왔다. 범죄는 정명(定命)이 아니라 선택이라는 자유의지를 주장하며 숙명론을 반대하는 까다리야파, 범죄재판 등 신학문제는 현세가 아니라 내세로 미루었다가 해결해야 한다는 중용적인 무르지아파, 이성이 계시보다 더 중요하다는 자유의지론을 주창하는 유리(唯理)주의적인 무으타질라파, 자유의지론을 반대하고 정통을 고수하는 보수주의적인 아슈리야파 등 44개 파가 존재한다.

이슬람 신학의 이해에서 빼놓을 수 없는 것은 이슬람 신비주의(아랍어로 타 우프al-Taṣauuf, 영어로 수피즘Sufism)다. '쑤프'(sūf)는 아랍어로 '양털'이란 뜻인데, 초심자들이 거칠게 짠 양털옷을 입고 금욕생활을 하는 데서 '타우프'나 '수피'라는 말이 유래되었다. 물론 수피즘은 종교사회운동의 색채가 농후하기는 하나, 거기에는 이슬람 신학을 확대 심화시킨 이론과 사상이 있어 신학의 연구대상이 되고 있다.

수피사상은 한마디로 인간이 신비의 체험을 통해 '신과의 합일'에 도달할 수 있다는 사상이다. 너무나 막연하고 경외심만을 강조하는 전통 신관(神觀)에서 벗어나 신과 좀더 가까이하면서 궁극적으로는 신과 함께하는 영원으로 가려는 욕망을 반영해 8세기경부터 나타난 것이 바로 수피즘이다.

수피들은 신비의 체험을 하면서 길고도 험난한 길(톼리까)을 걸어가는 자신을 순례자라고 자부하는데, 그 길은 하나하나의 상승단계(마깜)로 이어져 끝내는 '자기소멸'(파나으), 즉 '신과의 합일'의 최종 단계에 다다른다. 상승단계에 대한 견해는 학자마다 다르기는 하지만, 대체로 회개와 참회, 단념과 포기, 금욕과 절제, 청빈, 인내, 신에게 모든 것을 맡기는 신탁, 신비적 직관인 영지(靈智), 오직 신만을 애모하는 사랑, 만족, 자기소멸 등으로 보고 있다. 단계마다 신의 은총에서 오는 신비로운 영적 심리상태(할)를 체험하게 된다. 수피즘에서 '신과의 합일'에 의한 자기소멸은 결코 '무(無)'로의 종말이 아니라 동시에 '영존'(永存, 바까으)인 것이다.

이렇게 독특한 신관을 가지고 출현한 수피즘은 12세기에 이르러 가잘리(?~1111)가 정통 쑨니파 신학에 접목하고, 이븐 아라비(1165~1240)가 이론적으로 체계화하면서 도처에 종단이 결성되어 활발한 종교사회운동으로 발전하였다. 그후 루미(1207~73)가 수피즘을 가일층 발전시켰으며, 오늘날까지도 이슬람의 신학과 사회운동에 일정한 영향을 미치고 있다.

2. 이슬람 철학

이슬람 철학(팔싸파)은 사상 최대의 현자라고 한 그리스의 아리스토텔레스(B.C. 384~322)의 형이상학적 관념철학을 체계화하여 그 진수를 부활시켰을 뿐만 아니라, 논리학, 영혼불멸론, 종교와 철학의 관계 등 새로운 분야를 개척했다. 그리고 그것이 유럽의 성당이나 수도원의 부속학교인 스꼴라에서 추구하는 신학적 철학체계인 스꼴라철학으로 전환되었다. 그리하여 이른바 무슬림-아리스토텔레스파라는 특유의 이슬람 철학이 생겼다.

이슬람 철학은 철학 외에도 논리학·심리학·수학·천문학, 심지어 음악이론에도 박식하여 200여권의 저서를 남긴 칸디(?~873)가 기초를 마련하고, 아리스토텔레스의 '형이상학'과 '자연학' 등을 주석하여 제2의 아리스토텔레스라고 불린 파라비(870?~950)가 가일층 발전시켰다. 그러다가 그들의 뒤를 이어 철학의 기본 개념들을 정리하고 아리스토텔레스의 철학을 총정리한 이븐 씨나(980~1031)가 체계를 갖추기 시작했으며, 마지막으로 계시된 교의(教義) 외에도 모든 것이 이성의 대상이 된다고 주장한 합리주의자 이븐 루슈드(1126~98)가 그 체계를 집대성했다.

요컨대 이슬람 철학은 비록 신관을 비롯한 이슬람 신학의 제약에서 완전히 탈피한 것은 아니나, 그리스-로마 철학과 기타 동양사상의 영향을 직접 받음으로써 급기야 경험지식을 중시하고 이성의 역할을 강조하며 자연철학과 논리학에 관심을 두게 되고, 심지어 범신론적 및 유물론적 경향까지 보였다.

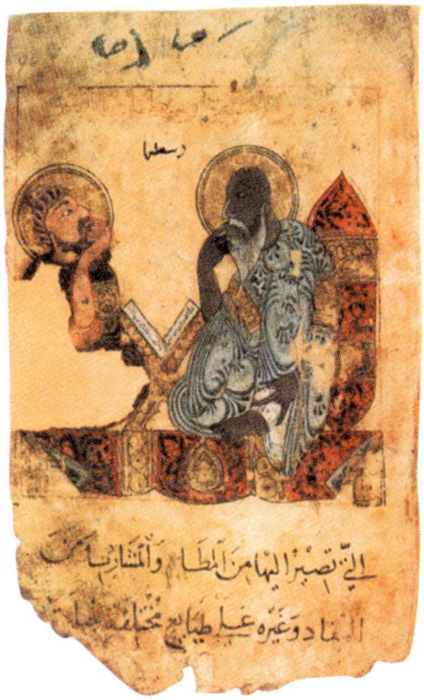

수업을 하고 있는 아리스토텔레스. 이슬람 철학은 아리스토텔레스의 형이상학적 관념철학을 체계화하여 그 진수를 부활시켰다.

이슬람 철학을 최종 집대성한 루슈드는 물질과 운동의 영원성을 논증하고, 개인의 영혼불멸과 사후부활을 부인하면서 철학과 과학의 진리가 종교의 진리와 병존한다는 이른바 '이중 진리설'을 제창했다. 12세기 이후 이슬람 철학사상을 담은 논저들이 속속 유럽어로 번역되어 소개됨으로써 유럽인들은 망각·단절했던 고전 그리스-로마 철학을 복원 계승하고, 중세 유럽 철학의 기틀을 마련했다.

3. 이슬람 역사학

인문사회학 분야의 여러가지 내용을 포괄한 이슬람 역사학(아크바르)은 무함마드와 그 제자들의 생애나 영웅담을 기술한 일종의 '성훈학'(하디스) 분과로 출범하여 점차 편년체(編年體)나 기전체(紀傳體), 기사체(記事體)의 체계를 갖춘 독립학문으로 발전했다. 이슬람 사학사상 첫 역사서는 이쓰하끄(?~768)가 무함마드의 평생 활동을 집약한 『선지자 약전』이다. 이어

9세기에는 초기 이슬람군의 몇차례 전투와 대외 원정사를 기록한 무공기(武功記)들과 기전체 형식의 최초의 역사서로 이슬람 출현 후 100년간의 역사적 사실을 기술한 발라주리(?~892)의 『귀족가계보』가 나왔다.

대부분의 무슬림 역사가들은 각지를 편력하면서 직접 보고 들은 것을 토대로 하여 편년체나 기사체 같은 진일보한 서술체계로 방대한 역사서를 찬술했다. 대표적인 편년체 역사가로 톼바리(838~923)를 들 수 있다. 경전 주석가로도 저명한 그는 역작 『역대 선지자와 제왕의 역사』에서 창세기부터 915년까지의 기간에 전개된 아랍-이슬람 역사를 편년체로 자세히 기술했다. 후일 역시 유명한 편년체 역사가인 이븐 아시르(1196~1234)도 톼바리의 저서 내용을 집약·녹취한 것을 기초로 해 1231년까지의 역사를 『역사대전(歷史大全)』이란 책으로 묶었다.

중세 이슬람 역사학의 태두인 마쓰우디(?~957)는 기사체로 장장 30권에 달하는 세계역사전서 『황금초원과 보석광』을 저술했다. 역사학자로서 마쓰우디의 면모는 중세 무슬림 역사가들이 진행한 학문활동의 축도(縮圖)라고 말할 수 있다. 그는 이슬람제국의 수도 바그다드에서 출생하여 청년시절에 지리학과 여행에 각별한 흥미가 있어서 청·장년기의 대부분을 여행으로 보냈다. 마쓰우디는 바그다드를 떠나 페르시아만을 경유해 인도 각지를 돌아본 다음 중국 남해안까지 와서 여러가지 풍물을 목격했다. 귀로에는 인도양을 횡단해 동아프리카의 잔지바르와 마다가스카르까지 남하했다가 다시 북상하여 아라비아반도 남부의 오만을 거쳐 수년 후에 바그다드로 귀향했다. 그후 얼마 지나지 않아 다시 여정에 올라 카스피해 남안과 소아시아 지방을 차례로 방문하고 시리아, 팔레스타인을 지나 이집트에 이르러 그곳에서 여생을 보냈다.

마쓰우디는 평생 수많은 지방을 돌아다니면서 수집한 자료와 선하들의 저서를 참조하여 희유(稀有)의 세계역사전서 『황금초원과 보석광』을 펴냈다. 이 노작은 역사와 지리, 인간생활과 과학, 견문과 신화 등 다양한 소

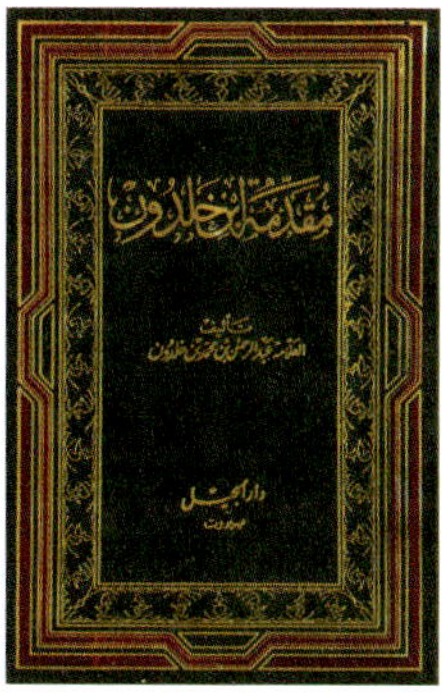

이븐 칼둔의 『서설』. 이 책은 최초의 문명비판서이자 역사철학서, 사회학서라는 평을 듣고 있다.

재로 엮어졌고, 이 방면에 관한 폭넓은 지식이 수록되어 있으며, 연구방법론에서도 사실주의를 강조하여 근거없는 억측이나 절취를 극력 배제함으로써 최대한 사실적으로 접근했다. 그는 이밖에도 『경고와 감독』 『아랍 및 이민족사』 『종교근원설』 『시대견문』 등 다수의 저작을 남겼다.

압바스조 이슬람제국이 멸망(1258)한 후 이슬람세계가 분열하던 역사적 격동기에 활동한 세계적 역사가로 이븐 칼둔(1332~1406)이 있다. 튀니지에서 태어난 그는 청·장년 시절 북아프리카와 스페인의 그라나다에서 왕족들의 가정교사를 하다가 정치적 불안 때문에 이집트에 이주하여 아즈하르대학 교수와 말라키야 법학파의 재판관, 재상 등을 역임하고 나서 만년에는 다마스쿠스에서 보냈다. 그는 자신이 직접 목격하고 겪은 경험을 바탕으로 하여 아랍과 페르시아, 베르베르의 역사를 서술한 3부작 『교훈의 서』를 지었다. 그중 서론과 제1부를 『서설(序說)』이라고 하는데, 이 책은 최초의 문명비판서이자 역사철학서, 그리고 사회학서라는 평가를 동시에 받고 있다.

이븐 칼둔은 이 책에서 자연조건 등 제반 환경에 의해 규제된다는 사회현상의 변화요인, 개인·계급·민족 간의 역학관계가 역사발전에 영향을 끼친다는 사회관계와 역사발전의 상호관계, 그리고 아랍세계에서는 정주민과 유목민의 교체에 따라 왕조나 문명의 성쇠가 결정된다는 경제생활과 문명성쇠의 함수관계 등 사회변화와 역사발전에 관한 근본문제들을 처음으로 밝혔다. 그는 역사학의 진가는 사실(史實)들간의 변증법적 상관관계를 규명하여 역사발전의 법칙을 발견하는 것이라는 역사의 법칙성을 주장함으로써 역사철학의 비조(鼻祖)가 되었다. 아울러 그는 고전사회학의 개조(開祖)로서 그의 『서설』은 사회학의 제1호 고전으로 읽히고 있다.

이슬람 역사학을 접하면서 우리에게 특별한 감명을 안겨주는 것은 그 속에 한반도에 관한 기록이 있다는 사실이다. 한 문명권 밖의 이방인으로서 처음으로 한반도(신라)의 존재를 소개한 사람들이 바로 무슬림 역사학자들이다. 그 역사는 자그마치 1천여년 전으로 거슬러올라간다.

중세 이슬람 역사학의 태두인 마쓰우디는 신라의 위치와 자연환경에 관해 "중국 다음의 바닷가에는 신라와 그의 섬들을 제외하고는 알려지거나 기술된 왕국이라곤 없다", "신라는 공기가 맑고 물이 좋으며 토지가 비옥하다"(『황금초원과 보석광』), "육지의 거주지역 동단은 중국과 신라국의 맨 끝이다"(『경고와 감독』)라고 묘사하고 있다.

그런가 하면 그는 또 역사학자답게 신라의 역사에 관해 몇가지 주목할 만한 기사를 남겨놓았다. "그들(신라 주민)은 그곳에 정착한 아무르의 자손들이라고 한다"(『황금초원과 보석광』), "일곱째 인종군은 중국과 신라 및 그와 관련된 주민들인데, 그들은 노아의 아들인 야페트의 아들 아무르의 자손들이다. 그들은 모두 한 임금을 섬기고 같은 언어를 사용한다"(『경고와 감독』). 이 글에서 마쓰우디는 창세기에 나오는 노아의 손자인 아무르 일가의 후손이 오늘의 터키 동단에 있는 창세기 속의 아라라트산 일대에서 동천(東遷)하여 중국인이나 신라인의 조상이 되었다고 기술한다. 뿐만 아니라, 그는 신라인의 인종적 계보까지도 언급했다. 즉 세계의 인종을 7군(群)으로 나누면서 신라인을 중국인과 함께 제7군에 소속시켰다. 이렇게 중국과 신라를 같은 군에 묶어놓으면서 중국과 신라, 그리고 이 두 나라와 관련이 있는 주변 여러 나라들은 언어도 같고 한 사람의 왕을 섬긴다고 했다. 한가지 더 주목할 것은 "신라인들은 중국인들이나 중국 왕들과 선물을 주고받는데, 이러한 선물교환은 줄곧 단절되지 않고 있다"(『경고와 감독』)라고 한 중국(당)과 신라 간의 밀접한 교류관계에 대한 언급이다.

4. 이슬람 지리학과 천문학

이슬람 학문 중에서 지리학과, 지리학과 불가분의 관계에 있는 천문학이 차지하는 비중은 매우 크며, 그 성과 또한 괄목할 만하다. 중세 이슬람 지리학이 발달할 수 있었던 것은 다음과 같은 몇가지 요인 때문이었다.

10세기 이라크에서 사용되던 청동제 천문관측의(天文觀測儀). 지름이 17.5cm이며, 표면에 여러가지 선과 글씨가 음각되어 있다.

첫째로, 종교의식을 위한 필요성이다. 무슬림들의 예배 방향은 사우디아라비아의 메카 방향이므로 방향각(方向角)에 대한 지리지식이 있어야 하고, 또 5대 종교의무의 하나인 메카로 성지순례를 해야 하므로 경유지와 여행에 관한 지리지식이 필수였다. 둘째로, 상술에 능한 무슬림 상인들이 세계 방방곡곡을 누비면서 상업과 무역을 하기 위해서는 항해와 육상교통 및 교역지에 관한 지리지식과 정보가 필요했다. 셋째로, 이슬람의 대정복과 세계적 이슬람제국의 건립에 따르는 통치체제를 확립하기 위해서는 지역간의 도정(道程)이나 역체(驛遞) 등 교통수단들을 효과적으로 관리 운영해야 하는데, 그러자면 적절한 지리지식이 필수적이었다.

이런 요인들로 무슬림 지리학자들은 세계의 광활한 지역을 종횡무진으로 여행하면서 인류가 아직 알지 못하고 있던 많은 지리지식과 천문지식을 탐구했다. 그들은 프톨레마이오스(90~168) 이래 통설이 되어온 지구중심설을 부정하고 지구공전설을 제창했다. 13세기 초 현 이란 북부의 말라크에 천문대를 세우고 유명한 '일칸천문표'를 작성한 투씨(?~1247)는 저서 『천문학 입문』에서 전래의 지구중심설을 비판하면서 지구의 공전을 주장하고 지구의 형태와 운동법칙, 지구의 측정법과 지표구분법을 제시했다. 지구둘레 측정에서 무슬림 지리학자들(204,000스타디아 stadia)은 그리스인들(180,000스타디아)이나 인도인들(331,770스타디아)보다도 훨씬 더 정확한 수치(실제 둘레 216,000스타디아)를 계산해냈다.

무슬림 지리학자들과 천문학자들은 지구가 둥글다는 구형설(球形說)

제자들에게 강의하는 투씨. 수학자이자 천문학자인 그는 이란 북부의 마라카에 천문대와 도서관을 세웠고, 아랍어와 페르시아어로 60여 권의 저서를 남겼다.

을 받아들여 육지를 '주위의 대양'에 둘러싸여 있는 반구(半球), 즉 반을 자른 달걀의 흰자위 속에 있는 노른자위로 보았다. 따라서 육지 전체를 일종의 큰 섬으로 간주했으며, 이 '대양'은 육지의 틈 사이에 있는 여러 개의 작은 바다들과 연결되어 있다고 믿었다. 그러나 그들은 아직 지구는 완전한 구형이 아니라, 극 부분이 조금 평평하고 적도 부분이 약간 튀어나온 편평타원체(扁平楕圓體)라는 사실은 알지 못했다. 그들은 그리스-로마 지리학의 영향을 받아 적도선에 평행하게 일정한 간격으로 선을 그어 육지를 7등분하는 이른바 '7지대설(地帶說, 일명 7기후대설)'을 주장했다.

이슬람 지리학의 백미(白眉)는 지도 제작이다. 고대 그리스 지리학, 특히 프톨레마이오스 지리학의 영향을 받은 무슬림 지리학자들은 9세기 초부터 점과 선, 면 등의 정성적(定性的) 기호를 이용하여 지형·행정경계·도시·교통로 등을 표시한 일반지도를 제작하기 시작했다. 이슬람 지리학의 정초자이자 수학자인 카와리즈미는 명저 『지구의 형태』(9세기 초)에서 이미 알려진 지역은 물론이거니와 무슬림들이 새로이 정복한 지역까지도

경·위도를 정확히 표기한 일반지도를 그렸다.

지리학자 마끄디씨(?~966)는 자신이 직접 이슬람세계 대부분의 지역을 역방(歷訪)하는 과정에서 얻은 지리지식과 경험에 기초해 초유의 이슬람세계지도를 제작했다. 그는 이슬람세계를 14개 지역(이끌림)으로 나누고 지역마다 대상물을 각기 다른 색깔과 기호로 표시했다. 그가 그린 지도는 거의 원형인데, 적도선을 기준으로 이등분되고 경도는 360도, 적도선과 남북 양극간은 각각 90도로 나눠지며, 남반부는 대부분이 물로 뒤덮여 있는 반면에 북반부는 주로 건조지대로 되어 있다.

이븐 하우깔(943~?)이 저술한 『지구상(地球像)』은 초기 무슬림 지리학자들의 전형적인 세계지도관을 반영하고 있다. 이슬람 중심주의 세계관에 바탕을 두고 그려서 세계지도의 중심에는 이슬람 성지 메카를 에워싼 아랍국이 배치되어 있고, 남은 위, 북은 아래, 서는 오른쪽, 동은 왼쪽으로 방위가 설정되어 있으며, 육지는 대양으로 몽땅 둘러싸여 있다. 지중해가 서쪽에서, 인도양이 동쪽에서 대륙 깊숙이 뻗어들어가고 있으며, 동북 방향으로 인도와 티베트, 중국이 순차적으로 위치해 있다.

지도 제작에서 나타난 이같은 부분적인 착오는 12세기에 이르러서야 시정된다. 중세의 가장 걸출한 무슬림 지리학자인 이드리씨(1099~1166)는 전래의 지리지식을 집대성하여 명저 『천애횡단 갈망자의 산책』(1154)을 찬술하고, 그 속에 1장의 세계지도와 70장의 지역도를 첨부했다. 그는 재래의 7기후대설을 좇아 지역도를 그렸는데, 지역마다 서에서 동으로 다시 10등분해 각기 지도 1장씩을 제작함으로써 총 70장의 지역도를 완성했다.

이드리씨의 세계지도. 이드리씨는 스페인의 꼬르도바에서 태어나 씨칠리아 섬에서 루제르 2세의 궁전 학자로서 일생을 지리학 연구에 바쳤다.

그러나 그의 세계지도는 여전히 남을 위로, 북을 아래로 하는 방위 설정이나, 대양이 육지를 에워싼 점이나, 지중해와 인도양의 접점을 수에즈해협(홍해를 무시)으로 한 것 등, 전통적인 이슬람 지리학의 오류를 답습했다. 이드리씨는 지도뿐만 아니라 무게 400라틀(1라틀=3.944g)의 은제 지구의(타원형)도 제작했는데, 지구의 표면에 7개 기후대 내의 국가와 지역의 이름, 해양, 하천, 지역간의 거리까지도 상세히 음각했다.

이드리씨는 스페인의 꼬르도바에서 태어나 씨칠리아 섬에서 루제르 2세의 궁전학자로서 일생을 지리학 연구에 바쳤다. 16세 때부터 지중해를 중심으로 한 유럽과 아프리카, 아랍제국 그리고 아시아까지 역방하면서 지리지식의 현지 고증과 지도 제작에 전념했다. 루제르 2세의 특별칙령에 의해 조직된 전문위원회가 각지에 파견되어 자료수집과 확인 및 고증을 담당함으로써 이드리씨의 저술과 연구활동을 적극 뒷받침했다. 그의 대표적 저서인 『천애 횡단 갈망자의 산책』은 이전의 어떤 지리서도 필적할 수 없는 중세 지리학의 진서로서 17세기 초부터 라틴어로 번역되어 유럽 대학들에서 지리학 교재로 채택하고 있다.

각종 천문관측의를 통해 천문을 관측하는 모습. 아직도 사용되는 여러가지 천문학 용어들의 어원이 아랍어란 점은 당시 아랍-무슬림들이 도달한 높은 학문수준을 증명한다.

지리학과 더불어 천문학 분야에서의 성과도 괄목할 만한 것이었다. 이슬람제국 초기부터 도처에 건립된 천문대를 통해 황도(黃道)의 경사와 세차(歲差)운동, 태양년의 길이가 관측되고, 지구 궤도의 불안전이동설이 제시되었으며 여러가지 천문정수가 개정되었다. 무슬림 천문학자들의 저서는 대부분 번역되어 유럽에 소개되었다. 아직까지도 천정(天頂, zenith), 천저(天底, nadir), 반대측(反對側, nazir), 각종 성좌의 별이름 등 아랍어에 어원을 둔 천문학 용어들이 여러 유럽어에 그대로 남아 있는 것이 이를 증명한다.

그리스와 로마인들의 소박한 지리지식을 계승·발전시킨 중세 무슬림 지리학자들은 자신들이 직접 체험한 견문이나 진행한 연구 및 기타 여행가들의 전문을 토대로 하여 지형과 지리적 위치를 비롯해 신라에 관한 지견(知見)을 놀라울 정도로 정확하게 기술했다. 그들은 신라를 바다로 에워싸인 섬과 산이 많은 나라로 묘사하고, 그 위치는 중국의 동편, 지구의 동쪽 끝에 놓았다. 이것은 중국보다 더 동쪽에 신라가 위치하고 있음을 제시함으로써 육지의 동단(東端)을 중국으로만 보아오던 종래의 지리관을 타파하고 동방에 관한 새로운 지리지식을 첨가한 것이다.

이와 더불어 그들의 저서들에는 신라를 이상향(理想鄕)으로 묘사한 데가 적지 않다. 그들은 아랍-무슬림들이 신라를 신비의 이상향으로 선망하고 그곳에 정착까지 하게 된 데는 아름다운 자연경관이나 풍부한 지하자원과 함께 신라인들의 쾌적한 생활상과 환경이 또한 주요한 동인(動因)으로 작용한다고 입을 모으고 있다. 페르시아 출신의 지리학자 까즈위니(1203~83)의 저서『피조물의 기적과 존재물의 기이』에 나오는 다음과 같은 글에서 그 일례를 찾아볼 수 있다. "신라는 중국의 맨 끝에 있는 절호의 나라다. 그곳에서는 공기가 순수하고 물이 맑고 토질이 비옥해서 불구자를 볼 수 없다. 만약 그들의 집에 물을 뿌리면 용연향(龍涎香)이 풍긴다고 한다. 전염병이나 질병은 드물며 파리나 갈증도 적다. 다른 곳에서 병에 걸린 사람이 그곳에 오면 말끔히 치유된다." 그러면서 그는 또 "(신라)주민들은 세상에서 가장 아름다운 외모를 갖고 있다"고 찬사를 보낸다.

지리학자들이 놀라는 것은 신라의 황금이다. 이드리씨는 앞의 책에서 신라의 황금 성산상(盛産像)을 이렇게 묘사하고 있다. "그곳(신라)을 방문한 여행자는 누구나 정착하여 다시 나오고 싶어하지 않는다. 그 이유는 그곳이 매우 풍족하고 이로운 것이 많은 데 있다. 그 가운데서도 금은 너무나 흔한바, 심지어 그곳 주민들은 개의 쇠사슬이나 원숭이의 목테도 금으로 만든다." 지리학자 마끄디씨도 신라인들은 "가옥을 비단과 금실로 수놓은 천으로 단장하며 식사 때는 금으로 만든 그릇을 사용한다"고 했다.

5. 이슬람 의학

오늘날까지도 유럽인들에게 무슬림들에게서 받은 가장 큰 혜택이 무엇인가 물으면 으레 의술이라고 대답한다. 무슬림 의학자들은 페르시아나 그리스-로마의 의학서적을 고스란히 번역하고 의술을 받아들여 임상에 도입하는 과정에 새로운 이슬람식 의학을 개발·정립했다. 그리고 그들의 이론 연구와 임상실험에서 얻은 모든 결과는 의학 개설서나 전서(專書)에 빠짐없이 수록되고, 그것이 또한 번역되어 유럽의 의학학교들에서 교과서로 채택되고 임상치료에 직접 도입됨으로써 유럽 현대의학의 밑거름이 되었다.

원래 페르시아의 서남부에 위치한 준디 샤푸르 의학원과 그 부속병원은 당대 서아시아 일원에서는 가장 높은 수준의 의술을 갖춘 의학의 전당이었다. 638년 준디 샤푸르가 일차적으로 이슬람 동정군(東征軍)에게 정복되어 그 치하에 들어가자 불모의 이슬람 의학을 개척하는 역할을 담당하게 되었다. 그리하여 이 의학원은 하리스 이븐 가르다라는 최초의 무슬림 의사를 배출했으며, 이 의학원 출신인 페르시아계 유대인 의사 마싸르자와이흐는 683년에 알렉산드리아의 의학자 아론(기독교도)이 쓴 『의학총론』의 시리아어 역본을 아랍어로 역출했다. 이 책은 아랍어로 씌어진 최초의 의학전서이며, 고대 그리스 의학계가 알지 못하고 있던 천연두에 관해 처음으로 밝혔다. 마싸르자와이흐는 그밖에 『약품의 대용』 같은 의학서도 저술했다고 한다. 준디 샤푸르 의학원파가 주도한 이러한 활동으로 인해 비로소 이슬람 의학의 기틀이 마련되었다.

이러한 기초 위에서 이슬람 의학은 압바스조 시대 바그다드에 개설된 '지혜의 집'(830)에서 그리스 의학서적이 다량 번역되면서부터 발전의 획기적 전기를 맞게 되었다. 이 집의 번역총감인 아랍 의학의 아버지 후나인 이븐 이쓰하끄(980~1037)는 갈레노스의 의학서 거의 전부, 히포크라테스의 『금언(金言)』, 오리바시우스의 『의학개관』, 디오스코리데스의 『약물지(藥物志)』 등 여러 의학서들을 시리아어나 아랍어로 번역했다. 이쓰하끄는 번역 외에도 최초의 안과 전문서인 『10대 안과론』과 『의학의 제문제』 등 의학전서도 다수 저술했는데, 이 두 책은 라틴어로 번역되어 유럽에 알려졌다.

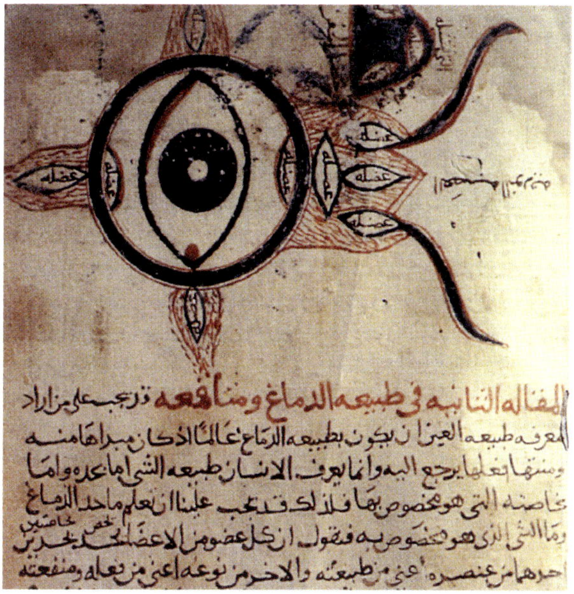

아랍 의학의 아버지로 추앙받는 이스하끄의 『10대 안과론』에 나오는 눈 해부도. 그는 여러 의학고전의 번역과 저술작업을 병행했다.

그리스 의학서적의 번역과 의술의 수용은 이슬람 의학의 급속한 발전을 가져왔으며, 그 과정에서 탁월한 무슬림 의학자들이 속속 배출되었다. 그 선구자가 바로 역사상 가장 위대한 의학자의 한 사람으로 평가받는 라지(865~925)다. 그는 의학뿐만 아니라 철학·천문학·연금술에도 박학다식하여 총 200여권의 저서를 남겼는데, 그중 의학서만 무려 117권이나 된

역사상 가장 위대한 의학자 중 한 사람으로 평가받는 라지(왼쪽)와 그가 쓴 의학서(오른쪽). 그의 주요한 저서는 라틴어, 비잔틴 그리스어 등으로 번역되어 중세 유럽의 의학과 화학에 커다란 영향을 주었다.

다. 그의 의학서 중 백미는 단연 이론과 임상경험을 총 망라한 20권의 『의학집성(醫學集成)』이다. 이 책은 1279년 씨칠리아 섬에 사는 한 기독교 의사가 라틴어로 번역한 후 부분적으로 간행되어오다가 4차례의 재간을 거쳐 16세기 초에 완간되었다.

라지의 『천연두와 홍역』은 천연두와 홍역을 의학적으로 정확하게 구분한 최초의 의학전서로서 라틴어로 번역된 후 여러 유럽어로 중역되어 1860년까지 약 40판이나 증판되었다. 그의 다른 의학전서 『만쑤르의 서』도 라틴어로 번역되어 『의학집성』과 함께 유럽 의학교의 교과서로 채택되어 오랫동안 사용되었다. 라지는 그리스 의학의 전통을 계승했지만, 인도 의학의 정수도 받아들여 충분히 활용한 슬기로운 의학자였다.

이슬람 의학에는 의술 못지않게 인술(仁術)을 강조하는 면이 있다. 파티마조(909~1171)의 어의인 유대인 이쓰하끄(850~932)는 저서 『의사의 길잡이』에서 이렇게 강조한다. “비록 자신은 없다고 하더라도 환자에게 치유의 신심을 주는 약속을 잊지 말 것이다. 왜냐하면 그렇게 함으로써 환자의 자연회복력을 북돋아줄 수 있기 때문이다.” “가난한 자를 문병하여 치료하는 일을 잊지 말 것이다. 왜냐하면 의술보다 고귀한 것은 없기 때문이다.” 이러한 인술이 바로 히포크라테스의 『금언』의 정신인 것이다.

조로아스터교에서 이슬람교로 개종한 페르시아 출신의 의사 압바스(?~994)가 찬술한 『왕의 서』는 또하나의 의학백과전서다. 이론과 임상경험을 반반으로 나누어 서술한 이 책에서 저자는 혈액순환 이론을 펴면서 분만과 암에 관해 논하는데, 암에는 특효약이 없으니 애당초 절제수술을 하는 것이 최상의 치료법이라고 못박고 있다. 또한 그는 영양학 부분에서 식이요법을 제창하고 있다. 질병의 치유력은 인위적인 것보다 자연 그 자체이므로 건강 유지는 치료보다 더 중요하며, 환자는 약물보다 식이요법에 유의해야 한다고 권한다. 이처럼 압바스는 예방의학을 중시했다.

이들을 이어 혜성같이 나타난 의학자는 탁월한 철학자이기도 한 이븐 씨나다. 이슬람 의학서의 권위로 평가받는 명저 『의학전범(醫學典範)』(총5부, 약 100만 단어)에서 이븐 씨나는 병리현상을 심리현상과 결부하여 면밀히 분석한 데 기초하여 늑막염과 폐렴, 간염을 정확히 구별하고, 폐결핵의 전염성, 피부병, 성병, 상사병(相思病), 신경병 등에 대한 임상학적 관찰을 면밀히 진행하고 치료법을 제시했다. 상사병에 관해서 그 증상으로는 체중과 체력의 감퇴, 발열 등 만성적 질환이 나타나며, 그 치료법은 사모하는 상대방과 결혼시키는 방법밖에 없다고 진단했다.

이븐 씨나가 병리현상과 심리현상을 아우른 '심신의학법'(psychosomatic medicine)으로 한 왕자를 치료한 이야기가 전설처럼 전해오고 있다. 망상증에 걸린 왕자는 자신이 소라고 믿고 소의 울음소리를 내면서 자기를 잡아먹어달라고 한다. 그러자 이븐 씨나는 도살꾼으로 가장하고 이 왕자가 너무 여위어 앙상하니, 우선 살찌워놓아야 잡아먹을 수

환자를 진료하는 이븐 씨나(위)와 그의 명저 『의학전범』(아래). 그는 탁월한 의학자인 동시에, 철학에서도 아랍의 최고봉으로 평가받는다.

있다고 했다. 이에 왕자는 마음껏 먹다 보니 병이 어느새 가시고 건강이 회복되었다고 한다. 심신의학법의 효험이다. 그밖에 이븐 씨나는 알코올을 소독제로 추천한 최초의 의사이기도 하다. 그의 전서는 저술된 지 얼마 되지 않아(12세기) 라틴어로 번역된 후 15세기 후반 밀라노에서 출간되어 16세기까지 유럽 각지의 의학학교에서 주교과서로 사용되었다.

약 한 세기 이후 동방 이슬람세계의 이븐 씨나와 비견되는 철학자이자 의학자인 이븐 루슈드(1126~98)가 안달루시아에서 나타났다. 역시 의학백과전서 격인 주저 『의학대전(醫學大全)』(총7부)에서 이븐 루슈드는 눈의 망막작용을 바르게 설명하고, 천연두의 면역성을 처음으로 밝혔다. 이 책은 13세기에 라틴어로 역출된 후 곧바로 유럽의 의학학교에서 중요한 교과서로 채택하였다.

이슬람 의학계에서는 일찍이 약초를 비롯한 약물학의 개발에도 주의를 돌렸다. 10세기 중엽부터 그리스의 약물학 서적들을 번역하기 시작한 후 특히 이슬람세계 특산의 약초 연구에 심혈을 기울였다. 그 결과 13세기 초 바이톼르(?~1248)가 『약물지』와 『약초학』을 펴낸 데 이어 저명한 안과의사이자 약초학자인 아비 오스바(1203~69)가 명저 『약초학』을 저술해 이슬람 약물학을 집대성했다. 출간 즉시 라틴어로 번역된 이 책은 15세기 이래 25판이나 증판되었으며, 영국 의과대학에서 약국법을 제정하는 데 이론적 기초가 되었다.

이러한 의학의 발전은 병원의 운영과 상보상조적 관계에 있었다. 이슬람 초기에는 페르시아의 준디 샤푸르 의학원 산하의 병원만이 운영되었으나, 의학이 점차 발전함에 따라 병원의 병설(倂設)은 필수였다. 우마위야조 칼리파 왈리드 1세(재위 705~15) 치세시 나병 환자를 격리 치료하기 위해 병원이 처음 설립되었다. 그후 압바스조 때인 780년 바그다드에 아두드 병원이 세워진 것을 비롯해 이슬람세계 도처에 병원이 생겨났다. 병원들은 비교적 정연한 운영체계를 갖추고 있었다. 의사들은 분야별 전문시험을 거쳐 채용되고, 병원은 외래진료동과 병동을 분리했으며, 등록 약제사가 관리하는 약국을 설치하여 의사의 처방에 따라 약이 조제되었다. 병원은 종교기금의 지원으로 운영되었다. 병원 원장은 담당의사와 조수들을 대동하고 입원 환자들을 회진하고 의사들이나 학생들에게 강의도 한다. 병원에는 대개 의학교와 도서관이 부설되어 있다. 환자들은 등록된 순서에 따라 입원하되, 입원할 때는 반드시 목욕을 하고 환자옷으로 갈아입는다.

이와같이 이슬람 의학이 특출하게 기여한 바로는 이론과 임상의 결합, 천연두와 홍역의 병원(病源) 구명과 치료, 혈액순환, 식이요법, 병리와 심리의 결합, 각종 염증의 병원과 전염성 구명, 각종 초약의 제조 등이 있다.

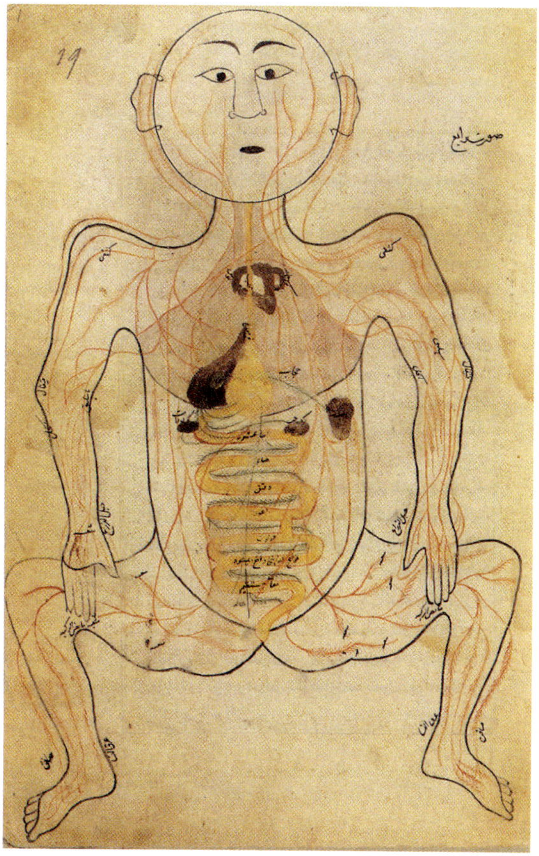

시라지의 『해부학 개론』에 나오는 「혈액 순환과 소화기관도(圖)」(15세기 중엽)

6. 이슬람 수학

무슬림들은 수학에서도 남다른 재능을 보였다. 수학 발전에서 그들은 두 가지 특출한 기여를 하였는데, 수학의 혁명이라 할 수 있는 영(零, 0)의 도입과 대수학의 정립이 그것이다. 이슬람 초기 무슬림 학자들은 페르시아 지역의 준디 샤푸르 의학원을 통해 의학만이 아니라, 의학과 천문학의 기초학문인 수학도 전수받았다. 그리하여 숫자를 비롯해 인도 수학을 많이 수용했다. 그래서 9세기 지리학자이자 대수학의 아버지로 불리는 조로아스터교 신자 카와리즈미를 비롯한 무슬림 수학자들은 인도의 숫자

서법을 아랍어 서법에 맞게 변형시켰을 뿐만 아니라, 인도에서 받아들인 영(점으로 표시)이라는 전혀 새로운 숫자 개념을 도입함으로써 수학에서 일대 변혁을 일으켰다.

카와리즈미의「집합과 분할의 서」란 논문이 12세기 '인도 숫자에 대한 카와리즈미의 서'란 제목으로 라틴어로 번역됨으로써 유럽인들은 처음으로 영을 포함한 숫자를 알게 되었다. 숫자의 발달에 얽힌 사연에 무지한 유럽인들은 숫자를 아랍인들에게서 전수받아 알게 되었기 때문에 '아라비아숫자'라고 불렀다. 16세기에 이르러 유럽에서 사용되어온 로마숫자는 아라비아숫자로 대체되었다. 영어의 'cipher'(영, 암호)나 이딸리아어의 'zero'(영)는 '공(空)' '무(無)' 혹은 '영'이란 아랍어 단어 '쉬프르'(ṣifr)에서 유래된 것이고, 영어의 'algorism'(아랍식 기산법, 아라비아숫자)은 수학자 카와리즈미의 이름과 관계가 있다.

피타고라스를 비롯한 고대 그리스의 수학자들은 수를 단순한 양의 개념으로 본 데 반해 카와리즈미를 비롯한 무슬림 수학자들은 상호관계적인 개념으로 인식함으로써 9세기 중엽에 대수학이라는 새 학문을 탄생시켰다. 카와리즈미를 3차 방정식의 풀이법까지도 해명했다. 당초 무슬림 수학자들은 대수학에서의 문제풀이 절차가 마치 외과의사가 부서진 상처를 다시 원상회복시키는 수술과정과 비슷하다고 하여 외과 전문용어인 '자브르'(al-Jabr, 접골·깁스)를 빌려 대수학을 '자브르'라고 했는데, 그것이 영어 'algebra'(대수학)의 어원이 되었다. 대수학의 발달과 더불어 기하학이나 삼각학에서도 큰 진전이 있었다.

7. 이슬람 연금술

끝으로, 이슬람의 학문에서 간과할 수 없는 것은 화학의 발달과 직결된 연금술(鍊金術, alchemy)인데, 그것이 동방의 연단술(煉丹術)과 상관되어 우리의 주목을 끈다. 일반적으로 금속공예의 발달은 연금술과 밀접한 관계가 있다. 그런데 연금술의 내용은 크게 두 가지의 화학기술로 구분된다. 첫째는 동·납·주석·금·은 등 귀금속 제조기술이고, 둘째는 불로장생의 선약(仙藥) 제조기술이다.

연금술의 기원은 로마시대의 이집트(알렉산드리아)와 중국 도가의 출현시대로 소급되는데, 전자는 귀금속의 제조에 주력하고, 후자는 선약의 제조에 역점을 두었다. 그러다가 자비르 이븐 하얀(723~815)을 비롯한 중세 무슬림 화학자들이 양자를 비로소 결합하여 의학과 화학의 발전을 촉진하였으며, 그것이 13세기 이후 유럽에 전파됨으로써 비로소 현대 실험과학의 기초가 마련되었다.

중국을 비롯한 동방에서 출현한 연단술의 주 소재는 금가루(金屑)인데, 고구려의 것이 잘 정련되어 진품으로 중국에서도 각광을 받았다. 이것은 고구려 금설의 중국 유입을 시사해준다. 그런데 중국의 연단술은 아랍-무슬림 상인들과 마니교도들을 통해 중앙아시아와 아랍 지역에 소개되었다. 특히 8세기 중엽 우마위야조 귀족 상층들은 장생을 갈구하여 연단술에 큰 관심을 보이기 시작했다. 그리하여 기독교 수사이며 연금술사인 마리아누스를 예부터 연금술의 본거지로 알려진 알렉산드리아에서 수도 다마스쿠스로 이주시켜 연금술 연구를 전담케 했다. 이를 계기로 이슬람세계에서 연금술이 본격적으로 개발되었다.

중앙아시아의 후라싼에서 약초상의 아들로 태어난 최초의 무슬림 연금술사인 자비르는 당시 중국에 왕래하던 아랍-무슬림 상인이나 중국 연단술을 수용한 마니교도들에게서 연단술을 전수받아 큰 각광을 받았다. 그러자 압바스조의 칼리파 라시드는 그를 궁전 어의로 기용했다. 자비르는 일릭서(elixir)라는 특수한 연금영약으로 재상 애처의 중병을 치유했다고 전해온다. 이와같은 사실은 무슬림들의 연금술이 종래의 순수 금속제조술에서 탈피해 동양식 선약제조술로 변신했음을 시사한다. 그들은 필경 중국의 선약재(仙藥材)로 이러한 영약을 제조했을 것인데, 이 선약재 속에는 당시 중국에서 각광받은 금가루 같은 고구려 약재가 포함되었을 수도 있을 것이다.

무슬림 연금술사들은 연금과정에서 증류·용해·결정·승화·여과 등 화학실험과 붕산·진사·녹반·나트륨·백연 등 화학품의 제조까지 주도함으로써 현대 실험과학의 개창자로 인정받고 있다. 영어에서 연금술과 화학을 뜻하는 'alchemy'와 'chemistry'는 아랍어 '알키미야'(al-kimiyā') 에서 유래한 것이다. 그런데 아랍어의 '알 키미야'는 또 4세기부터 나타난 그리스어 '케미아'(chemia)에서 차용한 외래어다. 라틴어나 영어의 연금술과 화학관련 용어 중에는 그 어원을 아랍어에 둔 것들이 적지 않다. 예컨대 alcohol(al-kuḥul), alkali(al-qili), camphor(kāfūr) 등이다.

8. 이슬람 학문의 기여와 특징

이상에서 이슬람 학문의 주요 영역 몇가지에 관해 간략하게 살펴보았다. 이슬람 학문은 10세기를 전후한 이슬람문명의 전성기에 그 문명을 주도하면서 학문 일반을 한차원 높은 수준으로 향상시킴으로써 근대 학문의 밑거름을 마련하는 데 크게 기여했다. 이슬람 학문은 여러 분야에서 개창적인 업적을 쌓아올렸을 뿐만 아니라, 그것을 고스란히 유럽에 넘겨줌으로써 수세기 동안 학통(學統)을 잃고 방황하던 유럽이 '르네쌍스'할 수 있는 지적 기반을 마련할 수 있었다.

삭막한 사막에서 어느 날 신기루처럼 홀연히 나타난 이슬람에게 학문이란 애당초 불모지였다. 다행히 학문의 중요성을 자각한 무슬림들은 학문이라면 어디에서 온 것인지 상관없이 수입을 마다하지 않았다. 그리하여 그리스와 로마, 페르시아와 인도 등 문명국들의 학문서적을 그대로 번역하고 받아들여 이슬람 학문의 개발과 정립에 능동적으로 활용했다. 그 결과 이슬람 학문의 기조는 처음부터 여러 갈래일 수밖에 없었다. 따라서 상당 기간 전통학문과 외래학문이라는 큰 틀 속에서 전통은 전통대로, 또 외래는 외래대로 여러가지 학맥(學脈)이 병존하는 다원상이 지속되었다.

이러한 과정에서 이슬람 학문이라는 하나의 복합체가 이루어졌다. 흔히들 이것을 이슬람 학문의 통일성이라고도 말하는데, 그 기저에는 고유의 수용성과 관용성이 깔려 있다. 바로 이 때문에 이슬람의 다른 영역과는 달리, 심지어 같은 문명영역의 다른 분야와도 달리, 이슬람 학문만은 신학 같은 특정 학문을 제외하고는 이례적으로 이슬람교라는 종교색채에서 탈피해 초종교적인 성격을 띠게 되었다. 유대인이건, 기독교인이건, 조로아스터인이건, 개종자건 아니건, 이슬람 학문 분야에서만큼은 평등한 공동 기여자가 되었다. 이것은 이슬람 학문이 지닌 하나의 슬기였다.

참고문헌

김용선 『아랍문화사』, 한국외국어대학교 출판부 1986.

김정위 엮음 『이슬람입문』, 한국외국어대학교 출판부 1993.

金宜久 主編 『伊斯蘭教概論』, 青海人民出版社 1987.

嶋田襄平 編集 『イスラム帝國の遺産』, 平凡社 昭和 45年(1970).

本田實信 『イスラム世界の發展』, 講談社, 昭和 60年(1985).

Associated Institution for the Study and Presentation of Arab Cultural Values, *Islamic and Arab Contribution to the European Renaissance*, General Egyptian Book Organization 1977.

Muḥammad Marḥabā, *al-Jāmi' fi Tārīkhi'l 'Olūm 'inda'l 'Arab*, Manshūrātu 'Awīdāt 1988.

10

문학과 예술

الحضارة الإسلامية

10

문학과 예술

1. 문학과 예술에 대한 이슬람적 이해

이슬람에서 이해하는 문학과 예술의 개념은 우리가 일반적으로 이해하는 것과 같을까? 문학(아다브)과 예술(판느)이 다 같이 창조적으로 미적 이념을 표현한다는 점, 정신을 정화하는 배설기능을 수행한다는 점, 문학은 언어라는 간접재료를, 예술은 색과 형태가 있는 직접재료를 사용한다는 점 등에서는 이슬람이나 우리의 보편적인 이해가 같다. 또한, 예술이란 개념이 동서양이나 이슬람 모두 '기술(技術)'이란 어원에서 유래하였다는 점도 신통하게 일치한다. 원래 그리스어의 '테흐네'(téchnē)나 라틴어의 '아르스'(ars), 영어의 '아트'(art), 프랑스어의 '아르'(art), 독일어의 '쿤스트'(Kunst), 그리고 중국어의 '예(藝)'나 아랍어의 '판느'(fann)는 모두 기능이나 재주, 즉 기술을 뜻하는 단어였으나 근대학문이 정립되는 18세기 경부터 넓은 의미의 기술과 구별하기 위해 그 뜻을 좁혀 '예술'이란 학문적 개념으로 한정했다. 그리고 예술을 크게 공간예술(건축 · 미술)과 시간예술(음악 · 연극 등)로 분류하는 것이나, '아름다운 예술'을 '미술'이라고 부르는 것도 영어나 프랑스어, 중국어나 아랍어, 한국어에서는 다를 바 없다.

그러나 문학과 예술의 상호관계나 각자의 위상 및 내용 면에서는 서로 이해하는 바가 다르다. 넓은 의미에서 문학은 예술의 한 부분으로 구상예술에 속한다. 그러나 이슬람에서는 역대로 문학이 차지하는 높은 위상과 역할, 그리고 예술의 상대적 한계성 때문에 문학이 예술의 한 부분이라기보다는 독자적인 분야로 간주되어 그 기능을 수행해왔다. 따라서 문학에 대한 이해와 전개과정에서 비이슬람 지역과는 사뭇 다른 양상을 보여준다.

오늘날 문학을 지칭하는 아랍어 '아다브'(adab)는 원래 '우아' '단정' '교양' '고상한 도덕' '예절' 등 인간의 훌륭한 심성을 나타내는 뜻의 단어였다. 그러다가 이슬람이 출현한 뒤 주변의 여러 문명, 특히 페르시아문명의 영향을 받아 그 뜻이 시문(나즘)이나 산문(나스르)이라는 언어수단을 통해 인간의 정신세계를 순화하는 고유학문(주로 시학 · 음률학 · 문법학)인 문학으로 정립되기 시작했다. 물론 현재도 '교양'이나 '예절'이란 고유의 뜻을 그대로 유지하고 있기도 하다.

통일적인 이슬람제국이 붕괴한 후 사양길에 접어든 전통 이슬람 학문을 보전하려고 시도한 역사사회학자 이븐 칼둔(1332~1406)은 이슬람 문학이란 "아랍식으로 시문과 산문의 기술(技術, 판느)에 정통한" 학문이라고 정의를 내렸다. 그러면서 그는 문학을 12학과(일름 'ilm), 즉 언어학 · 서체학 · 시학 · 시운학(詩韻學) · 각운학(脚韻學) · 품사학 · 형태학 · 파생학(派生學) · 수사학(修辭學) · 미문학(美文學) · 연설학 · 산문학으로 나누었다. 이것이 문학에 대한 이슬람의 전통적 이해다.

그런데 오늘날에는 '아다브'라는 개념이 확대 · 분화되어 이중적 의미를 갖게 되었다. 즉, 한편으로는 이븐 칼둔이 정의한 것처럼 고유한 의미의 '문학'이란 전칭(專稱)을 그대로 보존함으로써 시 · 소설 · 희곡 · 수필 · 문학평론 등 장르를 아우르는 문학의 보편적(현대적) 개념과 대체로 부합된다. 그러나 다른 한편, 그 복수인 '아다브'(adāb)는 하나의 학문계보 개념으로 그 의미가 크게 확대되어 자연과학과 구별되는 '인문과학'을 범칭하고 있다. 그리하여 아랍대학들에서 인문학부(단과대학)의 '인문'은 곧 아다브(문학)의 복수인 '아다-브'라는 확대된 개념의 단어를 쓰고 있다.

이슬람 문학과 예술의 발달사를 훑어보면, 그 주제가 꼭 '이슬람교적인 것'만은 아니었다. 비무슬림들도 창작영역에 큰 족적을 남겨놓았으며, 언어를 비롯한 재료(수단)들도 다종다양했다. 이슬람교라는 종교이념을 바탕으로 하여 지구상 13억 인구를 아우르는 이슬람이 하나의 문명공동체를 형성하기는 했지만, 그 구성원은 민족이나 언어, 전통과 풍습, 자연환경이나 생활여건, 심지어 종교 등에서 실로 천차만별이기 때문이다. 특히 언어의 예술인 문학에서 이러한 차별성은 극명하게 나타나고 있는바, 이슬람의 문학과 예술은 내용과 형식에서 이슬람문명의 다양성을 반영하게 마련이다. 이슬람의 문학과 예술은 그 표현수단인 언어와 민족전통을 기준으로 하여 아랍권 · 페르시아권 · 터키권 · 중앙아시아권 · 인도권 · 말레이권 · 중국권 · 아프리카권 등 주요한 몇개의 권역으로 구분할 수 있다. 그중 아랍권은 이슬람의 문학과 예술의 발단 및 그 발달과정에서 선도적 역할을 수행해왔다. 그리하여 이 글에서는 주로 이슬람-아랍권의 문학과 예술을 전형(典型)으로 삼아 논한다.

2. 이슬람 문학의 발달과정

언어의 예술인 문학은 특정 언어와 숙명적인 관계에 있게 마련이다. 아랍어는 세계 3대 어족의 하나인 셈어족의 적통어(嫡統語)로서 근 2,000년간 '불변의 전통'을 이어온 세계 최장수의 살아있는 언어이며, 명실상부한 문학어다. 그만큼 시를 비롯한 문학은 아랍세계에서 일찍부터 싹텄다. 그러다가 이슬람교가 출현하면서 아랍세계가 이슬람문명의 요람으로 변모해감에 따라 그곳에서 고전 아랍문학을 계승한 신형 이슬람 문학, 이를테면 이슬람-아랍 문학이 탄생했다.

이슬람 문학은 이슬람의 출현을 기점으로 하여 오늘에 이르기까지 근 1400년간의 긴 세월 동안 면면히 생명력을 발휘해왔다. 이슬람 문학의 발달과정은 크게 형성기(이슬람의 출현~우마위야조 이슬람제국의 멸망, 610~750)와 전성기(압바스조 아랍제국 시대, 751~1258), 침체기(통일 아랍제국의 멸망~오스만제국의 멸망, 1258~1922), 부흥기(1920년대~현재)의 4개 시기(단계)로 구분하여 고찰할 수 있다.

이슬람 문학은 비록 페르시아 문학 같은 주변문학의 영향을 받아 출현했지만, 그 뿌리는 어디까지나 전대인 자힐리야시대(몽매시대)의 문학(약 150년간)이다. 이 시대의 문학은 노래시를 위주로 한 구전문학이었다. 자힐리야시대를 이은 이슬람 문학의 형성기에는 이슬람교의 출현과 더불어 정통 칼리파 시대(632~61)에 이슬람 문학의 최대 걸작이자 원천으로 평가받는 경전 『꾸르안』이 편집됨으로써 문학의 근간이 마련되었다. 『꾸르안』은 훈계·충고·경고·약속·설화 등의 내용을 포함한 각운(脚韻)의 산문체다. 따라서 문학의 주제에서 획기적인 변화가 일어났을 뿐만 아니라, 종래의 구전 중심의 문학에서 문자 중심의 문학으로 탈바꿈하게 되었으며, 미증유의 산문문학도 나타나기 시작했다. 이슬람 문학사에서는 이 시기의 문학을 '우마위야시대 문학'이라고도 하고, 전대인 자힐리야시대에 대비해 '이슬람시대 문학' 혹은 '이슬람 초기 문학'이라고도 한다.

형성기를 이은 전성기는 문화개방주의를 지향한 압바스인들에 의해 막이 올랐다. 아랍우월주의를 표방한 우마위야조와는 달리 압바스조는 아랍인과 비아랍인, 무슬림과 비무슬림을 가리지 않고 페르시아나 그리스, 인도, 심지어 중국의 문학이나 철학, 과학을 적극 수용함으로써 문학의 주제뿐만 아니라 장르도 다양해져 산문이 활기를 띠었고 서민문학도 출현했다. 그리하여 이슬람 문학은 명실상부한 전성기(황금기)를 맞게 되었다. 이 시기에는 아부 누와쓰(762~813) · 자히즈(775~868) · 무타낫비(915~65) 등 기라성 같은 작가들이 문학의 장을 빛내고, 『아라비안나이트』 같은 불후의 명작이 중세문학의 금자탑을 쌓아올렸으며, '마까마'라는 새로운 이야기문학 장르도 창출되었다.

세계 설화문학의 '왕좌(王座)'로 일컬어지는 『천일야화』에는 주요 이야기만도 180여편이 들어 있다. 이 작품의 원형은 7세기 중엽 페르시아에서 유행한 '천 가지 이야기'이다. 압바스조 이슬람제국 시대에 이 원형에 아랍적인 소재가 가미되어 1450년경에 아랍어로 작품이 완성되었다. 18세기 초 최초로 프랑스어 완역본이 출간되었다.

이슬람 문학사에서는 이 시기의 문학을 '압바스(시대) 문학'이라고 한다. 이 시대의 문학과 관련해 특기할 사항은 이슬람 왕조의 안달루시아 통치기간(711~1492)에 형성·발달한 이슬람 문학, 즉 이른바 '안달루시아 문학'이다. 시기적으로 압바스 문학과 병존한 안달루시아 문학은 전통 이슬람 문학의 영향을 강하게 받으면서도 나름대로의 지역적 특성을 살려 개성있는 이슬람-안달루시아 문학을 창조했다. 그 대표적인 일례가 시작(詩作)에서의 이른바 '무왓샤하트'의 고안이다. 무왓샤하트란 단일한 운율과 각운을 고수하는 전통적인 이슬람 시작방법과는 달리, 운율을 변경하고 여러 개의 각운을 도입함으로써 변화를 꾀하는 시작방법이다.

이슬람 문학사에서 전성기를 이어 출현한 침체기는 통일적인 압바스조 이슬람제국이 몽골의 서정(西征)으로 멸망(1258)한 후 이슬람세계가 사분오열되고 이슬람 중심이 여러 곳에서 다발(多發)하는 이슬람의 다극화가 추진되면서 아랍어에 바탕을 둔 이슬람 문학이 점차 통일성과 창조성, 순수성을 잃고 다양성과 침체성, 혼탁을 빚은 시기다. 물론 이 시기에도 걸출한 문인작가들이 배출되기는 했지만, 전대의 전성기에 비해 침체와 사양의 길을 걷고 있었다. 이 시기 이슬람세계를 주도한 세력은 카이로를 기반으로 한 맘루크조(1250~1517)와 소아시아를 중심으로 한 오스만제국(1299~1922)이다.

외래의 터키계 노예 출신 군인들과 그 후예들이 주축이 되어 건립한 맘루크조 시대에는 비록 카이로를 수부로 하고 아랍어가 공용어로 쓰였지만, 아랍어의 메카 바스라에서 아랍어의 최고 엘리뜨라고 자부해온 설교사들마저 예배 때 '문법적 오류 없이' 설교하는 사람이 '전혀 없었다'(『이븐 바투타 여행기』 중)고 할 정도로 아랍어는 이미 순수성을 잃어가고 있었으니 그 '예술'인 문학의 침체성은 불을 보듯 뻔하다. 이런데다가 오스만제국 시대에 이르러서는 문화활동의 중심지가 카이로에서 이스탄불로 옮겨지고 터키어가 공식어로 대체됨으로써 종래 이슬람 문학을 주도해오던 아랍어와 아랍문학은 '완전 암흑'의 나락에 떨어지고 말았다.

이렇게 500~600년간의 침체와 수면상태에 빠져 있던 이슬람 문학은 19세기 초부터 깨어나기 시작하여 1920년대에 이르러서는 부흥의 전기를 맞이하게 되었다. 1798년 나뽈레옹의 이집트 원정을 계기로 아랍세계는 근대화한 서구와 접촉하면서 서구의 선진문명에 귀를 기울이고, 그 과정에서 '소생의 민족의식'을 키워나갔다. 그러던 중 제1차 세계대전의 종전과 오스만제국의 붕괴라는 역사적 격변은 아랍을 비롯한 이슬람세계에 재생과 부흥의 충격을 안겨주었다. 그 충격 속에서 쟁취한 민족적 독립과 생존의 권리는 그에 걸맞은 문학의 재창출을 촉구했다. 지금도 파고를 낮

추지 않고 있는 이 부흥기의 흐름 속에서 전통적인 문학유산을 되살리려는 노력과 함께 자유시나 소설·희곡·수필·문학평론 등 다양한 현대적 문학장르가 기반을 다져가고 있으며, 현대의 삶을 주제로 한 작품들이 쏟아져나오고 있다. 오늘날 이슬람 문학도 여느 제3세계 문학과 마찬가지로 전통과 현대라는 갈등 속에서 갈 길을 찾기에 안간힘을 쓰고 있다.

3. 이슬람의 시문학

이슬람-아랍 문학에서 가장 중요한 장르는 시다. 시를 지칭하는 아랍어 단어 '쉬으르'(shi'r)는 원래 동사 '샤아라'(sha'ara)의 동명사로서 그 뜻은 '감지' '느낌'이다. 이 글자가 '시'라는 하나의 문학장르로 쓰이기 전인 자힐리야시대에는 주로 동사 '샤아라'의 능동분사인 '샤이르'(shāir, 감지하는 사람)가 초자연적인 능력을 감지하는 사람, 즉 신이나 사탄의 힘을 빌려 마력을 행사하는 마술사로 널리 쓰였다. 마술사들은 좀더 주술적이고 선동적으로 보이기 위해서 일정한 각운을 갖춘 언변을 구사했는데, 최초의 간단한 각운이 바로 '싸즈아'이다. 싸즈아가 발전하여 더 규칙적인 율격을 갖추면서 나타난 최초의 시 형태가 '라자즈'다. 라자즈는 본래 질병의 징후로 낙타의 엉덩이가 떨리는 현상을 일컫는 말이다. 그래서 라자즈를 놓고 낙타 발걸음의 상하 동작에서 나온 운율이니, 낙타를 탄 기사의 노랫가락에서 연유되었느니 하는 이야기가 있다. 아무튼 사막의 배인 낙타가 걸어가는 강약부동의 율동적 움직임에서 영감을 받은 것이 라자즈라는 데는 의심의 여지가 없다. 이 라자즈는 초기의 단시(短詩)로서 1~2행이 보통이고, 기껏해야 10행을 넘지 못한다. 아랍시의 원형인 단시는 5세기 초에 처음 선을 보였다.

단시가 점차 발달하여 6세기 초에는 일정한 주제로 다양한 율격을 갖춘 정형화한 장시(長詩)가 처음으로 나타났다. 그것이 바로 '까쉬다'(복합정형장시)다. 6세기 말엽에 이르러 아랍시의 정형으로 자리를 굳힌 까쉬다는 이슬람의 시문학에 그대로 계승되었다. 8세기 중엽, 문법학자들은 전래의 까쉬다 운율을 정리하여 운율학을 정립했는데, 그들이 규범화한 운율체계에는 '긴 율격' '느긋한 율격' '달리는 율격' '굽은 율격' '지저귀는 율격' 등 모두 16개의 다양한 율격이 망라되었다.

이러한 율격에 맞추는 까쉬다는 25~100행 내외의 장시이며, 내용의 전개는 보통 도입부(導入部)·이탈부(離脫部)·목적부(目的部)의 3개 영역으로 구분되어 진행된다. 도입부는 청중들(독자)에게 감흥과 동정을 불러일으켜 관심을 끄는 내용으로, 주로 옛터와 연인에 대한 향수를 토로하는 것이다. 이어지는 이탈부는 도입부에서 일어난 격정에서 이탈하여 심적 평정을 찾아 주제부로 이행하는 과도부로서, 말이나 낙타를 타고 사막을 여행하는 장면이 자주 등장한다. 목적부는 시의 모티프를 다루는 내용이다. 이러한 3개 영역이 한 까쉬다에 함께 포함될 수도 있고, 그중 한두 개만 있을 수도 있으며, 그 전후 순위 또한 뒤바뀔 수도 있다. 그리고 주제는 대체로 사랑·송덕·비방·풍자·교훈 등 다양하다.

대표적인 까쉬다로 6세기의 시인 이므룰 까이쓰(?~550?)가 읊조린 81행의 『무알라까트』를 들 수 있다. '무알라까트'란 시 경연대회에서 우승해 그 표창으로 신전(神殿)에 걸어놓게 된 시란 뜻이다. 시인은 첫 행의 도입부에서 "동행자여, 멈췄다 가세나… 지역 사이의 모래사막에서. 헤어진 애인과 떠나온 집을 그리며 울어나 보자"고 운을 떼고 나서, 이러한 단장의 향수를 계속 이어가다가 52행에서는 "새들이 아직 둥지에 머물러 있는 이른 아침, 나는 말을 타고 간다. 꾸준히 달려 야생짐승을 따라잡을 만큼 빠르고 덩치 큰 말을 타고"라고 격정을 가라앉히면서 이탈부로 넘어간다. 까쉬다는 오늘날까지도 아랍시의 전통적 원형으로 살아남아 숨쉬고 있다.

자힐리야시대를 이은 이슬람시대 초기, 즉 교조 무함마드의 생전과 정통 칼리파 시대의 시는 비록 주제 면에서는 찬양시나 정치시가 새로 첨가되었지만, 시작의 형태나 기법은 대체로 자힐리야시대의 계승에 머물고 큰 진작을 보지 못했다. 오히려 시인을 마술사로 보는 전대의 통념에 사로잡혀 유일신교인 이슬람교를 반대하는 다신론자들은 무함마드를 '시인' '신들린 사람'으로 모독하고, 이에 맞서 무함마드는 경전을 통해 시인들을 '계곡에서 이성을 잃고 방황하는' 사람들이라고 비난했다. 시인은 아직 문학의 창조자로서 대접을 받지 못했던 것이다.

그러나 우마위야조 아랍제국 시대에 이르러서는 정세가 안정되자 권력을 강화하기 위해 문학의 주장르인 시의 지원이 필요했으며, 게다가 경전의 해석을 위해서도 시작이나 시 연구가 필수였다. 이러한 시대적 요청에 부응해 다양한 주제의 시가 창작됨으로써 이슬람 문학 형성을 주도했다. 대표적인 시인으로는 이슬람시대의 '제1호 시인'으로 평가받는 기독교 아랍 시인 아크탈(640~710)과 시어가 박력이 넘친다고 하여 '돌로 조각하여 만든' 시인으로 불린 파라즈다끄(641~732), 풍자에 빼어날 뿐만 아니라 박식하다고 하여 '바다로 포장된' 시인이란 평가를 받은 자리르(653~733) 등 3인방을 들 수 있다.

이슬람 문학의 전성기인 압바스조 이슬람제국 시대의 시는 그야말로 '무르익은 황금'의 시였다. 그 특징은 사막의 거친 유목생활이 아닌 호화로운 도시생활을 주제로 하고, 비아랍인들이 시작에 대거 동참함으로써 시의 주제나 내용, 형태나 문체에서 다양화와 융합이 이루어졌다. 또한 사회의 타락을 막기 위해 수피즘과 같은 복고주의가 나타났으며, 말기에 이르러 중앙집권적 통치구조가 약해짐에 따라 시작의 지역화가 추진되었다. 그리하여 시의 주제가 상당히 다양해지고 세분화되어 찬양시·풍자시·자랑시·비난시·사과시·축하시·애도시·연시·교육시·사냥시·농담시, 심지어 주시(酒詩)까지 등장하여 '시장(詩場)'은 '만물상의 진풍경'

이었다. 칼리파의 술친구로서 주시의 대명사처럼 알려진 당대의 유명시인 아부 누와쓰는 잘 익은 술은 "꿰는 실 없는 진주 다발"이나 "연금술이 뿜어내는 순금"과도 같다고 이슬람에서 금기시되는 술을 미화하고 있다.

당대의 유명 시인으로는 아부 누와쓰 외에 사치를 배격한 금욕주의 시인 아불 아타히야(748~825), 칭송시의 달인이며 서사시의 초석을 놓은 아부 탐맘(?~845?, 대표작 『열정』), 운율을 잘 살렸다고 하여 '시인들의 여가수'란 별명을 얻은 베두인 출신의 부흐투리(821~97, 대표작 『금줄』), '동양의 빅토르 위고'로 추앙받는 아랍 민족주의 시인 무타낫비(대표작 『파쿠리』), 전사(戰死) 시인 아불 피라스(932~68, 대표작 『로마의 시』), 운명론의 신봉자인 '시인 철학자' 마아르리(973~1058, 대표작 『불필요한 법칙』) 등이 있다.

압바스조 이슬람제국과 대체로 시대를 같이한 안달루시아시대의 시문학은 지역적 특성을 반영하여 주제나 형태 면에서 일정한 변화가 있었다. 묘사시나 학문시, 예술시 같은 새로운 주제시가 첨가되었는가 하면, 특히 무왓샤하트('치장' '장식'이란 뜻)라는 새로운 노래시가 등장하여 안달루쓰 시문학은 신선한 빛을 발했다. 무왓샤하트란 단일 각운과 운율을 고수하는 전통적인 까쉬다 방식과는 달리, 운율을 변경하고 여러개의 각운을 도입함으로써 변화가 자유로운 시작 형태이다. 무왓샤하트는 보통 5개의 연(聯)과 6개의 마감행으로 구성되며, 각 연 말미에 주 각운이 후렴처럼 전체 시에 계속 등장하며, 노래로도 부를 수 있다.

근세를 맞아 부흥한 이슬람 문학은 오랜 침체기를 겪으며 시들어버린 황금기의 고전문학을 되살리는 작업부터 시작하였다. 그 선두에는 시문학이 섰다. 이즈음에 어느 한 시인이 서구의 비행기와 동방(아랍)의 시를 맞바꾸자고 했을 만큼 시에 대한 사랑과 열정은 아랍 무슬림들의 문학적 자존심의 전부였다. 바로 이 때문에 그들은 시에 관한 한 서구에서 별로 배울 것이 없다고 자부해왔다. 그래서 문예부흥을 맞으면서 산문문학은 전적으로 서구지향성을 띤 반면에 시문학만은 전통을 회복하는 작업에서 부흥을 시도했던 것이다. 그럼에도 서구화의 물결 속에서 신고전주의와 낭만주의, 사실주의 등 시대의 흐름을 반영한 각종 시류(詩流)가 부흥기의 시단(詩壇)에 줄줄이 흐르지 않을 수 없었다.

부흥기, 특히 초기의 시인들은 침체기 속에서 잠자고 있던 고전시에서 시적 영감을 얻으면서 나라의 현실과 여러가지 정치·사회적 문제를 다룬 민족적 및 애국적 시를 썼는데, 이러한 시를 일괄해 전통 부활의 신고전주의 시라고 할 수 있다. 신고전주의의 개창자는 이집트 출신으로 우라비 혁명내각의 수상직을 맡았던 '문예부흥의 시조' '검과 붓의 거장' 마흐무드 바루디(1839~1904)다. 그는 과장되고 곡예에 가까운 말장난뿐인 침체기의 시어가 아닌, 순수한 언어, 힘찬 표현 등을 추구하면서 황금기 시문학으로의 회귀를 주장하고 현실적 경험을 표현하는 능력을 전통과 결합하려고 노력함으로써 많은 애국애족적 시를 썼다.

이러한 바루디의 경향을 따른 신고전주의 학파(일명 바루디학파, 전통부활학파, 수구학파)는 19세기 말부터 1930년대까지 이집트 시문학의 큰 흐름을 이루고 있다. 신고전주의 학파로 바루디의 뒤를 이은 대표적 시인으로는 아흐마드 샤우끼(1868~1932)와 하피즈 이브라힘(1872~1932)을 꼽는다. '시인들의 왕자'로 불린 샤우끼는 궁전시인이었으나 제1차 세계대전과 동시에 유배생활을 겪으면서 애국시인, 민중시인으로 변모한다. 서민 출신의 민중시인으로서 '나일의 시인'이란 칭호를 얻은 이브라힘은 시의 음악성에 깊은 관심을 가지고 주옥같은 민중시를 많이 남겼다.

서구의 낭만주의 시와 접촉하면서 신고전주의에 대한 반동으로 출현한 것이 이른바 낭만주의 시파다. 이 새로운 시파는 신고전주의에서 탈피한 아랍 서정시의 선구자 칼릴 무트란(1872~1949, 대표작 『저녁』)이 개도하였다. 그와 슈크리(?~?)를 비롯한 디완그룹(1910~21), 아부 샤디(1892~1955)가 주도한 아뽈로그룹(1930년대 전반), 칼릴 지브란(1883~1931)이 주축이 된 이주(移住)문학파 등 낭만주의 시파에 속한 시인들은 하나의 까쉬다 속에 여러 주제를 담고 있는 전통시의 형식을 혁파하고 나섰다. 그들은 하나의 까쉬다에서는 통일된 한가지 주제를 다룰 것, 문체나 어법 등 시의 형식보다는 시인 자신의 진솔한 감성 표현을 중시할 것, 전통적 운율과 각운의 구속에서 벗어날 것, 인본주의와 삶에 대한 낙관이나 자연에 대한 관조를 반영할 것 등을 주장했다. 그리하여 그들은 자유시·무운시(無韻詩)·산문시·설화체시 등 자유로운 시형식에 대한 혁신적 발상을 실천해나갔다.

한편, 팔레스타인 문제를 발단으로 1950년대 이후 아랍-이슬람세계에 몰아친 정치·사회적 격변은 사실주의 시를 비롯한 자유시·참여시·저항시 등 신시(新詩)운동을 일으켰다. 신시의 공통점은 내용 면에서는 인간의 고통과 소외, 갈등과 반항 등 사회모순이나 비극을 파헤치면서 미래에 대한 희망과 확신을 안겨주는 휴머니즘이고, 형식 면에서는 전통시에 대한 혁신의지다. 자유시의 선구자는 이라크의 나지크 말라이카(1923~, 대표작 『삶의 비극, 그리고 인간을 위한 노래』)와 바드르 싸야브(1926~64, 대표작 『그것은 사랑이었던가』)이고, 실천적 문학운동을 통해 참여시의 모범을 보여준 시인은 바그다드 좌익계 언론 출신의 압둘 와하브 바야퉈(1926~, 대표작 『빈곤과 혁명의 책』)이며, 대표적인 저항시인으로는 팔레스타인의 마흐무드 다르위쉬(1942~, 대표작 『밤의 끝에는 낮이』)가 있다.

4. 이슬람의 산문문학

이슬람 문학에서 비록 비중에서는 편차가 있지만, 시와 함께 한 축을 이루는 것이 산문이다. 아랍 산문의 기원은 자힐리야시대에 전승된 속담이나 격언·연설·충고문·설화 등 구전문학으로 거슬러올라간다. 이러한 산문들은 이쓰파하니(?~966)의 『노래의 책』에 수록되어 있다. 이 시대 산문의 특징을 살펴보면, 어휘는 세련미가 적지만 힘이 있고, 구성은 탄탄하지만 의미나 사고의 연결이 부족하거나 단절되어 있으며, 문장은 비교적 간결하게 끊어지지만 짧은 운율을 애용해 음악성을 띠고 있으며, 문체와 표현형태가 단순하다. 한마디로 문학성이 부족한 것이다.

문학으로서의 산문은 이슬람시대의 도래와 더불어 창작되기 시작하여 경전 『꾸르안』의 편찬을 계기로 크게 발돋움한 후 우마위야조 아랍제국 시대, 즉 이슬람 문학 형성기 말엽에 이르러 비로소 문학으로서의 정체가 확립된 것으로 보인다. 운율이 있는 산문체인 『꾸르안』은 어문학의 본산으로서 산문문학의 형성과 발전에 지대한 영향을 미쳤다. 이 시대에 창작된 초기 산문작품들의 대부분이 경전을 해석하고 선전하는 연설과 설교 및 서간문들이었다는 사실이 이를 증명해주고 있다. 대표적 산문작가로는 칼리파의 수석서기였던 서간문작가 압둘 하미드 카티브(7세기 말, 대표작 『서기들에게 보내는 서한』)를 꼽을 수 있다. 그의 서간문은 아랍 산문의 비조라는 평가를 받고 있다.

「칼릴라와 딤나」 중 「어머니에게 가르침을 받는 숫사자」의 일부. 이 작품은 고대 인도의 대표적인 교훈 설화인 「판차 탄트라」를 760년경 아랍어로 번역한 것이다.

이슬람 문학의 전성기인 압바스조 이슬람제국 시대에 접어들면서 산문문학이 크게 발달하여 다양한 종류의 작품이 창작되었다. 각종 외국 학문을 번역하고 편집하는 산문이 있는가 하면, 외래 특히 페르시아 문학의 영향을 받은 순수 산문도 나타났다. 인도에 원천을 둔 우화집 『칼릴라와 딤나』가 무깟파(724~59)에 의해 페르시아어에서 아랍어로 번역되고 페르시아의 사회도덕이나 정치제도에 관한 서적이 연이어 역출됨으로써 아랍 산문체 형성에 큰 기여를 했다. 그밖에 언어학이나 신학에 관한 산문체

서적도 적지 않게 간행되었다. 그 결과 산문의 종류도 연설·설교·서한·이야기·논쟁·수피즘 산문 등으로 다양해졌다.

이 시대의 산문문학에서 특기할 만한 소재는 이야기문학과 마까마문학이다. 이야기문학에는 서사시나 기담, 전기, 우화 등 시와 산문이 다 포함된다. 이야기에는 아랍적인 이야기와 번안된 이야기의 두 가지가 있는데, 전자의 대표적 작품으로는 자힐리야시대의 영웅 안타라의 생애를 그려서 아랍인의 『일리야드』라고 불리는 『안타라 전기』가 있고, 후자로는 유명한 『천일야화(千一夜話)』가 있다.

마까마(부족의 모임이나 회의, 또는 회의나 모임에 참가한 사람들이란 뜻)란 모임에서 특정인이 이야기하는 것을 말하는데, 그 내용을 문학적으로 엮은 것이 바로 마까마문학이다. 마까마문학은 '문학을 위한 문학'이니 '수사학의 교과서'니 하는 평가를 받고 있다. 한편, 시대를 같이한 안달루시아 문학에서도 산문이 발달했는데, 대체로 시인들이 산문작가를 겸했다. 이 시대 산문의 거벽(巨擘)들로는 무깟파 외에 170여권의 저서를 남긴 아랍 서민문학의 정초자 자히즈(대표작 『수전노들』)와 마까마문학의 기틀을 마련해 '제2의 자히즈'라 불린 페르시아 출신의 이븐 아미드(?~970)와 그의 추종자들, 50편의 마까마를 지은 이라크 출신의 하리리(?~1122) 등이 있다.

이슬람 문학의 부흥기를 맞은 오늘날 산문문학의 주류는 소설과 희곡이다. 일찍이 서구문명을 경험하고 소설이라는 새로운 문학장르를 접해 본 아랍 작가들은 서구 소설을 모델로 하여 아랍식 소설을 쓰는 데 도전했다. 한편, 밀려드는 서구 소설의 영향에 대한 보수적 반동으로서 전통적 이야기 형식의 마까마를 부활하는 운동이 일어났다. 이러한 태동기의 소설은 그것이 마까마 형식이든 아니든간에 당면한 사회문제를 해결하는 데 지향점을 둠으로써 결국은 교육적 및 계몽적 목적을 추구했다.

소설운동은 서구 영향을 최초로 받은 시리아를 중심으로 한 샴 지방에서 시작되었다. 최초의 창작소설은 샴 출신의 프란씨스 마르라쉬가 1865년에 출간한 『진리의 숲』이다. 마르라쉬는 이 책에서 인간의 자유와 거기에 가해지는 폭압적 사회제도의 폐단을 고발하고 있다. 태동기의 순수 계몽소설을 이어받은 유아기(20세기 초~1919)의 소설은 전래의 계몽소설에 오락적 통속소설을 가미한 이중 성격의 소설이었다. 레바논 출신의 소설가이며 역사학자인 주르지 자이단(18961~1914)은 『방랑하는 맘루크』를 비롯해 22권의 역사소설을 썼는데, 그에게 문학은 한낱 역사의 시녀에 불과했다. 그는 역사를 계몽하기 위해 연애소설 형식(오락적 통속소설)을 빌렸던 것이다.

1920년대 이후부터 성장기에 들어선 소설문학은 여러 경향의 순수소설을 양산했다. 이러한 순수소설의 기점은 이집트의 무함마드 하이칼(1888~1956)이 1913년에 쓴 『자이나브』로 본다. 자전적인 이 소설은 이집트의 농촌을 무대로 한 구성과 인물묘사에서 최초의 순수소설이란 평가를 받고 있다. 그를 이어 3명의 여자와 사랑에 빠진 한 남자 이야기를 그린 마지니의 『작가 이브라힘』(1931)이나, 문호 톼흐 후싸인의 자전적인 소설 『나날들』(3부, 1929, 1935, 1939)은 낭만주의적 소설들이다.

역사를 거울로 삼아 오늘을 비춰보려는 역사주의 경향의 소설로는 19세기 초 위정자 알리와 맘루크(노예)들 사이의 투쟁을 묘사한 아부 하디드(1893~1967)의 『맘루크의 딸』(1926)과 고대 파라오를 주제로 한 나지브 마흐푸즈의 『퉈바 항쟁』(1944)이 있다. 사실주의 소설의 대표작(첫 성과작)으로는 이집트 출신의 타우피끄 하킴(1898~1987)의 『영혼의 귀환』(1933)을 꼽는다. 이 소설은 산산조각난 사체를 주워모아 영혼을 부르면 다시 생명을 얻게 된다는 『사자(死者)의 서(書)』에 나오는 오시리스(Osiris) 신과 그의 누이 이시스(Isis)의 신화를 소재로 하고 있다. 여기서 조각난 사체는 이집트의 현실을, 영혼의 돌아옴은 1919년의 혁명으로 회복된 이집트의 민족주의 정신을 상징한다. "문명의 여명기에 피라미드의 기적을 이룬 사람들이 또다른 기적을 못 이룰 리 있겠는가!"고 작가는 겨레의 미래에 대해 신념을 토한다.

이집트의 노벨문학상 수상자인 나지브 마흐푸즈가 90세 생일 하루 전날인 2001년 12월 자신의 평전을 집필한 작가 알나니로부터 책을 받고 있다. 마흐푸즈는 1988년 아랍어권 작가로는 처음으로 노벨문학상을 받았다. ⓒ REUTERS

5. 이슬람의 희곡

문학과 더불어 예술은 이슬람문명의 개화 발전에 크게 기여했다. 이슬람 예술은 나름의 전통에 외래의 요소들을 융화·접목함으로써 이슬람 고유의 예술을 창출해냈다. 물론 희곡이나 조각 같은 일부 분야에서 보다시피 이슬람 종교이념의 특수성으로 인해 발전과정에서 일정한 한계를 드러냈지만, 오늘날에는 그러한 한계를 극복하고 시대의 흐름에 적응해가고 있다.

이슬람 예술사에서 현대적 의미의 희곡(드라마)은 근세 이후 서구 희곡의 영향을 받아 비로소 출현했다. 나뽈레옹의 이집트 원정(1798) 때 프랑스 주둔군을 위문하기 위해 온 '꼬메디 프랑쎄즈'의 공연을 어깨너머로 본 것이 아랍인에게는 희곡과의 첫 만남이었다. 그후 프랑스를 비롯한 서구에서 유학한 학생들이 서구의 희곡을 소개하기 시작했다. 사실 그 이전까지는 희곡다운 희곡은 존재하지 않았다. 아랍-무슬림들은 9~10세기에 그리스의 학문이나 문학예술을 대거 번역해 수용하면서도 희곡만은 외면했다. 많은 신들과 신화가 등장하고 여성도 대중 앞에서 연기를 해야 하는 그리스 희곡이 이슬람의 신앙과 문화토양에 맞지 않았을 뿐만 아니라, 아랍인들의 시에 대한 집착이 다른 예술분야에 대한 상대적 무관심을 초래했으며, 유목생활의 환경에 무대예술이 어울리지 않았기 때문이다.

그렇다고 희곡의 전통이 전혀 없었던 것은 아니다. 다만 그것이 희곡예술로 승화하지 못한 것뿐이다. 중세에 이집트를 비롯한 아랍 나라들에는 운문과 산문이 섞인 이야기를 손님들 앞에서 악기 반주에 맞추어 익살스럽게 엮어가는 익살극과 터키에서 유래한 '까라고즈'(검은 눈이란 뜻)란 인형극, '타으지야'(위안이란 뜻)라는 종교적 수난을 그린 민속극(18세기 말까지 존속) 등이 있었다. 특히 꼭두각시의 그림자로 연출하는 그림자극 '카얄룰 쥘르'는 오랫동안 대중적인 오락으로 성행했다. 이븐 다니얄(1248~1311)의 희곡집에는 『그림자의 환영(幻影)』 등 희곡 여러 편이 수록되어 있다. 이와같이 중세 아랍 무슬림들 사이에서 유행한 전통 토착극들은 비록 세련되지는 못했지만 희곡적 요소를 갖추고 단순한 오락을 넘어 사회풍자 등의 내용을 담고 있었다.

서구의 희곡이 처음으로 소개된 곳은 이집트이지만, 실제로 아랍인들 손으로 연극을 시작한 곳은 일찌감치 서구예술에 눈을 뜬 레바논과 시리아 지역이다. 최초의 연극 작품은 레바논 출신의 마룬 낙까쉬(1817~55)가 창작 공연한 『수전노』(1846)다. 작가 자신이 처음으로 직접 설치한 극장에서 공연한 이 연극은 노래와 춤, 그리고 통속적 유머를 많이 섞어 수전노를 풍자하는 내용의 희가극이다. '이집트 연극의 아버지' '이집트 민족연극의 설립자' '이집트의 몰리에르(Molière)'라고 불리는 야으꾸브 쏸누으(1839~1912)는 『이집트 신사』 『두 첩』 『국가와 자유』 등 32편의 희곡작품을 남겼다. 그의 작품의 주 모티프는 현실에 반항하는 농민과 민중의 삶을 반영하고 폭정을 폭로 풍자하는 것이다. 그는 늘 '이집트인을 위한 이집트' 운동의 중심에 서서 활동하다가, 당국의 미움을 받아 공연이 금지되고 극장이 폐쇄당하는 등의 탄압을 받다가 국외로 추방되기까지 했다.

아랍 희곡예술의 완성자는 평생 70여편의 작품을 쓴 이집트의 타우피끄 하킴이다. 작가는 자신의 극을 주지극(主知劇), 사회극, 다양한 극, 현대 부조리극의 4대 범주로 구분하는데, 주종은 철학적 메씨지가 담긴 주지극이다. 첫번째 작품인 『동굴 속의 사람들』(1933)을 비롯한 그의 주지극은 주로 경전 『꾸르안』과 『천일야화』, 그리스 신화 등의 고전에서 소재를 취해 인간과 시간 및 공간의 갈등, 꿈과 현실 사이의 혼미와 갈등, 삶과 예술의 갈등 등 철학적 주제를 상징적으로 다루고 있다. 타우피끄 하킴 희곡의 특징은 처음부터 공연을 목적으로 씌어진 것이 아니라 희곡으로 읽히기 위한 레제드라마(Lesedrama)라는 점이다.

6. 이슬람의 음악

이슬람 예술에서 다음으로 중요한 것은 음악이다. 음악은 전통적으로 무슬림들의 일상과 밀접한 관계를 유지하면서 한갓 오락에 그친 것이 아니라, 이슬람 학문의 한 분야로 위상을 굳혀왔다. 따라서 다양한 영역을 포함한 음악을 내용과 형태에 따라, 귀족이나 도시사회의 취향에 맞는 전문성과 심미적 가치를 추구하는 예술음악과 서민들의 삶을 진솔하게 반영하는 소박한 대중음악, 그리고 각종 종교행사에 이바지하는 종교음악과 속인(俗人)들의 애환을 표현하는 세속음악 등으로 구분했다. 이슬람 음악은 일정한 음절 조절에 의해 노랫가락이 편성되고 이에 춤사위가 곁들여지며, 운율적 시구가 노래 가사로 되기도 한다. 또한 시행(詩行)이 음악적 리듬(운율)을 타기 때문에 음악과 시는 불가분의 관계에 있으며 음악

제2의 아리스토텔레스로 불린 파라비가 현금을 켜는 모습. 그는 철학자, 문법학자, 수학자인 동시에 수피즘에 심취되어 음악에 깊은 조예가 있었다.

의 선법(mode)은 다양하고 폭넓다.

이슬람 음악가들은 이슬람 출현 이전에 주로 구전으로 전하던 민속음악에 그리스와 페르시아 등 주변국들에서 유입된 음악을 융화·접목시켜 이른바 '새로운 음악', 즉 이슬람 음악을 창출했다. 이렇게 창출된 음악은 이슬람교의 부흥과 궤를 같이하면서 발달해왔다. 곡조에 맞추는 경전 『꾸르안』의 독송과 12개의 음절로 구성된 '아잔'(기도시간을 알리는 하루 5회의 외침), 그리고 종교적 축제에 부르는 찬가 등에서 보다시피 무슬림들의 종교생활은 음악과 떼어놓고 생각할 수 없다.

특히 수피즘(신비주의) 교단에서는 음악의 비중이 더욱 컸다. 수피즘 교단에서 '쌈으', 즉 '음악의 경청'은 춤과 더불어 빠지지 않는 하나의 의식이다. 그들은 쌈으야말로 "마음속에 존재하지 않는 것을 만들어내고" "알라의 존재 앞에서 베일을 벗기는 영혼의 장신구"라고 보았으며, 음성과 몸짓, 악기로써 구도자는 정신적인 수련과정에서 황홀경에 이르러 알라와 합일을 이룬다고 믿었다. 그들에게 음악은 하나의 '필수품'이었다.

음악이란 예나 지금이나 이러한 긍정적인 역할을 수행하는 반면에 쾌락과 타락의 '안내자'라는 부정적 일면도 갖고 있다. 이슬람사회도 예외는 아니다. 그래서 이슬람사회에서 음악이 허용될 수 있다면 어떠한 음악만이 허용될 수 있는가 하는 문제에 대한 논쟁이 이슬람 출현 직후부터 오늘날까지도 계속되고 있다. 교조 무함마드는 대중음악은 허용했으나 예술음악은 반대했다는 것이 음악사가들의 일반적인 견해다.

그런가 하면 수피즘을 정통 쑨니파 신학에 접목시킨 수피즘 대가(大家) 가잘리(?~1111)는 『종교학의 부활』이라는 저서에서 세속적 음악에 유혹당하지 않으려면 악기를 부수고 가수를 쫓아내야 한다고 역설했다. 이러한 논쟁과정에서 음악이론을 확립하기 위한 학자들, 특히 철학자들의 연구가 이어져왔으며, 음악사에 길이 남을 불후의 연구성과들이 나왔다. '아랍의 철학자'로 알려진 칸디(?~873)의 음악관련 논문 13편, '제2의 아리스토텔레스'로 불리는 파라비(870~950)의 『음악전서』, 이스파하니의 『노래의 책』 등 다수의 음악관련 연구서에서는 음악의 윤리와 미학 문제, 작곡이론, 음성학, 악기제작기술 등 일련의 음악이론과 실천문제들을 구체적으로 다루고 있다.

이슬람-아랍 음악을 들어보면 서양음악과 구별되는 몇가지 특징을 발견하게 된다. 서양음악의 음조는 반음이 배합된 12개 음이 기본이 되어 한 옥타브를 이루지만, 이슬람 음악은 4분의 1음이 기본이 되는 24개 음이 한 옥타브를 이루며, 이로써 서양음악보다 풍부한 음조를 배열할 수 있다. 바로 이 때문에 슬프고 애처로운 감정을 자아낸다. 이와 더불어 서양음악은 장조와 단조만을 사용하는 데 비해 이슬람 음악은 여러 음계를 자유로이 사용할 수 있다. 게다가 한 옥타브 안에서 같은 멜로디를 표현하는 다음적(多音的)인 서양음악과는 대조적으로 이슬람 음악은 한 소리가 멜로디를 운용하고, 많아야 2개의 소리가 같은 멜로디를 나타냄으로써 멜로디의 형태가 한 음처럼 순수하고 매끄럽게 이어진다. 이슬람 음악과 운명을 같이한 전통악기로는 미즈하르(mizhar, 가죽으로 만든 류트)·미즈마르(mizmār, 오보에)·나이(nāy, 퉁소)·톼브르(ṭabl, 장구)·다우프(dauf, 탬버린) 등이 있다.

이슬람은 일찍이 그리스 음악을 받아들여 이슬람 음악을 정립하는 데 적절히 활용했으며, 그것이 다시 스페인 안달루시아를 거쳐 유럽에 전수됨으로써 유럽 음악의 진흥에 크게 기여했다. 그레고리안 성가 중심의 교회음악에 지배되던 중세 유럽 음악은 신선한 이슬람 음악의 이론과 악기를 고스란히 받아들여 르네쌍스시대 세속음악으로 전환했다. 아랍의 대표적 현악기인 우드('ud, 페르시아의 현악기 바르바트를 개량한 것)가 유럽에 전해져 중세의 류트(lute, 14~17세기의 기타 같은 현악기)가 만들어졌다. 요컨대 이슬람 음악은 중세 유럽 음악을 교회음악에서 세속음악으로 전환하는 데 큰 공헌을 했다.

인도 무굴제국 때(17세기 초) 그려진 페르시아 화가의 초상화

7. 이슬람의 미술

이슬람 미술은 하나의 융합미술이다. 이슬람 출현 이전의 아랍 유목민들에게는 조형예술 문화가 거의 없었다. 그리하여 이슬람은 정복한 주변의 여러 지역에서 조형예술을 받아들일 수밖에 없었다. 시리아와 페르시아·이집트·중앙아시아에서 각각 건축술과 공예, 직조술, 세밀화(細密畵) 등의 기법이나 모티

인도 무굴제국의 세밀화 「오리 두 마리」.

프를 수입해 이슬람 미술의 기반을 구축하고, 여기에 그리스나 비잔틴의 다양한 미술요소들을 첨가했다.

이슬람 회화는 내용에서 인물이나 정물(靜物)의 표현은 삼가고, 기법에서는 색채의 구성과 선의 효과를 기본으로 하는 것이 특징이다. 이러한 특징은 벽화와 세밀화(miniature)에서 여실히 나타나고 있다. 그중 벽화는 모자이크 벽화와 프레스꼬 벽화가 주류를 이룬다. 모자이크 벽화는 초기 이슬람시대 사원의 벽면이나 궁전의 바닥에서 많이 찾아볼 수 있는데, 비잔틴 회화의 영향을 받은 것으로 보인다. 우마위야조와 압바스조 시대의 궁전에서는 로마나 헬레니즘, 사산조 페르시아 화풍의 영향이 역력한 수렵도나 기마도의 프레스꼬 벽화가 적지 않게 발견되었다.

이슬람 회화의 개화기를 대표하는 화법은 세밀화다. 원래 세밀화는 종교 서적의 삽화나 장식에 이용되어 중세 유럽에서 유행되었다. 반면에 동방에서는 사산조 페르시아 시대에 간행된 마니교 경전의 삽화에서 찾아볼 수 있다. 그것이 이슬람시대로 이어져 바그다드에서는 12세기에, 이란에서는 13세기에, 인도에서는 16세기에 세밀화가 유행하기 시작했다.

12세기부터 몽골의 침입으로 1258년에 압바스조 이슬람제국이 멸망할 때까지 창작된 세밀화는 '바그다드파' 세밀화라고 한다. 이 파의 세밀화는 하리리의 기담집 『마까마트』의 삽화에서 보다시피 도상(圖像)은 더 사실적이지만 표현의 섬세성이나 장식성은 떨어진다. 이어 몽골의 침입 결과로 이란에 일칸국이 생겨나면서부터는 원대의 중국 화풍 영향을 받은 이른바 '몽골파'의 세밀화가 등장했다. 입체감을 살리고 부감(俯瞰) 구도를 채용하며 산수나 수목으로 원근을 조절하는 기법 등이 바로 그러한 영향의 결과다. 이같은 화법은 중앙아시아의 티무르제국이나 인도의 무굴제국, 터키의 오스만제국 시대의 회화에도 도입되어 이슬람 회화의 꽃을 피웠다.

조각은 종교적 원인으로 제한적으로 발달할 수밖에 없었다. 유일신 알라를 신봉하는 이슬람에서 신상(神像)을 제작하는 것은 신을 모방하는 불경한 작태로 인정되어 엄금되며, 사람이나 동물의 표현도 극도로 억제된다. 그리하여 조각은 순전히 건축물의 표면을 장식하는 장식물을 만드는 것으로만 발달하였다. 세밀한 무늬를 평면적인 부조(浮彫)로 만든다든가 선에 의한 구성만을 주로 하고 당초(唐草)무늬나 기하학적인 도형을 중심으로 하여 조각한다. 이러다 보니 조각의 '부재론'까지 제기되고 있다.

이슬람 공예는 오랜 전통을 자랑하는 미술분야로 금속세공·유리·도기·직물·카펫 등 그 내용이 다종다양하다. 이슬람의 공예무늬로서 명성을 떨친 것은 아라베스끄다. 아라베스끄란 장식무늬의 일종으로, 좁은 의미로는 이슬람 공예나 건축의 평면 장식에 사용하는 아름다운 곡선과 부분적인 직선, 혹은 직각으로 된 좌우대칭의 무늬를 말하며, 넓은 의미로는 유동적인 선에 꽃이나 과실, 짐승, 인물을 섞은 공상적인 무늬를 말한다. 금속세공에서 대표적인 기법은 누금감옥(鏤金嵌玉)이다. 누금은 가는 금줄과 금알을 늘여붙여서 물형을 만드는 정교한 세공수법이며, 감옥은 금테두리 안에 여러가지 색깔의 옥을 박는 공예기법으로서 이른바 다채장식양식(多彩裝飾樣式)으로 알려져 있다. 이 기법은 이집트에서 발생한 후 이슬람시대에 널리 퍼져 중앙아시아를 거쳐 중국과 한반도에까지 전파되었다.

이집트의 알렉산드리아를 중심으로 하여 발생한 로만글라스는 이슬람시대에 와서 이슬람 특유의 유리(이슬람글라스)로 발달했다.

이슬람의 공예품들. 위로부터 은상감 놋쇠 물병, 여러 색의 금속 막을 입힌 유리잔, 유약을 입히기 전 그림을 그린 다마스쿠스 스타일의 접시.

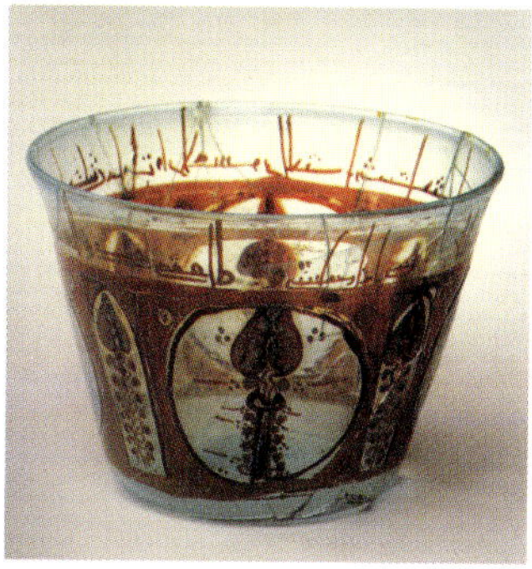

파티마조 시대에 이미 형(型)유리와 컷글라스를 제조했으며, 시리아의 알레포와 다마스쿠스는 12세기 이래로 유리제조업의 중심지로서 각종의 모티프를 유리제 술잔과 접시, 램프 등에 새겨넣었다. 이슬람시대의 도기는 '페르시아 도기'로 세상에 널리 알려졌다. 9세기경부터 제조되기 시작한 '페르시아 삼채(三彩)'를 비롯한 페르시아 도기가 이슬람 세계에서 단연 돋보이는 도기였기 때문이다. 중국의 '당삼채(唐三彩)'와 비견되는 '페르시아 삼채'는 갈색 태토(胎土)의 물형면에 식물문이나 격자문을 새긴 후 녹·황·갈·자색의 유약을 입혀 구워낸다. 이슬람 도기가 발달하게 된 요인은 사치성 기물을 금용(禁用)하는 이슬람의 이념에 따라 금은제 용기를 제작·사용할 수 없었다는 점과 8세기부터 중국 도자기가 이슬람세계에 다량 유입되면서 그 영향을 받은 데 있다. 그밖에 피륙이나 카펫의 직조도 이슬람 공예의 중요한 부분이었다.

이슬람 건축예술의 백미로 꼽히는 스페인 그라나다의 함브라궁전 내부(13세기).

마스지드 내의 주요 구조물인 미흐라브(벽감)와 민바르(설교단). 오른쪽 계단을 품고 있는 것이 민바르다.

8. 이슬람의 건축

이슬람에서 건축은 '예술의 여왕'으로 군림해왔다. 건축에서 대표적인 것은 무슬림들의 예배장소인 '마스지드'이다. 그밖에 공통적인 건축물로는 종교교육기관인 '마드라싸'와 대상들이 머무르는 대상숙관(隊商宿館, caravan saray), 공중목욕탕(hammām), 성채, 교량 등이 있다. 그런데 그 화려함에서는 궁전이나 왕릉들이 단연 압권이다.

스페인의 함브라궁전과 터키의 톱카피궁전, 인도의 타즈마할릉은 이슬람 건축예술의 백미라고 말할 수 있다. 이러한 건축물들은 비록 민족적 및 지역적 특성을 지니고 있지만, 이슬람문명의 통일성을 상징하는 공통 요소들을 갖추고 있다. 우선, 마스지드는 시대와 지역에 따라 모양새에서 약간의 차이가 있기는 하지만, 이슬람세계 전부를 하나로 묶는 중요한 문화적 요소 중 하나다.

마스지드 내의 주요 구조물로는 미흐라브·민바르·미으자나가 있다. 미흐라브는 마스지드의 예배실에서 성지 메카를 향하고 있는 벽에 뚫은 벽감(壁龕)으로서 예배 때 이맘이 그 앞에 서서 예배를 인도한다. 대개 아치형으로서 자재와 장식에 신경을 쓰는데, 돌이나 스터코에 조각을 새겨넣거나, 유약을 발라 구워낸 타일을 사용하거나 장식용 그림을 넣기도 한다. 민바르는 마흐라브의 오른쪽에 설치된 설교단으로서 보통 목재로 만드는데, 6개의 계단과 난간, 그리고 돔이나 피라미드 모양의 덮개 등 세 부분으로 구성되어 있다. 미으자나는 '예배를 알리는 곳'이란 뜻이다.

'예배를 알리는 곳'이란 뜻을 가진 미으자나. 처음 세워졌을 때에는 항해나 사막여행의 길을 안내해주기도 해 등탑으로도 불렸다.

미으자나는 그 형태가 뾰족해 첨탑이라고도 한다. 645년에 처음으로 이집트의 한 마스지드 안에 이런 첨탑이 세워졌는데, 당시는 항해자나 사막여행자의 길안내 역할도 겸했기 때문에 일명 '등탑(燈搭)'이라고도 했다. 건물구조는 탑기(塔基)·탑신(塔身)·탑정(塔頂)의 세 부분으로 이루어지는데, 흔히 탑신은 가늘게 뻗어올라가고 탑정은 뾰족하다. 지역에 따라 탑신이 원주형이나 나선형, 탑정이 왕관식 원형으로 된 것도 있다. 미으자나의 수는 메카의 금사(禁寺)를 제외하고는 1~4개로 제한하며, 위치는 마스지드에 붙어 있는 것도 있고 떨어져 있는 것도 있다.

이슬람 건축예술의 공통점은 돔과 아치 등에서도 찾아볼 수 있다. '돔'(qubbah)은 원형지붕이라는 뜻이다. 원래 돔은 사산조 페르시아에서 유행한 것인데, 이슬람 건축에서 계승했다. 그 형태는 대체로 반구형(半球形)이다. 일부 학자들은 돔이 이슬람 이전에 낙타 등에 싣고 다니던 조그마한 가죽텐트 모양을 따온 것으로서, 당시 그 속에 신성한 돌을 넣어두었기 때문에 돔은 신성함을 상징하는 대상이라고 주장한다. 초기에는 정사각형의 기둥 위에 세워진 목조건물이었으나 점차 기둥 토대를 높이면서 벽돌로 지었다.

건축양식의 하나인 아치는 기원전 4000년경 메소포타미아문명에서 출현하여 고대 인도나 중국, 그리스나 로마 시대에도 각기 다른 형태로 사용되어왔다. 이슬람 건축에서 아치는 대체로 회랑을 높이기 위해 많이 도입되었으며, 주요 형태는 첨두형(尖頭形)과 마제형(馬蹄形) 아치다. 그중 첨두형 아치는 12세기 후반에 유럽에 전파되어 유럽 건축양식의 하나가 되었다.

참고문헌

공일주 『아랍문화의 이해』, 대한교과서주식회사 1996.
김용선 『아랍문화사』, 한국외국어대학교 출판부 1986.
김정위 엮음 『이슬람입문』, 한국외국어대학교 출판부 1993.
레이놀드 알렌 니콜, 사희만 옮김 『아랍 문학사』, 민음사 1995.
버나드 루이스 엮음, 김호동 옮김 『이슬람문명사』, 이론과실천 1994.
송경숙 · 전완경 · 조희선 『아랍문학사』, 송산출판사 1992.
유네스코한국위원회 『이슬람예술』, 1886.
金宜久 主編 『伊斯蘭教概論』, 青海人民出版社 1987.
嶋田襄平 編集 『イスラム帝國の遺産』, 平凡社 昭和 45年(1970).
Ḥasan al-Bāshā, *Madkhal ilā al-Athāru'l Islāmiyah*, Dāru'd Nahḍati'l 'Arabiyah 1990.

11

생활문화

الحضارة الإسلامية

11

생활문화

1. 무슬림들의 의식구조

남들과 잘 사귀려면 우선 그들의 생활문화부터 제대로 알아야 한다. 생활문화는 내재적인 의식구조와 그 표현인 일상적인 생활양식에서 나타난다. 상대방의 성격이나 관행을 모르거나 무시한 채 억지를 부리면 뜻밖의 오해를 살 수도 있고 될 일도 안된다. 특히 종교문화적으로 많이 다른 사람들과의 교제에서는 그들의 생활문화를 잘 이해하고 그에 알맞게 처신하는 것이 중요하다.

오늘날 무슬림들의 일반적인 의식구조는 전통적인 유목사회의 유습(遺習)과 이슬람교의 종교적 규범, 그리고 현대화라는 복합적인 요인들의 상호작용으로 인해 복잡한 양상을 보이고 있다. 이러한 요인들은 서로 융합하기도 하지만, 때로는 충돌하여 사회도덕적 무질서와 혼란을 빚기도 한다. 그러나 이슬람은 특유의 샤리아(聖法)를 통해 여러 사회문화적 요인들을 조화시켜나가려고 시도한다. 따라서 이슬람에 바탕한 전통의식이 아직은 그 어느 문명권보다도 끈끈하다고 말할 수 있다.

무슬림들의 의식구조에서 근본은 유일신 알라에 대한 믿음과 복종이다. 이로부터 출발하여 그들의 삶에 대한 태도, 즉 인생관이 수립된다. 무슬림들의 인생관은 한마디로 성선설(性善說)에서 오는 적극적인 인생관이다. 인간에게는 애당초 원죄가 있다고 보는 기독교는 성악설(性惡說)일 수밖에 없고, 불교는 인간의 속성을 두카(duhkha), 즉 고행으로 보기 때문에 고행설(苦行說)을 주장한다. 이에 비해 이슬람은 알라의 창조에 의해 착한 속성을 타고난 인간이기에 삶을 낙천적으로, 적극적으로 영위하라고 격려한다. 교조 무함마드의 언행록인 『하디스』는 "인간은 순수 결백하게 태어난다" "오래 살고 좋은 일을 많이 한 사람이 최상의 인간이다"라고 삶을 찬미하고, 오래 살아야 좋은 일을 많이 할 수 있으니 "죽음을 원하지 말라. 범죄자도 죽음을 원하지 말라"고 무모한 죽음을 경고한다.

이렇게 생의 아름다움을 구가하고 현세에서 선행으로 생을 오래 즐길 것을 권장하며 원죄가 아닌 후천적인 죄나 과오를 자진 회개하고, 알라의 용서를 빌며 헛되이 죽지 말라는 것이 이슬람 인생관의 요체다. 그런데 오늘날의 이슬람세계, 특히 팔레스타인에서는 가끔 '자살테러'가 발생한다. 이에 대해 이슬람 법학자들 사이에도 이견이 분분하다. 문제는 명분이다. 즉, 자살행위에 지하드(聖戰)라는 명분이 있는가 없는가 하는 것이다. 알라가 마련해준 땅에서 쫓겨났으니, 그 땅을 되찾기 위해 죽음을 택한 것은 무모한 죽음이 아니라 성스러운 죽음이라는 변이다. 바꿔 말하면 그것이 곧 알라를 위한 지하드라는 것이다. 이렇게 보면 자살행위는 다분히 지하드의 명분하에 행해지는 정치행위에 다름아니다.

다음으로 무슬림들은 이슬람교의 중도관(中道觀)의 영향에서 비롯된 중용의 의식구조를 가지고 있는 것이 특징이다. 이같은 의식구조는 우선 유연하고 중용적인 정명관(定命觀)에서 나타나고 있다. 행한 것만큼 얻는다는 인과율(因果律)에 기초해 자유의지와 정명을 조화시킨 융통성있는 정명관이다. 이러한 면에서는 인과응보를 법으로 삼는 불교나 자유의지(인위 人爲)와 정명을 동시에 믿는 유교와 상통하는 점이 있다. 이에 비하면 기독교는 구제예정설로 더욱 숙명적이고, 도가(道家)는 철저히 숙명론이며, 묵가(墨家)는 비명설(非命說)로 숙명을 거부한다.

무슬림들의 중용적인 의식구조는 관용성(寬容性)에서도 나타나고 있다. 무슬림들의 관용성은 그들의 종교의무 수행에서 찾아볼 수 있다. 매해 한 달씩 근행하는 솨움(금식)에 병이 있으면 금식하지 않아도 무방하고, 먹을 것이 없어 굶어죽을 지경에 이르면 종교적으로 금기시하는 돼지고기를 먹어도 된다. 그밖에도 여행경비와 건강이 허락되지 않으면 5대 종교의무의 하나인 성지순례를 그만두어도 배교(背教)행위로 보지 않는다. 이와같은 관용성은 실수나 범죄, 불의 같은 것은 인간의 본성이 아닌 일시적인 현상일 뿐으로 회개만 하면 용서받을 수 있다고 보는 성선설과, 종교는 결코 고행이 아니라는 종교적 이념에서 비롯된 것이다.

무슬림들의 중용적인 의식구조는 그들만의 여유로움에서도 쉽게 찾아볼 수 있다. 아랍 속담에 "빨리 하는 것은 사탄이나 하는 짓이고, 천천히 하는 것이라야 알라가 기뻐한다"는 말이 있다. 자칫 굼뜨고 게으른 것을 변명하는 말처럼 들릴지 모르지만, 이 말 뒤에 그들은 "천천히 하는 것이 빠를 수도 있다"는 말을 잊지 않고 덧붙인다.

요즈음 무슬림들의 'IBM'에 골탕먹은 이야기들이 심심찮게 들려온다. I는 '인샬라'(In Shā'l Llāh), B는 '부크라'(bukrah), M은 '마 알라이쉬'(Mā 'alaish)라는 아랍어 단어의 첫 자모음이다. '인샬라'는 '알라가 원한다면', '부크라'는 '내일', '마 알라이쉬'는 '괜찮아, 무얼 그러느냐'라는 뜻이다. 이 세 글자의 합성(合成)은 그야말로 멋진 삼박자 화음이다. 어떤 고객이 일주일 후에 제품을 인수하기로 계약서를 쓰고 도장까지 찍고는 아랍인 화주(貨主)에게 약속을 지킬 것을 거듭 강조하니, 화주는 "인샬라"라고 대답한다. 낯선 고객은 굳은 서약인 줄 알고 안심한다. 약속한 날

짜에 찾아간 고객은 제품이 준비되지 않았다는 말을 듣게 된다. 이에 화를 내자 화주는 태연하게 "부크라"라고 응수한다. 다음날 다시 찾아갔더니 또 마련되지 않았다고 한다. 홧김에 심하게 추궁하니 화주는 여전히 덤덤하게 "마 알라이쉬"라고 능청을 부린다. 알고 보니 이것이 그들의 'IBM' 관행이다. 지레짐작해야 한다.

전지전능한 알라가 함께하고 새털 같은 세월이 있는데 무얼 그리 서두르냐는 여유작작함과 자신감, 그리고 조급한 세태에 대한 그들 나름의 대응일 수도 있다. 정녕 '인샬라'(盡人事待天命)는 그들만의 전유물인 성싶다. '인샬라'를 두고 노력보다 운에 맡기는 게으른 타성으로 볼 수도 있지만, 다른 한편으로 시간과 일정의 틀에 얽매이지 않고 긴박한 현실에 쪼들리지 않는 마음의 넉넉함을 말해준다고도 볼 수 있다.

이처럼 관용적인 여유를 누리는 무슬림들이지만 표현에서는 상당히 외향적인 성향을 보인다. 무슬림들은 대체로 내용과 형식, 실(實)과 명(名), 분(分)과 격(格)에서 형식과 명, 격에 치우치는 이른바 표출지향적인 의식구조를 가지고 있다. 때로는 이것이 표리부동한 이중적 의식구조로 비치기도 한다. 무슬림들은 체면의식이 남달리 강하고 명예와 품위, 자존심을 중시한다.

서아시아 무슬림 국가들, 특히 유목사회 전통이 많이 남아 있는 보수적인 국가들에서는 아직까지도 듣기만 해도 끔찍한 이른바 '명예살인(名譽殺人)'이 공공연히 자행되고 있다. 정조(이르드)를 여성의 최고 명예로 자부하는 이슬람사회에서 부정한 행위로 가문의 명예를 더럽혔다고 하여 여성이 가족의 손에 죽임을 당하는 일이 매년 500여건씩이나 발생한다고 하니 놀라운 일이 아닐 수 없다. 최근 들어서 명예살인은 전근대적인 미개한 폐습이라는 인식이 확산되면서 요르단을 비롯한 일부 아랍 나라들에서 '반(反)명예살인' 운동이 일어나고 있다.

그외에 여아의 할례(割禮)마저도 명예를 지키기 위한 당위로 장려한다. 남자에게 자식이 많은 것은 정력이 강하다는 상징으로서, 그 또한 명예로운 일로 남들에게서 부러움을 산다.

체면의식은 유목사회의 전통의식 가운데서 가장 강한 의식구조의 하나로 역기능보다 순기능에 무게를 두고 있다. 유목사회의 집단적 체면의식인 '샤으비야'(친족애착정신)는 유목사회를 지탱해나가는 하나의 원동력으로 기능해왔다. 14세기 아랍의 가장 위대한 역사학자이자 사회학자인 이븐 칼둔은 샤으비야에 대해 "인간사회의 기본적인 유대이며 역사를 움직이는 원동력"이라고 긍정적으로 평가했다. 부족 성원 개개인은 부족을 위해 살고 죽음을 가리지 않는 희생정신으로 부족을 지켜내는 것을 지상의 영예로 생각한다. 이러한 친족애착정신은 오늘날까지도 사막의 유목민인 베두인들 속에 그 잔영이 짙게 드리워져 있다.

무슬림들의 외향적인 의식구조는 표현중시 현상에서도 뚜렷이 나타나고 있다. 그들과의 만남에서 흔히 느끼지만, 그들은 내내 '많음'과 '좋음'을 강조하는 데 인색하지 않는다. 손님을 접대할 때 접대물을 되도록 잘 보이는 곳에 놓아둔다든가, 구차함을 극력 피하려 한다든가, 태연스럽게 자기 자랑을 늘어놓는다든가 하는 과시의욕(誇示意慾)은 일종의 자아도취의식이라고 할 수 있다. 물론 이러한 의식은 부유층일수록 더 강하다. 역설적으로 이것은 자긍심이나 자신감의 발로일 수도 있기 때문에 무턱대고 거부할 것이 아니라, '그릇됨'이 아닌 '다름'이라는 이해 기준으로 대해야 할 것이다.

흔히들 무슬림들의 언행을 놓고 '다언요설(多言饒舌)', 즉 말이 많고 수다스럽다고들 한다. 그것도 어지간히 높은 목소리로 말이다. 그들은 한잔의 농차(濃茶)를 앞에 놓고 이야기(싸하르, 夜話)로 하룻밤을 지새우기 일쑤다. 아마 이 세상에 '천일야화(千一夜話)'를 할 수 있는 사람은 아랍-무슬림들밖에 없을 것이다.

여기에 다양한 몸짓은 또 얼마나 안성맞춤인가. 긍정하면 머리를 조금

끄덕이면서 두 눈을 깜박거리고, 부정하면 입술을 내밀거나 두 눈썹을 치떠올리고, 감사나 사양할 때는 오른손을 왼가슴에 대고 머리를 약간 숙이고, 의기투합하면 서로 손바닥을 마주친다. 부를 때는 손과 손가락을 아래로 내리는데, 손가락 하나를 위로 올려 부르는 것은 공격적인 의미이니 주의해야 한다. 눈짓, 손짓, 얼굴표정, 전신동작 등 모든 것이 다 동원된다. 이를테면 비언어적 의사소통인데, 웬만한 것은 다 통한다. 실로 표현의식이 강한 사람들이다.

2. 이슬람의 여성관

이슬람의 생활문화에서 늘 주목을 끄는 것은 여성들의 삶이다. 여성을 여성으로서가 아니라 남성에 대한 '타자(他者, other)'로, 그리고 '불완전하고 우연적인 존재'로 인식하는 여성관이 지난 시기 여러 문명권을 지배해왔다. 당초 여성을 '악마의 통로'로 저주해온 기독교문화나, 순종을 여성의 미덕으로 추구해온 유교문화, '여신불성불(女身不成佛)'로 여성을 도외시해온 불교문화를 막론하고 이른바 제도종교(institutionalized religions)가 샤머니즘과 같은 확산종교(diffused religion)보다도 더 심한 여성차별제도를 고수해왔다는 것이 종래 학계의 중론이다. 그래서 역사는 여성차별의 역사라고까지 말하는 것이다.

제도종교로서의 이슬람도 과연 그러할까. 조건부로 허용된 '일부다처제'가 미개시대의 그것과 동일시되고, 보호 차원에서 관행이 된 여성들의 남성 외면이나 히자브 관습이 후궁(後宮)들을 환관(宦官)의 감시에 격리하기 위해 만든 동로마시대의 '하렘제도'(harem system, 후궁 격리제도)와 일맥상통한 것으로 오도되고 있는 것이 현실이다. 게다가 근간에는 아프가니스탄의 무지막지한 탈레반 정권이 시행하고 있는 비이슬람적 여성

이라크 소녀들이 히자브를 쓴 채 마스지드로 향하고 있다. 히자브는 여성과 사회 보호에서 비롯된 관행으로 구속력은 없다. 오늘날 이슬람 각국에서는 히자브의 착용에 대해 서로 다른 태도를 취하고 있다. ⓒ REUTERS

차별시책을 보고 마치 그것이 '이슬람적인 것'으로 착각하는 경향마저 나타나고 있다.

이슬람은 단순히 권리와 의무에서 남녀간 평등이라는 보편개념을 초월하여 인격적 차원에서 여성과 남성을 동격시한다. 우선, 이슬람은 남녀의 공동 창조를 믿는다. 물론 이브(일명 하와)가 아담에서 창조되었다는 창세기의 전언을 부정하지는 않는다. 그러나 아담의 '남아도는 뼈'에서 만들어진 것은 아니고, 인간 창조에서 불가결한 2대 요소의 하나로 당당하게 창조된 것이며, 창조된 후에는 공동으로 인간을 번식시켜왔다고 믿는다. 따라서 이브가 아담을 유혹하여 신의(神意)를 배반하도록 한 것이 아니라, 둘이 함께 유혹을 받아 죄를 공범했다고 본다. 오히려 아담 쪽에 죄가 더 많다고 보는 견해도 있다. 그러나 일단 그들이 회개한 이상 알라(하나님)는 남성과 여성을 함께 용서하고 구제를 베풀었다. 바로 이 때문에 이슬람에서는 동격체로 창조된 여성을 결코 '악마의 통로'나 '하수구 위에 지어진 전당' '하느님의 형상인 남성을 파괴한' 원죄인(原罪人)으로 단죄하거나 혐오하지 않으며, 남성을 여성의 '머리'로 둔갑시키거나 여성은 '남성을 위해 만들어졌다'고 설파하지 않는다.

하나의 영혼에서 창조된 남성과 여성은 동종(同種)의 인류로서 동등하게 존재한다는 믿음으로 이슬람은 남녀에게 서로 보호자요 관리자요 협력자임을 자임(自任)케 한다. 경전 『꾸르안』은 이러한 동격체적인 상부상조의 관계를 "여성은 남성의 옷이고, 남성은 여성의 옷"이란 간결한 말로 표현하고 있다. 바로 이러한 숙명적인 상관성으로 말미암아 남녀는 공동으로 창조되었을 뿐만 아니라, 사회와 가정을 꾸려나가야 할 의무를 함께 지니고 있다. 이러한 의무를 수행하기 위해서는 남녀가 보호자, 협력자의 입장에서 서로 결합해, 즉 결혼으로 가정을 이루어야 한다.

이슬람에서 결혼은 사회적 의무일 뿐만 아니라, 종교적 의무이기도 하다. 결혼은 남녀 당사자와 알라 간의 엄숙한 약속으로서 그 의의를 말하자면 개인이 수행하는 종교적 의무의 절반에 해당한다고 본다. 그리하여 결혼을 신성시하고 의무로 여겨 적극 권장하지, 패륜으로 기피하거나 죄악시하지 않는다. 이에 결혼부정관이나 혐오관, 독신주의, 그리고 남존여비와 부창부수(夫唱婦隨), 삼종지도(三從之道)와 칠거지악(七去之惡) 같은 여성 기피나 비하의 윤리도덕은 이슬람사회의 혼인제도나 부부관계에서는 양립할 수 없다. 초기 기독교는 결혼을 부정하고 독신주의를 권장했다. 바울은 음행(淫行)이 성행하니 할 수 없이 남녀가 결합하기는 하는데, 최선책은 약혼녀마저도 결혼하지 않는 것(「고린도전서」 7:38)이라고 하고, 아우구스티누스는 부부간의 쾌락은 '용서 가능한 죄'이며 여성의 영혼은 소중하나 그 육체는 '적으로 증오해야 한다'고 설교했다. 다행히 루터 같은 종교개혁자들의 노력으로 결혼을 긍정하게 되고 성서적 의도가 복원되어 '독신주의'가 부정되었다.

다음으로, 이슬람은 권리의 부여와 행사에서 여성을 동격시한다. 이슬람에서는 여성도 남성과 마찬가지로 알라에게 복종하는 존재이기 때문에 남성과 동등한 종교적 권리를 향유하게 된다. 여성은 신앙과 그로부터 얻는 보상을 남성과 똑같이 받을 권리가 있다. 남녀는 알라 앞에서 동등한 인격체로서 신앙에 충실하기만 하면 성차(性差) 없이 필히 응보(應報)가 있게 마련이다.

혼인문제에서도 여성은 자기의 주권을 행사할 수 있다. 여성은 남자의 청혼을 거절할 수 있으며, 남자로부터 받는 마흐르(mahr, 신부값 bride-price)는 전적으로 신부가 소유한다. 비록 의무로 되어 있지만, 신부의 소신에 따라 마흐르를 사양할 수도 있다. 마흐르란 남녀간의 합법적 결합의 상징으로서 남자가 약혼녀에게 지불한다. 이것은 결혼할 때 신부가 지참하는 지참금(持參金, dowry)과는 다르다. 마흐르는 "여인들에게 마흐르를 선물로 줄지어다"(4:4)라는 경전의 계시에 따라 의무가 되었다. 마흐르뿐만 아니라, 남편은 부인의 모든 사유재산에 간여할 권리가 없다. 결혼후 부인이 남편의 성을 따르는 취성(取姓) 관행도 없다. 흔한 일은 아니지만 남편이 가족부양 등 소정의 의무를 다하지 않으면 아내가 주도적으로 이혼을 제기할 수도 있다. 이와같이 혼인문제에서 무슬림 여성들이 행사할 수 있는 권리는 다른 전통사회보다 월등하다고 말해도 좋다.

여성의 동격성과 자립성을 확보하는 데서 재산권과 상속권의 보장은 중요한 의미가 있다. 이슬람법에 의해 여성은 자신의 사유재산에 대해 절대적인 권리를 행사한다. 성년이 된 여성은 부친이나 형제, 남편, 자식, 그리고 그 누구와의 상의 없이 재산을 자의로 처리할 권리를 갖는다. 재산의 취득 기회도 남성과 동등한바, 상속이나 증여, 본인의 노력에 의해 재산을 임의로 취득·축적할 수 있다. 이러한 권리는 법적으로나 사회적으로 공인·보장된 여성 본연의 권리로서 결코 타인(예컨대 남편)과의 어떤 계약에 의해서 성립되는 것이 아니다.

이슬람 초기부터 요지부동의 법규로 굳어져서 실천해온 이러한 무슬림 여성의 권리 행사는 근세까지 여성을 '행위무능자(行爲無能者)'로 규정하여 아내의 재산권을 일절 인정하지 않았던 서구의 여성상과는 분명하게 대조적이다. 프랑스혁명은 자유·평등·박애라는 인권선언(1789)을 했지만, 남녀의 성적 평등에는 지극히 인색했다. 시민은 '능동적 시민'과 '수동적 시민'으로 양분되고, 후자에 속하는 무재산의 여성에게는 참정권이 주어지지 않았다. 나뽈레옹의 민법전(民法典)에도 아내의 재산권과 소송권은 완전히 배제되었다. 이런 것들이 바로 근세에 와서 유럽에서 여권운동이나 남녀평등권 운동이 일어나게 된 역사적 배경이다.

이슬람은 여성의 재산권과 더불어 상속권도 『꾸르안』이나 샤리아에서 구체적으로 규정되어 있다. 경전 『꾸르안』은 "남자에게는 부모와 가까운 친척이 남긴 재산의 몫이 있으며, 여자에게도 부모와 가까운 친척이 남긴 재산의 몫이 있나니, 각자에게는 적건 많건간에 규정된 몫이 차려지리라"(4:7)라고 명시하고 있다. 그밖에 4장 8~12절에는 상속인과 상속액 등을 구체적으로 규정하고 있다.

이슬람은 의무의 부여와 수행에서도 여성을 동격시한다. 5대 종교의무의 실천에서 여성의 생리적 특성을 고려해 극히 일부의 항목만이 조건부로 면제·순연(順延)될 뿐, 모든 종교적 의무가 남성과 똑같이 부여된다. 여성의 종교적 의무 수행에서 조건부로 면제·순연되는 일로는 산욕기(產褥期, 약 40일간)나 수유기(授乳期), 생리기(生理期)가 라마돤(금식월)과 겹칠 경우는 금식을 일시 중단하고 뒤로 미루는 것이 허용된다. 그러나 결여기간만큼 보충해야 한다. 그리고 중단기간에는 가능하면 가난한 사람들에게 자선을 베풀 것(식사제공 등)을 권장한다. 여성의 사회윤리적 의무도 남성의 그것과 다를 바 없다.

이슬람은 남녀가 모두 알라의 피조물로서 본질적으로 평등한 동격체이지만 생물적·사회적·문화적 여건이 다르기 때문에 서로의 역할과 책임이나 기능이 꼭 같을 수는, 즉 공평할 수는 없다고 간주한다. 따라서 법제나 관행상에서 남녀간에 구별이 있게 마련이며, 여성에게 특별한 배려나

혜택이 돌아가는 것은 당연한 일이라고 믿는다. 요컨대 남녀가 경쟁적인 관계가 아니라, 보완적이고 공동체적인 관계에 있기는 하지만 서로간의 '평등'과 '공평'이 무조건 동일시될 수는 없으며 '타프리까', 즉 유별(有別)이 불가피하다는 것이다. 이러한 유별관에 대한 몰이해 때문에 이슬람의 여성상에 대한 많은 오해와 왜곡이 일어나고 있다. 경전 속의 관련 계시가 오해되는가 하면 상속액에서 남녀간 차이가 나고 남편이 아내를 부양하는 것이 남성우월주의와 남존여비로 비쳐지고, 마흐르로 치러지는 혼인이 구래의 매매혼(賣買婚)으로 매도되며, 유별이 불평등이나 불공평으로 여겨지기도 한다.

이슬람에서는 예배시 남녀를 구별한다. 집단예배를 비롯해 남녀가 함께 예배를 할 경우 여성들은 남성들의 뒤편에서 따로 근행한다. 외견상 이것은 남녀간의 차별로 보일 수 있으나, 사실은 '남성은 시각과 후각에 약하고, 여성은 촉각과 청각에 약하다'는 남녀간의 본능적인 성차심리(性差心理)를 그대로 파악하고 예배를 잡념 없이 근행할 수 있게 하기 위해 나온 일종의 지혜다. 착석부동(着席不動)이 아니라, 좌립(坐立)을 반복하는 예배동작에서 남녀가 육체적으로 접촉할 수도 있고 서로가 한눈을 팔 수도 있다는 성차심리에서 오는 유별의식이라고도 말할 수 있다.

이슬람에서는 아내가 남편을 공경하고 따르며 남편의 명예를 지키는 것을 여성의 미덕으로 본다. 이의 반대급부로 남성은 '알라께서 대단히 유익한 존재로 되게 한' 여성을 친절히 대하고 미워하지 말 것을 누누이 강조하고 있다. 경전에는 "여인들을 친절히 대하라. 만약 너희들이 그녀들을 미워한다면 그것은 알라께서 대단히 유익한 존재로 되게 하신 것을 미워하는 것과 같을지니라"(4:19)라고 씌어 있다. 그러나 아내가 이러한 미덕을 저버리고 남편을 공경하지 않으며 여성으로서 의무를 수행하지 않을 경우에는 먼저 충고를 하고, 안되면 집안에서 별거생활을 하다가 그것마저도 안되면 가볍게 상처가 나지 않을 정도로 때려준다. 만일 그래도

「후마이와 후마윤의 결혼식 밤」(바그다드, 1396). 신부의 시트는 자신이 처녀임을 증명하도록 장식되었고, 하녀들은 마흐르를 흩뿌린다. 그 동안에 신랑은 축하의 인사를 받는다.

풀리지 않으면 양측의 친척 중에서 각각 한 명씩의 중재자를 내어 절충을 시도한다. 이것마저도 실패하면 그제야 이혼을 공식화한다. 이러한 수순은 경전에 명문으로 규정되어 있다. 여기에서 보다시피 남편에 대한 아내의 공경 문제나 그를 에워싸고 발생하는 분규의 해결책은 남녀 유별에서 오는 남성의 지위나 권리 행사이지 결코 가부장적인 남성일방주의는 아니다.

이슬람의 여성유별관은 여성에 대한 여러가지 특혜에서 나타나고 있다. 이슬람은 부모에 대한 효도를 알라의 지고한 명령으로 받아들이며 인간행위의 규범 중에서 의무사항으로 규정하고 있다. 『꾸르안』에는 "너희 주님은 명하셨느니라. 나 외에 아무도 경배하지 말고 부모에게 선행을 베풀고, 부모 중의 한 분이나 두 분 모두가 늙으시면 절대로 싫다거나 비난하는 말을 하지 말고 좋은 말만 할지어다"(17:23)라고 부모에 대한 효도를 명하고 있다. 부모 중에서도 어머니에 대한 우대와 효도는 각별하다고 할 수 있다. 무슬림들은 교조 무함마드의 언행록인 『하디스』에서 이러한 교범을 찾고 있다. 교조는 누구를 잘 보살펴야 하는가 하는 한 신자의 물음에 답하면서 "천국은 어머니의 발 밑에 있다"는 유명한 말을 남겼다. 그래서 자식이 품고 있는 애정의 4분의 3은 어머니의 것이고 나머지 4분의 1은 아버지의 것이라는 경모(敬母)의 속담까지 나오게 되었다.

이렇듯 보살핌이 강조되는 이슬람에서 여성은 각종 혜택을 누리고 있다. 생리기간이나 출산 전후에는 종교의무를 면제받고 금요일 집단예배에는 임의의 참여권이 부여되며 마흐르는 아내의 전속물이다. 또한 가족부양의 책임은 전적으로 남편의 몫이어서 여성이 가족부양 때문에 전전긍긍할 필요가 없으며, 여자는 딸이면 아버지의, 누이동생이면 오빠의 부양을 받는다.

이상에서 살펴본 바와 같이 이슬람의 여성유별관은 일반 여성학의 성차관(性差觀)과 개념은 비슷하지만 생물물리적 및 사회문화적 요인의 복합성을 좀더 강조하고 모성에게 각별한 특혜를 베푸는 것이 특징이다. 또한 이슬람의 여성유별관은 남자를 우주 창조의 근원으로서 이른바 고귀함과 활동성을 나타내는 하늘로 간주하고 여자는 비천함과 소극성, 순종성의 상징으로 땅에 비유하는 『주역(周易)』의 상하존비(上下尊卑)와 여필종부(女必從夫) 사상에서 발원하는 '남녀칠세부동석'식 유교의 남녀차별관과도 판연히 다르다.

이슬람은 여성들이 비록 남성과 동격체로서 존재하고 평등권을 행사하지만 여러가지 유별(有別)되는 점이 있어서 특혜를 받아야 할 뿐만 아니라, 각방으로 보호해야 한다고 주장한다. 이슬람의 여성 보호는 남성과 사회에 의한 보호와 부양, 그리고 여성으로 인해 발생 가능한 문란과 패륜으로부터의 사회 보호 등 몇가지 측면에서 나타나고 있다. 이슬람은 여성의 육체적 연약성과 사회활동의 제약성, 그리고 여성에 대한 특별한 관심의 필요성에서 출발하여 여성에 대한 남성과 사회의 보호를 의무화하

2002년 7월, 레바논의 한 항구도시에서 거행된 합동결혼식에서 신랑, 신부들이 춤을 추고 있다. 가난해서 결혼식을 올리지 못한 서른 쌍을 위해 마련한 행사였다. ⓒREUTERS

고 있다. 그 대표적인 일례가 이슬람의 여성상 하면 으레 회자인구되고 있는 일부다처제다.

일부다처제는 동서고금을 막론하고 시종 유행해온 일종의 혼인제도다. 일반적으로 일부다처의 발생 동인은 여자의 수가 남자의 수를 능가하거나, 한 명 이상의 여성과 결혼하고 싶어하는 남성의 욕구, 그리고 많은 자손을 갖고자 하는 욕망 등이라고 분석하고 있다. 그렇다면 이슬람사회에서 일부다처가 발생하게 된 것은 어느 동인에 해당하며, 제도로서 장기간 존속할 수 있게 하는 요인은 도대체 무엇인가? 『꾸르안』에는 유일하게 일부다처의 허용을 시사하는 다음과 같은 구절이 있다. "만일 너희가 고아들을 공평하게 대해줄 수 없을 것 같은 두려움이 있다면 결혼을 할 것이니 너희가 마음에 드는 여인으로 둘, 셋 또는 넷을 취할 것이다. 그러나 그녀들을 공평하게 대해 줄 수 없을 것 같은 두려움이 있다면 한 여인이나 아니면 너희 오른손이 소유한 것(노비)을 취할 것이다. 그것이 너희가 부정을 범하지 아니할 최선의 길이다"(4:3).

이 구절은 이슬람 초창기 두 번의 힘겨운 전투에서 수많은 남자 군사들이 사상(死傷)당한 후에 내려진 계시다. 두 차례의 전투 끝에 많은 과부들과 고아들이 생겨났고 그들에게 고통을 안겨주었다. 이제 그들을 구제할 수 있는 효과적인 방도는 한 남자가 여러 아내를 맞아들이는 것뿐이었다. 이것이 바로 초기 이슬람사회에서 일부다처제를 받아들이지 않을 수 없었던 직접적 동인이다. 요컨대 여성들을 구제하고 보호하기 위해서였다.

따라서 이슬람의 일부다처제는 발생론적으로 보면 여성 보호를 포함한 사회연대라는 윤리적 요청에 부응하여 출현한 것이다. 이와같이 시대적 상황을 반영하여 출현한 제도지만, 그 제도를 확립하고 유지하는 데는 거의 종교적 신앙에 가까운 단서가 붙어 있다. 전술한 경전 구절에서 보다시피 남편은 아내들을 편애 없이 공평하게 대해야 한다. 이 공평성이 지켜지지 않을 때 이 제도는 성립할 수 없으며, 설령 결혼했어도 아내의 합법적인 이혼조건이 된다.

일부다처제를 지탱해주는 이러한 공평성의 주요한 내용으로는 아내들의 공동거주, 공정부양, 공평상속 등이 있다. 그런데 서로 다른 성차심리를 가진 여인들에 대해 이러한 불편부당한 공평성이 지켜지겠는가 하는 것이 상식적인 의문으로 제기되지 않을 수 없다. 이에 대해 경전은 아내들을 '공평하게 대하기는 어려울 것'이나, 그렇다고 하여 다른 아내들을 무시하고 한 아내만을 편애해서는 안된다고 경고하고 있다. 이와같은 사실과 더불어 한 남편이 여러 아내를 부양해야 할 부담을 감안할 때, 일부다처제는 애초부터 일정한 조건에서만 허용되고 또 가능한 혼인제도로 결코 당위성이나 편재성을 띤 혼인제도는 아님을 알 수 있다. 이러한 양면성 때문에 오늘에 와서 이 제도의 존속 여부를 놓고 의론이 일고 있으며, 이슬람 나라들은 법적으로 금지하거나(튀니지 · 터키 등), 그대로 존속하거나(모로코 · 이집트 등), 재판소의 허락 등 조건부적으로 허용하는(시리아 · 파키스탄 등) 절충적 방법을 모색하는 등 제각기 다른 태도를 취하고 있다. 시대의 발전에 따라 이 제도는 점차 유명무실화하고 있다.

이슬람은 혼인문제에서도 여성 보호에 세심한 배려를 돌린다. 예컨대 남편이 지불하는 마흐르는 보통 결혼서약을 할 때 결정하고 지불하는데, 결혼하기 전에 파혼하게 되면 그 절반을 신부가 차지하며, 만일 약혼남자가 사망하면 마흐르는 물론, 남자의 상속권마저도 약혼녀가 취득하게 된다. 그리고 가정의 안정과 여성의 권익 보호를 위해 이혼을 '알라가 허용하는 일 중에서 가장 혐오하는 일'로 낙인하여 가급적이면 억제하고 이혼권은 아내에게도 부여된다.

이혼에 신중을 기하기 위해 이혼을 선언한 후 3개월간의 이른바 '잇다', 즉 '대기기간'을 설정하고 재결합을 권유하며 임신 여부를 확인하기도 한다. 이 기간에 재혼은 금지된다. 이러한 보호와 더불어 여성에 대한 남성과 사회의 부양을 의무로 하고 있다. 마흐르와 함께 나파까(부양)를 아내에 대한 남편의 일차적 의무로 규정하고 있는데, 만일 남편이 이 의무를 제대로 수행하지 않으면 아내는 법적으로 부양청구권을 발동할 수 있으며 심지어 이것을 이유로 이혼을 제기할 수도 있다.

이슬람에서의 여성 보호는 사회 보호와 밀접한 상관성이 있다. 여성들의 히자브 관행이 그 일단을 설명해주고 있다. '히자브'는 아랍어로 '가리개' '씌우개' '가로막기' 등의 뜻을 가진 단어로서 가리기 위해 착용하는 겉옷이나 너울 등을 통칭한다. 여성의 생활관습으로서의 히자브는 여성을 보호하고, 또 여성의 노출로 인해 생겨날 수 있는 사회적 문란과 비리로부터 사회를 보호하기 위한 일종의 관행으로 해석한다. 사실 이러한 관행은 무슬림 여성들뿐만 아니라, 동서고금 여러 나라들에서도 찾아볼 수 있다. 원래 히자브는 여성과 사회 보호의 차원에서 비롯된 일종의 관행이지 결코 어떤 구속력을 가진 제도나 규정은 아니다. 그리하여 오늘 이슬람 나라들에서는 그 착용에 대해 폐지하거나 고수하거나, 자유에 맡기는 등 서로 다른 태도를 취하고 있다.

3. 이슬람의 의식주문화

이슬람의 의식주문화는 전통과 종교적 규범에 의해 형성·유지되어오고 있는데, 그 두드러진 특징은 검소함이다. 복식은 기후에 맞춘 검소한 차림으로서 겉옷은 대체로 헐렁한 통옷이다. 시류에 편승해 요즘은 좀 달라졌지만, 원래 비단옷을 입거나 금·은으로 장식하는 것은 금지되었다. 남성인 경우는 더욱 그러했다. 색상은 순결과 깨끗함을 상징하는 흰색과 힘과 인내를 뜻하는 검정색을 선호한다. 검정색은 한때 흑의대식(黑衣大食), 즉 압바스조 이슬람제국의 상징색이기도 했다.

독특한 복식으로는 남자의 쿠피야(두건)와 여자의 히자브, 남녀의 질바

2002년 7월, 한남동 서울중앙성원에서 줌아(금요예배)를 마친 무슬림들을 위해 요리사가 되네르 케밥을 만들고 있다. 되네르 케밥은 잘게 잘라 양념에 재운 양고기를 원통형으로 쌓아올려 화덕에 굽고, 익은 고기의 표면을 베어 얇은 빵에 싸서 먹는 음식이다.

브(헐렁한 겉옷), 그리고 성지순례 때 걸치는 이흐람(戒衣, 바느질을 하지 않은 흰 천 두 조각)을 들 수 있다. 남자들은 성년이 되기 바쁘게 수염을 기르는데, 교조 무함마드를 모방하는 관습으로 존엄과 성년을 의미한다. 신발은 뒤축을 꺾어 신는 쉽쉽이 유행이다.

식생활에서는 카바브(꼬치구이)나 양구이 같은 구이음식이 특징이며 육식 위주다. 빵이 주식인데, 메소포타미아의 초기 농경유물(7,000~8,000년 전)에서 밀가루를 빻은 흔적이 있는 절구 유물이 발견된 점으로 보아 빵의 역사는 셈족 아랍인들이 가장 오래된 것 같다. 게나 새우같이 비늘이 없는 해산물만을 먹으며, 자고로 아랍식 커피(원두커피)나 차문화가 발달했다. 생박하잎을 띄운 홍차는 별미다. 각양각색의 당과류는 꿀보다 더 달다.

유의할 점은 금식물(禁食物)인데, 돼지고기나 개고기, 동물의 피, 비늘이 있는 물고기 또는 비이슬람식으로 잡은 고기 등이 속한다. 돼지고기는 지방이 많아 변질되기 쉬운 까닭에 발병의 원인이 될 수 있다 하여 이슬람 초기부터 금식하였는데, 그것이 종교적으로 금기(하람)하기에 이르렀다. 그리고 동물을 도살할 때는 반드시 '비스밀라!'(알라의 이름으로!)라는 말을 하고 도살해야 하는데, 그렇게 하지 아니하고 잡은 고기는 이슬람 도살법에 어긋나므로 금기가 된다. 식전 식후에는 알라께 감사한다는 뜻으로 '비스밀라!'를 꼭 한번 외우며, 식사는 반드시 오른손으로 한다. 이슬람문화는 오른손 문화다. 어차피 두 손 중에서 한 손은 궂은일을 하게 마련인데, 이슬람에서는 그 역을 왼손이 담당한다. 식사를 한다든가 선물을 준다든가 안내를 한다든가 하는 좋은 일은 오른손으로 하고, 용변이나 신

발을 닦고 코를 풀 때는 왼손을 쓴다. 화장실에는 왼발을 먼저 들여놓는다. 손톱은 오른손부터 먼저 깎고 칫솔질도 오른쪽부터 시작한다.

무슬림들의 전통가옥은 작은 문(2중창)에 사각형 구조다. 그들은 벽소파(벽에 달린 소파)를 갖춘 응접실을 꾸미는 데 신경을 많이 쓴다. 예배 전에 물로 세정(洗淨)을 하고 용변 후에도 휴지 대신 물로 닦아내야 하기 때문에 화장실에는 반드시 세정시설이 갖추어져 있다. 실내외에서 성지 메카 쪽을 향해 용변을 보는 것은 불경스러운 일로 규탄대상이다.

오스만조 쑬탄 바예지드 2세(1481년 등위)의 겉옷. 이슬람의 복식은 기후에 적응된 차림으로 겉옷은 대체로 헐렁한 통옷이다. 원래 이슬람에서는 비단옷을 입거나 금은으로 장식하는 것은 금지되었다.

4. 이슬람의 통과의례

이슬람에는 평생 한번은 통과해야 할 통과의례가 몇가지 있다. 우선, 출생의례다. 아기가 태어나면 첫 의식으로 아기의 오른쪽 귀에 대고 '아잔' 즉 사원에서 예배시간을 알리면서 예배를 촉구하는 고사(告辭)를, 왼쪽 귀에 대고는 '이까마' 즉 예배 전에 염송하는 경전 구절을 읽어준다. 가장 신성한 알라의 소리를 전달한다는 의미에서 이때부터 아기는 무슬림이 된다. 일부 지역에서는 경전을 주머니에 넣어 메카 쪽을 향해 걸어놓기도 한다.

출생 후 이레째 되는 날에는 작명(作名)하는 '아끼까' 의식을 치르는데, 축복받은 데 대한 보답으로 양을 잡아 가난한 사람들에게 나누어준다. 그리고 친척 부인들이 아기를 보러 오는데, 올 때 액땜으로 소금을 뿌린다.

그녀들은 흉안(凶眼)의 시기를 두려워해 아기를 보고 예쁘다는 말을 하지 않는다. 또한 이날 아기의 머리카락을 모두 깎아 그 무게만큼의 금이나 동등한 가치를 어렵게 사는 사람들에게 희사한다. 이름은 대체로 현자(賢者)의 이름을 따서 붙이는데, 남자인 경우 교조 무함마드의 이름이 가장 많다.

남아는 꼭 할례(割禮)를 하는데, 생후 일곱번째 날이나 7~12세 때 행하는 것이 관례다. 할례는 남성다움과 용감성의 상징이며, 공동체의 성원임을 확인하는 절차다. 그리하여 할례는 축제분위기 속에서 진행된다. 아이는 돌아다니면서 어른들께 인사하고, 주위에서는 축하하고 격려해준다. 아직까지 수단이나 요르단, 그리고 사막의 부족들 속에 남아 있는 여아의 할례 풍습은 음핵 절제로 혼전 성관계를 방지하고 순결을 유지하기 위한 방편이라고 하나, 대부분의 이슬람 법학자들은 이를 반대하고 있다.

이슬람에서는 죽음을 이승과 저승을 연결하는 과정이며 영원한 삶에 이르는 교량이라고 믿는다. 그리하여 장례는 비교적 간소하고 빠르게 치른다. 시신은 염습(殮襲)을 하며 24시간 내에 매장한다. 관 없이 토장(土葬)하는데, 묘역은 대단히 검소하다. 첫 3일간 주로 경전 염송으로 추모의식을 가지며 40일간 유족들은 화려한 복식을 삼간다. 장례는 소속 사원에서 간단하게 치르고 나서 묘지로 향한다. 행 서너 마리의 낙타에 빵이나 물을 싣고 가서 무덤 근처의 가난한 사람들에게 나누어주기도 한다. 행렬이 지나가면 여인들은 특유의 입소리로 애도를 표시한다.

이슬람에는 3대 명절을 비롯해 몇차례의 종교명절이 있다. 지역마다 전통명절도 따로 있다. 3대 명절은 '마울리둣 나비'(교조 무함마드의 탄생일), '이둘 피트르'(금식월이 끝나는 날), '이둘 아드하'(메카 성지순례가 끝나는 날, 희생절)이다. 무함마드의 탄생일은 이슬람력 3월 12일(탄생년은 570년경)인데, 이날은 주로 사원에 모여 무함마드의 공덕을 기리는 행사를 거행한다. 공교롭게도 그의 사망일도 바로 이날이라고 한다. 개재절(이둘 피트르)은 이

「쑬톤의 장례식」. 이슬람에서 죽음은 이승과 저승을 연결하는 과정이며 영원한 삶에 이르는 교량이라고 믿는다. 장례는 대체로 간소하게 치른다.

슬람력 9월 한 달간 금식을 하고 나서 10월 1일부터 3일간 쇠는데, 첫날에 무슬림들은 5대 종교의무의 하나인 자카트(宗敎賦金)를 납부한다. 희생절(이둘 아드하)은 매해 성지순례가 끝나는 이슬람력 12월 10일부터 시작하여 보통 3일간 쉰다. 희생물은 양이 가장 보편적이다. 본래 양은 한 사람당 한 마리, 낙타와 소는 7명당 한 마리씩 잡기로 되어 있으나 지금은 집집마다 양 한 마리 정도를 잡는다. 잡은 고기의 3분의 1은 본인이 쓰고, 3분의 1은 가까운 사람들에게, 나머지 3분의 1은 어려운 사람들에게 나누어주게 되어 있다.

이 3대 명절 외에 뜻있게 기리는 날로는 무함마드가 621년 7월 27일 천사 가브리엘의 안내를 받아 날개 달린 천마(天馬)를 타고 메카의 금사(禁寺)를 떠나 예루살렘의 원사(遠寺)를 거쳐 승천했다가 여명 전에 돌아왔다고 하는 이른바 '미으라즈'(夜行昇天, 원래는 '사다리'라는 뜻)를 기념하는 승천절(昇天節)이 있다. 또 이슬람력 9월(라마돤) 27일 밤에 『꾸르안』의 계시가 처음으로 내려졌다고 하여 이날 밤을 '라일라툴 까다르'(결정의 밤)라고 하여 기념한다. 밤새 기도를 드리는데, 이 하룻밤의 기도가 평상시 1000달의 기도보다 낫다고 한다(97:3).

5. 이슬람의 교제문화

외향적인 의식구조를 가진 무슬림들의 교제(交際)문화는 상당히 발달했다. 우선 만나는 인사부터 무척 화려하다. 원래 상극관계가 지배적인 유목사회에서 인사는 서로에게 적의가 없음을 표명하고 안전을 도모하려는 의도에서 행하는 일이었다. 그러나 이슬람공동체가 결성되면서 상생(相生)을 실현하고 유대를 강화하려는 종교적 이념에서 인사는 하나의 중요한 교제수단으로 중시되면서 다양한 방법을 취하게 되었다. 『꾸르안』은

"그대가 인사를 받을 때 더 나은 말로 하거나, 아니면 그와 동등한 말로 답하라"(4:86)고 하고, 『하디스』는 "말하기 전에 인사부터 먼저 하라" "그 누구도 인사를 할 때까지 식사에 초대하지 말라"고 인사의 중요성과 방법까지 역설하고 있다.

인사방법으로는 인사말이나 악수, 입맞춤, 포옹, 웃어른의 손에 입맞춤하는 것 등이 유행이다. 간혹 손을 가슴이나 입술, 이마에 가져다대기도 하는데, 이것은 상대가 자신의 마음이나 말, 생각 속에 자리하고 있다는 친절의 표시다. 특히 장황하리만치 긴 인사말이 아주 인상적이다. 인사말 가운데는 알라와 결부된 말이 빠지지 않는다. 좋은 일에 '함둘 릴라!'(알라께 찬미를!), 여행의 안녕을 비는 말은 '알라 마으카!'(알라께서 당신과 함께하기를!), 축하하는 자리에서 '알라 유바리크카!'(알라께서 당신을 축하하시길!), 병문안 시에 '알라 유슈피카!'(알라께서 당신을 치유해주시길!) 등 좋은 일에 대한 인사말은 꼭 알라와 연관시킨다. 알라에 대한 믿음이 투철한 사람들이기에 그럴 수밖에 없다.

인사에는 순서가 있다. 일상에서 장유유서(長幼有序) 개념이 우리와 못지않은 무슬림들은 꼭 어른에게 먼저 인사를 올린다. 말 탄 자가 걷는 자에게, 걷는 자가 앉은 자에게 먼저 인사를 한다. 남자가 먼저 여자에게 인사를 하는 것이 예의지만, 여자는 화답하지 않아도 무례가 아니다. 여자가 먼저 남자에게 인사를 하는 것은 결례로 삼가야 한다. 가장 보편적인 인사말은 언제 어디서나 하는 '앗쌀람 알라이 쿰!'(평화가 당신에게! 대답은 '알라이 쿰 쌀람'으로 '당신에게도 평화를'이라는 뜻. 우리의 '안녕하십니까'에 해당), '아흘란 와 싸흘란'(한집안 사람으로 여기고 편의를 제공하겠습니다. 대답은 같은 말을 반복. 우리의 '진심으로 환영합니다'에 해당)이란 말이다.

무슬림들은 손님에 대한 환대를 미덕으로 생각하고 친절히 접대한다. 차린 음식은 많이 먹어주는 것이 환대에 대한 보답이자 주인에 대한 존경의 표현이라 여겨 기뻐한다. 선물을 선호하는 편인데, 반드시 오른손으로 주고받아야 한다. 대화할 때는 상대와 1미터 이내의 가까운 거리를 유지하며 접대용 커피나 차는 즐겁게 소리내어 마심으로써 만족을 표해야 한다. 다만 주인의 소유물에 대해서는 언급을 피하는 것이 좋다. 관심을 보이면 달라는 뜻으로 오해할 수 있다. 또 윗사람 앞에서는 흡연을 삼가고, 이야기를 나눌 때 발바닥을 상대방에게 향하는 것을 큰 모욕으로 여긴다는 데 유념해야 한다.

6. 이슬람세계의 토속신앙

이슬람세계도 겉보기에는 이슬람 일색인 것 같지만 후미진 구석을 샅샅이 훑어보면 이슬람과는 어울리지 않는 토속신앙과 미신이 사람들의 의식 속에 여전히 잠재해 있음을 발견하게 된다. 출현 초기부터 우상숭배를 '제1의 공적(公敵)'으로 선포하고 그 타도에 여념이 없었던 이슬람도 토속신앙만은 어찌할 도리가 없는가 보다. 이것이 토속(민속)의 근기이고 저력일진대 어느 사회나 마찬가지다. 따라서 토속신앙도 종교의 한 형태인 동시에 생활문화의 한 구성요소라고 봐야 할 것이다.

이슬람의 신관(神觀) 중에는 비중은 작지만 무시 못할 진느(精靈)신앙이 있다. 그런데 역설적인 것은 진느신앙이 토속신앙으로서의 기능도 갖고 있다는 점이다. 그런 점에서 진느신앙은 이슬람신앙과 토속신앙 간의 융합으로도 볼 수 있다. 알라와 인간 사이의 중재자가 천사라면, 천사와 인간 사이의 중재자는 바로 진느이다. 진느는 불로 창조된 무형의 존재로서 선한 진느(이슬람이 신봉하는 정령)와 악한 진느(악마, 사탄, 우두머리는 이블리쓰)가 있다. 진느는 빛을 싫어하고 어둠을 좋아한다. 이러한 진느 때문에 밤중에는 구정물을 땅 위에 버리지 않고 있다가 다음날 해가 뜬 뒤에 버린다. 땅에 머무르는 진느가 물벼락을 맞으면 화를 낸다고 믿기 때문이다. 대낮에 물을 버릴 때도 진느에게 용서를 비는 말을 하거나 알라께 진느를 쫓아달라고 청한다. 특히 월요일과 금요일 밤에 진느를 경계한다. 월요일은 교조 무함마드가 탄생하고 사망한 날이자 메카에서 메디나로 성천한 날이어서 진느가 잔뜩 긴장하므로 진느와의 충돌을 피해야 한다고 생각한다. 금요일 밤은 휴일 밤으로 진느는 긴장이 풀린 사람들을 해할 기회를 노리니 주의해야 한다는 것이다.

이슬람의 부적. 이슬람세계도 이슬람교 일색인 것 같지만, 토속신앙과 미신이 사람들의 의식 속에 잠재해 있다.

어린애가 어둠 속에서 땅바닥에 넘어지면 엄마는 그곳에 물과 소금을 뿌린다. 진느는 넘어지는 것을 자신에 대한 공격으로 착각하기 쉬우니, 진느와의 우정을 상징하는 소금과 순수와 적개심의 해소를 뜻하는 물을 뿌림으로써 공격의도가 없음을 보여주기 위해서다. 또한 진느가 곳곳에 도사리고 있기 때문에 변소에 들어가거나 우물에 두레박을 내리거나 불을 붙일 때에는 진느의 허락을 구하는 말을 한다. 아무튼 사탄으로서의 진느는 인간을 늘 위협한다고 여긴다.

무슬림들의 초자연적 믿음에는 '이쓰티카라'(占卜)도 한몫하고 있다. 원래 '이쓰티카라'라는 말은 신에게서 복 또는 올바른 길을 구한다는 뜻의 아랍어이다. 그런데 그 신(알라)이 인간에게 길흉을 점쳐주는 점술사로 변모하여 점복을 관장하게 된 셈이다. 이쓰티카라를 행하는 방법은 아주 단순하다. 경전 『꾸르안』의 개경장(開經章)과 알라의 유일성을 집중적으로 설파했다고 해서 경전 중 가장 중요한 장으로 인정받는 112장, "알라만이 우주의 비밀을 알고 계신다"라는 내용의 6장 59절을 세 번 읽고 나서 펼쳐든 상태로 경전을 떨어뜨리든지, 아니면 임의로 펼친다. 그리하여 열린 오른쪽 페이지의 일곱번째 행에서 답을 구한다. 점괘인 셈이다. 그 행의 단어들이 직접적으로 답을 제시하지는 않지만 적어도 긍정과 부정, 선과

아, 행운과 불행의 의미는 암시할 수 있다고 믿는다. 일부에서는 이 페이지에 나온 두 글자 '크'(kh)와 '슈'(sh)의 출현 횟수로 운을 점친다. 여기에서 'kh'는 'khair'(복)를, 'sh는 'sharr'(악)를 의미한다고 풀이한다.

또하나, 시기(猜忌)의 눈인 '흉안(凶眼)' 미신에 대한 유명한 이야기가 있다. 무슬림들은 남의 성공이나 장점을 시기하고 재앙을 가져다주는 것이 악의 본산인 흉안이라고 믿는 터여서 아이가 병들면 흉안의 장난이라고 생각하고 부적을 외는 여자를 청해온다. 그녀는 아이의 머리카락을 만지면서 알라의 힘으로 흉안을 몰아내는 주문을 줄줄이 외워댄다. 이를테면 벽사진경(辟邪進慶)의 액땜이다. 우연을 바라는 일종의 미신행위다.

참고문헌

공일주 『아랍문화의 이해』, 대한교과서주식회사 1996.
김상태·손주영 엮음 『중동의 새로운 이해』, 오름 1999.
김정위 『이슬람입문』, 한국외국어대학교 출판부 1993.
마르완 카이씨, 이석훈 옮김 『이슬람의 예절』, 한국이슬람교중앙회 1992.
사니아 하마디, 손영호 옮김 『아랍인의 의식구조』, 큰산 2000.
전완경 『아랍의 관습과 매너』, 부산외국어대학교 출판부 1999.
하병주 『아랍 사회와 문화』, 부산외국어대학교 출판부 1998.
金宜久 主編 『伊斯蘭教概論』, 青海人民出版社 1987.
Abū Bakr al-Jazāirī, *Minhāju'l Muslim*, Maṭābiu'l Wafā' 1991.
Aḥmad Shalabī, *al-Mujtami'o'l Islamiy*, Maktabatu'd Nahḍati'd Miṣriyah 1983.

12

사회운동

الحضارة الإسلامية

12

사회운동

여느 종교와는 달리 이슬람은 사회 전반을 아우르는 정교합일의 체계이기 때문에 자연스럽게 사회문제에 간여하게 되는데, 그러한 문제 해결의 방도로 각각 다른 형태의 사회운동을 택하고 있다. 이슬람이 출현한 후 지난 1,400여년간, 특히 근·현대에 와서 기복무상(起伏無常)하게 일어난 이슬람의 사회운동은 대체로 종교로서의 이슬람의 순화(純化)와 그에 바탕을 둔 이슬람사회의 개혁이란 두 가지 목표를 설정하고 진행되어 왔다. 그러나 이러한 목표는 왕왕 이상에 그치고 그 실현에는 숱한 우여곡절이 뒤따랐다. 현재의 이슬람 사회운동은 추구하는 이상과 당면한 현실의 괴리(乖離) 속에서 몸부림치면서 나름대로의 출로를 모색하고 있다.

1. 역사적 배경

이슬람의 사회운동은 이슬람 역사발전의 산물이다. 다시 말해 일정한 역사적 배경 속에서 이슬람의 사회운동은 발생하고 발전하였으며, 그 성격과 결과가 규제되었다. 그러한 역사적 배경은 우선, 이슬람교의 전통교리에 대한 도전과 그 응전이다. 그 대표적인 일례가 이슬람의 최초 사회운동이라고 하는 이른바 '쌀라피야운동'의 출현이다. 압바스조 이슬람제국(751~1258)의 건립을 계기로 이슬람교가 다양한 문화전통이 있는 피정복지에 뿌리내리면서 이슬람 신학의 정립이 불가피한 과제로 제기되자 이슬람교에 대한 새로운 해석이 요청되었다.

이러한 요청에 부응코자 사변신학파(思辨神學派)인 무으타질라파가 이성과 유추, 은유적 해석의 방법으로 경전 『꾸르안』을 재해석하면서 영원불변한 것은 오로지 알라뿐, 경전도 알라의 창조물에 불과하다는 이른바 '꾸르안창조설'을 주장하고 나섰다. 이에 더해 제7대 칼리파 마으문(재위 813~33)은 무으타질라파의 사변교리를 국교로까지 공인하였다. 이것은 『꾸르안』이야말로 천상에 영원히 보존되는 원본의 일부를 알라가 천사 가브리엘을 통해 무함마드에게 하달했다는 정통적 '꾸르안영원설'에 대한 정면도전이다. 이에 이맘 아흐마드 이븐 한발(780~855)을 비롯한 전통주의자들은 초기 무슬림들이 시종 믿어온 '꾸르안영원설'을 고수하기 위해 쌀라피야운동(쌀라피야는 조상의 전통을 견지한다는 뜻)을 일으켰던 것이다. 이 운동을 시발로 이슬람사회 곳곳에 만연된 수피즘(신비주의)과 범신론(汎神論), 미신적 관행, 그리고 근·현대의 종교적 세속화를 막기 위한 사회운동이 꼬리를 물고 일어났다.

다음으로 그 역사적 배경은, 이슬람세계의 약화 및 후진성과 그에 대한 대응이다. 중세 전반(前半)의 황금기를 누려오던 이슬람세계의 약화는 무엇보다도 먼저 분열에서 비롯되었다. 압바스조 이슬람제국이 멸망하자 칼리파를 정점으로 한 통일 이슬람세계의 존재는 사실상 막을 내렸다. 이어 출현한 오스만제국 시대(1299~1922)는 이슬람의 다극화·다중심 시대로서 지역성이 부상되고, 외세의 분할통치마저 강요됨으로써 지난날 이슬람제국의 통일과 무슬림들의 연대에서 오는 영광과 위력이 점차 빛을 잃어가고 이슬람세계는 약화일로로 치닫게 되었다. 이러한 시대적 추이를 갈파(喝破)한 일부 지성인들은 지난날과 마찬가지로 정교합일의 칼리파제(繼位制)에 의한 초민족적·초국가적·초지역적 통일 이슬람제국의 재건을 구상하고 그 실현을 위해 동분서주하였다. 그들이 바로 19세기에 대두한 '범이슬람주의' 신봉자들이다. 그들의 이러한 이념은 두 차례의 세계대전을 겪으면서 산산조각이 난 이슬람세계를 다시 하나로 묶어보려는 현대의 '이슬람 통일운동'으로 그 맥이 이어지고 있다.

이슬람세계의 약화와 더불어 나타난 후진성은 이를 극복하고자 하는 사회운동을 유발했다. 특히 근·현대에 와서 경제와 문화를 비롯한 사회생활 전반에서 드러난 낙후는 여러가지 사회적 갈등과 부조리를 야기하였고, 무슬림들로 하여금 상대적 소외감에 빠져 분발하게 하였다. 그리하여 일부 선각자들은 사회개혁을 통한 현대화의 혁신운동을 주도하기에 이르렀다. 일찍이 이슬람세계에 확산된 현대주의나 제2차 세계대전 후 한때 인기를 끌었던 이슬람 사회주의는 그 좋은 본보기이다.

끝으로 이슬람의 사회운동을 잉태한 역사적 배경은 서구문명의 영향과 그 대응이다. 1798년 나뽈레옹의 이집트 침공을 효시(嚆矢)로 19세기 중엽부터 서구 열강들이 본격적으로 침략한 이래 제2차 세계대전 전까지 거의 모든 이슬람국가들은 서구의 식민지 멍에에 짓눌려 있어야만 하였다. 서구 식민주의자들의 가혹한 정치적 박탈과 경제적 수탈 및 문화적 침투는 전통 이슬람사회를 뿌리째 뒤흔들어놓았다. 대전 후에는 이슬람세계의 심장부인 중동에 아랍인들이 '심장에 꽂힌 비수'라고 개탄해 마지않는 이스라엘을 세워놓음으로써 급기야는 난제의 팔레스타인 문제가 생겨났다. 이와 더불어 미·영의 7대 메이저(Majors, 국제적 대석유회사)가 전세계 석유 매장량의 60%와 수출량의 70%를 차지하는 중동 석유의 실권을 거머쥐고 주인 행세를 함으로써 '경제전쟁'의 뇌관은 항시 위험천만한 유전

이집트의 반영(反英) 여성시위를 이끌고 1923년 '이집트 페미니스트 연합'을 세운 후다 샤라위(1879~1947). 그는 사회를 서구의 힘에서 해방시키려는 열망으로 베일을 벗어던졌는데 20세기 후반 이집트 여성들은 서구의 영향을 막기 위해 베일이나 이슬람 드레스를 입기 시작했다.

(油田)에 묻혀 있는 실정이다. 그리하여 오늘날 중동 하면 으레 일촉즉발의 화약고(火藥庫)나 전쟁 다발지역을 연상케 한다.

이러한 침탈과 불안의 역사는 서구문명에 대한 무슬림들의 불신과 저항을 조장해왔다. 이제 서구식 배금물신주의(拜金物神主義)가 무슬림들의 정신세계를 좀먹는 것을 더이상 좌시할 수만 없으며, 지난날 서구 메이저들이 타작하며 떨어뜨린 이삭이나 줍는 처지에 더이상 안주할 수 없다는 것이 현재 이슬람세계 주인들의 한결같은 의지이고 분발이다. 이러한 의지와 분발은 지위와 직업, 사상과 이념을 뛰어넘어 한곳으로 모아져왔다. 그리하여 이슬람의 사회운동진영에서는 보수건 혁신이건간에 다 같이 유해한 서구문명의 침투를 방어하고 그 영향에 대해 경계할 것을 주장하고 있다.

이상에서 살펴본 것처럼 이슬람의 사회운동을 유발하고 추진한 역사적 배경은 시·공간적으로 매우 다양하고 폭이 넓다. 이것은 이슬람의 사회운동이 그만큼 다양하고 또 폭이 넓음을 뜻한다. 아울러 사회운동을 바라보는 시각이나 그것을 둘러싸고 벌어지는 논쟁 또한 그에 걸맞게 다양하고 다기적(多岐的)이다. 언필칭 각인각설(各人各說)이라 하겠다. 이 운동의 갈래 구분은 차치하고 붙여진 이름만 살펴보더라도 원리주의·근본주의·부흥주의·전통주의·세속주의·복고주의·이슬람주의·과격주의·혁신주의·개혁주의·이슬람 사회주의·이슬람-아랍주의·아랍-이슬람주의·근대주의·실용주의·온건원리주의·급진원리주의·범아랍주의·나세르주의·이슬람적 상징주의·이슬람-아랍 민족주의 등 그 수를 다 헤아리기가 어렵다. 이에 연구자들은 당혹함을 금치 못한다.

이와같이 복잡다단한 이슬람의 사회운동은 논자에 따라 갈래짓기가 실로 천차만별이다. 하지만 무릇 사회운동이라면 동서고금을 막론하고 그 성격과 역할에 따라 크게 보수와 혁신으로 구별하는 것이 통념이다. 문제는 무엇을 보수로 보고, 또 무엇을 혁신으로 인정하는가 하는 보혁(保革)

구도의 설정이다. 여기에는 진보냐 퇴행이냐 하는 성격 규정이 우선 포함된다. 그런데 역사에서 알 수 있듯, 보혁구도의 설정은 시대와 대상(지역)에 따라 다르며 가변적이다. 따라서 경직된 교조주의를 피하고 구체적 실정에 맞게 실사구시(實事求是)적으로 설정하는 것이 무엇보다 중요하다. 예컨대 서구에서의 보수는 현상유지와 기득권 고수가 중심과제라면, 이슬람세계에서의 보수는 여기에다 복고(復古)와 수구(守舊)가 추가된 것이다. 이에 비해 현상과 기득권을 혁파하고 새로운 질서를 창출하는 것이 혁신이라는 인식에는 별 이의가 없는 성싶다.

원래 인간사회에 항시 병존해온 보수와 혁신은 시대상황과 현실적 이해에 따라 그 판단이 좌우되는 위상적(位相的) 개념으로서 고정불변한 것이 아니라 매우 유동적이다. 오늘날 여러가지 내재적 논리구조를 가진 이슬람세계의 사상조류와 그에 바탕을 둔 사회운동을 성격상 크게 보수와 혁신으로 나눠보는 것은 어디까지나 사회운동의 통념을 따르는 것일 뿐만 아니라, 이슬람이란 공통분모를 가진 복잡한 사회운동의 흐름을 제대로 파악하기 위한 일종의 방편이다. 이슬람의 사회운동사를 돌이켜보면, 시대에 따라 보수와 혁신이 대립하기도 하고, 타협하기도 하며, 때로는 자리바꿈까지도 한다. 그런가 하면 서로 뒤섞여서 분간하기가 어려운 경우도 있다.

2. 이슬람 전통주의

지난 수세기, 특히 지난 1~2세기 동안 이슬람 사회운동의 흐름을 통관하면, 역시 크게는 보수와 혁신의 두 갈래로 나뉘어 진행되어왔음을 발견하게 된다. 물론 이 두 큰 흐름은 크고 작은 냇물들이 합쳐서 이루어진 것이다. 그 첫째 흐름은 이슬람의 근본교리와 신앙에 입각해 혼탁해진 사회와 종교를 정화하고 초기의 순수한 이슬람적인 생활규범을 회복하려는 수구적인 보수주의이고, 둘째 흐름은 이슬람의 근본교리와 신앙을 보존하면서 각종 사회개혁을 통해 이슬람의 전통문화와 현대문화를 조화시키고 사회정의를 실현하려는 진취적인 혁신주의이다.

이슬람 보수주의는 그 내용에 따라 다시 이슬람 전통주의(傳統主義)와 범(汎)이슬람주의로 구별할 수 있다. 복고적인 이슬람 전통주의의 발단은 9세기에 이슬람의 4대 정통 법학파의 하나인 한발리야파의 창시자 이맘 아흐마드 이븐 한발이 주도한 '쌀라피야운동'이다. 앞에서 말한 것처럼 쌀라피야운동은 전통 이슬람교리에서 벗어난 '무으타질라파'가 엉뚱하게도 사변신학적인 '꾸르안창조설'을 들고 나와 국가적 공인까지 받게 되자, 이에 맞서 한발리야파가 초기의 참된 무슬림들인 쌀라프('선조' '선인'이란 뜻)들이 견지한 '꾸르안영원설'을 고수함으로써 일기 시작하였다. 이 운동은 14세기의 저명한 교의학자(教義學者)인 이븐 타이미야(1263~1328)가 계승하였다. 타이미야는 쌀라피야사상을 체계화하고 '순수한 쌀라프'로 돌아갈 것을 역설하였다.

근세에 와서 이슬람 전통주의를 이어받은 보수주의운동은 18세기 중엽 사우디아라비아반도에서 일어난 '와하비야운동'이다. 사우디아라비아 왕국의 건국 이념이 된 이 운동은 서구 현대문명의 충격과 전통 이슬람사회의 변질을 억제하며 움마(초기 이슬람공동체)식 이슬람제국을 창건하려는 일종의 사회정치운동이었다.

이 운동의 창시자인 압둘 와하브(1703~92)는 종교학자의 가정에서 태어나 청년시절 메디나·바스라·바그다드 등 이슬람문명의 요람들을 두루 돌아다니면서 이슬람사회의 병폐를 직접 목격하였다. 특히 그는 쌀라피야운동의 계승자인 이븐 타이미야의 영향을 많이 받아서 이슬람세계가 낙후하게 된 주원인은 전통 이슬람에서 탈선한 것이라고 보고, 그 치유방법으로 이슬람교의 근본교리와 '참정신'의 회복, 그리고 『꾸르안』으로의

수피즘에 심취한 수행자 모습. 왼쪽 남자가 먼 곳을 바라보고 있는 동안 오른쪽 남자가 바위를 찌르고 있다. 일종의 수행이나 의식인 듯하다. 배경으로 보아 인도 무굴제국 때의 그림인 듯하다.

회귀'를 주장하였다. 그는 인간과 알라 사이에 '중개자'가 있다는 유일신 부정설과 수피즘에서 성행하는 성도(聖徒)·성묘(聖墓)·성물(聖物) 숭배를 극력 배격하고 음주·흡연·춤·도박·비단옷 등의 화려한 장식을 비이슬람적인 '악습'으로 신랄히 규탄하였다.

한편 와하브는 정략적 혼인 등의 방법으로 디르야에 웅거한 사우디 일가와 제휴하여 함께 무장력을 조직 동원해 오스만제국으로부터 민족적 독립을 이루어냈다(1926). 종교적으로나 사회정치적으로 괄목할 만한 성과를 거둔 와하비야운동은 근대 이슬람세계의 전통주의운동에 지대한 영향을 미쳤다. 이 운동의 영향을 받은 대표적인 전통주의운동이 바로 19세기 중엽에 북아프리카와 수단에서 일어난 '싸누씨야운동'과 '마흐디야운동'이다.

싸누씨야운동은 19세기 북아프리카에서 발생한 가장 큰 이슬람의 사회운동이다. 이 운동은 이슬람의 전통 복고주의와 수피즘의 결합물로서 이슬람의 전통 회복을 주된 사명으로 삼았다. 앞선 와하비야운동과 마찬가지로 정교합일의 기층조직을 꾸리고 부족들을 규합하여 오스만제국의 통치와 외세의 침입을 다 같이 반대하는 지하드를 선양함으로써 역시 일종의 종교운동인 동시에 사회정치운동이기도 하였다. 그러나 이 파가 수피즘을 수용하고 수피교단을 운영했다는 면에서는 수피즘을 이단시(異端

視)한 와하비야파와는 구별된다.

이 운동의 창시자인 알제리 태생의 무함마드 싸누씨(1791~1859)는 메카에 가서 당대 저명한 수피스트인 이븐 이드리씨를 사사(師事)하고 '자위야'라는 수피즘 교단을 설립(1837)하였다. 얼마 후 그는 리비아에 돌아와 자위야 교단을 중심으로 하여 사하라사막 내의 여러 부족들 속에서 수피즘에 입각한 '초기 이슬람정신의 회복'운동을 정력적으로 펼쳤다. 싸누씨는 경전 『꾸르안』과 교조 무함마드의 언행록인 『하디스』의 관계, 싸누씨야운동의 신비주의적 이념 등에 관한 4부의 책을 연이어 펴내 싸누씨야운동의 이론적 기초와 성격 및 내용을 천명하였다.

이 파는 비록 금욕과 고행 등 수피즘 고유의 정신적·도덕적 수양법을 도입했으나, 정통 수피즘과는 달리 내세에는 그다지 관심이 없고 현세의 사회생활이나 정치활동만을 중시하였다. 그들은 오스만 터키의 민족적 억압과 외세의 침략을 강력히 규탄하면서 서구문명의 침투를 백방으로 거부하고 지역 내의 농목축업과 상업의 발전을 위해 진력함으로써 대중의 큰 호응을 얻고 자구적(自救的)인 안정을 기할 수가 있었다. 그리하여 이 운동은 발족 후 신속하게 확산되어 1880년대에 이르러서는 100여개의 기층조직에 총 300만명의 추종자를 모을 수가 있었다.

이와 때를 같이하여 수단에서는 무장투쟁을 동반한 마흐디야운동이 전개되었다. 마흐디야운동의 지도자는 제4대 정통 칼리파 알리의 장자 하싼(625~69)의 후예임을 자칭한 수단 출신의 무함마드 아흐마드(1834~85)이다. 그는 성예(聖裔)로서 교조 무함마드를 친견했는데, 그로부터 '마흐디'(재림 이맘)로 임명받았다고 하면서 이슬람의 순화와 이민족의 통치를 종식시키기 위해 무장투쟁도 불사해야 한다고 주장하였다. 도처에서 행한 설교 내용을 보면 그의 교의(教義)는 일종의 혼합교의이다. 일찍부터 수피즘 교단에 몸을 담아온 그가 쉬아파의 '재림 이맘'으로 자처한 것부터가 이율배반적이지만, 음악·무용·흡연·음주를 금기시하고 성물(聖物)을 거부하는 면에서는 와하비야파의 영향을 받은 것이 확실하다.

그는 운동을 확충하기 위해 지하드를 무척 중요시하였는데, 무슬림들의 중요한 종교의무의 하나인 성지순례를 지하드로 대신할 수 있다고 주장할 정도였다. 아흐마드는 백나일강에 위치한 자그마한 섬에 자신의 교단을 차려놓고 선교활동을 펴는 한편, 무력을 바탕으로 당시 중앙정부 격인 영국-이집트 연립정부와 당당하게 담판을 진행하면서 수차에 걸쳐 정부군의 공격을 분쇄하였다. 이러한 승전에 힘입어 수단 동부에 '마흐디야국'을 건립하고 한때 수도 카르툼을 공략(1884)하여 영국군 주둔사령관을 사살하는 전공까지 올렸다. 그러나 영국-이집트 연합군의 보복정벌로 인해 10여년간 유지해온 마흐디야국은 끝내 운명을 다하고 말았다.

현대에 이르러 전대의 이슬람 전통주의 이념을 이어받아 행동으로 실천하고 있는 조직은 이집트를 비롯한 여러 나라들에서 전격적으로 활동하고 있는 무슬림형제단들이다. 이집트의 하싼 알 반나(1906~49)가 1928년에 창설한 무슬림형제단의 기본 이념은 초기 이슬람의 가르침을 준수하고 킬라파제를 복원하며 순수한 이슬람정부를 수립하는 것이다. 선행한 전통주의의 맥을 실천적으로 계승한 무슬림형제단은 대중동원조직으로 성장하면서 광범위한 지지층을 확보하여 제2차 세계대전 말기에는 조직원 수가 무려 100만명에 달하고 산하에 5천여개의 지부를 두었다. 그들은 '『꾸르안』은 우리의 헌법이고, 예언자는 우리의 안내자이다. 알라를 위한 죽음은 우리의 가장 큰 숙원(꿈)이다'라는 대의명분을 내걸고 이슬람의 세속화와 세속화된 위정자들을 반대하여 격렬한 투쟁을 벌였다. 그 결과 무슬림형제단은 이집트정부에 의해 강제해산되고 반나는 암살당하였다.

이후 무슬림형제단은 지하조직으로 탈바꿈해 비밀결사활동을 벌이면서 그 조직을 수단·시리아·요르단·쿠웨이트 등 인근지역으로 확대하였다. 무슬림형제단과 이념이나 활동방식에서 유사한 운동조직으로는 마울라나 알 마우두디(1903~79)가 창설한 인도의 '이슬람연맹'이 있다. 이슬람

연맹도 인도뿐만 아니라 파키스탄·아프가니스탄·카슈미르 등지로 조직을 확대하여 이른바 이슬람화운동을 전개해왔다.

이상에서 살펴본 것처럼 이슬람 전통주의운동의 기본 특징은 초기 이슬람의 기본 교리와 율법을 토대로 한 정교합일의 이슬람공동체적 국가체제를 수립하고 전통적인 이슬람의 생활규범을 복원하려는 것이다. 그들의 이러한 이념과 행동이 이슬람교의 전통성과 순수성을 지키기 위해 진행되는 반외세투쟁과 맥을 같이한다는 점에서는 소극적인 보수주의가 아니라 적극적인 보수주의로 평가받을 수 있을 것이다.

3. 범이슬람주의

이슬람 보수주의 범주에 속하는 또다른 사상적 조류와 운동은 19세기 중엽에 일기 시작한 범(汎)이슬람주의다. 이 운동의 창도자(唱導者)는 아프가니스탄 출신의 자말룻 딘 아프가니(1839~97)이다. 고향과 페르시아에서 이슬람 전통교육을 받아 다방면의 학문지식을 쌓고 6개 국어에 능통한 그는 27세의 젊은 나이에 일약 수상직(首相職)에 오른다. 그러나 범이슬람운동의 웅지를 품은 그는 수상직을 사직한 후 메카와 인도를 거쳐 이집트에 정착하면서 당대 이슬람 학문의 최고 전당인 아즈하르대학에서 교편을 잡는다. 그러다가 빠리에서 이집트인 제자인 무함마드 압두와 함께 '오르와툴 우스까'(가장 견고한 연대. 이슬람을 지칭) 협회를 결성하고(1884) 같은 이름의 신문을 발간하여 범이슬람주의 사상을 홍보하는 한편, 이슬람 국가들에서 자행되고 있는 영국의 식민수탈행위를 규탄하였다. 2년 후에는 페르시아 국왕의 요청을 받고 페르시아로 가 종교 및 사회개혁을 주도했으나 반대파들의 저항에 부딪혀 결국 추방되고 말았다. 만년에는 터키에 천거하여 사양길에 접어든 오스만제국의 부흥을 꾀한 칼리파 압두 하미드 2세의 지지를 얻어 이슬람제국의 영광을 되찾는다는 대의명분을 내걸고 범이슬람주의운동을 대대적으로 전개하였다.

범이슬람주의의 창도자 자말룻 딘 아프가니.

이슬람국가들에서 큰 반향을 불러일으킨 아프가니의 범이슬람주의운동이 담고 있는 기본 내용은 전세계 무슬림들이 한 사람의 칼리파를 추대하여 이슬람교법에 준한 초국가적·초민족적·초지역적 통일 이슬람제국을 건설한다는 것이다. 이를 위해서는 서방 기독교국가들의 침투와 서구문명의 영향을 막아내는 동시에 이슬람국가들은 개혁과 자강(自强)을 도모해야 한다. 그는 이슬람교야말로 어떤 시대에도 적용 가능하고 어떠한 도전도 이겨낼 수 있는 종교이기는 하지만, 시대가 변하는 것만큼 그에 부응해 '조직적인 (종교)개혁'을 단행해야 하며, 이러한 개혁은 반드시 사회개혁과 병행해야 한다고 주장한다. 그러면서 그는 종교와 과학을 조화시키고, 무슬림들이 서방 선진 과학기술과 문화를 배워 이슬람세계의 후진성을 퇴치해야 한다고도 역설한다. 이 점에서 아프가니는 근대 이슬람개혁운동의 기수라는 평가를 받기도 한다. 그는 무신론과 유물론을 철저히 배격하고 인간과 물질, 정명(定命)과 자유의지 간의 관계에서는 절충적 입장을 취하면서 염세적인 비관주의를 부정하고 '현실 중시'의 낙관주의를 표방한다. 아프가니의 범이슬람주의운동은 기득권에 안주하는 이슬람 각국의 위정자들에게서는 큰 호응을 얻지 못하였다.

제1차 세계대전을 계기로 오스만제국이 멸망하자 범이슬람주의운동은 일시 소강상태에 빠졌다. 그러다가 제2차 세계대전 이후에는 이슬람세계가 직면한 새로운 역사적 환경에 걸맞게 그 내용과 형식에서 일련의 변화가 일어났다. 칼라파제의 회복이라든가 통일 이슬람제국의 건립이라든가

나쎄르가 싸이드항을 가로지르면서 국민의 갈채를 받고 있다. 1952년 이집트 혁명을 이끈 그는 이집트의 지도자인 동시에 아랍의 지도자로 평가받는다.

하는 구태의연한 주장은 더이상 복창(復唱)되지 않고, 다만 신앙이나 문화전통에서의 공통성을 우선시하고 이슬람국가들간의 연대나 합작, 단결을 강조하면서 배타적인 반기독교 주장 따위는 지양되었다. 그러나 신식민주의나 시오니즘의 새로운 도전에 대한 이슬람세계의 공동대응은 각방으로 강구되고 있다. 그런 가운데서 범이슬람주의는 무슬림들과 이슬람국가들간의 국제적 연대로 구체화하면서 생명력을 발휘하고 있다.

전후 이슬람세계에는 세계이슬람대회·이슬람대회·이슬람세계연맹·이슬람국가 수뇌자회의 등 국제적 이슬람조직들이 출범하여 각이한 형태의 범이슬람주의운동을 이끌어가고 있다. 세계이슬람대회는 일찍이 1926년 메카에서 출범해 잠시 활동을 중단하고 있다가 1949년에 활동을 재개하고 본부를 예루살렘에서 파키스탄의 카라치로 옮겼다. 이슬람대회는 이집트의 나세르 대통령이 주동이 되어 1955년 카이로에서 발족하였으나 그의 사후 유명무실하게 되었다. 이슬람세계연맹은 사우디아라비아 국왕의 주도하에 1962년 메카에서 발족한 후 오늘날까지 그런대로 활동을 계속하고 있다. 이상의 세 조직은 민간연대기구의 성격이 다분하다.

이에 비해 1969년 모로코의 수도 라바트에서 개최된 이슬람국가 수뇌자회의는 최고위급 관방기구로서 이슬람세계의 연대와 화합을 이루는 데 상당한 역할을 해내고 있다. 회의에서는 이슬람국가 수뇌자회의·외교부장급회의·상설서기처 등 3급의 조직기구를 개설하여 구체적 업무를 관장하고 있다. 수뇌자회의 헌장에는 "회원국들은 그들간의 공동신앙이 무슬림들의 상호접촉과 단결의 강력한 요인임을 확인한다"고 하면서 "이슬람의 정신과 윤리, 사회와 경제의 가치를 옹호·유지할 것을 결의한다"고 지적하고 있다. 그밖에 이슬람개발은행과 이슬람국제통신사, 국제이슬람단결기금 등 부문별 범이슬람 국제기구들도 조직되어 활동하고 있다.

이상에서 살펴본 100여년간의 범이슬람주의운동은 이슬람교라는 공통신앙에 기초해 이슬람세계의 일체성을 확보하려는 운동이라는 기본 특징이 있다. 다만 그 표현형태에서 제2차 세계대전 전에는 킬라파제에 의한 통일 이슬람제국 건립을 지향했으나, 그 이후에는 이슬람국가들간의 연대와 협조를 통한 공동번영을 추구하고 있다는 점에서 다르다.

4. 이슬람 현대주의

현대 이슬람세계에서 뿌리깊은 보수주의에 반해 때로는 급진적 성향마저 보이면서 급부상한 사상이 바로 이슬람 혁신주의이다. 이슬람 혁신주의도 이슬람 보수주의처럼 각양각색의 형태로 나타나고 있는데, 대표적인 것이 이슬람 현대주의와 이슬람 사회주의이다.

이슬람 현대주의(現代主義)는 19세기 말 서양에서 현대교육을 받고 돌아온 일부 엘리뜨들이 처음 제창하였다. 이슬람 현대주의의 삼총사로 알려진 사람은 인도의 싸이드 아흐마드(1817~98)와 이집트의 무함마드 압두(1849~1905), 파키스탄의 무함마드 이끄발(1877~1938)이다. 이슬람 현대주의자들은 대체로 문화결정론(文化決定論)의 신봉자들로서 이슬람세계의 후진성을 퇴치하려면 이슬람사회의 전통문화 가치를 고수하면서 현대문명의 발전에 부응하도록 사회를 개혁해야 한다고 주장하며 현대 과학기술의 수용을 권장한다.

이슬람 현대주의의 지도자 싸이드 아흐마드(앉은 이)와 그의 추종자들. 그가 세운 이슬람 동방학원은 많은 무슬림 지도자들을 배출하였다.

무슬림세계에 많은 영향을 끼친 이집트의 개혁지도자 무함마드 압두(앞줄 가운데)와 친구들. 그는 사상을 모방의 족쇄에서 해방시키는 것을 인생의 목적으로 삼았다.

인도 델리의 무굴왕조(1526~1875)의 귀족가문에서 출생한 싸이드 아흐마드는 청년시절 영국의 동인도회사와 식민정부의 지방법관으로 근무하다가 영국을 방문해 황후와 황태자를 알현하고(1869) 영국사회를 이모저모 관찰하였다. 귀국 후 『윤리개혁자(倫理改革者)』란 월간지를 발간하여 자신의 개혁의지를 피력하였다. 그는 인도 무슬림들의 빈곤과 후진은 교육을 받지 못한 데 기인한다고 믿고, 그 퇴치를 위해 이슬람동방학원을 세우고 매해 한번씩 '무슬림교육회의'를 열어 무슬림들에게 서구의 선진문명을 전수하였다. 그는 신생 미국과 유대관계를 맺는 것이 무슬림들이 부흥할 수 있는 중요한 조건의 하나라고 믿고 있었다.

이슬람 현대주의운동의 삼총사 중 한 사람인 이성적 신학자 무함마드 압두는 이집트의 한 가난한 소작농의 가정에서 태어났다. 그는 10대 시절부터 수피즘에 빠져 명상과 금욕을 실천하는 신앙생활을 하다가 아즈하르대학에 입학하면서 낯선 서구문명과 처음으로 접하게 되었다. 이즈음 그는 범이슬람주의운동의 창시자인 아프가니를 사사하고 그와 함께 이슬람 개혁에 관한 논지를 펴면서 영국의 강점을 반대하는 오라비봉기에 가담하였다가 체포되어 빠리로 추방되었다. 그는 빠리에서 스승과 함께 '오르와툴 우스까' 협회를 결성하여 이슬람세계에 대한 서방 열강의 무모한 침투를 비난하면서 이슬람사회의 현대화 구상을 무르익혀갔다.

귀국(1888) 후 모교 아즈하르대학에서 강의를 하고, 이듬해에는 이슬람교의 최고 종교법 결정권자인 대무프티에 임명되었다. 그는 이성과 계시, 종교와 과학 간에는 근본적인 대립이 있을 수 없다고 주장하는 합리주의적 신학자로서 이슬람사회의 후진은 비이슬람적 신앙과 폐쇄적 전통주의가 만연한 데서 비롯된 것이라고 그 원인을 예리하게 진단하면서 선진 학문과 과학의 수용을 적극 호소하였다. 압두는 교과과정을 현대화하고 전통교육에다 현대식 교수법을 접목하며 기피하는 신학이론을 개방하는 등 아즈하르대학의 교육개혁을 주도하였다. 그러면서 그는 제자 라쉬드 리돠와 함께 창간한 『마나라』지에 여러가지 새로운 사회문제에 대한 파트와(법적 견해)를 개진하여 종교와 사회의 개혁에 크게 이바지하였다. 그는 유럽식 복장의 허용에서부터 은행이자, 혼인, 여성의 지위 등에 이르기까지 사회의 다양한 분야에 관련된 합리적인 파트와를 제시하는 동시에, 경전 『꾸르안』에 대한 현대주의자로서의 재해석방법도 대담하게 내놓았다. 이렇게 압두는 이슬람 현대주의운동을 이론적으로 정립한 유능한 신학자이자 사회운동 이론가였다.

인도의 아흐마드나 이집트의 압두와 더불어 이슬람 현대주의운동을 주도한 또 한 사람은 현 파키스탄(당시는 인도)의 중산층 가정에서 태어난 무함마드 이끄발이다. 그는 영국과 독일에 유학하여 철학박사 학위를 받고 유럽세계를 주유하는 과정에서 비록 유럽사회에 이러저러한 장점이 있기는 하지만 무슬림들이 본받을 바는 못되며, 이슬람의 전통에는 유럽인들에게는 없는 좋은 점들이 있다는 것을 절감했다. 귀국(1908) 후 일시 대학에 몸담고 있다가 홀연히 뿌리치고 철학연구와 문예창작에 전심하는 한편, 사회정치활동에도 적극 참여하였다. 1930년 그는 전인도 무슬림연맹 총재로 선출되고, 이듬해에는 이 연맹 대표 자격으로 런던에서 열린 영-인 원탁회의에 참석하기도 하였다.

이끄발은 수많은 글과 연설, 시작품을 발표하여 당면한 종교와 사회문제, 그리고 민족독립 문제에 관해 명철한 논리를 전개하였다. 그는 인도 무슬림들이야말로 하나의 단일민족으로서 공동의 문화실체 속에서 살고 있다고 믿으면서 '건설적이고 적극적인 가치'를 지닌 이슬람교를 바탕으로 하여 공정한 사회를 건설해야 한다고 역설하였다. 서구사회에 대해 시종 비판적인 입장을 취해온 그는 '자본주의시대는 이미 지나갔고' '새로운 세계가 바야흐로 탄생하고 있다'고 판단하였다. 이끄발의 '공동문화실체론'과 민족독립사상은 제2차 세계대전 후 파키스탄의 분리 건국에 지대한 영향을 미쳤다.

이슬람 현대주의운동을 개도(開導)한 삼총사의 주장과 활동에서 보다시피, 이 운동의 기본 특징은 이슬람 교리와 경전의 현대적 해석과 샤리아(이슬람법)의 현대화, 종교교육과 과학교육의 병행, 과학기술의 도입 등 전통 이슬람문화와 현대문화의 조화 및 절충을 시도하는 것이다. 그러나 아직 서구문명의 그늘에 싸여 빈곤과 후진성을 온전히 극복 못한 오늘의 이슬람사회에는 현대화라는 과제가 여전히 미결로 남아 있다.

5. 이슬람 사회주의

나세르의 뒤를 이어 이집트의 대통령에 오른 싸다트. 그는 현실주의 노선을 취해 이스라엘을 방문하고 평화조약을 맺는 등 중동평화의 길을 열었다. 이 공로로 1978년 이스라엘의 수상 베긴과 함께 노벨평화상을 받았다.

현대주의와 함께 이슬람 사회운동의 혁신주의 사상조류를 이루는 것은 이슬람 사회주의이다. 이슬람 사회주의란 이슬람의 근본원리와 전통을 준수하면서도 사회적 평등이나 부의 공정분배, 반억압, 외세배격 등 사회주의 고유의 일부 원리를 접목한 이슬람사회 특유의 사상조류이다. 이에 관해 이집트 대통령 싸다트는 "우리의 사회주의는 우리의 유산과 신앙에서 비롯된 것이다"라고 밝힌 바 있다.

원래 이슬람 사회주의는 제1차 세계대전 후 일부 계층 가운데서 싹트기 시작하여 1920년대에는 몇몇 이슬람국가에서 그 신봉자들로 소그룹이 형성되었다. 그러다가 2차대전 후 국가이념이나 국가건설의 실천방도로

2000년 10월, 수많은 모로코인들이 수도 라바트에서 팔레스타인을 지지하는 행진을 하고 있다. 좌파 정당과 노조가 이끈 시위에서 참석자들은 "예루살렘은 아랍과 무슬림의 것"이라고 외치며, 이스라엘과 미국의 국기를 불태웠다.
ⓒ REUTERS

서 사회주의가 선호되는 국제적 추이에 맞추어 이슬람세계, 특히 아랍-이슬람 지역에서 표현방식은 서로 다르나 이슬람 사회주의라는 독특한 이념이 본격적으로 등장하였다. 그 선구자는 이집트의 나세르 대통령이다. 그의 뒤를 이어 집권당들인 이라크와 시리아의 바으스당, 알제리의 민족해방전선당이 이슬람 사회주의 실현을 당의 강령으로 채택하였다. 그리고 리비아를 비롯한 일부 급진 아랍국가들에서도 이 사상을 국가이념과 지도사상으로 삼고 있다.

'알라(신) 플러스 혁명'으로 일컬어지는 이슬람 사회주의는 수구적인 보수주의와는 물론, 혁신적인 현대주의나 서구의 전통적 사회주의와도 엄연히 구별되는 일련의 특징이 있다. 그것은 우선, 이슬람교의 근본교리와 사회주의의 일부 원리가 융합되었다는 것이다. 이슬람 사회주의자들의 주장에 의하면, 이러한 융합은 인위적인 것이 아니라 본래부터 이슬람의 경전 속에 내포되어 있었다. 알제리 민족해방전선당의 초대 지도그룹의 한 사람이었던 이븐 벨라는 이에 관해 "우리의 사회주의는 외래의 사상체계 속에서 탈태(脫胎)된 것이 아니라, 우리나라의 현실, 아랍과 이슬람교의 정수(精髓)에서 탄생한 것이다"라고 지적하였다. 리비아의 카다피도 "우리의 사회주의는 다름아닌 이슬람 사회주의이다"라고 못박고 있다.

어떤 사람은 경전 『꾸르안』에 나오는 "인간에게는 노력한 것만큼만 차려지나니, 그 노력의 결과는 장차 보게 될 것이고, 그에게는 완벽한 보상이 주어질 것이다"(53: 39~41)라는 구절과 "실로 대지는 알라의 것이니, 그분의 뜻에 따라 그분의 종복들이 상속하리라"(7:128)라는 구절을 사회주의 원리로 예시(例示)하고 있다. 즉 전절은 불로소득을 불허하고 일한 만큼 얻는다는 내용이고, 후절은 토지의 공유와 만민의 소유를 뜻하는 것으로서 이런 것이 바로 사회주의 원칙이라고 해석한다.

다음으로 그 특징은, 나라의 부강과 발전을 위해 유효한 사회주의 경제원리들을 도입한다는 것이다. 인간을 무지와 몽매, 빈곤과 후진에서 벗어나게 하는 것은 이슬람이나 사회주의가 공히 추구하는 목표이기 때문에 국유화·계획경제·협동경영·복지향상·무상치료 등 사회주의 본연의 제반 사회경제시책들을 이슬람이 받아들일 수 있다는 것이다. 그리하여 이슬람 사회주의를 표방하는 나라들에서는 예외없이 많든 적든간에 이러한 시책들을 시도하고 있다. 그러나 사회경제구조의 근본적인 개혁이 없는 한 그 성과에는 일정한 한계가 따르지 않을 수 없다. 여기에 이러한 나라들의 고민이 있다.

나세르는 이슬람 사회주의가 정통 사회주의와는 본질적으로 다르다는 점을 해명하면서 그 주요 차이점으로 종교의 신봉, 계급독재의 부정, 사유제의 유지, 폭력혁명 거부 등을 들고 있다. 이와같이 이슬람 사회주의는 이슬람의 근본원리와 전통에 저촉되지 않는 범위 내에서 일부 사회주의적 시책들을 절충적으로 받아들여 사회의 개혁과 발전을 시도하고 있다. 그러나 이 과정에서 이슬람의 세속화나 실용화의 우를 범하게 된다는 비판을 받기도 한다.

6. 이슬람 근본주의

작금 이슬람의 사회운동에서 가장 혼미스러운 것은 이른바 '이슬람 근본주의'이다. 13억 인구에 50여개 나라를 아우르는 이슬람세계에서 보수나 혁신을 막론하고 일어나는 모든 이변들, 특히 조금만 외향성(外向性)을 띤 일이면 싸잡아 이슬람 근본주의의 소행으로 몰아붙이는 것이 언론계나 학계의 중론이다. 이러한 중론의 진원(震源)이나 근거가 어디에 있는지는 분명치 않다. 그리하여 용어부터 개념에 이르기까지 너무나 애매모호하여 통 종잡을 수가 없다. 이것은 한마디로 '이슬람 근본주의'라는

2002년 5월, 파키스탄의 노동자들이 카라치에서 반미구호를 외치고 있다. 노동자들은 아프가니스탄과의 접경지역에 미군이 주둔하는 것을 반대하는 시위를 벌인 것이다. 현수막에는 "미국인들이여, 당신들에게 죽음을!"라고 씌어 있다.
ⓒ REUTERS

허상(虛像)을 실상(實像)인 양 사변화(思辨化)하고 오도하는 데서 비롯된 것이다. 이 기회에 한가지 밝힐 것은 '근본주의'와 '원리주의'는 서로 다른 개념으로서 '이슬람 근본주의'를 '이슬람 원리주의'라고 하는 것은 잘못된 지칭이라는 점이다.

계기마다 입에 오르내리는 '이슬람 근본주의'란 사실 얼토당토않은 일종의 허상이요 유령이다. 원래 근본주의(fundamentalism)는 미국의 프로테스탄트 내에서 일어난 보수주의 종교운동이다. 18세기 전반 미국에서 성행한 '천년왕국운동(千年王國運動)'에 뿌리를 둔 이 운동의 가담자들은 1902년에 '미국성서연맹'을 결성하고 1910년부터 12년까지 『근본적인 것, 진리의 증언』이란 제하의 소책자 12권을 씨리즈로 발간하여 자기들의 반모더니즘적 입장을 설교하였다. 여기에 연유되어 그들의 주의주장을 '근본주의'라고 명명하였다.

19세기 들어 기독교의 근본교리를 부정하는 이른바 '성서비판학'(신앙상의 예수 분리론) 등이 대두되어 기독교의 세속화와 자유화가 심해지자 성서의 무오류(無誤謬)와 축자적(逐字的) 해석, 예수의 신성, 동정녀의 탄생, 그리스도의 재림 등 기독교의 근본교리를 지키기 위한 명분으로 출현한 것이 바로 기독교에서의 근본주의이다. 이와같이 기독교에서 근본주의는 근본을 살리기 위한 운동(사상)으로서 용어와 개념이 서로 맞아떨어진다.

그러나 이슬람의 경우는 사정이 전혀 다르다. 1,400여년간의 이슬람 역사에서 근본교리나 6신(信) 5주(柱)(여섯 가지 믿음과 다섯 가지 종교의무)를 포함한 '근본적인 것'이 도전받거나 거부되어 그것을 회복하거나 지키기 위해 '근본주의' 같은 것이 필요한 적은 한번도 없었다. 이슬람에서 경전 『꾸르안』은 누구에게나 절대적이어서 비판의 여지란 있을 수 없고, 또한 이슬람 자체가 근본이요 원리이기 때문에 따로 어떤 '근본주의' 같은 것이 이슬람과 병존한다고 상상할 수도 없다. 따라서 근본이 없는 '근본주의'란 명약관화한 어불성설이다.

원래부터가 이슬람에 없는 개념이라서 이슬람의 경전 언어인 아랍어에는 '근본주의'란 단어가 없다. 근간에 하도 외부에서 왈가왈부하기에 '우술리야'(근원적이란 뜻)라는 유사 조어(造語)가 생겨나기는 하나 정통 이슬람학자들은 무시하고 있다. 사실 '이슬람 근본주의'란 낱말은 유럽인들이 처음 만들어냈다. 이슬람 연구의 태두(泰斗)로 불리는 영국의 왓트가 1988년에 출간한 『이슬람 근본주의와 모더니즘』에서 전통적 세계관을 수용하고 그대로 실현하려는 자들을 '이슬람 근본주의자'로, 전통적 세계관을 몇가지 측면에서 수정하려고 하는 자들을 '자유주의자'라고 처음 정의하였다. 그런가 하면 미국 시카고대학에서 편찬한 세계종교 부흥관련 연구논문에는 '다른 적절한 대체어(代替語)가 없지만' 이슬람과 기독교 근본주의 사이에는 '전투성'이란 비슷한 점이 있기 때문에 그대로 '이슬람 근본주의'란 말을 채택한다고 밝히고 있다. 이들의 견해를 종합해보면, 이른바 '이슬람 근본주의'는 전통 고수의 보수주의이며, 그 용어는 '전투성' 때문에 차용할 수 있다는 것이다.

보수를 근본주의로 보는 것은 기독교적 개념이다. 이 개념대로라면 '이슬람 근본주의'에는 의당 보수사상만이 망라되어야 할 것이다. 그런데 이슬람 근본주의 주창자들은 보수주의뿐만 아니라, '개혁운동에 뿌리를 두고 있는 행동주의' 즉 혁신주의마저도 포함시키고 있다. 이러한 오류와 혼탁은 연구의 가설이나 분석의 방편에 불과한 차용어가 '본래의 것'으로 착각되어 용어와 개념이 불일치 내지는 괴리된 데서 비롯된 것이다.

이와 더불어 이슬람 정치사상사에는 통칭 근본주의라고 할 만한 실체가 없다. 사상조류사 측면에서 보면 역대 이슬람사회에도 여느 사회와 마찬가지로 항시 손등과 손바닥 관계와 같은 보수와 혁신이라는 위상적(位相的) 대립관계만이 존재해왔다. 지난 1~2세기 동안 근대화의 물결 속에서 종교신앙과 사회정치 및 생활규범의 복합체로서의 이슬람에도 시대의 흐름에 부응하여 여러가지 사상조류와 그에 따른 사회정치운동이 발생하였는데, 앞에서 말한 것처럼 그 흐름은 크게 보수주의와 혁신주의의 두 갈래로 나눌 수 있다. 이외에 따로 근본주의란 사상소류는 없었다. 오늘날 이슬람 근본주의 논자들이 지적하는 내용(일부 극단행동 포함)은 이러한 보수와 혁신의 두 가지 사상조류에 두루 뒤섞여 있을 뿐이다.

이슬람 근본주의를 한낱 유령에 불과한 허상으로 보는 또다른 이유는 단지 '전투성'이란 상사성(相似性) 때문에 차원이 전혀 다른 타종교의 근본주의에 억지로 접목시켰다는 데 있다. 원래 미국에서의 근본주의는 출발할 때부터 많은 분파들의 출몰하고 발전하는 과정에서, 특히 후기에 오면 비타협적인 전투성을 띠게 된다. 그리하여 비난을 받게 되자 스스로를 '복음주의'니, '보수적 복음주의'이니 하는 이름으로 바꾸어버렸다. 앞서 말한 시카고대학의 연구논문을 보면, 이른바 이슬람의 '전투성'에서 오는 공통성을 감안해 '이슬람 근본주의'란 대체용어도 마다하지 않았다고 한다. 설혹 그렇다손 치더라도 학술적으로 엄밀하세 따질 때 표출양식이나 행동방식에서의 비본질적인 한두 가지 공유성이나 상사성만을 근거로 하여 정연한 내재적 논리구조를 가진 주의나 학설에 무턱대고 연유시킨다는 것은 분명한 무리이고 비과학적인 접근이라고 아니할 수 없다.

원래 종교와 폭력은 양립할 수 없다. 종교는 종교임을 그만두기 전에는 사랑과 평화를 자기의 이념으로 추구하는 법이다. 종교로서의 이슬람도 예외는 아니다. 그런데 13세기 중엽 십자군이 이슬람 원정에서 최후의 패배를 당하고 있을 때, 이딸리아 스꼴라철학의 대부 격인 신학자 아퀴나스가 느닷없이 내뱉은 '한 손에는 코란, 다른 손에는 검'이라는 것이 마치도 이슬람의 징표인 양, 경전 속의 한 구절인 양 오인되고 있다. 그 결과 이슬람은 폭력의 종교로 비쳐지고 있으며, 급기야는 이러한 '호전성'이 이슬람 세계에서 일어나는 모든 분쟁과 폭력의 원인이라는 식의 연역논리(演繹論理)로까지 이어지고 있다. 바로 이러한 이슬람의 '전투성'이나 '호전성' 때문에 이른바 '이슬람 근본주의'가 매력이 있는지도 모를 일이다.

기실 이슬람사상은 극단을 배격하는 동양적인 중용사상(中庸思想, wasāṭiyah)이다. 오늘날 이슬람세계에서 대표적인 '근본주의' 집단으로 지목되고 있는 무슬림형제단 운동의 사상이론가인 까르다위마저도 현대 이슬람 부흥운동 가운데서 가장 강력하고 광범위한 조류는 '이슬람적 중용조류(中庸潮流)'라고 하면서 그 내용으로 원초(전통)주의와 혁신주의의 배합, 불변요소와 가변요소의 균형, 경직성(硬直性)과 외세 추종에서의 해방, 이슬람에 대한 포괄적(신앙·사회·정치·입법 등의 측면) 이해의 4가지를 꼽고 있다.

평화와 중용을 지향하는 이슬람과 무모한 폭력이나 극단적 행동은 애당초 불가상용적(不可相容的)이다. 그렇지만 불행하게도 중동을 중심으로 한 이슬람세계는 동·서의 틈바구니에 끼여 역사상 빛나는 기여도 했지만, 근·현대에 와서 너무나 많이 찢기고 당하면서 약자로 살아왔다. 인간이 항시 화약고 속에서 살다 보면 비운에 떨기도 하지만 악에 받치기도 한다. 그래서 부득불 자신들의 처지 개선을 위해 사회운동을 벌이는 과정에는 다른 곳에서처럼 간혹 소수의 급진파나 극단파가 생길 수도 있다. 그러나 그들은 결코 전체일 수는 없고, 그들의 행동이 십분 합리화될 수도 없는 것이다.

7. 이슬람 사회운동의 특징

이상에서 근·현대를 중심으로 한 이슬람세계의 대표적인 사회운동을 보수와 혁신의 두 부류로 나누어 간략하게 고찰하였다. 복잡다단한 이슬람의 사회운동을 통관하면 다음과 같은 몇가지 특징을 발견하게 된다.

우선, 모든 사회운동은 이슬람교란 특정 종교를 기조(基調)로 하여 전개된다는 사실이다. 앞에서 살펴본 바와 같이 보수주의운동은 물론이거니와 혁신주의운동도 예외없이 이슬람교의 근본정신에 입각하여 운동의 방향이나 내용을 설정하고 있다. 이슬람 사회주의 같은 급진적인 시상조류마저도 경전『꾸르안』의 경문 속에서 그 입지(立地)를 찾고 있다. 다른 종교사회와는 달리 정교합일의 이슬람사회에서는 이슬람교가 모든 사회운동의 기조를 이루면서 종교운동과 사회운동이 불가분의 관계 속에서 항시 병행한다. 이슬람교를 떠난 사회운동이란 상상할 수가 없다. 이와같이 모든 사회운동이 이슬람교란 공통분모를 공유하고 있기 때문에 성격이나 내용 면에서 서로를 분간하기가 어려울 뿐만 아니라, 범이슬람주의의 주창자인 아프가니가 현대주의의 선구자 역할을 한 경우에서 보다시피 운동의 이중성이나 위상적 관계의 변화를 자주 찾아보게 된다.

다음으로 그 특징은, 이슬람의 모든 사회운동은 부흥(復興)이란 이름하에 진행되고 있다는 점이다. 무슬림들은 자신들이 벌이고 있는 사회운동을 무슨 '주의'니, 무슨 '운동'이니 하고 일일이 편을 가르는 것이 아니라, 일괄하여 '부흥(아랍어로 나흐돠, 솨흐와, 바으스)운동'으로 표현하고 있다. 한때 시리아와 이라크의 혁신주의운동을 주도한 세력이 바로 바으스당, 즉 부흥당이다. 그들은 수구적인 보수주의운동도 이슬람적 전통생활규범을 회복하여 사회를 정화하려고 하는 것이기 때문에 일종의 부흥운동으로 간주한다. 그런데 가끔 '부흥'이란 명분이 극단적으로 강조되거나 왜곡되다 보니 여권(女權)을 무시하는 등 현대문명에 역행하는 폐습(弊習)들이 나타나곤 한다.

일반적인 통념에서 '부흥'은 사회진보적 성격을 띠는 일종의 개념이다. 따라서 이슬람의 사회운동, 특히 보수주의운동의 성격에 관해서는 실사구시적인 이해가 있어야 한다. 같은 보수주의라도 서구와 이슬람의 보수주의는 그 지향성에서 차이가 있다. 앞에서 살펴본 바와 같이 서구 보수주의는 대체로 현상유지와 기득권 보호를 중심과제로 삼고 있지만, 이슬람 보수주의는 여기에다가 혼탁하고 퇴색된 이슬람 고유의 전통과 순수성을 되찾고 지킨다는 복고와 수구의 지향이 추가된다. 흔히들 이슬람세계에 상존하는 정교합일의 국가체제를 후진성으로 비난하기도 하는데, 그 역사적 배경을 정확히 이해할 필요가 있다. 서구 기독교세계에서는 당초 로마제국 속에 비로마적인 기독교가 침투되어 장기간 마찰을 빚어오다가 마침내 정교분리(政教分離, 수평분리)의 국가체제로 굳어지고 말았다. 이에 반해 이슬람세계에서는 처음부터 이슬람공동체(움마)라는 국가체제가 복합체적인 이슬람과 결합되어 출현함으로써 정치와 종교는 분리될 수가 없이 줄곧 유착관계를 유지해왔다.

끝으로, 이슬람의 사회운동이 지니고 있는 특징은 보편적인 반외세(反外勢) 성향이다. 종교적·사회적 정화를 지향하고 있는 이슬람 사회운동에서 운동의 대상이 되는 종교의 세속화나 사회의 변질은 이슬람사회 자체 내의 요인으로 인한 것도 있기는 하지만, 많은 경우 서구를 비롯한 외부세력의 침투와 그 영향으로 빚어진 것이다. 그리하여 보수건 혁신이건 간에 방법과 내용, 정도에서는 차이가 있지만, 반외세는 하나의 보편적이고 공통적인 슬로건으로 등장하고 있다. 물론 개중에는 친외세, 특히 친서구적인 세력이나 운동이 개재되어 있기는 하지만, 반외세의 대세 속에 설자리가 변변치 않다. 한편, 이러한 반외세 성향은 이슬람세계의 일체성 확보나 민족적 독립을 성취하기 위한 투쟁과 밀접히 연관되어 있다.

9세기 쌀라피야운동에서 시작하여 오늘에 이르기까지 1,200여년간 이러저러한 형태로 전개되어온 이슬람의 사회운동은 비록 철저성이나 건전성, 참여성에서 일정한 한계를 드러냈지만, 시종 이슬람사회 발전의 중요한 원동력으로 기능하였다. 이슬람 초기 쌀라피야운동에 의해 사변적인 '꾸르안창조설'이 부정되고 전통적인 '꾸르안영원설'이 고수되었으며, 와하비야운동을 비롯한 근·현세의 전통주의운동으로 장기간 성행하던 신비주의와 범신론의 여러가지 폐단이 극복되었다. 그 결과 이슬람사에는 이슬람교의 근본교리를 거역하는 이단은 나타나지 않았다. 따라서 기독교식 '근본주의' 같은 '이상조류(異常潮流)'는 형성될 수가 없었으며, 이슬람교의 근본정신과 전통은 면면히 이어져왔다. 여기에 이슬람교의 생명력이 있다. 오늘날 세계가 이슬람문명을 대안문명(代案文明)의 하나로 지목하는 이유는 바로 이러한 이슬람교의 생명력에 있다.

이와 더불어 이슬람의 사회운동은 이슬람세계의 일체성을 유지하고 이슬람문명의 실체성을 보존하는 데 결정적인 역할을 해왔다. 전통주의나 범이슬람주의운동이 없었더라면 외세의 분할통치하에서 이슬람세계는 이미 산산조각이 났을 것이며, 이슬람문명은 일찍이 정체문명(停滯文明)이 되어 생존문명(生存文明)의 반열에서 탈락되었을 것이다. 뿐만 아니라, 이슬람의 사회운동, 특히 각종 형태의 혁신운동은 이슬람사회의 발전에 상당히 긍정적인 기여를 하였다. 비록 서구문명을 받아들이는 과정에서 정신문명의 세속화로 인한 폐단을 방지하거나 극복하지 못한 점은 있으나, 선진문명과 과학기술을 도입함으로써 물질문명의 향상이나 사회경제여건의 개선에는 크게 이바지하였다.

참고문헌

김상태·손주영 엮음 『중동의 새로운 이해』, 오름 1999.

손주영 「이슬람 부흥주의와 이슬람의 이데올로기화」, 『이슬람과 테러』, 한국이슬람학회 2001.12.

정수일 『세계 속의 東과 西』, 문덕사 1995.

황병하 「이슬람 원리주의와 이슬람 부흥운동」, 『아시아의 이슬람 부흥과 분리주의 운동』, 한국동남학회 2001. 6.

金宜九 主編 『伊斯蘭教概論』, 青海人民出版社 1987.

小杉泰 『現代中東とイスラーム政治』, 昭和堂 1994.

J. Baiḍūn/Sh. al-Nāṭūr/'A. 'Akāshī, *Tārīkhu'l 'Arabī'l Ḥadīth*, Dāru'l Amal 1992.

13

한국과 이슬람

13

한국과 이슬람

2000년 늦은 가을 경주 세계문화엑스포장에서 계림로단검(鷄林路短劍)이나 토용(土俑) 같은 서역계 유물들을 두루 돌아보고 시 남쪽 외동읍에 자리한 괘릉(掛陵)에 들렀다. 외호물(外護物)로서의 심목고비(深目高鼻)한 무인석상은 여전히 무언중(無言中) 유언(有言)의 증인으로서 그 자리에 우두커니 서 있다. 내친김에 울산 처용암(處容巖)도 둘러봤다. 이제 처용가비문에도 세월의 티가 아련히 끼기 시작했다. 늘 마음에 두고 있던 곳들이라서 몇년 만에 다시 찾으니 감회가 새로웠다. 그리고 돌아와서 서울 한남동 마스지드(사원)에 찾아가 줌아(금요예배)를 지켜보기도 했다. 역시 몇년 만의 일이다. 낯익은 한국 무슬림은 몇명 안되고 대부분이 낯선 외국인 무슬림들이다. 한국인 이맘(예배인도자)의 인도하에 거행되는 예배의식은 자못 진지했다. 그런가 하면 며칠 전에는 북한산 등산길에서 오래간만에 몇몇 지인과 대작(對酌)하면서 소주의 내력을 더듬어보기도 했고, 이 글을 준비하느라 『고려사』에 실린 「쌍화점(雙花店)」 가사를 한번 음미하기도 했다.

경주시 외동읍 괘릉리에 있는 괘릉(掛陵, 왼쪽)과 무인석상(오른쪽). 신라 38대 원성왕의 능으로 짐작되는 이 능에는 외호물로 한 쌍의 우람한 무인석상이 세워져 있는데, 그 심목고비한 용모로 보아 서역인임에 분명하다. ⓒ 강운구

이 모든 것에 대한 회상과 영상의 줌렌즈를 클로즈업하니 1천여년 전부터 있어온 '한국과 이슬람'의 만남이라는 묘연한 역사상이 한 폭의 축도로 현상된다. 비록 시간적인 단절이나 공간적인 한계는 있어도 이러한 만남은 분명 두 문명간의 교류에서 온 만남이다. 문명간의 만남은 역사의 필연이다. 그 누구도 이러한 만남을 막을 수는 없다. 간혹 '외압'에 의해 잠깐의 멈춤은 있을 수 있어도 영원한 정지는 없다.

1. 문명의 발달

문명은 동서남북 방향을 가리지 않고 도도히 흐르는 대하와도 같다. 문명의 만남 속에서 느닷없이 일어나는 마찰이나 갈등은 어느 한 물굽이에서 생기는 자그마한 소용돌이에 불과하다. 얄랑거리는 소용돌이를 보고 거센 물결이 일어났다고 할 수는 없다. 더욱이 굽이를 지나기만 하면 곧

장 사그라지고 마는 얄팍한 소용돌이가 영원의 웅심 깊은 물줄기를 바꾸어놓는다든가 하는 일은 결코 있을 수가 없다.

작금 이른바 문명간의 '충돌'을 놓고 우려하는 목소리가 높다. 21세기를 '문명충돌'의 세기로 특징짓기까지 하니 말이다. 이곳저곳에서 산발적으로 일어나는 민족분쟁이나 종교갈등을 일괄하여 얼토당토않은 숙명적인 '문명충돌'로 치부하면서 '충돌론'의 당위를 앞세우고 있다. 역설적으로 말하면 이것은 '문명충돌'(만약 이러한 충돌이 있다면)을 부채질하는 작태다.

인류의 문명은 본질에서 인류 공동의 창조물이고 향유물이며 소유물이다. 오늘의 서구 기술문명은 서구인들만의 창조물이 아니라 아득한 역사시대부터 신·구대륙 여러 민족의 공동노력과 희생으로 비로소 이루어진 것이다. 따라서 정도나 선후차는 있어도 세계인 모두가 그것을 공히 향유하고 소유하려는 것은 당연지사가 아닐 수 없다. 바로 그렇기 때문에 문명은 누가 억지로 막으려고 해도 막히지 않고 자연스럽게 사면팔방으로 스며드는 것이다. 그 방편은 바로 교류다. 물론 전파와 수용 및 문명접변을 수반하는 문명교류에는 가끔 일방적인 흡수에 의한 동화(deliquescence) 같은 역기능적 교류가 있기는 하다. 하지만 문명발달의 전과정에서 보면 그것은 한낱 장류대하 속의 '소용돌이'에 불과하다. 이에 반해 선진문명을 수용하고 전통문명을 풍부하게 하는 순기능적 융합(fusion)은 항시 문명교류의 주류를 이루고 인류문명사를 이끌어왔다. 그렇지 않았던들 서구인을 포함해 인류는 오늘의 문명수준에 이르지 못했을 것이다.

'문명충돌'이 21세기를 풍미할 거라는 이른바 '문명충돌론'의 요체는 8대 문명권(기독교·정교·이슬람·유교·불교·힌두교·아프리카·일본문명권) 가운데서 우리나라와도 오랜 만남의 역사를 갖고 있는 이슬람문명권과 우리가 포함된 유교문명권이 '문명충돌'의 주범이 될 것인즉, 여타 문명권들은 제휴해 공동대처해야 한다는 것이다. 다분히 문명을 정치적 시각으로 본

구미 안보관에서 출발한 이러한 억측과 주장은 좋게 보면 몇그루 나무만 보고 숲을 보지 못하는 일종의 편견이자 단견이고, 좀 혹평하면 역사에 대한 왜곡과 무지의 소치라고 할 수 있다. 중세의 짧지 않은 동안 동·서방에 이슬람제국과 중화제국(당·송)이 그야말로 유아독존 격으로 병립하면서 주변 문명들 위에 군림했을 때도 역사는 그 시대를 문명의 충돌시대로 판단하지 않는다. 주지하다시피 지난 20세기는 사상 초유의 세계대전을 두 번씩이나 겪은 '대재난'의 세기였다. 충돌치고 이 이상 더 큰 충돌이 어디 있을까만, 그것을 단순한 문명의 충돌로 해석하는 사람은 아무도 없다. 오히려 그 속에서 '벙어리 대화'만을 해오던 인류가 서로 떳떳이 만나 나눔을 시작했고, 토인비 같은 역사학자는 그러한 재난으로부터의 출구를 문명의 충돌에서가 아니라 문명의 생성과 공존에서 찾고 있었다.

따지고 보면 역사상의 모든 충돌은 정치적 제압이나 경제적 이권 추구 등의 문명외적인, 혹은 비문명적인 요인들로 일어난 것이지, 결코 문명 자체에서 온, 또는 문명을 위한 충돌은 아니었다. 우리가 살아가게 될 이 세기는 문명충돌의 세기가 아니라 문명간의 공존과 대화, 이를테면 문명교류가 미증유의 규모로 확산되는 세기가 될 것이다. 따라서 서로의 다름에서 오는 문명간의 국부적이고 일시적인 마찰을 충돌로 착각해서는 안 될 것이다. 특수성을 보편성으로 확대하거나, 개별성을 전체성으로 비화하는 것은 어떠한 경우에도 견강부회적이고 아전인수 격인 사변논리에 불과하다. 소용돌이가 일어났다고 하여 도도한 물결이 멈추는 것은 아니고 몇그루의 나무가 썩었다고 해서 숲이 망가지는 법은 없다. 문명간의 관계는 '오행설'에서 말하는 것처럼 '나무에서 불, 불에서 흙, 흙에서 쇠, 쇠에서 물, 물에서 나무가 나는' 것 같은 상생관계이지, 결코 '쇠는 나무를, 나무는 흙을, 흙은 물을, 물은 불을, 불은 쇠를 이기는' 것 같은 상극관계는 아니다.

바로 이러한 상생관계 속에서 이루어진 것이 한국과 이슬람의 만남이다. 한국과 이슬람은 실로 이질적이고 멀리 떨어진 두 문명이지만 그 만남은 역사의 필연이다. 바로 이로 인해 그 생명력은 면면히 이어져왔으며, 또 앞으로도 그렇게 될 것이다. 그리하여 '이슬람'이라고 하는 단어에는 종교로서의 이슬람교와 무슬림들의 육체적 및 정신적 노동을 통해 창출된 결과물의 총체로서의 이슬람문명이라는 두 가지 뜻이 복합적으로 내재되어 있다. 따라서 '한국과 이슬람의 만남'이란 한국과 종교로서의 이슬람교와의 만남만이 아니라, 한국의 전통문화(문명)와 이슬람문명과의 만남도 아울러 뜻하는 것이다.

이슬람교는 13억 신도를 가진 세계 3대 종교의 하나다. 뿐만 아니라, 이슬람교를 바탕으로 하여 유라시아대륙 50여개 나라를 망라하는 범세계적인 이슬람문명권(이슬람세계)이 형성되어 인류역사 발전에 간과할 수 없는 기여를 해왔다. 이슬람문명권은 발원지 사우디아라비아를 중심으로 하여 동서에 활 모양으로 뻗어 있다. 일찍이 그 동단의 가장자리에서 삼국통일로 성운을 맞은 한국(신라)과의 첫 만남이 이루어졌다. 한국으로 보면 그 만남은 실로 범상찮은 만남이었다. 세계로의 비상을 고한 계기가 되었으니까.

2. 신라와 이슬람

지금까지 학계에서는 1255년경 프랑스의 루이 9세가 원나라 헌종에게 파견한 사신 뤼브룩이 그의 여행기에서 '섬의 나라 까우레'라고 한마디한 것이 한국에 관해 유럽에 알려진 첫 소식으로, 그리고 일본에서 포교활동을 해온 스페인 선교사 세스뻬데스가 1593년 12월 임진왜란 때 왜군을 따라 남해안 웅천항(熊川港)에 도착한 것이 유럽인으로서는 최초의 한국행으로 알려져왔다. 또한 1627년 일본으로 가다가 풍랑을 만나 제주도에 표착한 네덜란드 상선 오우베르케르크호가 한국 해역에 나타난 최초의 이양선(異樣船)이라고 여겨져왔다.

이처럼 한국과 서양의 만남이 뒤늦게 이루어지다 보니 근세에 이르러 서구인들의 눈에 비친 한국은 세상이 알지 못하고, 또 세상에 알려지지도 않은 이른바 '은둔국'의 모습이었다. 한국에 은둔국이란 이름 아닌 이름을 붙인 사람은 미국의 동양학자이며 목사인 그리피스다. 그는 일본 토오꾜오대학 교수로 있을 때인 1871년 한국에 처음으로 왔다. 모든 것이 금시초견이고 초문이라서 의아스럽기만 하였다. 돌아간 다음해에 그는 『은둔의 나라 한국』이란 책을 펴냈다. 그가 한국을 일컬어 '은둔국'이라고 한 것은 세상을 등지고 어디엔가 숨어살아온 한국을 이제야 발견했다는 뜻에서였다. 2년 후 한국에 온 스코틀랜드 선교사 로스도 『한국역사』에서 같은 말을 되풀이하였다.

그러면 과연 한국은 그네들이 빈정대듯이 호젓하고 닫힌 나라였는가? 서구인들의 주장처럼 그들에 의해 비로소 한국이 세상에 알려지게 되었는가? 확답은 역사가 한다.

뤼브뤽보다 4~5백년, 세스뻬데스보다는 무려 7~8백년 앞서 신라에 많은 아랍-무슬림들이 오갔을 뿐만 아니라, 정착까지 하였다는 기술과 더불어 신라에 관한 여러가지 귀중한 사료가 중세 아랍 문헌 속에 기록되어 오늘까지 전해오고 있다. 요컨대 한자문명권 밖에서 처음으로 한국(신라)을 알고 그 존재를 만방에 소개한 사람은 다름아닌 9세기 중엽의 아랍-무슬림들로서, 그 역사는 자그마치 1천여년 전으로 거슬러올라간다.

중세 아랍-무슬림 학자들은 자신들의 견문이나 연구 및 기타 여행가들의 전문 등을 토대로 하여 신라에 관한 여러가지 지견을 놀라울 정도로 정확히 기술하였다. 신라의 지리적 위치에 관한 첫 기록을 남긴 사람은 쑬라이만이란 아랍 상인이다. 그는 현지체험기인 『중국과 인도 소식』(851)에서 신라가 중국의 동쪽 바다에 자리하고 있음을 밝혔다. 그후 아불 피

중세 지리학의 거장 이드리씨의 지도(1154)에 그려진 신라. 그는 신라를 중국 동남해상의 여러 섬으로 표기하였다. 이것은 서방세계 지도에 한국이 처음으로 등장한 것이다.

다 같은 지리학자는 신라의 경도와 위도까지도 상세히 기술하였다. 이로써 육지의 동단을 오로지 중국으로만 보아오던 종래의 지리관념이 타파되고 동방에 관한 새로운 지리지식이 첨가되었다.

10세기 이후 신라에 관한 그들의 지식은 한층 세밀해졌다. 특히 중세 지리학의 거장인 이드리씨가 작성한 세계지도에는 신라를 중국 동남해상에 위치한 섬의 나라로 명기하였다. 이것은 서방의 세계지도에 처음 한국이 등장한 벨호의 지도(1562)보다도 무려 408년 전에 제작된 것으로서 한국명(신라)이 기입된 현존 세계지도로는 가장 오래된 것이다.

'사막의 아들'로부터 일약 '바다의 아들'로 변신한 아랍-무슬림들로서는 산명수려하고 무구무병(無垢無病)한 자연환경과 풍부한 지하자원이 있는 신라가 비록 멀기는 하지만 선망의 대상이 되지 않을 수 없었다. 그리하여 그들은 이 방면에 관한 여러가지 생생한 기록을 남겨놓았다. 지리학자 마끄디씨가 『창세와 역사서』(966)에서 "중국의 동쪽에 신라라고 하는 나라가 있는데, 그곳에 들어간 사람은 공기가 맑고 부가 많으며 땅이 기름지고 물이 좋을 뿐만 아니라, 주민의 성격 또한 양순하기 때문에 그곳을 떠나려 하지 않는다"라고 기술한 것이 그 한 예다.

저술자들은 또한 여러가지 귀중한 보물, 특히 황금이 풍부하다고 한결같이 입을 모으고 있다. 그들의 눈에 비친 신라는 문자 그대로 '황금의 나라'였다. 최초로 신라를 세계지도에 명기한 이드리씨는 "그곳(신라)을 방문

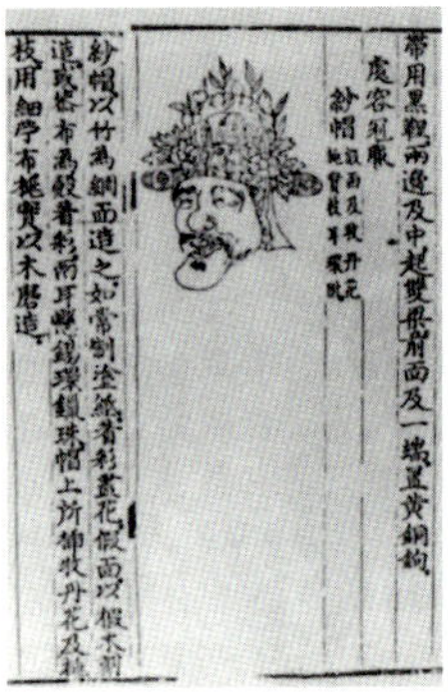

『악학궤범』에 그려진 처용. 통일신라시대 처용설화의 주인공인 처용이 남해를 누비던 아랍-무슬림일 가능성을 시사해준다.

한 여행자는 누구나 정착하여 다시 나오고 싶어하지 않는다. 그 이유는 그곳이 매우 풍족하고 이로운 것이 많은 데 있다. 그 가운데서도 금은 너무나 흔한바, 심지어 그곳 주민들은 개나 원숭이의 목을 묶는 줄도 금으로 만든다"라고 기상천외의 놀라움을 토로했다. 만인이 그토록 선호하고 귀중히 여기는 황금이 신라 땅에서는 개줄에서 가옥의 단장에 이르기까지 그토록 흔하게 쓰이고 있으니, 그들로서는 못내 놀랍고 부러운 일이 아닐 수 없었다.

이렇게 쾌적한 자연환경 속에서 넉넉한 부의 혜택을 누리는 신라인들의 생활상은 한마디로 이상향적이었다. "신라는 중국의 맨 끝에 있는 절호의 나라다. 그곳에서는 (…) 불구자를 볼 수 없다. 그들의 집에 물을 뿌리면 용연향(龍涎香)의 향기가 풍긴다고 한다. 전염병이나 질병은 드물며 파리나 갈증도 적다. 다른 곳에서 병에 걸린 사람이 그곳에 오면 말끔히 치유된다." 이것이 중세 아랍-무슬림들의 눈에 비친 신라인들의 생활모습이다. 또한 그들은 신라인들이야말로 세상에서 '가장 아름다운 외모'를 지닌 사람들이며 '양순한 성격'의 소유자라고 찬사를 보내면서, 바로 이것이 외래인들이 신라를 찾아갔다가 떠나려 하지 않는 이유의 하나라고 지적하였다.

이렇듯 신라를 신비의 이상향으로 선망하였기 때문에 많은 아랍-무슬림들이 신라에 오갔을 뿐만 아니라, 정착까지 하게 되었던 것이다. 이 대목에서 신라의 대표적 향가이자 설화인 처용설화(處容說話)의 주인공 처용의 정체 문제는 흥미있는 주제가 아닐 수 없다. 이 설화의 최초 저본인 『삼국사기』는 처용 일행을 어느 날 동해가에 나타난, 모양과 의상이 괴이한 4명의 자연인으로 묘사하고 있다. 그러나 이 책보다 약 400년 후에 씌어진 『삼국유사』에는 느닷없이 처용이 동해 용의 한 아들로 둔갑하면서 신비와 주술이 함께하는 설화로 윤색·가공되어버렸다.

기록에 따르면 때는 신라 제49대 헌강왕(憲康王) 5년(879) 3월, 장소는 개운포(開雲浦, 오늘의 울산)다. 그러면 그 무렵 신라의 최대 국제무역항인 울산에 나타날 수 있는 낯선 외방인이라면 과연 누구였을까? 서구인들이 나타나기에는 아직 500년이나 이른 시기이고 보면 분명히 당시 지중해로부터 홍해와 인도양, 서태평양에 이르는 광활한 남해 전역을 무대로 누비던 아랍-무슬림들 중 몇몇 사람이라고 추정해도 별 무리가 없을 것이다.

아랍-무슬림들이 범선을 타고 사나운 파도를 가르던 그 바닷길을 따라 일찍이 아랍 땅에 찾아간 한국인도 있었으니, 그가 바로 신라의 대덕고승 혜초(慧超)이다. 그는 727년경 구법차 천축(天竺, 인도)에 갔다가 돌아오는 길에 대식(大食, 아랍)을 역방하였다. 그는 한국인으로서는 물론, 중국을 포함한 한자문명권 내에서도 처음으로 아랍 현지를 방문하고 유명한 견문록『왕오천축국전(往五天竺國傳)』을 남겼다. 이 견문록은 8세기의 서역에 관한 기록 중에서 단연 으뜸가는 진서로 공인되고 있다. 스님은 진정 이 나라의 자랑이고 역사의 선구자였다. 작금 그가 남긴 업적에 비해 그를 알고 기리는 일이 너무나 소홀하고 미흡함에 못내 아쉬운 마음 금할 길이 없다.

신라와 아랍 간에는 교역도 진행되고 있었음이 아랍 문헌에 의해 확인된다. 아랍-무슬림들의 신라 왕래에 관한 첫 기록을 남긴 지리학자 이븐 쿠르다지바는 역사지리서『제도로 및 제왕국지』(845)에서 신라의 지리적 위치와 황금의 산출, 그리고 아랍인들의 왕래에 관해 기술한 다음 신라에서 수입한 물품으로 비단·검·사향·침향·말안장·초피·도기·범포(帆布)·육계(肉桂) 등을 나열하고 있다. 이와 더불어 한반도에서도 아랍을 비롯한 서역계의 유물이 다수 발굴되고 있다. 그 대표적인 것이 유향(乳香)과 안식향(安息香)을 비롯한 아랍산 향료, 신라 고분과 사찰에서 출토된 각종 유리기구, 일반 서민들까지도 애용한 슬슬(瑟瑟, 서역산 보석)이나 구슬 같은 기호품, 단검이나 토용 등이다. 그리고 신라인들은 서역에서 수입한 침향이나 육계, 낙타 등을 일본에 재수출하는 중개무역의 지혜도

경주에서 출토된 황금장식보검(위)과 토용 문관상(아래). 황금장식보검에는 필리그리기법, 감옥법 등 서역 금속공예의 특징이 잘 드러나 있고, 홀(笏)을 잡고 있는 토용 문관상의 주인공은 그 용모로 보아 이방인(서역인)임에 틀림없다.

발휘하였다.

경주에서 남쪽으로 얼마쯤 가면 경주시 외동읍 괘릉리에 이른다. 신라 고분군과는 좀 동떨어진 이곳에 원성왕(元聖王, 8세기)의 능으로 짐작되는 괘릉이 자리하고 있다. 만고의 영생을 꿈꾼 한 제왕의 성역에 이색적인 용모와 복장을 한 장구(長軀)의 무인석상 한 쌍이 능을 수호하고 있다. 곱슬곱슬한 머리카락과 길게 드리운 구레나룻, 움푹 패인 큰 눈과 우뚝 선 매부리코, 우람한 몸통……. 어느 모로 보나 심목고비한 전형적인 중세 서역(오늘의 중앙아시아와 중동 지방)인의 모습이다. 안강의 흥덕왕(興德王, 9세기) 능에도 이와 비슷한 무인석상이 있다.

신성한 묘역에 이례적으로 이러한 석상을 세운 것은 서역인의 장대한 기골과 이색적인 용모에서 오는 수호적 기능을 노린 것으로 사료된다. 1천여년 동안의 모진 풍상을 겪으면서도 의젓하게 제자리를 지키고 서 있는 이 석상을 눈여겨볼 때마다 그 무언(無言) 속의 유언(有言)에 귀를 기울이게 된다. 이 요지부동의 무인석상이야말로 신라인들의 높은 지혜를, 그리고 그들과 서역인들 간에 있었던 어울림과 만남의 역사를 묵묵히 지켜오면서 오늘도 무언가를 더 증언하려는 성싶다. 다만 그것이 '역사의 언어'여서 오늘을 사는 우리가 제대로 다 알아듣지 못하는 것이 못내 안타까울 뿐이지만, 그래도 세계 속의 한국이었다는 역사의 한 단면을 전해주는 데는 족하다.

3. 고려와 이슬람

역사는 언제나 냉철하다. 누가 무어라고 해서 그대로 되는 것도 아니고, 또 누가 아니라고 해서 무턱대고 부정되는 것도 아니다. 1천여년 전부터, 어쩌면 그보다도 더 일찍부터 있어온 한국과 아랍-이슬람세계 간의 교류상을 감안할 때, 한국은 결단코 은자의 나라가 아니라 열린 나라였다. 그러기에 한국과 이슬람의 만남은 신라를 이어 고려와 조선조, 그리고 현대에 이르기까지 연락부절(連絡不絶)하였던 것이다. 그런데 그 과정을 통관하면 적어도 근세까지는 직접적인 만남보다는 중국·몽골·러시아·일본 등 주변국들에 밀려든 이슬람의 여파에 편승한 만남이 더 많았다. 비록 그렇지만 그 만남은 문명교류의 궤를 따라 면면히 이어져왔다.

고려시대는 한국과 이슬람의 만남의 역사에서 새 장이 열린 시대다. 이 시대의 초엽에는 아랍 상인들이 대거 몰려왔고, 말엽에는 주로 이슬람을 적극 수용하고 십분 활용한 원제국(몽골)을 통해 이슬람문명이 본격적으로 한반도에 전파되기 시작하였으며, 영내에 사상 처음으로 이슬람공동체가 부분적으로나마 형성되었다. 이러한 사실은 당대의 여러 문헌, 특히 한적(韓籍)에 의해 여실히 입증되고 있다.

『고려사』나 『고려사절요』 같은 사적을 펼쳐보면 이슬람을 지칭하는 '회회(回回)'나 무슬림을 일컫는 '회회인'에 관한 기사가 간간이 보인다. 모두가 한국과 이슬람의 만남에 관한 흥미로운 기사들이다. 『고려사』의 기록에 의하면 1024년과 1025년, 1040년에 열라자(悅羅慈)·하선(夏詵)·보나합(保那盒)을 비롯한 아랍 상인들이 100여명씩이나 무리를 지어 수은·몰약(沒藥)·소목(蘇木) 같은 방물을 가지고 상역차 개경에 찾아왔다. 고려왕은 그들에게 객관까지 마련하여 후대하고, 돌아갈 때는 금백을 하사하였다고 한다. 동방예의지국다운 처사이며, 두 이질문명간의 화목한 만남이다.

고려말에 이르러서 이슬람문명이 본격적으로 한반도에 유입되었는데, 그것은 호한(浩澣)한 몽골초원에서 달려온 기마유목민과 통칭 '색목인(色目人)'이라는 그들의 '문화교수'(Professeurs de civilization)인 서역 무슬림들이 주도하였다. 원제국에서 색목인들은 몽골인 버금가는 사회적 지위를 누리면서 제국의 내정은 물론, 원정을 비롯한 대외관계에서도 두뇌 역할을 수행하였다. 이슬람이란 이질적 문명이 그 신봉자도 아닌, 그저 이용자일 뿐인 이방의 북방 기마유목민의 등에 업혀 반입되었다는 사실은 역사의 아이러니가 아닐 수 없다. 역사에는 역설적인 사변이 침묵을 깨는 일이 가끔 있다.

원대 조정에서 '문화교수'의 특수한 입지를 갖고 있던 무슬림들은 자의 반 타의반으로 원제국의 고려 경략에 동참하여 사신·역관·서기·근위병·시종무관 등 여러 직분으로 고려에 공식 파견되었다. 그밖에 상인이나 민간인들도 다수 고려에 왔다. 그들 중에는 이러저러한 이유로 고려에 잔류하여 귀화하고 동화한 자들도 있었다. 이 무슬림들, 특히 귀화무슬림들은 중세 한반도 무슬림의 비조가 되고 이슬람의 정초자가 되었다. 그 대표적 일례가 무슬림인 삼가(三哥) 장순룡(張舜龍)이다.

삼가는 1274년 고려 충렬왕(忠烈王)의 몽골비(妃)인 제국(齊國)공주(원 세조의 딸)의 종관으로 고려에 왔다. 원래 삼가는 원나라에 있을 때도 고관직을 제수받은 인물로, 비록 공주의 겁령구(怯怜口, 즉 사속인私屬人)로 고려에 왔지만 곧바로 벼슬이 낭장(郎將)에서 장군을 거쳐 첨의참리(僉議叅理)까지 올랐다. 그는 덕수현(德水縣, 현 북한 개성직할시 개풍군)을 식읍으로 하사받고 고려여인과 결혼하여 세 아들을 남기고 44세에 별세하였는데, 후손들은 본관을 덕수로 하고 그를 덕수 장씨의 시조로 모셨다. 충렬왕이 충선왕(忠宣王)에게 선위(禪位)하고 순룡의 자택에 이사와서 기거하며 그 집을 덕자궁(德慈宮)으로 불렀다고 하니, 순룡에 대한 왕의 두터운 신임과 그가 누렸을 권세를 가히 짐작할 수 있다.

오늘날까지 12종파 25대로 이어져내려온 덕수 장씨의 문중은 고려와 조선시대에 많은 명인들을 배출하였다. 순룡의 맏아들 양(良)은 판사(判事)를 지냈고, 8대손인 정(珽)은 연산군 때 한성부판관(漢城府判官)을 역임했다. 특히 12세손인 장유(張維)는 조선시대 4대 문장가의 한 사람으로 우의정까지 올라 명성을 날렸으며, 『계곡집(谿谷集)』 같은 명문집을 남겼다. 지금도 명문대가로 그 후예들이 선조의 종묘가 모셔져 있는 평택(平澤)을 중심으로 하여 전국 각지에 분포되어 있다. 삼가의 귀화 후 일족의 신앙상황은 밝혀진 바 없으나, 적어도 몇세대까지는 무슬림으로 남아 있었을 것이다. 1985년 경제기획원의 인구조사 결과에 따르면, 덕수 장씨의 후예들은 남한에만 총 4,554가구에 1만 9,366명이 살고 있다.

무슬림으로 고려 충렬왕 때 귀화하여 서임된 이로는 삼가 외에 민보(閔甫)가 있다. 벼슬이 대장에까지 이른 그는 매를 가지고 다섯 번이나 원나라에 사행하고 충선왕 때에는 평양부윤(平壤府尹)이 되어 존무사(存撫使)를 겸하기도 하였다. 삼가나 민보보다는 좀 뒤늦게 고려로 와 귀화하고 관직에 있었던 무슬림으로는 경주 설씨(偰氏)의 시조인 회골(回鶻, 위구르) 출신의 설손(偰遜)이 있다. 원래 그는 원나라 순제 때 황태자에게 경전을 가르칠 정도로 문명이 높은 사람이었다. 그러다가 지방에 좌천되자 교분이 있던 공민왕을 찾아 고려로 와서는 봉후(封侯, 부원후富原侯)되고 전답까지 하사받았으며 고려의 대표적인 시인으로 활약하였다. 설씨 일가는 여말선초의 명문가로서 조선조 개국시 명나라에 여덟 차례나 사행한 장자 장수(長壽)를 비롯해 여러 명인들을 배출하였다. 태조 때 장수가 연산부원군(燕山府院君)에 봉해지자 계림(鷄林)을 사적(賜籍)받아 본관을 경주로 정했다. 경제기획원의 같은 조사에 따르면, 현재 경주 설씨는 남한에 총 442가구에 인구 1,952명이 살고 있다. 설씨 일가와 비슷한 경륜을 가진 가문으로는 임천(林川) 이씨가 있었다.

이와같이 몽골 통치시기에 '준몽골인'으로 고려를 찾은 무슬림들, 특히 귀화한 무슬림들은 이슬람의 전파와 정착에 선도적 역할을 하였을 뿐만 아니라, 고려사회에서 상당한 권력도 행사하였다. 회회인들은 신전(新殿)에서 왕을 위해 향연을 베풀고 때때로 왕을 자신들의 연회에 초청하기도 하였다. 충혜왕(忠惠王)은 피륙을 회회가에 나누어주어 그 이익을 취하게 하였으며, 매일 그들로부터 15근의 쇠고기를 상납받았다. 몽골풍에 젖은

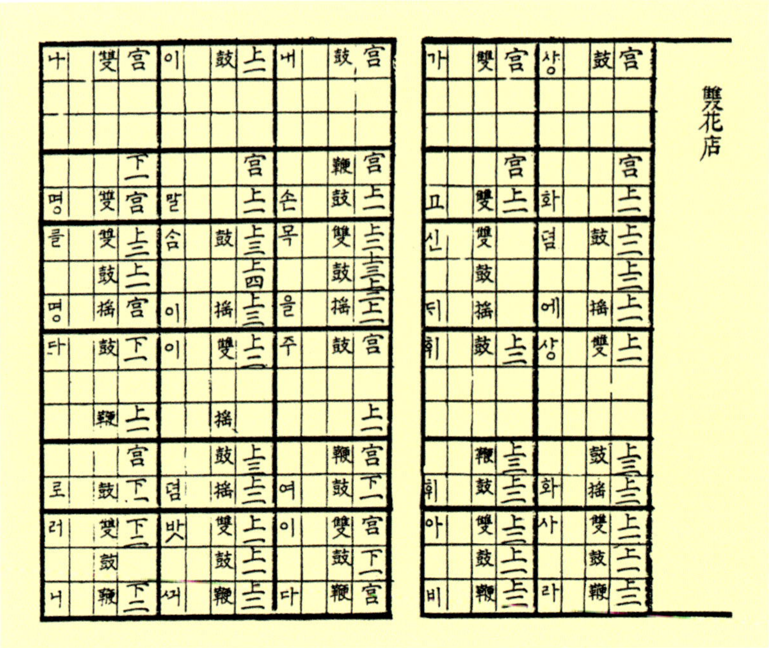

「대악후보(大樂後譜)」에 실린 「쌍화점」의 악보. '회회아비'는 무슬림 주인을 뜻하고, 쌍화는 무슬림들 고유의 빵으로 보인다.

우왕(禑王)은 한 무슬림 가정의 아들과 딸을 데려다가 시종케 하였으며, 매를 관리하는 응방(鷹坊)에는 많은 무슬림들이 근무하고 있었다고 하니, 언필칭 서로의 친밀함이요, 이슬람에 대한 공허(公許)라 아니할 수 없다.

이즈음에 고려의 개경에는 이미 무슬림들의 생활공동체가 형성되어 하나의 사회경제적 세력으로서 고려사회에 일정한 영향을 미치고 있었다. 13세기 후반부터 15세기 초에 이르는 약 150년간에 원나라에서 유입된 무슬림들은 개경을 중심으로 한 인근지역에서 취락을 이루고 집단거주하며 고유의 생활양식과 종교의식을 유지하였다. 그들은 이슬람 사원 격인 '예궁(禮宮)'에서 예배를 근행하고 회회사문(이맘)의 인도하에 이슬람의 예배의식인 '대조회송축(大朝會頌祝)'을 조정에서 거행하였다. 그런가 하면 고려왕실 주변에는 봉군(封君)까지 된 색목인 출신의 최노성(崔老星) 같은 호상도 다수 있었다.

이제 무슬림들이 고려사회에 어지간히 적응하여 '고려화'되다 보니, 당시 유행하던 풍자가사의 주인공으로까지 등장하게 된다. 26각(刻)의 곡조로 된 속요(俗謠) 「쌍화점(雙花店)」이 그 일례다. 이 속요는 4절로 되어 있는데, 그 첫 절이 회회남자와 고려여인 간의 로맨스 이야기다. 그 내용을 요즘 말로 풀이하면 이렇다. "쌍화점에 쌍화를 사러 가니 회회아비가 내 손목을 잡았다. 이 소문이 상점 밖으로 퍼진다면 조그마한 새끼광대인 네가 퍼뜨린 것인 줄 알리라."

이를 두고 혹자는 퇴폐적인 사회상의 단면이라고 혹평하기도 하지만, 분명한 것은 이질적인 두 문명의 만남이다. 두 문명이 세진(世塵) 속에서 융합되다 보니 마침내 인간 본능적인 사랑과 낭만이 생겨난 것이다. 여기에서의 '쌍화'는 상화(霜花)떡으로 무슬림들 고유의 빵(만두)인 듯하다. 무슬림들의 도래와 더불어 그들의 음식문화도 들어온 것이다. 다른 실례로 송도 설씨(薛氏)가 만든 데서 유래되었다고 하는 설적(薛炙)은 쇠고기나 소의 내장을 고명하여 꼬챙이에 꿰어 구운 음식인데, 오늘날까지 유행하고 있는 중동의 케밥이나 동남아의 사떼와 흡사하다.

앞에서 언급했듯이 덕수 장씨는 명문가로서 그 세가(世家)가 오늘까지 이어지고 있다. 후손들은 가문의 안녕과 길복을 빌기 위해 대대로 '장말도당굿'을 벌인다. '장말'은 '장(張)마을'의 준말로 덕수 장씨가 사는 마을이란 뜻이다. 지금도 경기도 부천시 중동에 사는 약 40여호의 장씨 후손들은 매년 10월 1박 2일간 굿과 제사가 혼합된 15거리의 장말도당굿을 지낸다. 원래 이 마을 장씨들은 평택에서 살았는데, 임진왜란 전후에 평야를 따라 이곳으로 옮겨왔다.

일찍이 삼국시대부터 유입된 서역의 악무가 고려시대에 와서도 그 맥을 이어갔다. 주로 중앙아시아에서 들어온 비파·나팔·소 등 호악(胡樂)과 호가(胡歌), 그리고 호무(胡舞)는 인기리에 널리 퍼져 우왕 같은 임금은 대동강 부벽루에서 호악을 친히 연주하고 화원에서 호가를 즐기며 때로는 자신이 직접 호적(胡笛)을 불고 호무를 추었다고 한다. 이것은 당시

호악호무가 얼마나 유행하였는지를 말해준다.

지고한 신이 인간에게 하사한 최고의 선물은 술이라는 말이 있다. '취중진담(醉中眞談)'이 그 이유라고 설파하기도 하나, 그 진의가 무엇인가는 각설하고, 이슬람에서 금기시되는 술이 한국과 이슬람의 만남을 주선한 '매파'가 되었다고 한다면, 신이 두 문명에 준 선물치고는 실로 진중한 선물이 아닐 수 없다. 탁주·청주와 더불어 한국의 3대 토주의 하나로 꼽히는 소주는 그 연원이 고려시대로 거슬러올라간다. 내침한 몽골군이 가죽 술병에 넣고 다니면서 마시는 아락주를 공급하기 위해 만들기 시작한 것이 바로 증류주인 소주다. 그런데 원래 이 소주는 유목민인 몽골인들의 것이 아니라, 몽골 서정군이 압바스조 이슬람제국을 공략할 때 농경민인 서아시아인들에게서 그 양주법을 배워온 것이다. 세 번 고아내린 증류주라 하여 이름 붙어진 소주는 기원전 3000년경 메소포타미아의 수메르에서 처음 만들어졌다고 한다. 그 뒤 소주는 중동지역에서 줄곧 전승되어왔다. 한국에서 소주는 칭기스칸의 손자 쿠빌라이가 일본 원정을 목적으로 한반도에 진출한 후 원정군의 본영이던 개성과 전진기지가 있던 안동과 제주도 등지에서 처음으로 빚어졌다.

아랍어로 '증류'란 뜻의 '아라끄'에 어원을 둔 이 소주(현재도 서아시아 일원에는 '아락'이라는 우윳빛 소주가 유행하고 있다)는 몽골어로 '아라킬', 만주어로 '알키', 중국어로 '아랄길주'(阿剌吉酒), 힌두어로 '알락'이라고 하며, 고려 소주의 본산인 개성에서는 근세까지도 소주를 '아락주'라고 하였다. 이러한 어맥과 역사사실로 미루어보아 한국의 소주는 기마유목민인 몽골인을 매개로 하여 이루어진 두 문명의 만남의 소산임이 분명하다.

문명간의 만남은 서로의 이해를 전제로 한다. 그러나 고려시대의 두 문명의 만남과 교류는 보다시피 대부분 제3자를 통해 간접적으로 이루어졌기 때문에 서로의 이해는 아직 퍽 미숙한 상태였다. 당대 고려에 관한 대표적인 이슬람 문헌기록으로는 라쉬둣 딘의 세계통사 『집사』가 있는데,

이 책에서 이러한 실상을 찾아볼 수 있다. 라쉬둣 딘은 저서에서 이슬람 학자로서는 최초로 한국을 신라가 아닌 카올리(Kao-li, 고려)라고 칭하면서 고려를 원의 12개 성 중 한 개 성(제3성)에 포함시키고 있다. 그리고 고려의 왕권정체를 지적하고 몽골과의 혼인관계도 언급하고 있다. 모두가 사실과는 어긋남이 없으나 극히 소략한 기술에 머물고 있다.

이상에서 보다시피 고려와 이슬람의 만남은 주로 몽골의 내침과 간섭이란 역사적 배경에서 어찌 보면 단향적(單向的)으로 이루어졌다. 그러나 역설적으로 이러한 만남이었기에 이슬람의 전파나 수용은 역동적일 수밖에 없었다. 따라서 길지 않은 만남이었지만, 그 영향은 자못 심각해 후대인 조선시대와 오늘날까지 그 흔적이 남아 있다.

4. 조선과 이슬람

조선시대 초기에는 전대의 맥을 이어 이슬람과의 만남이 그 성숙도를 더해갔다. 그러나 중·후기에는 여러가지 주·객관적 요인으로 그 만남이 단절되다시피 하여 두 문명간의 만남과 교류에는 한때의 공백기가 생겨났다.

고려조부터 조선조라는 왕조의 변천에 따르는 초기의 혼란기에도 재한 무슬림들의 정치사회적 위상은 큰 변화 없이 확고하였으며, '한국과 이슬람의 만남'이란 역사적 대명제는 여전히 빛을 발하고 있었다. 전대부터 이러한 만남이 가능했던 것은 주관적으로는 역대 위정자들이 개방적인 문화수용책을 취하고, 객관적으로는 이슬람문명의 진취성 때문이었다. 물론 고려시대에는 도래한 무슬림들이 '준몽골인'이란 외연적인 위압도 일정하게 작용했겠지만, 그러한 '위압'이 사라진 조선초에 와서도 전과 다를 바 없는 만남이 지속된 것은 어디까지나 위의 주·객관적 요인의 소치였다.

『조선왕조실록』을 비롯한 선초(鮮初)의 여러 사적에는 전대의 문헌기록과 마찬가지로 회회인들의 정착 내지는 사회활동과 지위에 관하여 누누이 언급돼 있다. 실록에 따르면 1407년에 회회사문(回回沙門, 이맘)인 도로(都老)가 처자를 데리고 내조하자 태종은 집을 주어 살게 하고서는 그에게 여러가지 특전을 베풀었다. 그러던 태종이 국가재정이 어려워지자 왜인과 회회인들에게 주던 녹을 줄이라고 하명하였다. 회회인들에게 주는 녹을 줄여서 국고를 충당할 정도라면 녹을 받는 회회인들이 수적으로도 많거니와 그들의 직위 또한 상당히 높았음을 시사해준다.

조선조의 건국 성왕인 세종의 행적을 기록한 『세종실록』을 보면 당시 무슬림들은 조정의 특별한 배려 속에 살고 있었음을 알 수 있다. 회회노인(무슬림 원로)과 회회승도들은 그들 나름의 이색적인 복식을 하고 근정전에서 거행되는 신년하례식이나 동지 망궐례(望闕禮) 같은 각종 궁정행사와 의식에 신하들과 함께 꼭꼭 참석하곤 하였다. 임금에 대한 그들의 하례는 당대 무슬림들이 누리고 있는 사회적 위상을 그대로 반영하고 있다.

한편, 인화와 상술에 능한 무슬림들은 조정과의 관계에 각별한 신경을 썼던 것으로 보인다. 일례로 회회사문 도로가 태종에게 모자에 다는 수정구슬을 방물로 진상하자 왕은 보답으로 쌀 5석을 하사하고 금강산과 순흥, 김해 등지에서 수정을 채집할 수 있도록 배려하였다. 도로는 마침내 300근이나 되는 수정을 채집해 태종에게 헌상하였다.

이러한 조정의 배려 속에서 선초까지도 무슬림들은 그들 특유의 복장을 하고 이슬람식으로 궁정의례를 치렀으며, 불승들과 동등한 서열로 조정하례에 참석하였다. 그러다가 그들이 이미 한화(韓化)되어 여느 백성과 다를 바 없게 되자 세종대에 와서는 무슬림들의 이방적인 행태를 금하도록 하였다. 세종대왕은 회회인들의 의관이 다르기 때문에 사람들이 백성이 아니라고 하며 혼인하기를 꺼리므로 이미 백성이 된 이상 한식 복장을 따르고 이슬람식 송축예법도 폐지해야 한다는 예조(禮曹)의 상주를 듣고 곧 그렇게 하라는 칙령을 내렸다. 이러한 사실로 보아 이슬람교는 조정에서 공식적인 인정(공허)을 받고 있었으며, 무슬림들은 평등하고 자유로이 신앙생활을 영위하고 있었음을 다시 한번 확인할 수 있다.

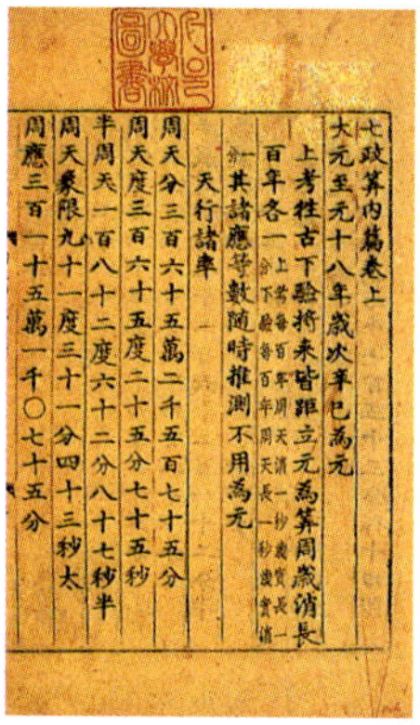

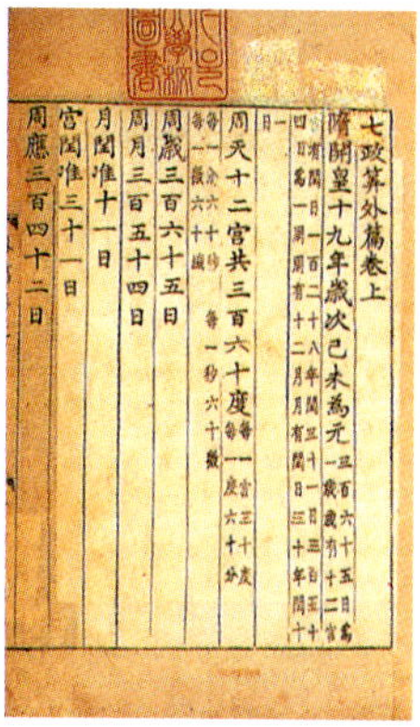

이슬람력을 참조해 만든 조선의 역법 『칠정산내편』(왼쪽)과 『칠정산외편』(오른쪽). 칠정, 즉 해와 달, 다섯 행성의 운동을 계산할 수 있는 수학적 방법을 완성해놓은 것인데, 내편은 서울에서 일어날 일식 등의 천문현상을 예보했고, 외편은 순태음력인 이슬람력 원리를 도입해 만든 '조선의 이슬람력'이라 할 만하다.

조선조 초기 이슬람문명과의 만남에서 특기할 사항은 몇가지 이슬람 과학기술의 수용이다. 그중 가장 중요한 것은 이슬람 역법의 도입이다. 선초에 세종은 새로운 역법을 창제하기 위해 정인지(鄭麟趾)를 비롯한 학자들에게 명하여 원대의 수시력(授時曆)과 명대의 대명력(大明曆), 이슬람의 회회력(回回曆)을 구해다 연구토록 하였다. 수시력이나 대명력은 모두가 당시로서는 가장 발달한 이슬람력을 참조하여 만들어진 것이기는 하나 여러가지 미흡한 점이 발견되었다. 그리하여 이순지(李純之) 등 학자들은 별도로 이슬람력을 집중 연구하였다.

다방면적인 연구 끝에 만들어낸 것이 이른바 『칠정산내외편(七政算內外篇)』이라는 조선조의 역법이다. 그중 외편은 순태음력인 이슬람력 원리를 도입하여 만든 것으로서 가히 '조선의 이슬람력'이라고도 말할 수 있다. 이 새로운 역법은 역원(曆源)에서 이슬람력의 역원인 성천(聖遷, 622)을 그대로 수용하고 있으며, 전래의 태양태음력에 따른 윤달을 따로 설정하지 않고 30태음년에 11일의 윤일을 두고 있다. 또한 분도법에서도 중국의 100진법이 아닌 이슬람의 60진법을 받아들였다. 이와같이 칠정산외편은 이슬람 역법의 기본 원리와 특성을 그대로 수용하고 있다. 관용적인 문명교류의 한 증좌라 하겠다.

역법과 관련이 있는 천문기상학과 천문관측기기의 제작에서도 이슬람 천문학의 영향을 찾아볼 수 있다. 아직 연구가 미흡하다 보니 구체적으로 밝힐 수는 없지만, 조선조에 제작·정비된 대소 간의(簡儀)나 혼천의(渾天

儀), 해시계인 앙부일구(仰釜日晷), 물시계인 자격루(自擊漏), 태양과 별의 운행시간을 관측하는 일성정시의(日星定時儀) 등 여러가지 천문관측기기들은 원대 중국에 도입되었던 동류의 이슬람 천문기기들과 구조나 기능에서 대동소이하다. 그중 자격루에 맞먹는 소리나는 물시계가 이슬람세계에서는 이미 8세기에 만들어져 프랑크 국왕에게 선물로 보내지기까지 하였다.

이와 더불어 공예기술 면에서도 이슬람문명의 흔적이 엿보인다. 그중 하나가 도자기의 청색 안료인 회청(回青, 혹은 회회청, muslim blue)의 도입이다. 원래 중앙아시아의 사마르칸드를 중심으로 한 투르크-페르시아계 무슬림 거주지역에서 산출되던 이 안료는 무슬림 상인들을 통해 중국과 한국(조선조)에 수출되었다. 이 새로운 안료를 사용하여 15~16세기경 중국과 한국, 일본에서 청색무늬를 넣은 독특한 청화백자(青華白磁)가 출현하였다. 조선조에서는 세종 때까지 백자가 자기의 주종을 이루었으나 세조 때에 와서 중국에서 회청이 들어오자 화려한 청화백자가 선을 보이기 시작하였다. 그러나 원료의 수입이 어려워서 생산량은 한정될 수밖에 없었다. 그러다가 18세기에 이르러 국내산 안료가 개발됨에 따라 청화백자는 다시 부활하기 시작하였다.

여말선초에 위구르 문자와 언어가 관부를 비롯한 상층사회에서 사용된 사실은 이슬람문명과의 교류에서 특기할 사항이다. 일찍이 문자가 없었던 몽골은 위구르문자를 빌려다가 자신들의 언어를 표기함과 동시에 위구르어를 공식어로 책정함으로써 원조에서는 위구르어가 널리 통용되었다. 이것은 필연적으로 후기 고려로의 위구르어 침투를 유발하였다. 고려에 대한 몽골의 간섭이 극에 달하던 13세기 후반부터 14세기 중엽까지 회회어와 회회문으로 알려진 위구르어와 문자는 고려 상층부에서 필요언어로 각광을 받았으며 비공식 궁중용어로까지 둔갑하였다. 그리하여 위구르어는 공식 외국어로 교습되고 번역관 고시에는 몽골어와 더불어 필수시험과목으로 지목되었다.

차제에 한가지 부언할 것은 같은 알타이어족에 속하는 위구르어의 언어적 요소가 이즈음에 창제된 훈민정음에 참입(參入)되었을 개연성이 있다는 점이다. 신숙주(申叔舟)를 비롯한 일부 집현전 학자들은 몽골어에 정통했는데, 그러자면 그 표기문자인 위구르문자를 필히 알아야 했을 것이다. 따라서 이미 정연한 문자체계를 갖추고 있는 위구르문자에서 무언가 참고쯤은 했으리라고 짐작해도 별 무리는 아닐 것이다. 13세기 후반부터 15세기 초반까지 여말선초 약 150년간 위력적으로 사용되던 위구르어는 1427년에 공포된 외래습속금령으로 인해 외방적인 복식 및 의례형식과 함께 점차 자취를 감추고 말았다.

비록 이 모든 것은 이슬람문명권의 언저리에서 일어난 일들이지만 권내 무슬림들의 관심 밖에 있을 수는 없었다. 조선시대에 한국에 관한 기록을 남긴 무슬림 학자는 오스만 터키 출신의 알리 아크바르이다. 그는 1500년대 초 오아시스 육로로 호탄(우기 于闐, 현 위구르자치주 화기 和闐)을 거쳐 중국을 방문하고 나서 1516년에 페르시아어로 중국여행기 『키타이서』를 저술하였다. 저술시기는 조선시대이지만 그 내용은 고려에 관한 것이다. 저자는 여행기에서 카올리, 즉 고려는 12개 중국 행정지역의 하나(제9지역)로서 소규모의 영세상인들조차도 15만 시르의 자금을 갖고 있을 정도로 굉장히 부유한 지역이며, 그곳에서 생산되는 아마포는 품질이 우수하다고 하면서 카올리 상인들에게서 은화로 여러가지 상품을 구입한다고 기술하고 있다. 이는 전대의 라쉬둣 딘의 고려 관련 기술 내용과 비슷하다.

이상에서 살펴본 것처럼 고려시대, 특히 그 말엽부터 조선조 초기에 이르기까지 약 150년 동안 진행된 이슬람과의 만남은 여러모로 상승일로를 걷고 있었다. 그러나 급변하는 대내외 정세에 밀려 이러한 상승세에 제동이 걸려 급기야 그후 수세기간의 단절기, 공백기를 겪게 되었다. 우선 대외적으로 그간 한국에 대한 이슬람의 '공급원' 역할을 해오던 원나라가 망하고, 한국에 대한 이슬람의 '관문' 역할을 해오던 중국이 해금(海禁)·관금(關禁) 등 대외폐쇄정책을 실시(명조)한 데 이어 무슬림들에 대한 심한 탄압정책을 자행(청조)하였으며, 이에 더해 서세동점의 새로운 국제정세 하에서 무슬림들이 제해권을 상실하게 되었다. 이 모든 객관적 정세로 인하여 이슬람의 동방 진출이 전반적으로 퇴조되고 한반도로의 이슬람 유입 루트가 소멸·차단되었던 것이다.

다음으로 대내적으로는 보수적인 유교문화와 쇄국적인 대외정책을 추구한 나머지 외래문명에 대한 수용력이 점차 약화됨으로써 외래문명, 특히 이슬람 같은 이질문명에 대하여 경원시하게 되었다. 또한 주로 상층에서만 맴돌던 이슬람교가 대중 속에 착근하지 못하고, 극소수파에 머물렀던 무슬림들 대부분이 한국사회에 동화되다 보니 이슬람은 자생력을 잃고 더이상 생존할 수 없었다.

그러다가 조선조 말엽에 이르러 개화운동에 편승해 닫혔던 빗장이 조금씩 풀리자 이슬람과의 만남이 다시 움트기 시작하였다. 그 계기는 오스만제국의 적극적인 동방 진출로 마련되었다. 19세기 말부터 20세기 초까지 오스만제국에서 일어난 범이슬람주의 부흥운동과 반러시아 공동전선의 필요성은 동방에 대한 오스만제국의 관심을 크게 촉발하였다. 그리하여 오스만제국은 중국과 일본에 대하여 미증유의 접근전을 시도하였다.

특히 일본과는 사절이나 군함을 호환하는가 하면, 일본과 공동으로 토오꾜오에서 범이슬람대회(1906)까지 개최하려고 하였다. 물론 이 대회는 영국을 비롯한 서방국들의 강력한 반대로 개최 직전에 무산되기는 하였지만 이슬람의 새로운 동방 진출을 과시하기에는 충분하였다. 이슬람의 동방 진출에 겁을 먹은 서구인들은 그 성세를 13세기 몽골의 서구 원정에 견주면서 그것에서 초래될 재화를 이른바 '신황화(新黃禍)'로 규정하고 크게 경계하였다. 이웃에서 일어나는 이러한 새로운 기운은 한반도에도 그 영향을 미쳤다.

그리하여 20세기 초엽에 간헐적이기는 하나 무슬림들의 한국행이 재현되었는데, 그들을 통해 격동기의 한국 모습이 세계에 알려지기도 하였다. 그 일례가 러시아 투르크족 출신의 종교지도자 압둘 라쉬드 이브라힘의 한국 방문이다. 러시아 강점하의 투르키스탄 자치를 위해 투쟁하던 그는 아시아 순방길에 일본을 거쳐 1909년 한국에 들러 일주일 동안 부산·밀양·서울 등지의 고적과 교육문화시설 등을 두루 돌아보았다. 귀국 후 그는 여행보고서 『이슬람세계』를 저술했는데, 「조선편」에서 바야흐로 국운이 꺼져가는 참담한 현실과 한국인의 윤리도덕, 재한 외국인 실태 등을 생생하게 묘사하였다.

서울 한남동에 위치한 서울중앙성원에서 무슬림들이 줌아(금요예배)를 마친 후 나오고 있다(위). 중앙성원 이행래 이맘(아래).

그후 무슬림들이 집단적으로 한반도에 이주해 자그마한 공동체를 이루어 정착하기 시작한 것은 1920년대부터다. 그들 대부분은 1917년 러시아 볼셰비끼혁명 이후의 투르크계 망명자들로서 만주를 거쳐 일제 치하의 한국에 들어왔다. 약 200명으로 추산되는 그들은 신의주·혜산·평양·홍남·서울·천안·대전·대구·부산 등 전국 각지에 흩어져 살면서 일제의 비호하에 각종 생업에 종사하였다. 그들은 서울에 학교와 사원을 세우고 경전 『꾸르안』을 출간하여 이슬람 교육과 종교의례를 계속하였고, 홍제동 부근에 무슬림 전용묘지까지 마련하여 전통을 지켜나갔다. 그러다가 1945년의 한반도 광복과 1950년의 한국전쟁이란 잇따른 충격을 이겨내지 못하고 결국 대부분은 해외로 빠져나가고 말았다.

한편, 그들이 경영하는 점포에서 일하던 몇몇 한국인들이 그들에게서 직접적인 영향을 받아 이슬람으로 개종하였는데, 그들을 현대 한국 무슬림의 비조라고 할 수 있다. 그밖에 이 시기에 만주에서 일본 회사나 기관의 역원으로 있던 한국인들은 그곳에 있는 무슬림들과 접촉하여 이슬람에 대한 신앙의 싹을 틔웠는바, 후일 그들은 한국 무슬림의 초대 지도자의 반열에 서게 되었다.

한국전쟁은 무슬림 터키군이 참전한 터라 한반도에서 두번째로 무슬림들이 피를 흘린 전장이 된다. 평화로운 이 땅에서 무슬림들이 처음으로 피를 흘린 것은 그로부터 약 680년 전 삼별초가 항몽전을 일으킬 때다. 『고려사』에 의하면 항몽군들은 항몽전에 동참하기를 거부하는 장수 이백기(李白起)를 체포하여 노상에서 몽골이 파견한 회회인들과 함께 살해하였다고 한다. 그러나 알고 보면 이 희유의 처절한 현장은 문명외적인 비사(悲事)에 불과하지, 결코 대치문명간의 숙명적인 충돌은 아니다. 만일 그러한 '충돌'이었다면, 그 뒤를 이은 문명의 만남은 단연 이루어지지 못하였을 것이다. 흔히 충돌은 앙금을 낳고, 앙금은 불신을 결과하며, 불신은 두절로 이어지니까 말이다.

5. 한국과 이슬람의 만남의 당위성과 특징

여단 규모의 터키군이 살벌한 한국전에 참전한 것은 역설적이게도 오늘날 한국 무슬림공동체가 형성되게 된 직접적 계기가 되었다. 그들은 후방에서 '앙카라학교'를 세워놓고 전쟁고아들을 양육하였으며, 종전 후에는 군 이맘 압둘가푸르가 직접 대민선교에 나서서 현대 한국 무슬림의 제1세대를 탄생시켰다. 그의 인도하에 1세대들은 1955년에 드디어 첫 이슬람공동체인 '한국이슬람협회'를 결성하여 이슬람 정착의 초석을 마련하였다. 그후 여러 이슬람국가들과 국제이슬람단체들의 형제애적인 지원과 한국 무슬림들의 헌신적인 노력으로 인해 한국 무슬림공동체는 점차 구색을 갖추고 의젓이 자라나, 마침내 서울 중앙사원을 비롯해 전국에 5개의 사원을 건립하고 약 4만명의 신도를 구성원으로 갖게 되었으며, 범세계적 이슬람공동체의 일원으로 자리매김하게 되었다.

오늘날 좁은 의미에서의 이슬람공동체는 한국이슬람중앙회를 정점으로 하여 그 '우산' 속에 망라된 여러 조직성원들과 국내외의 무슬림들로 구성된 순수 종교유대체로 한정되나, 넓은 의미에서의 이슬람공동체는 이러한 종교유대체 말고도 한국이슬람학회와 4개 대학의 아랍-이슬람학과를 비롯해 이슬람문명을 연구·전파하는 모든 인적 및 물적 역량을 총망라한 문명유대체를 말한다. 사실상 이러한 문명유대체로서의 이슬람공동체는 한국과 이슬람 간의 만남이나 교류를 추진하는 견인차 역할을 수행할 뿐만 아니라, 어마어마하게 큰 덩치의 이슬람문명권을 연결하는 고리로서의 역할도 아울러 담당하고 있다.

현재 이러한 이슬람공동체의 선도적 역할에 힘입어 한국과 이슬람의 만남에서는 전대미문의 변혁이 일어나고 있다. 두 문명 사이에는 정치·경제·문화의 모든 방면에 걸쳐 문명사의 오늘에 걸맞은 만남과 교류가 이루어지고 있다. 아니, 문명사의 오늘을 뛰어넘는 기적도 일어나고 있다. 한국인의 힘과 지혜로 저 멀리 리비아의 대사막에 생명수가 콸콸 흘러가게 하는 그러한 기적이 말이다. 바싹바싹 메마른 사막을 물로 한번 흠뻑 적셔보고파 하던 인간의 꿈이 현실로 되던 날, 사람들은 그것을 두고 세계의 '제8대 불가사의'라고 경탄하였다. 문명사란 본질적으로 주고받음의 역사일진대, 주로 받기만 해왔던 이 겨레가 이제 남들이 '불가사의'라고 할 만큼의 엄청난 일을 해줌으로써 그 불균형을 깨고 갚음을 했으니, 기적치고 그보다 더한 기적이 또 어디에 있으랴. 진정 그것은 한국과 이슬람의 만남에서 세워진 하나의 불멸할 이정표다. 그런데 그 이정표에 암운이 드리울 거라는 소문이 나도니, 자못 안타깝기만 하다. 오늘의 오감이나 주고받음은 그것이 눈곱같이 작고 하찮은 것일지라도 밀알이 되고 씨앗이 될지니, 의당 소중히 여기고 가꾸어나가야 할 것이다.

이상에서 1천여년간 이어져온 한국과 이슬람 간의 만남과 교류의 역사를 주로 문명사적 시각에서 개략적으로 훑어봤다. 두 문명은 퍽 이질적이고, 또한 지정학적으로도 서로가 멀리 떨어져 있기 때문에 그 만남은 문명교류사 일반에서 그리 흔하지 않은 양상을 띠고 있기는 하지만, 총체적으로는 문명교류의 관행적인 궤도를 크게 벗어나지 않았다. 적어도 문명의 특성에서 오는 교류의 당위성은 두 문명의 만남과 교류에서 이론의 여지없이 여실히 입증되고 있다.

문명은 보편성과 개별성, 전파성과 수용성이란 고유의 특성을 지니고 있는데, 이러한 특성으로 인해 그 교류가 비로소 가능한 것이다. 같은 환경이나 여건하에서는 물론, 때로는 다른 환경이나 여건 속에서도 시간과 공간을 초월해 내용과 형태에서 유사한 문명이 창조된다는 보편성은 문명간의 접근을 가능케 하며, 또한 인류는 항시 이러한 보편성에 바탕한 문명의 공유를 염원하여 교류를 진행하게 된다. 개개의 문명이 자기만의 개성을 가지고 타문명과 구별된다는 개별성(고유성)은 문명간의 이질성을 조건지어주기 때문에 교류의 전제가 된다. 그리고 일단 창조된 문명은 물리적 거리나 장애에도 불구하고 의식적이건 무의식적이건간에 주위에 조만간 전파되는데, 이러한 전파는 교류의 필수적 과정으로서 그 양태에 따라 교류상이 좌우된다. 궁극적으로 전파된 문명이 피전파문명에 합류·정착, 즉 수용될 때만이 실질적인 교류가 실현되었다고 할 수 있기 때문에 수용성은 교류의 징표인 것이다.

비록 한국과 이슬람의 만남은 그 양상에서 부침이 심하고 폭과 깊이에서 상대적인 제한성이 두드러지지만, 두 문명 고유의 제반 특성이 순리대로 발현된 결과임에는 틀림이 없으며, 바로 여기에 그 당위성과 필연성이 있는 것이다. 이와 더불어 역사를 통해 실증되다시피 두 문명의 만남은 시종일관 상극관계가 아닌 상생관계 속에서 서로가 공생공존하고 상부상조함으로써 문명교류의 본연을 그대로 구현하고 실천해왔다.

그럼에도 불구하고 그 실천과정을 면밀히 검토해보면 몇가지 특징을 발견할 수 있다. 우선 교류내용에서의 단향성(單向性)이다. 원래 문명교류는 문자 그대로 서로 오감과 주고받음이나, 한국과 이슬람의 만남의 역사를 통관하면 대체로 현대사를 빼고는 여러가지 주·객관적 요인으로 인해 이슬람의 대한국 전파가 거의 일방적이고, 한국의 대이슬람 접촉은 극히 드문 상태이며, 서로의 영향관계도 이에 상응하였다.

다음으로 그 특징은 교류방법에서의 점파(點播)에 의한 간접전파다. 문명교류란 문명의 전파와 수용 과정이다. 그런데 전파에는 문명간의 직접적인 통로나 매체에 의해 실현되는 직접전파와 제3자를 통해 실현되는 간접전파가 있다. 직접전파로는 원형적인 문명요소가 신속하게 확산되는 데 비해, 간접전파로는 변형적인 문명요소가 비교적 완만하게 보급된다. 그리하여 일반적으로 문명전파에서는 간접전파보다는 직접전파가 더 요망되는 것이다. 문명전파에는 또한 전파가 간단없이 연속적으로 이어지는 연파(延播)와 연속성 없이 군데군데에 점재되는 점파가 있는데, 연파가 문명의 자연적이고 광폭적인 확산이라면, 점파는 대개 우연적이고도 소폭적인 보급이다. 오늘에 이르기까지 한국과 이슬람의 만남에서 일어난 전파상, 특히 이슬람의 대한국 전파상을 살펴보면 점파에 의한 간접전파가 절대적으로 우세하였음을 인지하게 된다.

끝으로 그 특징은 교류결과로서의 문명접변이 미약한 점이다. 일반적으로 문명의 수용과정에서는 순기능적 수용이건 역기능적 수용이건간에 이른바 문명접변(文明接變, acculturation)이라는 문명적 변동이 일어나는 법이다. 문명교류는 구경(究竟) 이러한 변동을 목적으로 한다고도 말할 수 있다. 그런데 한국과 이슬람의 만남에서는 이러한 문화접변이 일어나지 않은 것은 아니지만, 극히 희미하다. 그 원인은 전파방법에서 연파에 의한 직접전파가 아니라 점파에 의한 간접전파라는 취약점과 함께 두 문명의 만남은 주로 이슬람문명권의 언저리에서 여파에 의한 '변두리접족'에 머물렀다는 한계성, 그리고 강한 이질성의 미극복에 있었다고 판단된다.

인류는 바야흐로 교류의 무한확산시대를 맞고 있다. 이제 교류는 문명인의 절체절명의 생존전략이다. 이러한 대명제하에서 한국과 이슬람의 만남은 더욱 활성화되어야 할 것이다. 그러자면 지난날의 만남에서 있었던 이러저러한 편향들을 털어버리고 진정한 교류인으로서의 자세를 가다듬어야 할 것이다. 그러는 데서 무엇보다 중요한 것은 서로의 올바른 앎이다. 한국인으로 말하면 이슬람에 대한 올바른 앎이다.

오늘 이슬람에 대한 여러가지 무지와 오해는 서로의 만남을 난감하게 하고 있을 뿐만 아니라, 인류문명에 대한 올바른 이해에도 걸림돌이 되고 있다. 따지고 보면 그 주 온상은 이른바 '서구문명 중심주의'다. 이슬람을 '한 손에는 코란, 다른 손에는 검'이라는 폭력종교로 오도하고, 근대의 이슬람 부흥운동에 엉뚱한 '이슬람 근본주의' 딱지를 붙여 호전종교로 몰아붙이는 것도 그 진원지는 예외없이 서구문명이다. 서양사의 구성체계(국내외의 모든 교재)를 보면 서양문명사의 첫머리에 '오리엔트문명'을 얹어놓고, '중세 유럽세계의 성립' 장에 '이슬람세계'를 한 절로 끼워맞추어놓고 있다. '오리엔트'와 '이슬람세계'는 분명 서양세계는 아닐진대, 그러한 발상과 저의는 과연 무엇으로 어떻게 해석할 수 있을까?

그나마도 다행스러운 것은 작금 서구에서도 다른 목소리가 튀어나온다는 사실이다. 현대 서구 이슬람학계의 태두이자 목사인 영국의 왓트는 "중세기 기독교 학자들이 많은 점에서 자신들의 명예를 더럽힐 정도로 이슬람상을 추하게 조작했다는 사실이 근년에 와서 명백해졌다"고 자성하면서 "지난 한 세기 동안 학자들이 노력한 결과 좀더 객관적인 이슬람상이 서구인들의 마음속에 자리잡아가고 있다"고 낙관과 기대를 표명하였다.

'이슬람을 모르고 세계종교를 안다고 자신하지 말라' '이슬람문명에 무지하면서 어떻게 감히 그 자양분을 받아 자라난 근대 서구문명에 관해 논급할 수 있는가' '징검다리 역할을 해온 이슬람문명을 제쳐놓고 동서문명의 만남이나 교류를 운운하는 것은 어불성설이다' 등. 이러한 양식의 절규와 메씨지에 귀를 기울이고 순응할 때만이 비로소 제대로 된 이슬람과의 만남이 이루어지고, 이슬람문명을 포함한 인류문명에 대한 불편부당한 정견을 세울 수 있을 것이다.

한국과 이슬람의 만남은 단순하고 우연한 만남이 아니다. 그것은 역사의 필연으로서 거기에는 문명교류의 온당한 원리와 귀중한 경험이 온축되어 있다. 우리는 그것을 이 시대에 걸맞은 새롭고 진취적인 문명관으로 승화해야 할 것이다.

참고문헌

『삼국사기(三國史記)』

『삼국유사(三國遺事)』

『고려사(高麗史)』

『조선왕조실록(朝鮮王朝實錄)』

김정위 「중세 중동문헌에 비친 한국상」, 『한국사 연구』 16호 1977.

이용범 「처용설화의 일고찰: 당대 이슬람상인과 신라」, 『진단학보』 32호 1967.

이희수 『한·이슬람 교류사』, 문덕사 1991.

정수일 『신라·서역교류사』, 단국대학교 출판부 1992.

최상수 『한국과 아라비아와의 관계』, 어문각 1971.

Abu'l Ḥasan al-Mas'ōdī, *Murūju'd Dhahab Wa Ma'ādinu'd jauhar*, Baghdād: Dāru'l Rajā 1938.

Abū 'Abdu'l Ilāh al-Idrīsī, *Nuzhatu'l Mushtāq fi Ikhtirāqi'l Afāq*, Brill E.J. ed., Napoli 1970.

Ibn Khurdadhibah, *Kitābu'l Masālik Wa'l Mamālik*, De Goeje M.J., Leiden 1889.

Yoon Kyung Sun, *Islam in Korea*, Hartford: Connecticut 1971.

이슬람사 연표

서력(이슬람력)

5세기 말	꾸라이쉬 부족의 메카 정주.
570경	무함마드 탄생.
610	알라의 계시를 받아 무함마드 예언자임을 자각.
614	무함마드 메카에서 이슬람 포교 시작.
615	일부 신자들이 메카에서의 박해를 피해 하바쉬(현 에티오피아)로 이주.
619	무함마드의 숙부 아부 퇄리브와 처 카디자 사망, 메카에서의 박해 격화.
621	야스리브(메디나) 부족 대표 12명이 메카에 찾아와 제1차 아끄바 충성서약을 함. 무함마드 천사 가브리엘의 안내로 부라끄(天馬)를 타고 메카의 금사에서 예루살렘의 원사로 날아가 승천함(야행승천).
622(1)	야스리브 부족 대표 75명이 메카에 찾아와 제2차 아끄바 충성서약을 하고 무함마드를 초청. 무함마드가 70여명의 신도들을

이끌고 메디나로 히즈라(聖遷)함, 이슬람력(A.H.) 원년.

624(2) 메카군과의 바드르전투에서 이슬람군 승리. 예배방향(끼블라)을 이전의 예루살렘 원사에서 메카의 카으바 신전으로 변경.

625(3) 메카군과의 우후드전투에서 이슬람군 참패.

627(5) 메카군과의 칸다끄전투. 메카군이 메디나 포위 풀고 철군함.

628(6) 메카와 10년간의 정전 및 메카 순례 허용하는 내용의 후다이비야협약 체결.

630(8) 메카의 항복. 무함마드 메카에 무혈입성하여 360여개 우상을 파기.

631(9) 아라비아반도 여러 부족들이 대표단을 보내 무함마드에게 충성서약을 하고 이슬람으로 개종 표시.

632(10~11) 무함마드가 메카 순례하고 '고별연설'. 무함마드 사망. 아부 바크르가 초대 칼리파로 피선. 정통 칼리파 시대 개막.

633(12) 대정복 시작, 야마마전투.

634(13) 오마르가 2대 칼리파로 피선. 아비 왁까스의 싸와드(이라크) 정복.

636(15) 야르무끄전투에서 아랍군이 비잔틴군 격퇴하고 시리아 정복. 까디시야전투에서 아랍군이 사산조 페르시아군 격파.

637(16) 아랍군이 싸와드(남이라크) 점령하고 각지에 군영도시(미스르) 건설 시작.

638(17) 아랍군이 예루살렘을 함락하고 지배하기 시작함.

640(19~20) 행정부서인 디완 창설. 아랍군의 이집트 정복 원정(~642).

641(20) 네하완드전투에서 아랍군이 사산조 페르시아군 격멸하여 사산조 해체. 사산조(이란)가 이슬람 지배하에 들어감

644(23~24) 오스만이 3대 칼리파로 피선.

651(30) 야지다지르드 3세의 피살로 사산조 페르시아 멸망. 경전 『꾸르안』 정본(오스만본)이 편집됨.

656(35~36) 오스만 피살. 알리가 4대 칼리파로 피선. 낙타전투에서 알리군

이 바스라군 격파하고 쿠파를 본거지로 삼음. 제1차 내란(~661).

657(37) 알리군과 무아위야군 간의 쉬핀전투. 카와리즈파 출현.

661(40) 알리 피살. 정통 칼리파 시대 종언. 다마스쿠스를 수도로 한 우마위야조 창건(~750). 쑨니파와 쉬아파 분립.

670(50) 튀니지의 까이르완 대사원 건립.

677(57) 샤비브 반란.

680(60) 알리의 둘째아들 후싸인이 카르발라에서 피살('카르발라 참사'). 야지드 1세 등위.

683(63) 시리아의 이븐 주바이르가 메카에서 칼리파로 참칭. 제2차 내란(~692).

686(66) 쿠파에서 무크타르의 난 발생(~687).

691(71) 무함마드의 야행승천을 기념해 무함마드가 밟고 승전했다는 예루살렘의 바위가 있는 자리에 바위돔(Qubbatu'd Ṣakhrah) 건조.

692(72) 칼리파 압둘 말리크가 이슬람세계 재통일.

696(78) 아랍어를 행정(디완) 공용어로 채택. 금화(디나르)와 은화(디르함)를 주조하기 시작.

705(86) 호라싼 총독 꾸타이브가 중앙아시아 정복 시작.

710(91) 이슬람군이 인더스강 유역에 도착.

711(92) 타리끄 휘하의 이슬람군이 이베리아반도 침공(~714).

718(99) 압바스가 운동 시작. 이슬람군이 삐레네산맥을 넘어 프랑크왕국 침입.

719(100) 칼리파 오마르 2세의 세제(稅制)개혁.

728(110) 시인이며 사상가인 하싼 바스리 사망.

732(114) 또르(Tors)와 뿌아띠에(Poitiers)의 중간 지점에서 이슬람군이 프랑크군에게 대패.

747(129) 압바스가 운동의 지도자 아부 무슬림이 후라싼에서 무장봉기.

748(131) 무으타질라파의 비조인 신학자 와쉴 이븐 아타 사망.

750(132) 이집트에서 마르완 2세 피살로 우마위야조 멸망. 아부 압바스 싸파흐가 칼리파로 등위(~754), 압바스조 건립(~1258).

751(134) 이슬람 연합군과의 탈라스전투에서 고선지(高仙芝) 휘하의 당군 패전으로 중앙아시아의 이슬람화 시작. 중국 제지술이 서전.

754(137) 바그다드의 건설자 만쑤르가 칼리파로 등위(~775).

756(139) 압둘 라흐만이 안달루시아에서 꼬르도바를 수도로 한 후(後)우마위야조(~1032) 건국.

759(141) 문학가 이븐 무캇파 사망.

760(142) 쉬아파의 일파인 이쓰마일리야파 창시자 이쓰마일 사망.

762(145) 바그다드에 새 도읍 건설(~766).

765(148) 바그다드에 의학학교 건립.

767(150) 하나피야파의 비조인 신학자 아부 하니파 사망.

769(151) 무함마드 전기작가이며 『하디스』 학자인 이븐 이쓰하끄 사망.

770(152) 7이맘파의 마지막 이맘 무함마드 이쓰마일 숨어버렸다.

776(158) 후라싼에서 '무깐나으(覆面者)의 난' 발생(~783).

777(159) 이븐 루스탐이 알제리에서 루스탐조 건립(~909).

785(168) 꼬르도바의 대사원 건조.

786(169) 성군 하룬 라쉬드가 칼리파로 등위(~808).

789(173) 모로코에 이드리씨조 건국(~926). 튀니지에 아끄라브조 건국(~909).

795(179) 말리키야파의 비조인 신학자 말리크 이븐 아나쓰 사망.

798(182) 법학자 아부 유쑤프 사망.

800경(184경) 제지술이 바그다드에 전파.

813(197) 성군 마으문이 칼리파 등위(~832). 압바스조의 황금시대 열림.

815(199) 철학자이며 야금술사인 자비르 이븐 하얀과 신비주의자 마루프 카르키 사망.

820(204) 후라싼에 톼히르조 건국(~873). 샤피이야파의 비조인 신학자 앗샤피이 사망.

827(212)	칼리파 마으문이 무으타질라파의 교의를 공인. 아까라브조군이 씨칠리아 진출.
830(215)	바그다드에 '지혜의 집' 개관, 번역사업 본격 개시.
833(218)	칼리파 무으타쉼 등위(~842), 터키인 맘루크(노예)로 친위대 조직.
836(223)	압바스조 바그다드에서 쌈마라로 천도.
840(227)	중앙아시아에 카라한조 성립(~1212).
846(232)	수학자 카와리즘 사망.
848(234)	칼리파 무타왓키르가 무으타질라파에 대한 공인 취소.
855(241)	한발리야파의 비조인 신학자 아흐마드 이븐 한발 사망.
860(246)	신비주의자 미스리와 12이맘파의 마지막 이맘 무함마드 이븐 하싼 사망.
861(247)	칼리파 무타왓키르 피살. 맘루크 군인세력 증대.
864(250)	타브리스탄에 알리조 건립(~928).
867(253)	씨지스탄(이란)에 쇄파르조 건립(~903).
868(254)	이집트에 토룬조 건립(~903).
869(255)	싸와드(남이라크)에서 잔즈(흑인노예)의 난 발생(~883). 문학가 자히즈 사망.
870(256)	『하디스』의 대가 부카리 사망.
873경(259경)	철학자 칸디 사망.
874(260)	『하디스』 학자 무슬림 사망. 이란에 싸만조 건립(~999).
876(262)	카이로에 이븐 투란 사원 건조.
877(263)	이집트의 토룬조가 시리아 병합. 번역가 이븐 후나인 이븐 이쓰하끄 사망.
889(274)	아제르바이잔에 사즈조 건립(~929).
892(276)	압바스조 바그다드로 환도.
900(287)	싸만조가 후라싼을 쇄파르조로부터 탈환.
10세기초	싸만조 치하의 후라싼에서 근세 페르시아어 사용 시작.

902(289) 카르마트파의 난 발생, 다마스쿠스 포위(~905).
905(292) 압바스조의 이집트 지배 부활. 모술에 함단조 건립(~991).
909(296) 북아프리카의 튀니지에 쉬아파의 파티마조 건립(~1171).
921(309) 불가리아인들 속에 이슬람 정착.
922(309) 신비주의 사상가 할라즈 처형.
923(310) 역사학자 톼바리 사망.
925(313) 의학자이며 철학자인 라지 사망.
927(315) 다이람 지방에 지야르조 건립(~1090).
930(318) 바흐라인(바레인)의 카르마트파가 메카에 침공해 카으바 흑석 탈취.
932(320) 부와이흐족이 지야르조로부터 자립해 부와이흐조 건립(~1055).
935(323) 이집트 총독 무함마드 이븐 투그즈가 자립해 이크씨드조 건립(~969).
936(324) 아미룰 울마라(대아미르)직이 신설되어 칼리파 실권 상실. 아슈 알리 신학파의 비조 아슈알리 사망.
946(334) 부와이흐조의 무잇즈 다울라가 바그다드에 입성, 대아미르로 임명.
950경(338경) 철학자 파라비 사망.
960경(348경) 쿠르디스탄에 하싼와이흐조 건립(~1015). 카라한조가 이슬람으로 개종.
961경(349경) 이라크 중부에 마즈야드조 건립(~1150).
969(358) 파티마조가 이집트 점령.
970(359) 파티마조가 카이로 건설.
972(361) 파티마조의 북아프리카 총독이 자립하여 지르조 건립(~1184). 카이로에 아즈하르 사원 건조.
977(366) 가즈나조 건립(~1186).
983(372) 마르완조 건립(~1085).
988(377) 카이로에 아즈하르대학 건립.

990(379)	우카이르조 건립(~1096).
991(381)	파티마조가 북시리아에 진출.
999(389)	카라한조가 마 와라앗 나흐르 지역(河外地域) 점령(~1212).
1000(390)	가즈나조의 마흐무드가 인도 펀자브 지방 원정.
1005(395)	카이로에 다룻 일름(지식의 집) 건립.
1008(398)	이란 북부에서 카크와이흐조가 부와이흐조에서 자립(~1051).
1015(405)	알제리에서 하마드조가 지르조에서 자립(~1152).
1023(413)	알레포에 미르다스조 건립(~1079).
1031(422)	꼬르도바의 후(後)우마위야조 망하고 군소왕국 난립시대 시작.
1037(428)	의학자이며 철학자인 이븐 씨나 사망.
1038(430)	투그릴 벡이 니싸불 입성, 쎌주크조 건립(~1194). 철학자이며 실험광학의 창시자인 이븐 싸이쌈 사망.
1040(432)	단다나칸 전투에서 쎌주크조가 가즈나조 격파.
1048(439)	철학자 비루니 사망.
1055(447)	쎌주크조의 투그릴 벡이 바그다드 입성, 쑬퇀 칭호 받음.
1056(448)	모로코에 무라비트조 건립(~1147).
1064(456)	사상가이며 문학가인 이븐 하즘 사망.
1065(457)	이집트에서 7년간 계속된 대기근 발생.
1067(459)	재상 니좌물 물크가 바그다드에 니좌미야 학원 설립. 아슈알리파 신학이 정통으로 공인.
1071(464)	만지 카르트전투에서 쎌주크군이 비잔틴군을 격파하고 소아시아 점유.
1075(467)	바그다드에 천문대 설치.
1076(468)	무라비트조가 가나왕국 공략.
1077(469)	소아시아에 룸쎌주크조 건립(~1302). 중앙아시아에 카와리즘샤조 건립(~1231).
1086(478)	무라비트조가 이베리아반도에 진출, 사라카에서 기독교연합군 격파.

1090(483) 무라비트조가 안달루시아 점령. 노르만인이 말타도 정복. 하싼 솨바흐가 알라무트를 중심으로 니자르파 결성.

1092(485) 니자르파가 쎌주크조 재상 니좌물 물크 암살.

1096(489) 노르만인이 북아프리카의 트리폴리 지배(~1158).

1097(490) 제1차 십자군이 소아시아에 상륙.

1098(491) 제1차 십자군이 안티오크를 점령하고 에뎃사 침공.

1099(492) 제1차 십자군이 예루살렘을 공략해 예루살렘왕국 건립(~1187).

1111(505) 대신학자 가잘리 사망.

1121경(515) 북아프리카에서 무왓히드운동 시작.

1123(517) 시인 오마르 하얌 사망.

1124(518) 이란의 암살단파의 창시자 하싼 싸바 사망.

1127(521) 모슬에서 잔기조 건립(~1222).

1130(524) 북아프리카에 무왓히둔조 건립(~1269).

1138(532) 철학자 이븐 밧자 사망.

1141(535) 카트완에서 쎌주크군이 카라 키타이군에게 패배.

1144(538) 신학자이며 서지학자인 앗 자마크샤리 사망. 잔기조가 에뎃사 공국을 멸망시킴.

1145(539) 무왓히둔조가 이베리아반도 진출.

1147(541) 무라비트조가 무왓히둔조에게 망함.

1148(542) 아프가니스탄에서 고르조가 가즈나조에서 자립(~1215). 노르만인들이 지르조를 멸함.

1152(546) 쎌주크조 쇠퇴, 각지에 아타 벡 정권이 자립.

1154(548) 중세 지리학의 태두인 이드리씨가 『천애 횡단 갈망자의 산책』 저술. 그 속에 1장의 세계지도와 신라가 명기된 지역도를 포함해 70장의 지역도를 첨부. 타원형 은제 지구의 제작.

1158(552) 무왓히둔조가 노르만인을 축출하고 튀니지와 트리폴리 병합.

1166(561) 최초의 수피종단 창시자인 압둘 카디르와 지리학자 이드리씨 사망.

1169(564) 쌀라훗 딘이 예루살렘 탈환.

1171(566) 쌀라훗 딘이 파티미야조를 멸하고 아유브조 건립(~1250), 쑨니파 부활.

1174(569) 아유브조가 시리아에 진출하고 예멘 정복(~1228).

1175(570) 고르조가 인도 정복 시작.

1185(580) 철학자 이븐 투파이르 사망.

1186(581) 고르조가 가즈나조를 멸함.

1187(582) 힛틴전투에서 쌀라훗 딘이 예루살렘왕국군을 물리치고 예루살렘 수복.

1189(584) 제3차 십자군(~1192) 아카 공략.

1191(586) 철학자 쑤프라와르디 사망.

1193(588) 쌀라훗 딘 사망.

1194(589) 카와리즘조가 쎌주크조로부터 페르시아(이란) 탈환.

1195(590) 아라르코스전투에서 무왓히둔조가 기독교연합군 격파.

1196(591) 모로코에 마리니조 건립(~1465).

1198(593) 철학자 이븐 루슈드 사망.

1206(601) 라호르에서 아이벡이 고르조로부터 자립하여 델리에 침입, 노예왕조 건립(~1290).

1212(609) 토로사전투에서 무왓히둔군이 기독교연합군에게 패하여 안달루시아로부터 철수.

1215(612) 호르무즈샤조가 고르조를 멸하고 아프가니스탄 병합.

1219(616) 칭기즈칸이 서정 개시.

1228(626) 하프스가의 아부 자카리야가 튀니지에 하프스조 건립(~1574).

1230(627) 칭기즈칸이 사마르칸드와 부카라 파괴. 카와리즘 샤조 해체. 안달루시아의 그라나다에 나스르조 건립(~1492).

1232(629) 알함브라 궁전 건설 시작(1353년 완공).

1236(633) 안달루시아의 꼬르도바 기독교도들에게 함락. 자이얀조 건립(~1550).

1240(638) 신비주의 사상가 이븐 아라비 사망.

1243(641) 룸셀주크조가 몽골 서정군에 신복(臣服).

1248(646) 안달루시아의 세비아가 기독교도들에게 함락.

1250(648) 이집트에서 아유브조 멸망하고 맘루크조 건립(~1390).

1253(651) 몽골 훌레구 서정 개시.

1256(654) 몽골 서정군이 니자르파(암살단) 본거지 공략하고 이란 점령.

1258(656) 몽골 서정군 바그다드 공략, 압바스조 멸망. 일칸국 건립 (~1353).

1259(657) 일칸국의 말리크에 천문대 설치.

1260(658) 시리아의 아인 잘루트 전투에서 맘루크조의 술탄 바이바르스가 몽골군 격퇴.

1261(659) 맘루크조가 카이로에서 압바스가의 칼리파를 옹립.

1273(672) 신비주의 사상가이며 시인인 자말룻 딘 루미와 철학자 나쉬룻 딘 투씨 사망.

1286(685) 사학자 주와이니 사망.

1291(690) 맘루크조군이 아카를 공략하여 시리아로부터 십자군 축출

1295(694) 일칸국의 가잔 칸이 이슬람교에 입교, 이슬람교를 국교로 함.

1299(698) 오스만 1세 등위, 오스만제국 출범(~1922).

1313(713) 야지드에서 무잣파르조 건립(~1393).

1318(718) 일칸국 재상이며 사학자인 라쉬둣 딘 사망.

1325(725) 이븐 바투타의 세계 여행 시작.

1326(726) 오스만군이 부르사를 공략하여 도읍으로 삼음.

1328(728) 신학자 이븐 타이미야 사망.

1333(733) 법학자 이븐 자마아 사망.

1336(736) 이라크에 잘라이르조 건립(~1411).

1340(740) 마리니조가 리오 사라트에서 기독교군에게 패배하여 안달루시아 진출에 실패.

1346(747) 이집트와 시리아에 페스트 유행(~1349).

1357(758) 오스만조가 헬레스폰트 점령, 유럽 진출 시작.
1366(767) 오스만군이 발칸반도의 에디르네 점령.
1370(771) 사마르칸드를 수도로 한 티무르제국 건립(~1507).
1375(776) 카라 코윤루(黑羊朝) 건립(~1469).
1378(779) 아크 코윤루(白羊朝) 건립(~1508).
1380(781) 티무르가 이란 공략(~1387).
1382(784) 이집트에서 바르쿠크가 부르지 맘루크조 건립(~1517).
1389(791) 콘브전투에서 오스만군이 동구연합군을 격파하고 불가리아 병합.
1390(792) 말레이반도에 말라카왕국 건립(~1511). 시인 하피즈 사망.
1393(795) 티무르가 이라크 공략하고 무좟파르조 병합.
1396(798) 니코폴리스전투에서 오스만군이 헝가리 국왕 지휘하의 십자군을 격파하고 대부분의 발칸반도를 획득.
1398(800) 티무르가 인도 델리 공략.
1401(803) 티무르가 다마스쿠스 공략
1402(804) 앙카라전투에서 티무르가 오스만 쑬탄 바야지드 생포, 오스만제국이 내란시대에 진입(~1413).
1405(807) 중국 명조 원정 도중 티무르 사망.
1406(808) 사학자이며 사회학자인 이븐 칼둔 사망.
1413(815) 무함마드 1세가 오스만제국 재통일.
1415(817) 포르투갈이 모로코의 싸브타 점령.
1428(832) 신학자 압둘 카리므 지리 사망.
1429(832) 사마르칸드 천문대 설치.
1430경(833경) 크림반도에 크림 칸조 건립(~1783).
1444(847) 바르나전투에서 오스만군이 헝가리-폴란드 연합군 격파.
1445(848) 볼가강 중류에 카잔 칸국 건립(~1552).
1453(857) 오스만군이 콘스탄티노플 점령, 비잔틴제국 멸망.
1461(865) 오스만제국이 그리스와 발칸반도에 대한 지배권 확립.
1465(869) 모로코의 마리니조 멸망.

1469(873) 백양조가 흑양조 병합. 티무르조 분열.

1472(876) 모로코에 와타스조 건립(~1549).

1492(897) 그라나다의 나스르조 멸망. 스페인 왕국이 무슬림과 유대인 축출. 이란 시인 자미 사망.

1498(903) 바스코 다 가마가 아랍 항해사의 도움을 받아 인도양 항로 개척.

1499(904) 그라나다에서 아랍어 서적 8만권 소각.

1500(905) 우즈베크족이 티무르조 멸하고 샤이바니조 건립(~1599).

1501(906) 이란에 싸파위조 등장(~1736). 12이맘파를 국교로 선포.

1507(912) 샤이바니조가 헤라트 공략.

1509(914) 포르투갈이 맘루크조 해군을 격파하고 인도양 제패.

1511(916) 포르투갈이 말라카왕국 멸함.

1512(917) 샤이바니조의 왕족이 히바 칸국 건립(~1920).

1515(920) 포르투갈이 호르무즈 점령.

1517(923) 오스만조가 맘루크조를 멸하고 이집트와 시리아 병합.

1520(926) 오스만조의 쑬라이만 1세 등위(~1566), 전성기.

1522(928) 오스만조가 로도스 섬 공략.

1526(932) 바부르가 델리에 입성해 무굴제국 건립(~1858).

1529(935) 오스만군의 제1차 빈 포위.

1534(940) 오스만군이 바그다드 함락하고 튀지니 침공.

1536(942) 오스만조가 프랑스에 특혜무역 실시.

1538(944) 프레베자 해전, 오스만제국이 지중해 제해권 확립.

1546(952) 오스만군 예멘 침공.

1549(955) 모로코 왓타스조 멸망하고 싸드조 건립(~1659).

1552(958) 볼가강 중류의 카잔 칸국이 러시아에 병합.

1555(961) 무굴제국이 펀자브 지방 지배.

1556(962) 무굴제국의 아크바르 등위, 무슬림에 대한 유화정책 실시.

1571(977) 오스만제국이 키프로스 병합. 레판토 해전에서 오스만 해군이 스페인 연합함대에 패배. 스페인이 필리핀 마닐라 점령.

1574(980)	오스만제국이 튀니지 병합.
1576(982)	무굴제국이 벵골 병합.
1580(986)	오스만제국이 영국에 특혜무역 실시.
1583경	이슬람의 동남아 전파.
1588(997)	싸파위조의 샤 압바스 1세 등위(~1629), 전성기.
1593(1002)	오스만제국과 오스트리아의 전쟁(~1606).
1597(1005)	싸파위조가 이스파한에 천도.
1599(1007)	사마르칸드의 샤이바니조 멸망하고 지얀조 건립(~1740).
1620(1030)	오스만제국과 폴란드의 우크라이나 쟁탈전.
1622(1032)	포르투갈인들이 호르무즈에서 추방됨.
1631(1041)	모로코에 피랄조 건립.
1633(1043)	예멘에서 반오스만의 난 발생.
1635(1045)	예멘에서 오스만제국 세력 철수, 자이드파 이맘이 지배(~1872).
1638(1048)	오스만제국의 무라드 4세가 이라크 병합.
1640(1050)	신학자 무라 쇼드르 씨라지 사망.
1641(1051)	네덜란드가 말라카 점령.
1650	오만에서 포르투갈인 철수.
1659(1070)	싸드조 멸망. 피라르조가 모로코 지배.
1677(1088)	오스만군이 우크라이나로 출병하여 러시아와 전쟁(~1681).
1683(1094)	오스만군의 빈 포위전 실패.
1684(1095)	오스트리아와 베네찌아 및 폴란드가 신성동맹 결성해 오스만제국과 일전(~1699).
1699(1110)	오스만과 오스트리아 카를로비츠조약 체결, 오스만제국이 헝가리, 크로아티아, 트란실바니아 등 유럽 영토 상실.
1710(1121)	오스만제국이 러시아와의 전쟁으로 아조프 탈환.
1716(1129)	오스만제국과 오스트리아의 전쟁(~1718).
1717(1130)	오스만제국의 튤립시대(~1730), 서구문물 도입.
1722(1134)	아프간족이 이스파한 점령, 싸파위조 멸망.

1723(1135)	러시아가 카스피해 남안 진출.
1728(1140)	이스탄불에 인쇄소 개설.
1736(1148)	이란에서 나디르 샤가 압샤르조 건립(~1796). 러시아군이 크림반도 침입하여 오스만군과 일전.
1739(1151)	압샤르조의 나디르가 인도 원정하여 델리 점령. 오스만제국이 러시아, 오스트리아와 베오그라드협정 체결.
1741(1153)	압샤르군이 오만 점령.
1745(1158)	오만의 싸이드가가 이란 세력 축출. 나즈드의 싸우디가 와하브운동을 지원, 제1차 와하비야 왕국 건립.
1747(1160)	아흐마두 칸이 아프가니스탄에 두라니조 건립(~1842).
1750(1163)	카림 칸이 남부 이란을 평정하고 잔드조 건립(~1794).
1757(1170)	인도에서의 영국 지배 시작.
1760(1173)	부시르에 영국통상관 개설.
1768(1181)	오스만제국과 러시아 간의 전쟁 발발(~1774).
1770(1183)	이집트의 알리 베이가 오스만조로부터의 독립 선언.
1774(1187)	오스만제국과 러시아가 쿠착카이나르자조약 체결, 오스만이 흑해북안 할양.
1779(1193)	이란에 카자르조 건립(~1925).
1781(1195)	카자르조가 카스피해 남안으로부터 러시아 세력 축출.
1783(1197)	러시아가 크림 칸국 병합.
1787(1201)	오스만제국과 러시아 · 오스트리아 간의 전쟁(~1792).
1789(1203)	오스만제국의 쌀림 3세 '신체제' 반포.
1792(1206)	오스만제국과 러시아가 야시조약 체결.
1793(1207)	오스만제국이 근대 병역제 도입.
1794(1208)	카자르조가 후라싼 병합.
1796(1210)	카자르조가 아프샤르조 멸함.
1798(1213)	나뽈레옹의 이집트 점령(~1799).
1800(1215)	자바의 마타람 왕국 멸망.

1802(1217) 와하브파가 카르발라 침탈.

1803(1218) 쑤마트라에서 바드리운동 개시. 영국군이 델리 점령.

1804(1219) 쎄르비아에서 반오스만 운동 발발. 와하브파가 성지 메카 점령.

1805(1220) 이집트에 무함마드 알리조 건립(~1953).

1806(1221) 오스만제국과 러시아 간의 전쟁(~1812).

1811(1226) 무함마드 알리가 맘루크세력을 소탕하고 아라비아반도에 진출해 와하브파와 일전(~1817).

1812(1227) 오스만제국과 러시아가 부쿠레슈티조약 체결.

1813(1228) 카자르조가 대러시아전에서 패배, 굴리스탄조약 체결, 그루지야와 아제르바이잔 할양. 무함마드 알리가 아라비아반도에 출병, 와하비야국 토벌.

1818(1233) 제1차 와하비야 왕국 멸망.

1819(1234) 아프가니스탄에 바라크자이조 건립(~1973).

1820(1235) 이집트군이 수단 침공.

1821(1236) 쑤마트라에서 바드리전쟁 시작(~1854). 벵골 동부에서 샤리아툿 라의 파라이지야 운동 전개. 이집트에 인쇄소 개설.

1822(1237) 그리스 독립전쟁 발발(~1829).

1823(1238) 아라비아반도에서 제2차 와하비야 왕국 출현(~1889).

1825(1240) 자바전쟁 발생(~1830).

1826(1241) 이란이 대러시아 선전포고(~1828). 북인도에서 무자히딘운동 전개.

1827(1242) 나브리노 해전에서 오스만 · 이집트 해군이 영국 · 프랑스 · 러시아군에 패배. 벵골에서 타리카 무함마디야운동 전개.

1828(1243) 카자르조와 러시아가 투르크만차이조약 체결, 동아르메니아와 카프카스 할양. 오스만제국과 러시아 간의 전쟁(~1829). 카이로에서 최초의 투르크 · 아랍어 신문 발간.

1829(1244) 오스만제국과 러시아 간의 에디르네(아드리아노플)조약 체결, 그리스의 독립과 쎄르비아의 자치 승인.

1830(1245) 프랑스가 알제리 점령. 그리스 독립이 국제적 인정 획득.

1831(1246) 이집트의 무함마드 알리군이 시리아 침공, 오스만군과 전쟁.

1833(1248) 무함마드 알리가 시리아에 대한 오스만제국의 영유권 인정.

1837(1253) 리비아의 싸누씨 교단이 메카에서 결성.

1838(1254) 제1차 아프간전쟁(~1842). 영국-오스만제국 통상조약 체결.

1839(1255) 오스만제국에서 탄지마트(개혁) 시작. 영국이 아덴 점령. 오스만제국과 이집트 간의 전쟁 발발.

1841(1257) 무함마드 알리가 시리아 포기.

1847(1263) 프랑스가 압둘 까디르의 저항운동 진압하고 알제리 정복.

1848(1264) 이란에서 바브의 반란 발생. 바하이교 출현.

1849(1265) 오스만제국이 예멘 정복.

1850(1266) 카즈라조가 이란의 바브교도 탄압. 카이로와 알렉산드리아 간의 철도 개통.

1852(1268) 펀자브에서 무자히딘운동과 영국군이 교전

1853(1269) 크림전쟁(~1856).

1854(1270) 오스만제국이 대러시아전에서 영국 · 프랑스와 동맹. 대오스만제국 차관 개시. 러시아가 카자흐 칸국 병합

1856(1272) 빠리조약에 의해 크림전쟁 결속.

1857(1273) 인도 벵갈 원주민의 폭동(~1858).

1858(1274) 오스만제국이 토지법 제정. 무굴제국 멸망.

1859(1275) 싸누씨파 창시자 무함마드 알리 싸누씨 사망.

1860(1276) 레바논에서 종교분쟁 발생, 프랑스 파병 간섭. 아랍어로 신약성서 번역.

1863(1279) 동투르키스탄에서 무슬림들의 반청 반란 발생. 야꾸브 벡국 건립(~1877). 베이루트에 프로테스탄트대학 설립

1864(1280) 러시아가 카프카스 전역 병탐.

1865(1281) '신오스만인협회' 설립.

1868(1284) 부카라의 만기드조가 러시아의 보호국이 됨.

1869(1286)	쑤에즈운하 개통.
1871(1288)	오스만제국이 예멘 점령. 오스만제국에서 미트하트 파샤의 제반 개혁 시작. 이집트에서 무캇바르법 제정.
1873(1290)	쑤마트라에서 아체전쟁 발발(~1912). 히브 칸국이 러시아의 보호국이 됨. 발칸에서 반오스만 반란 발생. 이란에서 로이터이권 반대운동 폭발.
1875(1292)	영국 · 프랑스가 이집트의 재정 관리. 영국이 쑤에즈운하회사의 주식 독점.
1876(1293)	러시아가 호칸드 칸국 병합. 오스만제국이 미드핫헌법 제정. 불가리아에서 반오스만운동 발생. 이집트에서 아랍어 신문 『알 아흐람』 발간.
1877(1294)	프레브나전투에서 오스만군이 러시아군에게 패전. 캘커타에서 아미르 알리가 전국무슬림협회 성립.
1878(1295)	오스만제국이 쎄르비아와 루마니아의 독립 승인, 키프로스 섬을 영국에 이양.
1879(1296)	이집트에서 우라비운동 전개(~1882).
1880(1297)	제2차 아프간 전쟁. 아프가니스탄(~1919)과 바레인이 영국의 보호국이 됨.
1881(1298)	이집트에서 아흐마드 우라비 휘하의 군사봉기 발생. 동수단에서 마흐디운동 전개(~1898). 프랑스가 튀니지 병합.
1882(1299)	영국이 이집트를 군사적으로 강점. 러시아가 후라싼의 마르브 점령.
1883(1300)	자말룻 딘 아프가니와 무함마드 압두가 빠리에서 이슬람개혁연맹 결성.
1885(1302)	러시아가 투르크메니아 병합.
1888(1305)	자바에서 반텐 농민폭동 발생.
1889(1306)	오스만제국(터키)에서 '통일과 진보위원회' 결성. 수단이 영국과 이집트의 공동통치하에 들어감.

1891(1308) 이란에서 담배불매운동 전개.

1892(1309) 영국이 페르시아만 연안을 보호령으로 선포.

1895(1312) 러시아가 타지키스탄 병합.

1897(1314) 이슬람개혁주의 사상가 아프가니 사망.

1898(1315) 푸르가나에서 '3일간 봉기' 발생.

1899(1316) 영국이 쿠웨이트를 보호령으로 함. 소말리아에서 쌀리히 교단이 지하드 개시.

1902(1319) 압둘 아지즈 이븐 싸우드가 리야드 탈환. 영국인이 이란 석유채굴권 획득. 제1회청년터키당회의 개최.

1905(1323) 오스만제국(터키)에서 '조국과 자유를 위한 협회' 설립. 인도에서 벵골분할령 실시되자 반대운동 고조. 이란 입헌혁명 시작(~1911). 이슬람개혁주의 사상가인 무함마드 압두 사망.

1906(1324) 전인도무슬림연맹 설립. 이란에 국민회의 창설.

1908(1326) 청년터키당혁명 성공, 의회 창설(제2차 입헌제). 오스트리아가 보스니아를 병합. 불가리아가 오스만제국에서 독립.

1909(1327) 앵글로-이라니언 석유회사 설립

1911(1329) 이란-오스만제국(터키)전 발발(~1912). 아브단 정유소 설립. 자바에서 무슬림연맹 결성.

1912(1330) 제1차 발칸전쟁 발발. 프랑스가 모로코를 보호국으로 함. 자바에서 무함마디야단 결성.

1913(1331) 런던조약에 따라 오스만제국이 알바니아 포기. 제2차 발칸전쟁.

1914(1332) 제1차 세계대전 발발(~1918). 오스만제국이 동맹국으로 참전. 영국이 이집트를 보호국으로 함. 영국군이 바스라에 상륙.

1915(1333) 오스만제국이 동부 아나톨리아의 아르메니아인을 추방(~1916).

1916(1334) 사이쿠스 피코 협정 체결. 히자즈 지방에서 반오스만운동 전개.

1917(1335) 발포어선언 발표.

1918(1336) 제1차 세계대전 끝남, 오스만제국 패전. 아랍 봉기군이 다마스쿠스에 입성, 시리아 왕국 수립 선언.

1919(1337)	영국이 아나톨리아 침공. 제3차 아프간전쟁. 아프가니스탄 독립. 이집트에서 반영독립운동 전개.
1920(1338)	아타 투르크가 터키 임시정부 수립. 시리아와 팔레스타인, 이라크가 영국의 위임통치 받게 됨. 프랑스군이 다마스쿠스 점령, 시리아 왕국 멸망. 열강이 오스만제국(터키)를 분할통치.
1921(1339)	레자 칸이 테헤란 점령. 하심가의 파이쌀을 왕으로 한 이라크왕국 건립.
1922(1340)	영국이 이집트 독립 허용. 쑬탄제 폐지로 오스만제국 멸망.
1923(1342)	아타 투르크를 대통령으로 한 터키공화국 수립. 이집트 헌법 제정. 이란의 카자르조 멸망. 자바에서 이슬람연맹당 결성.
1924(1343)	터키가 칼리파제 폐지. 사우드 왕국이 히자즈 병합.
1925(1344)	이란에서 레자 샤의 팔레비조 건립(~1979). 터키에서 쿠르드인 반란 발생. 인도에서 델리 무슬림회의 개최.
1928(1347)	이란에서 치외법권 폐지. 터키에서 아랍문자 폐기하고 라틴문자 채용. 이집트에서 무슬림형제단 결성.
1930(1349)	무함마드 이끄발이 인도에서의 이슬람국가 수립을 주장.
1931(1350)	모로코에서 리프공화국 독립운동 전개.
1932(1350)	사우디아라비아 왕국으로 국명 개칭. 이라크가 영국의 위임통치에서 독립, 국제연맹 가입.
1933(1351)	터키가 국제연맹에 가입.
1934(1352)	사우디아라비아가 예멘 침공.
1936(1354)	팔레스타인에서 아랍인 반란(~1939). 영국과 이집트 동맹조약 체결. 이집트에서 자유장교단 결성.
1937(1355)	이란과 터키, 아프가니스탄, 싸다바드조약 체결. 전인도네시아 이슬람협의회 발족.
1938(1356)	아타 투르크 사망. 테헤란과 아바단을 잇는 철도 완공.
1939(1358)	팔레스타인 문제에 관한 런던원탁회의 개최. 제2차 세계대전 발발.

1940(1359) 무슬림동맹이 라호르에서 파키스탄 독립요구안 채택.

1941(1360) 영국과 소련군이 이란 진주, 이란 중립 선포, 레자 샤 퇴위, 황태자 팔레비 등위. 프랑스가 레바논을 시리아에서 분리해 독립시킴.

1943(1362) 모로코에서 독립당 결성.

1944(1363) 터키가 대독일 선전포고. 레바논에 대한 프랑스의 위임통치 종결.

1945(1364) 제2차 세계대전 종전. 알렉산드리아에서 아랍국회의 개최, 아랍연맹 결성. 아제르바이잔 자치공화국 건립(~1946).

1946(1365) 시리아와 요르단, 레바논 독립. 인도에서 힌두교도와 무슬림의 충돌 격화.

1947(1366) 인도와 파키스탄이 분리해 독립. 국제연맹 총회에서 팔레스타인 분할안 채택.

1948(1367) 이스라엘 독립 선언. 제1차 중동전쟁 발발. 파키스탄군이 카시미르 진주.

1949(1368) 시리아에서 군사쿠데타 발생. 인도네시아가 이슬람국가 독립 선언. 이스라엘이 아랍국가들과 휴전, 유엔에 가입.

1951(1370) 이란이 석유국유화 선언. 리비아 왕국 독립. 카시미르 문제가 유엔에 제소.

1952(1371) 이집트에서 자유장교단에 의한 군사혁명 발발, 왕정 폐지.

1953(1372) 이집트 공화국 선언. 이란에서 쿠데타 발생, 모싸데크 실각.

1954(1373) 이집트정부가 무슬림형제단 해체. 이집트와 사우디아라비아가 군사협정 체결. 이란과 국제석유회사 간의 석유생산 재개협정 체결. 알제리 독립전쟁 전개(~1962). 인도가 카시미르를 병합. 시리아에서 쿠데타 발생.

1955(1374) 바그다드조약기구 결성. 제1회 아시아 · 아프리카 정상회의가 반둥에서 개최. 터키와 그리스 간의 키프로스 분쟁 발생.

1956(1375) 나세르가 쑤에즈운하 국유화 선언, 영국군이 운하에서 철수. 수단 독립. 모로코와 튀니지 독립. 제2차 중동전쟁 발발. 파키스

탄 이슬람공화국 건립.

1957(1376) 미국이 중동 문제에 관한 아이젠하우어 독트린 발표.

1958(1377) 이집트와 시리아가 합방해 아랍연합공화국 발족(~1961). 이라크에서 군사혁명 발생, 왕정 폐지. 레바논 내전 개시.

1959(1378) 제1차 아랍석유회의 개최. 바그다드조약기구가 CENTO로 개칭.

1960(1379) 이집트의 아스완댐 착공. 터키에서 군사쿠데타 발생. 석유수출국기구(OPEC) 발족. 키프로스 독립, 터키계와 그리스계 대립.

1961(1380) 쿠웨이트 독립. 시리아가 군사쿠데타로 아랍연합공화국에서 탈퇴. 베오그라드에서 제1차 비동맹국회의 개최.

1962(1381) 알제리 독립. 예멘에서 군사쿠데타로 왕정 폐지, 내전 개시(~1967).

1963(1382) 이라크와 시리아에서 바으스당이 쿠데타 일으킴. 리비아가 연방제 폐지. 키프로스 분쟁 격화.

1964(1383) 카이로에서 제1차 아랍정상회의 개최. 팔레스타인해방기구(PLO) 출범. 수단에서 쿠데타 발생.

1965(1384) 인도네시아에서 수카르노 실각. 예멘정전협정 체결. 알제리에서 쿠데타로 부메딘이 집권.

1966(1385) 시리아에서 군사쿠데타로 아타시 집권.

1967(1387) 제3차 중동전쟁. 이스라엘이 요르단강 서안과 가자, 고란 고원, 시나이반도 점령하고 예루살렘을 병합. 남예멘에서 인민민주주의공화국 건립. 파키스탄이 이슬람 사회주의강령 발표.

1968(1388) 아랍석유수출국기구(OAPEC) 발족. 이라크에서 군사쿠데타 발생.

1969(1389) 리비아에서 군사혁명으로 왕정 폐지. 예루살렘의 아끄솨 사원 화재 발생. 모로코의 라바트에서 제1차 이슬람국정회의 개최, 이슬람국회의 발족.

1970(1390) 요르단에서 팔레스타인 탄압, 내전 발발. 오만에서 궁전쿠데타 발생. 이집트에서 나세르 대통령 급서하고 싸다트 집권.

1971(1391) 영국군이 페르시아만 기지에서 철수, 이란이 호르무즈 해협의 3

개 섬 점유. 이집트와 이란 국교 회복. 아스완 댐 완공. 아랍추장국연방, 바레인추장국, 카타르추장국 건립. 동파키스탄이 분리되어 방글라데시 건국.

1973(1393) 제4차 중동전쟁. 아프가니스탄이 쿠데타로 공화국 건립. 오일쇼크 발생.

1974(1394) 수에즈운하 병력철수협정 체결. 터키군이 키프로스 침공. PLO가 유엔의 옵서버 자격 획득.

1975(1395) 사우디아라비아의 파이쌀 국왕 피살. 레바논 내전 시작. 이란과 이라크가 알주협정 체결.

1976(1396) 요르단이 예루살렘의 바위돔과 아끄솨 사원 관리권 획득.

1977(1397) 이집트 대통령 싸다트가 이스라엘 방문.

1978(1398) 미국과 이집트, 이스라엘 간의 캠프 데이비드 협상.

1979(1399) 이란이 이슬람혁명으로 왕정 폐지.

1980(1400) 이란-이라크전쟁 발발.

1981(1401) 이집트 싸다트 대통령 피살. 이스라엘이 고란고원 병합.

1982(1402) 이스라엘이 레바논 남부 점령(~1985).

1985(1405) 수단에서 누메이리 정권 붕괴.

1986(1406) 미국이 리비아 폭격.

1987(1407) 팔레스타인의 대이스라엘 봉기(인티파돠). 이란의 쉬아파 순례자와 사우디아라비아 보안군의 충돌로 400명 사망.

1988(1408) PLO 독립국가 선포.

1989(1409) 마그리브연맹(AMY) 창설.

1990(1410) 걸프전쟁 발발.

1991(1411) PLO와 이스라엘이 상호 승인.

1992(1412) 아프가니스탄에 이슬람정부 수립.

1993(1413) 이스라엘과 팔레스타인이 오슬로협정 조인. 이슬람회의기구가 유엔에 이슬람권의 대보스니아 파병 승인을 요청.

1994(1414) 이스라엘과 요르단이 평화협정 체결.

1995(1415)	러시아가 체첸 침공. 보스니아에서 내전 재발. 이스라엘 수상 라빈 피살.
1996(1416)	팔레스타인이 독립국가 헌법초안 발표. 아랍 8개국 공동방위협정 체결.
1997(1417)	제8차 이슬람회의기구 정상회담. 요르단 서안에서 이스라엘 병력 철수. 제7차 아랍투자협의회에서 '아랍은행' 설립을 결의.
1998(1418)	아랍연맹 22개국이 반테러조약 체결.
1999(1419)	세계 지도자 150명이 중동평화회의 개최.
2000(1420)	팔레스타인의 인티파돠.
2001(1421)	9·11 뉴욕 테러사건 발생. 미국이 대아프가니스탄 전쟁 발동, 텔레반정권 붕괴. 11월 카이로에서 아랍연맹 22개 회원국의 교육문화 담당 장관, 학자, 종교인, 언론인 100여명이 '문명간의 대화: 충돌이 아닌 교류'를 주제로 회의 개최.

이슬람력과 서력 비교표

이슬람력(서력)

1(622.7.16)	22(642.11.30)	43(663.4.15)	64(683.8.30)
2(623.7.5)	23(643.11.19)	44(664.4.4)	65(684.8.18)
3(624.6.24)	24(644.11.7)	45(665.3.24)	66(685.8.8)
4(625.6.13)	25(645.10.28)	46(666.3.13)	67(686.7.28)
5(626.6.2)	26(646.10.17)	47(667.3.3)	68(687.7.18)
6(627.5.23)	27(647.10.7)	48(668.2.20)	69(688.7.6)
7(628.5.11)	28(648.9.25)	49(669.2.9)	70(689.6.25)
8(629.5.1)	29(649.9.14)	50(670.1.29)	71(690.6.15)
9(630.4.20)	30(650.9.4)	51(671.1.18)	72(691.6.4)
10(631.4.9)	31(651.8.24)	52(672.1.8)	73(692.5.23)
11(632.3.29)	32(652.8.12)	53(672.12.27)	74(693.5.13)
12(633.3.18)	33(653.8.2)	54(673.12.16)	75(694.5.2)
13(634.3.7)	34(654.7.22)	55(674.12.6)	76(695.4.21)
14(635.2.25)	35(655.7.11)	56(675.11.25)	77(696.4.10)
15(636.2.14)	36(656.6.30)	57(676.11.14)	78(697.3.30)
16(637.2.2)	37(657.6.19)	58(677.11.3)	79(698.3.20)
17(638.1.23)	38(658.6.9)	59(678.10.23)	80(699.3.9)
18(639.1.12)	39(659.5.29)	60(679.10.13)	81(700.2.26)
19(640.1.2)	40(660.5.17)	61(680.10.1)	82(701.2.15)
20(640.12.21)	41(661.5.7)	62(681.9.20)	83(702.2.4)
21(641.12.10)	42(662.4.26)	63(682.9.10)	84(703.1.24)

85(704.1.14)	124(741.11.15)	163(779.9.17)	202(817.7.20)
86(705.1.2)	125(742.11.4)	164(780.9.6)	203(818.7.9)
87(705.12.23)	126(743.10.25)	165(781.8.26)	204(819.6.28)
88(706.12.12)	127(744.10.13)	166(782.8.15)	205(820.6.17)
89(707.12.1)	128(745.10.3)	167(783.8.5)	206(821.6.6)
90(708.11.20)	129(746.9.22)	168(784.7.24)	207(822.5.27)
91(709.11.9)	130(747.9.11)	169(785.7.14)	208(823.5.16)
92(710.10.29)	131(748.8.31)	170(786.7.3)	209(824.5.4)
93(711.10.19)	132(749.8.20)	171(787.6.22)	210(825.4.24)
94(712.10.7)	133(750.8.9)	172(788.6.11)	211(826.4.13)
95(713.9.26)	134(751.7.30)	173(789.5.31)	212(827.4.2)
96(714.9.16)	135(752.7.18)	174(790.5.20)	213(828.3.22)
97(715.9.5)	136(753.7.7)	175(791.5.10)	214(829.3.11)
98(716.8.25)	137(754.6.27)	176(792.4.28)	215(830.2.28)
99(717.8.14)	138(755.6.16)	177(793.4.18)	216(831.2.18)
100(718.8.3)	139(756.6.5)	178(794.4.7)	217(832.2.7)
101(719.7.24)	140(757.5.25)	179(795.3.27)	218(833.1.27)
102(720.7.12)	141(758.5.14)	180(796.3.16)	219(834.1.16)
103(721.7.1)	142(759.5.4)	181(797.3.5)	220(835.1.5)
104(722.6.21)	143(760.4.22)	182(798.2.22)	221(835.12.26)
105(723.6.10)	144(761.4.11)	183(799.2.12)	222(836.12.14)
106(724.5.29)	145(762.4.1)	184(800.2.1)	223(837.12.3)
107(725.5.19)	146(763.3.21)	185(801.1.20)	224(838.11.23)
108(726.5.8)	147(764.3.10)	186(802.1.10)	225(839.11.12)
109(727.4.28)	148(765.2.27)	187(802.12.30)	226(840.10.31)
110(728.4.16)	149(766.2.16)	188(803.12.20)	227(841.10.21)
111(729.4.5)	150(767.2.6)	189(804.12.8)	228(842.10.10)
112(730.3.26)	151(768.1.26)	190(805.11.27)	229(843.9.30)
113(731.3.15)	152(769.1.14)	191(806.11.17)	230(844.9.18)
114(732.3.3)	153(770.1.4)	192(807.11.6)	231(845.9.7)
115(733.2.21)	154(770.12.24)	193(808.10.25)	232(846.8.28)
116(734.2.10)	155(771.12.13)	194(809.10.15)	233(847.8.17)
117(735.1.31)	156(772.12.2)	195(810.10.4)	234(848.8.5)
118(736.1.20)	157(773.11.21)	196(811.9.23)	235(849.7.26)
119(737.1.8)	158(774.11.11)	197(812.9.12)	236(850.7.15)
120(737.12.29)	159(775.10.31)	198(813.9.1)	237(851.7.5)
121(738.12.18)	160(776.10.19)	199(814.8.22)	238(852.6.23)
122(739.12.7)	161(777.10.9)	200(815.8.11)	239(853.6.12)
123(740.11.26)	162(778.9.28)	201(816.7.30)	240(854.6.2)

241(855.5.22)	280(893.3.23)	319(931.1.24)	358(968.11.25)
242(856.5.10)	281(894.3.13)	320(932.1.13)	359(969.11.14)
243(857.4.30)	282(895.3.2)	321(933.1.1)	360(970.11.4)
244(858.4.19)	283(896.2.19)	322(933.12.22)	361(971.10.24)
245(859.4.8)	284(897.2.8)	323(934.12.11)	362(972.10.12)
246(860.3.28)	285(898.1.28)	324(935.11.30)	363(973.10.2)
247(861.3.17)	286(899.1.17)	325(936.11.19)	364(974.9.21)
248(862.3.7)	287(900.1.7)	326(937.11.8)	365(975.9.10)
249(863.2.24)	288(900.12.26)	327(938.10.29)	366(976.8.30)
250(864.2.13)	289(901.12.16)	328(939.10.18)	367(977.8.19)
251(865.2.2)	290(902.12.5)	329(940.10.6)	368(978.8.9)
252(866.1.22)	291(903.11.24)	330(941.9.26)	369(979.7.29)
253(867.1.11)	292(904.11.13)	331(942.9.15)	370(980.7.17)
254(868.1.1)	293(905.11.2)	332(943.9.4)	371(981.7.7)
255(868.12.20)	294(906.10.22)	333(944.8.24)	372(982.6.26)
256(869.12.9)	295(907.10.12)	334(945.8.13)	373(983.6.15)
257(870.11.29)	296(908.9.30)	335(946.8.2)	374(984.6.4)
258(871.11.18)	297(909.9.20)	336(947.7.23)	375(985.5.24)
259(872.11.7)	298(910.9.9)	337(948.7.11)	376(986.5.13)
260(873.10.27)	299(911.8.29)	338(949.7.1)	377(987.5.3)
261(874.10.16)	300(912.8.18)	339(950.6.20)	378(988.4.21)
262(875.10.6)	301(913.8.7)	340(951.6.9)	379(989.4.11)
263(876.9.24)	302(914.7.27)	341(952.5.29)	380(990.3.31)
264(877.9.13)	303(915.7.17)	342(953.5.18)	381(991.3.20)
265(878.9.3)	304(916.7.5)	343(954.5.7)	382(992.3.9)
266(879.8.23)	305(917.6.24)	344(955.4.27)	383(993.2.26)
267(880.8.12)	306(918.6.14)	345(956.4.15)	384(994.2.15)
268(881.8.1)	307(919.6.3)	346(957.4.4)	385(995.2.5)
269(882.7.21)	308(920.5.23)	347(958.3.25)	386(996.1.25)
270(883.7.11)	309(921.5.12)	348(959.3.14)	387(997.1.14)
271(884.6.29)	310(922.5.1)	349(960.3.3)	388(998.1.3)
272(885.6.18)	311(923.4.21)	350(961.2.20)	389(998.12.23)
273(886.6.8)	312(924.4.9)	351(962.2.9)	390(999.12.13)
274(887.5.28)	313(925.3.29)	352(963.1.30)	391(1000.12.1)
275(888.5.16)	314(926.3.19)	353(964.1.19)	392(1001.11.20)
276(889.5.6)	315(927.3.8)	354(965.1.7)	393(1002.11.10)
277(890.4.25)	316(928.2.25)	355(965.12.28)	394(1003.10.30)
278(891.4.15)	317(929.2.14)	356(966.12.17)	395(1004.10.18)
279(892.4.3)	318(930.2.3)	357(967.12.7)	396(1005.10.8)

397(1006.9.27)	436(1044.7.29)	475(1082.6.1)	514(1120.4.2)
398(1007.9.17)	437(1045.7.19)	476(1083.5.21)	515(1121.3.22)
399(1008.9.5)	438(1046.7.8)	477(1084.5.10)	516(1122.3.12)
400(1009.8.25)	439(1047.6.28)	478(1085.4.29)	517(1123.3.1)
401(1010.8.15)	440(1048.6.16)	479(1086.4.18)	518(1124.2.19)
402(1011.8.4)	441(1049.6.5)	480(1087.4.8)	519(1125.2.7)
403(1012.7.23)	442(1050.5.26)	481(1088.3.27)	520(1126.1.27)
404(1013.7.13)	443(1051.5.15)	482(1089.3.16)	521(1127.1.17)
405(1014.7.2)	444(1052.5.3)	483(1090.3.6)	522(1128.1.6)
406(1015.6.21)	445(1053.4.23)	484(1091.2.23)	523(1128.12.25)
407(1016.6.10)	446(1054.4.12)	485(1092.2.12)	524(1129.12.15)
408(1017.5.30)	447(1055.4.2)	486(1093.2.1)	525(1130.12.4)
409(1018.5.20)	448(1056.3.21)	487(1094.1.21)	526(1131.11.23)
410(1019.5.9)	449(1057.3.10)	488(1095.1.11)	527(1132.11.12)
411(1020.4.27)	450(1058.2.28)	489(1095.12.31)	528(1133.11.1)
412(1021.4.17)	451(1059.2.17)	490(1096.12.19)	529(1134.10.22)
413(1022.4.6)	452(1060.2.6)	491(1097.12.9)	530(1135.10.11)
414(1023.3.26)	453(1061.1.26)	492(1098.11.28)	531(1136.9.29)
415(1024.3.15)	454(1062.1.15)	493(1099.11.17)	532(1137.9.19)
416(1025.3.4)	455(1063.1.4)	494(1100.11.6)	533(1138.9.8)
417(1026.2.22)	456(1063.12.25)	495(1101.10.26)	534(1139.8.28)
418(1027.2.11)	457(1064.12.13)	496(1102.10.15)	535(1140.8.17)
419(1028.1.31)	458(1065.12.3)	497(1103.10.5)	536(1141.8.6)
420(1029.1.20)	459(1066.11.22)	498(1104.9.23)	537(1142.7.27)
421(1030.1.9)	460(1067.11.11)	499(1105.9.13)	538(1143.7.16)
422(1030.12.29)	461(1068.10.31)	500(1106.9.2)	539(1144.7.4)
423(1031.12.19)	462(1069.10.20)	501(1107.8.22)	540(1145.6.24)
424(1032.12.7)	463(1070.10.9)	502(1108.8.11)	541(1146.6.13)
425(1033.11.26)	464(1071.9.29)	503(1109.7.31)	542(1147.6.2)
426(1034.11.16)	465(1072.9.17)	504(1110.7.20)	543(1148.5.22)
427(1035.11.5)	466(1073.9.6)	505(1111.7.10)	544(1149.5.11)
428(1036.10.25)	467(1074.8.27)	506(1112.6.28)	545(1150.4.30)
429(1037.10.14)	468(1075.8.16)	507(1113.6.18)	546(1151.4.20)
430(1038.10.3)	469(1076.8.5)	508(1114.6.7)	547(1152.4.8)
431(1039.9.23)	470(1077.7.25)	509(1115.5.27)	548(1153.3.29)
432(1040.9.11)	471(1078.7.14)	510(1116.5.16)	549(1154.3.18)
433(1041.8.31)	472(1079.7.4)	511(1117.5.5)	550(1155.3.7)
434(1042.8.21)	473(1080.6.22)	512(1118.4.24)	551(1156.2.25)
435(1043.8.10)	474(1081.6.11)	513(1119.4.14)	552(1157.2.13)

553(1158.2.2)	592(1195.12.6)	631(1233.10.7)	670(1271.8.9)
554(1159.1.23)	593(1196.11.24)	632(1234.9.26)	671(1272.7.29)
555(1160.1.12)	594(1197.11.13)	633(1235.9.16)	672(1273.7.18)
556(1160.12.31)	595(1198.11.3)	634(1236.9.4)	673(1274.7.7)
557(1161.12.21)	596(1199.10.23)	635(1237.8.24)	674(1275.6.27)
558(1162.12.10)	597(1200.10.12)	636(1238.8.14)	675(1276.6.15)
559(1163.11.30)	598(1201.10.1)	637(1239.8.3)	676(1277.6.4)
560(1164.11.18)	599(1202.9.20)	638(1240.7.23)	677(1278.5.25)
561(1165.11.7)	600(1203.9.10)	639(1241.7.12)	678(1279.5.14)
562(1166.10.28)	601(1204.8.29)	640(1242.7.1)	679(1280.5.3)
563(1167.10.17)	602(1205.8.18)	641(1243.6.21)	680(1281.4.22)
564(1168.10.5)	603(1206.8.8)	642(1244.6.9)	681(1282.4.11)
565(1169.9.25)	604(1207.7.28)	643(1245.5.29)	682(1283.4.1)
566(1170.9.14)	605(1208.7.16)	644(1246.5.19)	683(1284.3.20)
567(1171.9.4)	606(1209.7.6)	645(1247.5.8)	684(1285.3.9)
568(1172.8.23)	607(1210.6.25)	646(1248.4.26)	685(1286.2.27)
569(1173.8.12)	608(1211.6.15)	647(1249.4.16)	686(1287.2.16)
570(1174.8.2)	609(1212.6.3)	648(1250.4.5)	687(1288.2.6)
571(1175.7.22)	610(1213.5.23)	649(1251.3.26)	688(1289.1.25)
572(1176.7.10)	611(1214.5.13)	650(1252.3.14)	689(1290.1.14)
573(1177.6.30)	612(1215.5.2)	651(1253.3.3)	690(1291.1.4)
574(1178.6.19)	613(1216.4.20)	652(1254.2.21)	691(1291.12.24)
575(1179.6.8)	614(1217.4.10)	653(1255.2.10)	692(1292.12.12)
576(1180.5.28)	615(1218.3.30)	654(1256.1.30)	693(1293.12.2)
577(1181.5.17)	616(1219.3.19)	655(1257.1.19)	694(1294.11.21)
578(1182.5.7)	617(1220.3.8)	656(1258.1.8)	695(1295.11.10)
579(1183.4.26)	618(1221.2.25)	657(1258.12.29)	696(1296.10.30)
580(1184.4.14)	619(1222.2.15)	658(1259.12.18)	697(1297.10.19)
581(1185.4.4)	620(1223.2.4)	659(1260.12.6)	698(1298.10.9)
582(1186.3.24)	621(1224.1.24)	660(1261.11.26)	699(1299.9.28)
583(1187.3.13)	622(1225.1.13)	661(1262.11.15)	700(1300.9.16)
584(1188.3.2)	623(1226.1.2)	662(1263.11.4)	701(1301.9.6)
585(1189.2.19)	624(1226.12.22)	663(1264.10.24)	702(1302.8.26)
586(1190.2.8)	625(1227.12.12)	664(1265.10.13)	703(1303.8.15)
587(1191.1.29)	626(1228.11.30)	665(1266.10.2)	704(1304.8.4)
588(1192.1.18)	627(1229.11.20)	666(1267.9.22)	705(1305.7.24)
589(1193.1.7)	628(1230.11.9)	667(1268.9.10)	706(1306.7.13)
590(1193.12.27)	629(1231.10.29)	668(1269.8.31)	707(1307.7.3)
591(1194.12.16)	630(1232.10.18)	669(1270.8.20)	708(1308.6.21)

709(1309.6.11)	748(1347.4.13)	787(1385.2.12)	826(1422.12.15)
710(1310.5.31)	749(1348.4.1)	788(1386.2.2)	827(1423.12.5)
711(1311.5.20)	750(1349.3.22)	789(1387.1.22)	828(1424.11.23)
712(1312.5.9)	751(1350.3.11)	790(1388.1.11)	829(1425.11.13)
713(1313.4.28)	752(1351.2.28)	791(1388.12.31)	830(1426.11.2)
714(1314.4.17)	753(1352.2.18)	792(1389.12.20)	831(1427.10.22)
715(1315.4.7)	754(1353.2.6)	793(1390.12.9)	832(1428.10.11)
716(1316.3.26)	755(1354.1.26)	794(1391.11.29)	833(1429.9.30)
717(1317.3.16)	756(1355.1.16)	795(1392.11.17)	834(1430.9.19)
718(1318.3.5)	757(1356.1.5)	796(1393.11.6)	835(1431.9.9)
719(1319.2.22)	758(1356.12.25)	797(1394.10.27)	836(1432.8.28)
720(1320.2.12)	759(1357.12.14)	798(1395.10.16)	837(1433.8.18)
721(1321.1.31)	760(1358.12.3)	799(1396.10.5)	838(1434.8.7)
722(1322.1.20)	761(1359.11.23)	800(1397.9.24)	839(1435.7.27)
723(1323.1.10)	762(1360.11.11)	801(1398.9.13)	840(1436.7.16)
724(1323.12.30)	763(1361.10.31)	802(1399.9.3)	841(1437.7.5)
725(1324.12.18)	764(1362.10.21)	803(1400.8.22)	842(1438.6.24)
726(1325.12.8)	765(1363.10.10)	804(1401.8.11)	843(1439.6.14)
727(1326.11.27)	766(1364.9.28)	805(1402.8.1)	844(1440.6.2)
728(1327.11.17)	767(1365.9.18)	806(1403.7.21)	845(1441.5.22)
729(1328.11.5)	768(1366.9.7)	807(1404.7.10)	846(1442.5.12)
730(1329.10.25)	769(1367.8.28)	808(1405.6.29)	847(1443.5.1)
731(1330.10.15)	770(1368.8.16)	809(1406.6.18)	848(1444.4.20)
732(1331.10.4)	771(1369.8.5)	810(1407.6.8)	849(1445.4.9)
733(1332.9.22)	772(1370.7.26)	811(1408.5.27)	850(1446.3.29)
734(1333.9.12)	773(1371.7.15)	812(1409.5.16)	851(1447.3.19)
735(1334.9.1)	774(1372.7.3)	813(1410.5.6)	852(1448.3.7)
736(1335.8.21)	775(1373.6.23)	814(1411.4.25)	853(1449.2.24)
737(1336.8.10)	776(1374.6.12)	815(1412.4.13)	854(1450.2.14)
738(1337.7.30)	777(1375.6.2)	816(1413.4.3)	855(1451.2.3)
739(1338.7.20)	778(1376.5.21)	817(1414.3.23)	856(1452.1.23)
740(1339.7.9)	779(1377.5.10)	818(1415.3.13)	857(1453.1.12)
741(1340.6.27)	780(1378.4.30)	819(1416.3.1)	858(1454.1.1)
742(1341.6.17)	781(1379.4.19)	820(1417.2.18)	859(1454.12.22)
743(1342.6.6)	782(1380.4.7)	821(1418.2.8)	860(1455.12.11)
744(1343.5.26)	783(1381.3.28)	822(1419.1.28)	861(1456.11.29)
745(1344.5.15)	784(1382.3.17)	823(1420.1.17)	862(1457.11.19)
746(1345.5.4)	785(1383.3.6)	824(1421.1.6)	863(1458.11.8)
747(1346.4.24)	786(1384.2.24)	825(1421.12.26)	864(1459.10.28)

865(1460.10.17)	904(1498.8.19)	943(1536.6.20)	982(1574.4.23)
866(1461.10.6)	905(1499.8.8)	944(1537.6.10)	983(1575.4.12)
867(1462.9.26)	906(1500.7.28)	945(1538.5.30)	984(1576.3.31)
868(1463.9.15)	907(1501.7.17)	946(1539.5.19)	985(1577.3.21)
869(1464.9.3)	908(1502.7.7)	947(1540.5.8)	986(1578.3.10)
870(1465.8.24)	909(1503.6.26)	948(1541.4.27)	987(1579.2.28)
871(1466.8.13)	910(1504.6.14)	949(1542.4.17)	988(1580.2.17)
872(1467.8.2)	911(1505.6.4)	950(1543.4.6)	989(1581.2.5)
873(1468.7.22)	912(1506.5.24)	951(1544.3.25)	990(1582.1.26)
874(1469.7.11)	913(1507.5.13)	952(1545.3.15)	991(1583.1.25)
875(1470.6.30)	914(1508.5.2)	953(1546.3.4)	992(1584.1.14)
876(1471.6.20)	915(1509.4.21)	954(1547.2.21)	993(1585.1.3)
877(1472.6.8)	916(1510.4.10)	955(1548.2.11)	994(1585.12.23)
878(1473.5.29)	917(1511.3.31)	956(1549.1.30)	995(1586.12.12)
879(1474.5.18)	918(1512.3.19)	957(1550.1.20)	996(1587.12.2)
880(1475.5.7)	919(1513.3.9)	958(1551.1.9)	997(1588.11.20)
881(1476.4.26)	920(1514.2.26)	959(1551.12.29)	998(1589.11.10)
882(1477.4.15)	921(1515.2.15)	960(1552.12.18)	999(1590.10.30)
883(1478.4.4)	922(1516.2.5)	961(1553.12.7)	1000(1591.10.19)
884(1479.3.25)	923(1517.1.24)	962(1554.11.26)	1001(1592.10.8)
885(1480.3.13)	924(1518.1.13)	963(1555.11.16)	1002(1593.9.27)
886(1481.3.2)	925(1519.1.3)	964(1556.11.4)	1003(1594.9.16)
887(1482.2.20)	926(1519.12.23)	965(1557.10.24)	1004(1595.9.6)
888(1483.2.9)	927(1520.12.12)	966(1558.10.14)	1005(1596.8.25)
889(1484.1.30)	928(1521.12.1)	967(1559.10.3)	1006(1597.8.14)
890(1485.1.18)	929(1522.11.20)	968(1560.9.22)	1007(1598.8.4)
891(1486.1.7)	930(1523.11.10)	969(1561.9.11)	1008(1599.7.24)
892(1486.12.28)	931(1524.10.29)	970(1562.8.31)	1009(1600.7.13)
893(1487.12.17)	932(1525.10.18)	971(1563.8.21)	1010(1601.7.2)
894(1488.12.5)	933(1526.10.8)	972(1564.8.9)	1011(1602.6.21)
895(1489.11.25)	934(1527.9.27)	973(1565.7.29)	1012(1603.6.11)
896(1490.11.14)	935(1528.9.15)	974(1566.7.19)	1013(1604.5.30)
897(1491.11.4)	936(1529.9.5)	975(1567.7.8)	1014(1605.5.19)
898(1492.10.23)	937(1530.8.25)	976(1568.6.26)	1015(1606.5.9)
899(1493.10.12)	938(1531.8.15)	977(1569.6.16)	1016(1607.4.28)
900(1494.10.2)	939(1532.8.3)	978(1570.6.5)	1017(1608.4.17)
901(1495.9.21)	940(1533.7.23)	979(1571.5.26)	1018(1609.4.6)
902(1496.9.9)	941(1534.7.13)	980(1572.5.14)	1019(1610.3.26)
903(1497.8.30)	942(1535.7.2)	981(1573.5.3)	1020(1611.3.16)

1021(1612.3.4)	1060(1650.1.4)	1099(1687.11.7)	1138(1725.9.9)
1022(1613.2.21)	1061(1650.12.25)	1100(1688.10.26)	1139(1726.8.29)
1023(1614.2.11)	1062(1651.12.14)	1101(1689.10.15)	1140(1727.8.19)
1024(1615.1.31)	1063(1652.12.2)	1102(1690.10.5)	1141(1728.8.7)
1025(1616.1.20)	1064(1653.11.22)	1103(1691.9.24)	1142(1729.7.27)
1026(1617.1.9)	1065(1654.11.11)	1104(1692.9.12)	1143(1730.7.17)
1027(1617.12.29)	1066(1655.10.31)	1105(1693.9.2)	1144(1731.7.6)
1028(1618.12.19)	1067(1656.10.20)	1106(1694.8.22)	1145(1732.6.24)
1029(1619.12.8)	1068(1657.10.9)	1107(1695.8.12)	1146(1733.6.14)
1030(1620.11.26)	1069(1658.9.29)	1108(1696.7.31)	1147(1734.6.3)
1031(1621.11.16)	1070(1659.9.18)	1109(1697.7.20)	1148(1735.5.24)
1032(1622.11.5)	1071(1660.9.6)	1110(1698.7.10)	1149(1736.5.12)
1033(1623.10.25)	1072(1661.8.27)	1111(1699.6.29)	1150(1737.5.1)
1034(1624.10.14)	1073(1662.8.16)	1112(1700.6.18)	1151(1738.4.21)
1035(1625.10.3)	1074(1663.8.5)	1113(1701.6.8)	1152(1739.4.10)
1036(1626.9.22)	1075(1664.7.25)	1114(1702.5.28)	1153(1740.3.29)
1037(1627.9.12)	1076(1665.7.14)	1115(1703.5.17)	1154(1741.3.19)
1038(1628.8.31)	1077(1666.7.4)	1116(1704.5.6)	1155(1742.3.8)
1039(1629.8.21)	1078(1667.6.23)	1117(1705.4.25)	1156(1743.2.25)
1040(1630.8.10)	1079(1668.6.11)	1118(1706.4.15)	1157(1744.2.15)
1041(1631.7.30)	1080(1669.6.1)	1119(1707.4.4)	1158(1745.2.3)
1042(1632.7.19)	1081(1670.5.21)	1120(1708.3.23)	1159(1746.1.24)
1043(1633.7.8)	1082(1671.5.10)	1121(1709.3.13)	1160(1747.1.13)
1044(1634.6.27)	1083(1672.4.29)	1122(1710.3.2)	1161(1748.1.2)
1045(1635.6.17)	1084(1673.4.18)	1123(1711.2.19)	1162(1748.12.22)
1046(1636.6.5)	1085(1674.4.7)	1124(1712.2.9)	1163(1749.12.11)
1047(1637.5.26)	1086(1675.3.28)	1125(1713.1.28)	1164(1750.11.30)
1048(1638.5.15)	1087(1676.3.16)	1126(1714.1.17)	1165(1751.11.20)
1049(1639.5.4)	1088(1677.3.6)	1127(1715.1.7)	1166(1752.11.8)
1050(1640.4.23)	1089(1678.2.23)	1128(1715.12.27)	1167(1753.10.29)
1051(1641.4.12)	1090(1679.2.12)	1129(1716.12.16)	1168(1754.10.18)
1052(1642.4.1)	1091(1680.2.2)	1130(1717.12.5)	1169(1755.10.7)
1053(1643.3.22)	1092(1681.1.21)	1131(1718.11.24)	1170(1756.9.26)
1054(1644.3.10)	1093(1682.1.10)	1132(1719.11.14)	1171(1757.9.15)
1055(1645.2.27)	1094(1682.12.31)	1133(1720.11.2)	1172(1758.9.4)
1056(1646.2.17)	1095(1683.12.20)	1134(1721.10.22)	1173(1759.8.25)
1057(1647.2.6)	1096(1684.12.8)	1135(1722.10.12)	1174(1760.8.13)
1058(1648.1.27)	1097(1685.11.28)	1136(1723.10.1)	1175(1761.8.2)
1059(1649.1.15)	1098(1686.11.17)	1137(1724.9.20)	1176(1762.7.23)

1177(1763.7.12)	1216(1801.5.14)	1255(1839.3.17)	1294(1877.1.16)
1178(1764.7.1)	1217(1802.5.4)	1256(1840.3.5)	1295(1878.1.5)
1179(1765.6.20)	1218(1803.4.23)	1257(1841.2.23)	1296(1878.12.26)
1180(1766.6.9)	1219(1804.4.12)	1258(1842.2.12)	1297(1879.12.15)
1181(1767.5.30)	1220(1805.4.1)	1259(1843.2.1)	1298(1880.12.4)
1182(1768.5.18)	1221(1806.3.21)	1260(1844.1.22)	1299(1881.11.23)
1183(1769.5.7)	1222(1807.3.11)	1261(1845.1.10)	1300(1882.11.12)
1184(1770.4.27)	1223(1808.2.28)	1262(1845.12.30)	1301(1883.11.2)
1185(1771.4.16)	1224(1809.2.16)	1263(1846.12.20)	1302(1884.10.21)
1186(1772.4.4)	1225(1810.2.6)	1264(1847.12.9)	1303(1885.10.10)
1187(1773.3.25)	1226(1811.1.26)	1265(1848.11.27)	1304(1886.9.30)
1188(1774.3.14)	1227(1812.1.16)	1266(1849.11.17)	1305(1887.9.19)
1189(1775.3.4)	1228(1813.1.4)	1267(1850.11.6)	1306(1888.9.7)
1190(1776.2.21)	1229(1813.12.24)	1268(1851.10.27)	1307(1889.8.28)
1191(1777.2.9)	1230(1814.12.14)	1269(1852.10.15)	1308(1890.8.17)
1192(1778.1.30)	1231(1815.12.3)	1270(1853.10.4)	1309(1891.8.7)
1193(1779.1.19)	1232(1816.11.21)	1271(1854.9.24)	1310(1892.7.26)
1194(1780.1.8)	1233(1817.11.11)	1272(1855.9.13)	1311(1893.7.15)
1195(1780.12.28)	1234(1818.10.31)	1273(1856.9.1)	1312(1894.7.5)
1196(1781.12.17)	1235(1819.10.20)	1274(1857.8.22)	1313(1895.6.24)
1197(1782.12.7)	1236(1820.10.9)	1275(1858.8.11)	1314(1896.6.12)
1198(1783.11.26)	1237(1821.9.28)	1276(1859.7.31)	1315(1897.6.2)
1199(1784.11.14)	1238(1822.9.18)	1277(1860.7.20)	1316(1898.5.22)
1200(1785.11.4)	1239(1823.9.7)	1278(1861.7.9)	1317(1899.5.12)
1201(1786.10.24)	1240(1824.8.26)	1279(1862.6.29)	1318(1900.5.1)
1202(1787.10.13)	1241(1825.8.16)	1280(1863.6.18)	1319(1901.4.20)
1203(1788.10.2)	1242(1826.8.5)	1281(1864.6.6)	1320(1902.4.10)
1204(1789.9.21)	1243(1827.7.25)	1282(1865.5.27)	1321(1903.3.30)
1205(1790.9.10)	1244(1828.7.14)	1283(1866.5.16)	1322(1904.3.18)
1206(1791.8.31)	1245(1829.7.3)	1284(1867.5.5)	1323(1905.3.8)
1207(1792.8.19)	1246(1830.6.22)	1285(1868.4.24)	1324(1906.2.25)
1208(1793.8.9)	1247(1831.6.12)	1286(1869.4.13)	1325(1907.2.14)
1209(1794.7.29)	1248(1832.5.31)	1287(1870.4.3)	1326(1908.2.4)
1210(1795.7.18)	1249(1833.5.21)	1288(1871.3.23)	1327(1909.1.23)
1211(1796.7.7)	1250(1834.5.10)	1289(1872.3.11)	1328(1910.1.13)
1212(1797.6.26)	1251(1835.4.29)	1290(1873.3.1)	1329(1911.1.2)
1213(1798.6.15)	1252(1836.4.18)	1291(1874.2.18)	1330(1911.12.22)
1214(1799.6.5)	1253(1837.4.7)	1292(1875.2.7)	1331(1912.12.11)
1215(1800.5.25)	1254(1838.3.27)	1293(1876.1.28)	1332(1913.11.30)

1333(1914.11.19)
1334(1915.11.9)
1335(1916.10.28)
1336(1917.10.17)
1337(1918.10.7)
1338(1919.9.26)
1339(1920.9.15)
1340(1921.9.4)
1341(1922.8.24)
1342(1923.8.14)
1343(1924.8.2)
1344(1925.7.22)
1345(1926.7.12)
1346(1927.7.1)
1347(1928.6.20)
1348(1929.6.9)
1349(1930.5.29)
1350(1931.5.19)
1351(1932.5.7)
1352(1933.4.26)
1353(1934.4.16)
1354(1935.4.5)
1355(1936.3.24)
1356(1937.3.14)
1357(1938.3.3)
1358(1939.2.21)
1359(1940.2.10)
1360(1941.1.29)
1361(1942.1.19)
1362(1943.1.8)
1363(1943.12.28)
1364(1944.12.17)
1365(1945.12.6)
1366(1946.11.25)
1367(1947.11.15)
1368(1948.11.3)
1369(1949.10.24)
1370(1950.10.13)
1371(1951.10.2)
1372(1952.9.21)
1373(1953.9.10)
1374(1954.8.30)
1375(1955.8.20)
1376(1956.8.8)
1377(1957.7.29)
1378(1958.7.18)
1379(1959.7.7)
1380(1960.6.26)
1381(1961.6.15)
1382(1962.6.4)
1383(1963.5.25)
1384(1964.5.13)
1385(1965.5.2)
1386(1966.4.22)
1387(1967.4.11)
1388(1968.3.31)
1389(1969.3.20)
1390(1970.3.9)
1391(1971.2.27)
1392(1972.2.16)
1393(1973.2.4)
1394(1974.1.25)
1395(1975.1.14)
1396(1976.1.3)
1397(1976.12.23)
1398(1977.12.12)
1399(1978.12.2)
1400(1979.11.21)
1401(1980.11.9)
1402(1981.10.30)
1403(1982.10.19)
1404(1983.10.8)
1405(1984.9.27)
1406(1985.9.16)
1407(1986.9.6)
1408(1987.8.26)
1409(1988.8.14)
1410(1989.8.4)
1411(1990.7.24)
1412(1991.7.13)
1413(1992.7.2)
1414(1993.6.21)
1415(1994.6.10)
1416(1995.5.31)
1417(1996.5.19)
1418(1997.5.9)
1419(1998.4.28)
1420(1999.4.17)
1421(2000.4.6)
1422(2001.3.26)
1423(2002.3.15)
1424(2003.3.5)
1425(2004.2.22)
1426(2005.2.10)
1427(2006.1.31)
1428(2007.1.20)
1429(2008.1.10)
1430(2008.12.29)
1431(2009.12.18)
1432(2010.12.8)
1433(2011.11.27)

찾아보기

가니마(al-Ghanīmah) 200
가브리엘(Gabriel, Jabrīl) 45, 66, 119
가잘리(al-Ghazālī) 216, 258
각운학(脚韻學) 240
간의(簡儀) 344
갈레노스(Ghalenos) 227
개경(開京) 200
개경장(開經章) 293
개운포(開雲浦) 333
개재절(開齋節) → 이둘 피트르
검과 붓의 거장 249
검은 눈 → 까라고즈
겁령구(怯怜口) 336
결정의 밤 → 라일라툴 까드르
『경고와 감독』(*al-Tanbīh wa'l Ishrāf*) 219, 220
경고자 91
경문 암송자 → 하피즈
경장(經藏) 85, 105
경제의 이슬람 188
경주 설씨(偰氏) 337
『계곡집(谿谷集)』 337
계림(鷄林) 337
계림로단검(鷄林路短劍) 325
계위자 → 칼리파
『고려사(高麗史)』 325, 335
『고려사절요(高麗史節要)』 335
「고린도전서」 276
고별연설 76, 79
고선지(高仙芝) 49
고수배(叩首拜) 96
고행설(苦行說) 124, 190, 270
공관(共觀)복음서 104
『공교요리』 105

공동체문화실체론 312
『공회문답』 105
과시의욕(誇示意慾) 273
광음파(光陰派) 92
괘릉(掛陵) 325
괴테(J. W. von Goethe) 62
『교리문답』 105
교의학(教義學) → 아끼다
『교훈의 서』(*Kitābu'l 'Ibrah*) 219
구빈세(救貧稅) 148
구쓸(al-Ghusl, al-Ghusul) 141
구제(救濟)예정설 131
『국가와 자유』(*al-Waṭan wa'l Hurriyah*) 255
국제적십자위원회(IRC) 58
굽은 율격 246
권유 → 만두브
궤배(跪拜) → 라크아
『귀족가계보』 218
『그것은 사랑이었던가』 250
그리피스(W. E. Griffis) 330
그림자극 255
『그림자의 환영(幻影)』(*Ṭayfu'l Khayāl*) 255
『근본적인 것, 진리의 증언』 316
금기(물) → 하람
금사(禁寺) 70, 146, 154, 155
금식 → 솨움
금식월 → 라마돤
『금언(金言)』 227
『금줄』(*Salāsil al-Dhahab*) 248
긴 율격 246
『길가메쉬』(*Gilgamesh*) 22
김해 342
까다리야파(al-Qadaryah) 129
까돠으(al-Qaḍā') 111, 122
까뒤(qāḍī) 40
까라고즈(Qaragoz) 255
까쉬다(복합정형장시) 246
까즈위니(al-Qazwīnī) 225
꼬메디 프랑쎄즈 254
꼬치구이 → 카바브
꾸라이쉬(Quraish) 부족 41, 65
꾸란(Quran) 87
꾸르드바(al-Qurṭubah)대학 212, 224
꾸르안(al-Qurān) 72
『꾸르안』(*al-Qurān*) 17, 68, 72, 85
꾸르안창조설 298
꾸바(Qubā') 75
끼야쓰(al-Qiyās) 175
나비(nabī') 72, 111, 120, 121
나뽈레옹(Napoléon Bonaparte) 62, 299
나세르(Jamāl 'Abdu'd Nāṣir) 153, 308
나스르(nathr) 240
나이(nāy) 259
나일의 시인 249
나즘(naẓm) 240
나지브 마흐푸즈(Najīb Maḥfūz) 253
나지크 말라이카(Nāzik al-Malāikah) 250
나파까(nafaqah) 284
나팔(al-Nafal) 151
나흐돠(nahḍah) 320
낙타가 바늘구멍에 들어가다 93
낭비하는 자는 사탄의 형제 198

내세(來世) → 아키라
네스토리우스(Nestorius)파 43, 52
『노래의 책』(*Kitābu'l Aghānī*) 250, 258
노력 지하드 180
노아 73, 121
노아의 방주 22
노예왕조 51
녹색혁명 27
논장(論藏) 85~86, 105
누금감옥(鏤金嵌玉) 261
느긋한 율격 246
니제르강(江) 51
니좌물 물크(Niẓāmu'l Mulk) 213
니좌미야(al-Niẓāmiyah)대학 213
니케아(Nicaea) 공의회(公議會) 113
닛야(al-Niyyah) 142
다룰 이슬람(Dāru'l Islām) 178
다룰 하르브(Dāru'l Ḥarb) 178
다마스쿠스지 24
다언요설(多言饒舌) 273
다우프(dauf) 259
다윗 22
다채장식양식(多彩裝飾樣式) 261
단떼(A. Dante) 70
단성론자(單性論者) 43, 68
단순인간 63
달리는 율격 246
당삼채(唐三彩) 262
대명력(大明曆) 343
대성(大聖) 121
대순례 → 핫즈
대식(大食) 333
대안문명(代案文明) 18, 322
대조회송축(大朝會頌祝) 339
대지하드 180
대표단의 해 79
덕수 장씨 336
덕수현(德水縣) 336
덕자궁(德慈宮) 336
도로(都老) 342
독경학(讀經學) 94
돔(qubbah) 264
『동굴 속의 사람들』(*Ahlu'l Kahf*) 256
동양의 빅토르 위고 248
동화(deliquescence) 327
돠이프(ḍa'īf) 101
두건 → 쿠피야
『두 첩』(*al-Darratān*) 255
두카(duhkha) 270
디르야(Dirya) 303
디오스코리데스(Discorides) 227
디완그룹(Jamā'atu'd Dīwān) 249
라마돤(Ramaḍān) 71, 151, 200
라바트 308
라쉬두 딘(Rashīdu'd Dīn) 341
라쉬드 리돠(Rashīd Riḍā) 311
라쑬룰 라(Rasūlu'l llāh) 45, 61, 72, 86, 111, 122, 138
라일라툴 까드르(Lailatu'l Qadr) 71, 151
라자즈(rajaz) 245
라지(al-Rāzī) 227, 228
라크아(al-Rak'ah) 96, 142
라트(al-Lāt) 42
라흐마(Raḥmah)산 157

「레위기」 103
레제드라마(Lesedrama) 256
로디(Lodi) 왕조 51
『로마의 시』(*al-Rūmiyāt*) 248
로만글라스(Roman glass) 261
로스(J. Ross) 330
루미(al-Rūmī) 216
루시디(S. Rushdie) 61
루제르 2세 224
루터(M. Luther) 62
뤼브뤽(W. Rubruck) 329
류트(lute) 259
르네쌍스(renaissance) 23
리바(ribā) 203
리바트(al-Ribāt) 182
마까마(al-Maqāmah) 243, 252
『마까마트』(*al-Maqāmāt*) 260
마깜(al-Maqām) 215
마끄디씨(al-Maqdisī) 223, 331
마나(Manāh) 42
『마나라』(*al-Manārah*) 311
마드라싸(al-madrasah) 263
마디나툿 나비(Madīnatu'd Nabī') 76
마룬 낙까쉬(Mārūn al-Naqāsh) 255
마르와(al-Marwah) 156
마스지드(al-Masjid) 56, 146, 263
마스지드 하람 → 금사(禁寺)
마싸르자와이흐(Māsarjawaih) 227
마쓰우디(al-Mas'ūdī) 218, 220
마아르리(al-Ma'arrī) 248
마 알라이쉬(Mā 'alaish) 271
마왈리(al-Mawālī) 49, 196
마울라나 알 마우두디(Maulānā al-Maudūdī) 305
마울리둣 나비(Maulīdu'd Nabī') 288
마으문(al-Ma'mūn) 212
마지막 예언자 91
마크루흐(al-Makrūh) 174
마튼(Matn) 101
마호메트교(mohammedism) 18
마호운드(mahound) 61
마흐디(al-Mahdī) 304
마흐디야국(al-Mahdiyah) 305
마흐디야운동(al-Mahdiyah) 303, 304
마흐르(mahr) 277
마흐무드 다르위쉬(Maḥmūd Darwīsh) 250
마흐무드 바루디(Maḥmūd al-Bārūdī) 249
만두브(al-Mandūb) 174
『만쑤르의 서』(*Kitābu'l Mansūr*) 228
만질(manzil) 96
말라카(Malacca)왕국 51
말라크(Malāk) 221
말리크 이븐 아나쓰(Malik Ibn Anās) 175
말리키야파(al-Malikiyah) 175
말일(末日) → 야우물 아키르
맘루크(al-Mamlūk) 171
『맘루크의 딸』(*Ibnatu'l Mamlūk*) 253
맘루크조 244
망궐례(望闕禮) 342
매매혼(賣買婚) 279
메디나(al-Madīnah) 41, 45
메디나헌장 46, 77
메카(Makkah) 41

명예살인(名譽殺人) 272
모세 22, 73, 121
모세 5경 86
모잠비크 51
몰약(沒藥) 335
무굴왕조 310
무굴(Mughul)제국 51
무깟파(al-Muqqafa') 251, 252
무돠라바(al-Muḍārabah) 205
무라바하(al-Murābaḥah) 206
무바흐(al-Mubāh) 174
무샤라카(al-Mushārakah) 206
무슬림(al-Muslim, 인명) 102
무슬림(muslim) 73
무슬림교육회의 310
무슬림들의 'IBM' 271
무슬림-아리스토텔레스파 216
무슬림형제단(al-Ikhwānu'l Muslimūn) 305
『무쓰나드 성훈집』 102
무아말라(mu'āmalah) 173
『무알라까트』(*al-Mu'allaqāt*) 246
무앗진(muadhdhin, adhīn) 144
무왓샤하트(al-Muwashshahāt) 243, 248
무으타질라파(al-Mu'tazilah) 298
무이자은행 187
무즈달파(al-Muzdalfah)산 157
무즈타히드(al-Mujtahid) 168
무타납비(al-Mutanabbī) 243, 248
무똴리브(al-Muṭallib) 66
무하지룬(al-Muhājirūn) 75
무함마드(Muḥammad) 19, 62, 73, 121
무함마드 싸누씨(Muḥammad al-Sanūsī) 304
무함마드 아흐마드(Muḥammad Aḥmad) 304
무함마드 압두(Muḥammad 'Abduh) 306, 309
무함마드 이끄발(Muḥammad Iqbāl) 309, 311
무함마드 하이칼(Muḥammad Haikal) 253
묵인성훈 100
문명유대체 349
문명접변(文明接變) 351
문명충돌론 327
문화결정론 309
문화교수(professeurs de civilization) 336
문화국수주의 33
물신신앙 42
미국성서연맹 316
미나(Minā) 157
미드파으(midfa') 24
미문학(美文學) 240
미으라즈(al-Mi'raj) 290
미으자나(mi'dhanah) 264
미즈마르(mizmār) 259
미즈하르(mizhar) 258
미카엘(Michael) 119
미흐라브(miḥrāb) 146, 264
민바르(minbar) 264
민법전(民法典) 278
민보(閔甫) 337
「민수기」 103
민족해방전선당 313
믿는 자들(al-Mu'minūn) 165
바그다드지 24
바그다드파 260

바까으(al-Baqā') 216
바누 싸이드(Banū Sa'īd) 부족 66
바다의 아들 200
바드르 싸야브(Badr al-Sayyāb) 250
바드르(Badr)전투 78, 119
바루디학파 249
바으스(ba'th) 320
바으스(ba'th)당 313
바이아(bai'ah) 79
바이톼르(al-Baiṭar) 230
반달리즘 15
반명예살인(反名譽殺人) 운동 272
발라주리(al-Balādhurī) 218
『밤의 끝에는 낮이』(*Ākhiru'l Lail Nahār*) 250
『방랑하는 맘루크』(*al-Mamlūku'd Shārid*) 253
배금물신주의(拜金物神主義) 300
범이슬람대회 346
범이슬람주의 299, 302, 307
범포(帆布) 333
베두인(Bedouin) 40, 66
베이컨(F. Bacon) 62
벨호(B. Velho) 331
벽소파 287
보나합(保那盒) 335
보수적 복음주의 318
복음서 86, 103
복음주의 318
볼가강(江) 50
볼떼르(Voltaire) 62
부가배(附加拜) 143
부분세정 → 우두으
부양 → 나파까
부카리(al-Bukhārī) 100, 102
『부카리 성훈실록』 103
부크라(bukrah) 271
부활(復活) → 야우물 끼야마
부활론(復活論) 126
부활의 장 126
부흐투리(al-Buḥturī) 248
부흥 320
분할순례 153
『불경(佛經)』(*the Sutras*) 85
불의자(不義者) 192
『불필요한 법칙』(*al-Lujzūmiyāt*) 248
비난 → 마크루흐
비명설(非命說) 271
비스밀라(Bismi'l llāh) 286
비언어적 의사소통 274
비옥한 초승달지역 43
『빈곤과 혁명의 책』(*Sifru'l Faqr wa'd Thaurah*) 250
뻬레네산맥 49
사건적 인물(eventual man) 63
사건 창조적 인물(event making man) 63
『4대 성서』 102
「사도행전」 104
사라 66
사마르칸드 344
사막의 아들 200
사변신학파(思辨神學派) 298
사속인(私屬人) → 겁령구
사우르(Thaur)산 75

『사자(死者)의 서(書)』(*Kitābu'l Mait*) 253
사탄 → 샤이퇀
사회적 인간 63
『삶의 비극, 그리고 인간을 위한 노래』(*Ma'sātu'l Ḥayāt wa'l Ughniyah li'l Insān*) 250
삼가(三哥) → 장순룡(張舜龍)
『삼국사기(三國史記)』 333
『삼국유사(三國遺事)』 333
상화(霜花) 339
색목인(色目人) 50, 336
샤리아(al-Sharī'ah) 100, 167, 173, 215
샤으비야(al-Sha'biyah) 273
샤이크(shaikh) 40
샤이퇀(al-Shayṭān) 116
샤피이(al-Shāfi'ī) 175, 176
샤피이야파(al-Shāfi'īyah) 176
샤하다(al-Shahādah) 136, 137
서구문명 중심주의 352
『서기들에게 보내는 서한』 251
『서설(序說)』(*al-Muqaddimah*) 219
서투르키스탄 49
『선지자 약전』 217
선한 진느(Jinn) 292
설손(偰遜) 337
설적(薛炙) 339
'섬의 나라 까우레' 329
『성경(聖經)』(*the Bible*) 85
성문도반(聖門徒伴) → 솨하바
성문보사(聖門輔士) → 안솨르
성문천사(聖門遷士) → 무하지룬
성법학(聖法學) → 샤리아
성사(聖寺) 146
성사(聖使) → 라쑬룰 라
『성사전(聖使傳)』(*Sīrat Rasūlu'l llāh*) 64
성서비판학 316
성선설(性善說) 124, 190, 270
성악설(性惡說) 124, 190, 270
성전 지하드 180, 181, 191
성지순례 → 핫즈
성차관(性差觀) 281
성차심리(性差心理) 279
성천(聖遷) → 히즈라
성훈학(聖訓學) → 하디스
세계이슬람대회 308
『세계인명사전』 62
세네갈강(江) 51
세밀화(miniature) 260
세스뻬데스(G. de Cespedes) 329
세정(洗淨) 287
『세종실록(世宗實錄)』 342
셈족 286
셰익스피어(W. Shakespeare) 62
소돔 22
소말리아 51
소목(蘇木) 335
소순례 → 옴라
소지하드 180
손익분배제도 205
솔로몬 22
송도 설씨(薛氏) 339
솨다까(al-Ṣadaqah) 146, 199
솨움(al-Ṣaum) 136, 148, 271

쇼파(al-Ṣafā) 156
쇼하바(al-Ṣaḥābah) 76, 167
쇼흐와(ṣaḥwah) 320
쇼히흐(ṣaḥīḥ) 101
쇌라(al-Ṣalāh) 139
수구학파 249
수사학(修辭學) 240
수시력(授時曆) 343
『수전노』(*al-Bakhīl*) 255
『수전노들』(*al-Bukhalā'*) 252
수피즘(sufism) 215, 257
순수한 쌀라프 302
쉬아파(al-Shī'ah) 31
쉬으르 (shi'r) 245
쉬프르(ṣifr) 232
슈라(al-Shūrah) 167
슈크리(Shukrī) 249
슈펭글러(O. Spengler) 18
스타디아(stadia) 221
스트라본(Strabon) 23
슬슬(瑟瑟) 334
승천절(昇天節) 290
『시대견문』(*Akhbāru'd Zamān*) 219
시르강(江) 49
시운학(詩韻學) 240
신고전주의 학파 249
『신곡』(*La Divina Commedia*) 70
신과의 합일 216
「신명기」 103
신부값(bride price) → 마흐르
신분상속제 195
신비주의 → 수피즘
신숙주(申叔舟) 345
신시(新詩)운동 250
신앙증언 → 사하다
신의 오른손 71
신인양성론(神人兩性論) 68
신황화(新黃禍) 347
실천 5주 → 아르칸
심신의학법(psychosomatic medicine) 229
『10대 안과론』 227
싸누씨야운동(al-Sanūsiyah) 303
싸다트(M. A. Sadat) 312
싸이(al-Sā'ī) 156
싸이드 아흐마드(Sa'īd Aḥmad) 309, 310
싸이드 이븐 아쉬(Sa'īd Ibn 'Āshī) 88
싸즈아(saj'a) 245
싸파흐(al-Safāh)사원 212
싸하르(sahar) 273
쌀라프(al-Salaf) 302
쌀라피야(al-Salafiyah)운동 298, 302
쌀주끄 왕조(al-Saljuq) 213
쌈으(al-Sam') 257
「쌍화점(雙花店)」 325, 339
쑤라(sūrah) 89
쑤유티(al-Suyūṭī) 98
쑤프(sūf) 215
쑨나(al-Sunnah) 86
쑨니파(al-Sunnah) 130
씨저(G. J. Caesar) 62
씨칠리아 섬 224
아끄바(al-'Aqbah) 75
아끄바('Aqbah) 돌산 157
아끄바 충성서약(Bī'atu'l 'Aqbah) 75

아끼까('aqīqah) 287
아끼다(al-'Aqīdah) 215
아나톨리아 42
아노미(anomie)현상 32
아다브(adab) 239, 240
아담 22, 73, 121
아들('adl) 168
아라끄(araq) 340
아라베스끄(arabesque) 261
아라비아숫자 24
『아라비안나이트』 243
아라킬 340
아라파트('Arafāt)산 157
아락주 340
아랄길주(阿剌吉酒) 340
『아랍 및 이민족사』(*al-Tārīkh fi Akhbāri'l Umami mina'l 'Arab wa'l 'Ajam*) 219
아랍시대 40
아랍인의 『일리아드』 252
아랍제국 시대 19
아론(Aron) 227
아르메니아 48, 88
아르칸(al-Arkān) 111, 136, 159
아리스토텔레스(Aristoteles) 23, 62, 216
아멘(Amen) 22
아미나(Amīnah) 66
아민(amīn) 68
아부 누와쓰(Abū Nuwās) 243, 248
아부 라하브(Abū Raḥāb) 74
아부 바크르(Abū Bakr) 75, 88
아부 샤디(Abū Shādī) 249
아부 탐맘(Abū Tammām) 248
아부 뛀리브(Abū Ṭālib) 67, 74
아부 하니파(Abū Ḥanīfah) 175
아부 하디드(Abū Ḥadīd) 253
아불 아타히야(Abu'l Atāhiyah) 248
아브라함 65, 73, 121, 156~58
아브라함의 발자국 155
아비 까비쓰(Abī Qābis)산 156
아비뇽 49
아뽈로그룹(Jamā'at Apollo) 249
아소카 왕 52
아우구스티누스(Augustinus) 214
아우스 75
아으라프(al-A'rāf) 128
아잔(adhān) 257
아제르바이잔 88
아즈하르(al-Azhar)대학 213, 306, 310
아치 265
아크탈(al-Akhṭal) 247
아키라(al-Ākhirah) 122
아흐마드 샤우끼(Aḥmad Shauqī) 249
아흐마드 이븐 한발(Aḥmad Ibn Ḥanbal) 176, 298
아흘란 와 싸흘란(Ahlan wa Sahlan) 291
『악마의 시』(*The Satanic Verses*) 61
악한 진느(Jinn) 292
안달루시아(al-Andalusiya) 212, 243
안쏴르(al-Anṣār) 76, 88
안식향(安息香) 334
안타라 252
『안타라 전기』(*Sīrat 'Antarah*) 252
알라(신) 플러스 혁명 313
알라 아을람(Allāh a'lam) 70, 118

알라의 유일성 → 타우히드
알라의 집 → 카으바
알락 340
알레포 262
알렉산더(알렉산드로스) 23
알리('Alī) 67
알리 아크바르('Ali Akbar) 345
알키 340
알 키미야(al-kimiyā') 234
암소의 장 95~96
압두 하미드 2세('Abdu Ḥamīd II) 307
압둘가푸르(Abdulgafur) 348
압둘라('Abdu'l llāh) 66
압둘 라쉬드 이브라힘('Abdu'l Rashīd Ibrāhīm) 347
압둘 와하브('Abdu'l Wahāb) 174, 302
압둘 와하브 바야튀('Abdu'l Wahāb al-Bayāṭī) 250
압바스(al-'Abbāsiya)조 48
압바스(시대) 문학 243
압바스('Abbās, ?~994) 229
앗쌀람 알라이 쿰(Ad-salām 'alai kum) 291
앙부일구(仰釜日晷) 344
앙카라학교 348
야스리브(Yathrib) 74
야우물 끼야마(Yaumu'l Qiyāmah) 122
야우물 아키르(al-Yaumu'l Ākhir) 122
야으꾸브 쏸누으(Ya'qūb Ṣannu') 255
야행승천(夜行昇天) → 이쓰라 와 미으라즈
야화(夜話) → 싸하르
『약물지(藥物志)』(*al-Jāmi'o Li'lmufradāti'l Adawiyah wa'l Aghedhiyah*) 227, 230
『약초학』(*al-Maghnā fi'l Adawiyati'l Mufradah*) 230
『약품의 대용』 227
얌니아(Jamnia) 104
언어성훈 100
에뎃사 52
여신불성불(女身不成佛) 274
『역대 선지자와 제왕의 역사』 218
『역사대전(歷史大全)』(*Kitābu'l Kāmil fi'd Tārikh*) 218
역사적 인간 63
연금술(鍊金術) 233
연단술(煉丹術) 233
연산부원군(燕山府院君) 337
연속순례 153
연옥(煉獄) → 아으라프
연파(延播) 351
열라자(悅羅慈) 335
열성(列聖) 121
『열정』(*al-Ḥamāsah*) 248
염습(殮襲) 288
영웅시대 40
영-인 원탁회의 311
영존(永存) → 바까으
영혼 → 진느
『영혼의 귀환』('*Audah al-Rūh*) 253
영회(縈廻) → 톼와프
예궁(禮宮) 339
예루살렘 70
예배인도자 → 이맘
예수 73, 121

예술의 여왕 263
예언자 → 나비
예정론(豫定論) 90
오라비(al-'Orabī)봉기 310
오르와툴 우스까(al-'Orwātu'l Uthqā) 306, 310
오른손 문화 286
오리바시우스(Oribasius) 227
오마르('Omar) 48, 88
오보에 → 미즈마르
오스만('Othmān) 48, 88
오스만('Othmān)본 89
오스만 투르크 172
오시리스(Osiris) 253
오우베르케르크(Ouwerkerck)호 330
5주(柱) → 아르칸
5주관(柱觀) 136
오행설 328
옴라(al-'Omrah) 153
옷자(al-'Ozzā) 42
와싸퇴야(al-Wasāṭiyah) 131, 319
와지브(al-wājib) 98, 174
와하니(al-Wahānī) 129
와하비야운동(al-Wahābiyah) 302
왈리드(Walīd) 49
왈리드 1세(al-Walīd I) 230
왓트(W. M. Watt) 317, 352
왕관 없는 왕 77
『왕오천축국전(往五天竺國傳)』 333
『왕의 서』(*kitābu'l Malik*) 229
용연향(龍涎香) 225, 332
우두으(al-Uḍū') 141
우드('ud) 259
우마위야시대 문학 242
우마위야(al-Umawiyah)조 48, 167
우술리야(al-Uṣūliyah) 317
우왕(禑王) 338
우후드전투 78
움마(al-Ummah) 19, 45, 77, 302
웅천항(熊川港) 329
원사(遠寺) 70, 146
원성왕(元聖王) 334
위구르 337
위구르문자 344
위안 → 타으지야 255
위훈(僞訓) 101
유일신관 21
유추 → 끼야쓰
유클리드(Euclid) 23
유향(乳香) 334
육계(肉桂) 333
『6대 성훈집』 102
6신(信) 5주(柱) 91
『윤리개혁자(倫理改革者)』 310
율장(律藏) 85, 105
융합(fusion) 327
『은둔의 나라 한국』(*Corea, the Hermit Nation*) 330
은둔학(隱遁學) → 일물 바톼니야
은자(隱者)의 나라 26
음악의 경청 257
『음악전서』(*Kitābu'l Mūsīqī'l Kabīr*) 258
응방(鷹坊) 338
의견주석학(意見註釋學) 98

의무 → 와지브
의무배(義務拜) 142
의무적 자카트 146, 199
『의사의 길잡이』 228
『의학개관』 227
『의학대전(醫學大全)』(*al-Kuliyāt fi'd Ṭibb*) 230
『의학의 제문제』 227
『의학전범(醫學典範)』(*al-Qānūn fit Ṭibb*) 229
『의학집성(醫學集成)』(*Jāmi'o'l Haṣīd*) 228
『의학총론』 227
2대 진본 102
이둘 아드하(Īdu'l Adḥā) 144, 151, 158, 288
이둘 피트르('Īdu'l fiṭr) 144, 151, 200, 288
이드리씨(al-Idrīsī) 223, 304, 331
이르드('irḍ) 272
이만(Imān) 111
이맘(al-Imām) 56, 144
이맘본 89
이므룰 까이쓰(Imru'l Qays) 246
이바다('Ibādah) 111, 136, 173
이브 22
이븐 다니얄(Ibn Dāniyal) 255
이븐 루슈드(Ibn Rushd) 217, 230
『이븐 바투타 여행기』 244
이븐 벨라(Ibn Ballah) 314
이븐 씨나(Ibn Sīnā) 217, 229
이븐 아라비(Ibn al-'Arabī) 98, 216
이븐 아미드(Ibn al-'Amīd) 252
이븐 아시르(Ibn Athīr) 218
이븐 이드리씨(Ibn al-Idrīsī)
이븐 이쓰하끄(Ibn Isḥāq) 64, 217
이븐 주바이르(Ibn Zubair) 88
이븐 칼둔(Ibn Khaldūn) 219, 240, 273
이븐 쿠르다지바(Ibn Khurdadhibah) 333
이븐 타이미야(Ibn al-Taimiyah) 302
이븐 하우깔(Ibn Ḥauqal) 223
이븐 한발(Ibn Ḥanbal) 100, 101
이븐 히샴(Ibn Hishām) 64~65
이블리쓰(Iblīs) 119
이성주의파(理性主義派) 129
이순지(李純之) 343
이스라엘식 주석학 98
이스마엘 65, 66, 156, 158
이슬람(al-Islām) 17
이슬람 경제 연구를 위한 국제쎈터 188
이슬람 경제에 관한 국제회의 188, 189
이슬람국가 수뇌자회의 308
이슬람 근본주의 315, 316
『이슬람 근본주의와 모더니즘』 317
이슬람글라스 261
이슬람대회 308
이슬람문명권 18, 329
이슬람법 → 샤리아
이슬람 사회주의 312
이슬람세계연맹 308
이슬람시대 문학 242
이슬람연맹(al-Jāmi'atu'l Islamya) 305
이슬람영역 → 다룰 이슬람
이슬람 원리주의 316
이슬람은행과 경제를 위한 연수원 188

이슬람적 중용조류(中庸潮流) 319
이슬람 전통주의 302
이슬람제국 19
이슬람 초기 문학 242
이슬람 현대주의 309
이슬람회의기구(IOC) 163
이시스(Isis) 253
이쓰나드(isnād) 101
이쓰라 와 미으라즈(Isrā' wa Mi'rāj) 69~70, 146
이쓰라일(Isrāīl) 119
이쓰라필(Isrāfil) 119
이쓰티카라(istikhārah) 293
이쓰파하니(al-Iṣfahānī) 250
이쓰하끄(Isḥāq, 850~932) 227, 228
이야기(Qiṣṣah)문학 252
이주(移住)문학파 249
이중 진리설 217
이즈마으(al-Ijmā') 167, 175
『이집트 신사』(*Ghandūr Miṣr*) 255
이집트의 몰리에르(Molière) 255
이크와(ikhwah) 57
이프타르(Ifṭār) 150
이흐람(al-Iḥrām) 153, 286
이흐싼(al-Ihsān) 111
인간평등선언 170
「인도 숫자에 대한 카와리즘의 서」→「집합과 분할의 서」
인샬라(In Shā'l Llāh) 271, 272
일릭서(elixir) 233
일뭄 바톼니야(al-'Ilmu'l Baṭaniyah) 215
일뭇 타프씨르('Ilmu'd Tafsīr) 96
일부다처제(一夫多妻制) 283
일성정시의(日星定時儀) 344
일칸국(Il Khan) 24
일칸천문표(Zīj Ilkhān) 221
임천(林川) 이씨 337
자격루(自擊漏) 344
자기소멸 → 파나으
자리르(Jarīr) 247
자말룻 딘 아프가니(Jamālu'd Dīn al-Afghānī) 306
자문화중심주의 33
자발적 자카트 → 쇠다까
자브르(al-Jabr) 232
자비르 이븐 하얀(Jābir Ibn al-Ḥayān) 233
자연의 기형아 62
자원민족주의 202
자위야(al-Zāwiyah) 304
자유 → 홀리야
자으파룻 쇠디끄(Ja'faru'd Ṣadīq) 98
『자이나브』(*Zainab*) 253
자이드(Zaid) 88
자이드 이븐 사비트(Zaid Ibn Thābit) 88
자카트(al-Zakāt) 136, 146, 199
자한남(al-Jahannam) 126
자히즈(al-Jāḥiẓ) 252
자힐리야(al-Jāhiliyah)시대 40, 242
자힘(al-Jaḥīm) 126
『작가 이브라힘』(*Ibrābīm al-Kātib*) 253
잔나(al-Jannah) 126
잔지바르 218
잠잠(Zamzam) 66, 155
장구 → 톼브르 259

장단론 90
장로회 40
장말 339
장말도당굿 339
장수(長壽) 337
장순룡(張舜龍) 336
장양(張良) 337
장유(張維) 337
장정(張珽) 337
재림 이맘 304
재산상속제 195
『저녁』(*al-Masā*) 249
전승주석학(傳承註釋學) 97
전신세정 → 구쓸
전쟁영역 → 다룰 하르브
전통부활학파 249
점복(占卜) → 이쓰티카라
점파(點播) 351
정경(停經) 97
정교일치(政敎一致) 164
정명(定命, al-Qadr) 111, 128
정명관(定命觀) 270
정명파(定命派) → 까다리야파
정복의 해 47
정의 → 아들
정인지(鄭麟趾) 343
정조 → 이르드
정체문명(停滯文明) 320
정통 칼리파(al-Khalīfah) 시대 19, 242
정통파 → 쑨니파
제국(齊國)공주 336
『제도로 및 제왕국지』(*Ktābu'l Masālik wa'l Mamālik*) 333
제도종교(institutionalized religions) 274
제8대 불가사의 27, 349
조각의 '부재론' 261
『조선왕조실록』 342
조선의 이슬람력 343
존명사(尊命詞) 154
존무사(存撫使) 337
『종교근원설』(*al-Maqālāt fi Usūli'd Diyānāt*) 219
종교기금 196
종교부금(宗敎賦金) → 자카트
종교유대체 349
종교의 혼효(混淆) 39
『종교학의 부활』 258
주누와스(Dhūnuwās) 왕 42
주둔(駐屯) → 리바트
주르지 자이단(Jurjī Zaidān) 253
주석학(註釋學) → 타프씨룰 꾸르안
『주역(周易)』 282
준디 샤푸르(Jundi Shapūr) 226
준디 샤푸르(Jundi Shapūr) 의학원 226, 230
준몽골인 337, 341
『중국과 인도 소식』(*Akhbāru'd Ṣīn wa'l Hind*) 330
중도관(中道觀) 131, 270
중왕국시대 22
중용사상(中庸思想) 319
중용사상 → 와싸튀야
증언사(證言詞) 137
『지구상(地球像)』(*Sūratu'l Ard*) 223

『지구의 형태』(*Shaklu'l Ard*) 222
지구촌(global village) 37
지구화(globalization) 37
지브롤터해협 49
지성(至聖) 121
지야라(al-Ziyārah) 153
지옥 → 자한남
지저귀는 율격 246
지즈야(jizyah) 197
지참금(持參金, dowry) 277
지하드(al-Jihād) 77, 179
지혜의 집(Baitu'l Ḥikmah) 212, 227
진느(Jinn) 42, 112, 115, 292
진느장 116
『진리의 숲』(*Ghābah al-Ḥaqq*) 253
진인사대천명(盡人事待天命) → 인샬라
진훈(眞訓) 101
질바브(jilbāb) 285~86
질주 → 싸이
짐마(al-Dhimmah) 49
『집사』(*Jami'o'd Tawārīkh*) 341
「집합과 분할의 서」(kitābu'l Jabr wa'l Muqābalah) 232
차가타이 51
'참정신' 의 회복 302
「창세기」 103
『창세와 역사서』(*Ktābu'l Bad' wa'd Tārīkh*) 331
채후지(蔡侯紙) 24
처용(處容)설화 332
처용암(處容巖) 325
천계법(天啓法) 173
천국은 어머니의 발 밑에 있다 281
천년왕국운동 316
천당 → 잔나
『천문학 입문』(*Shaklu'l Quṭā'a*) 221
천사(malāk) 111, 118
『천애 횡단 갈망자의 산책』(*Nuzhatu'l Mushtāq fi Ikhtirāqi'l Afāq*) 223
『천연두와 홍역』(*al-Ḥosbah wa'l Judarī*) 228
『천일야화』(*alf laylah wa laylah*) 252
첨의참리(僉議叅里) 336
첨탑 264
청화백자(青華白磁) 344
'초기 이슬람정신의 회복' 운동 304
초피 333
최노성(崔老星) 338
최상의 예배는 노동 194
최후심판(最後審判) → 까돠으
「출애굽기」 103
충렬왕(忠烈王) 336
충선왕(忠宣王) 336
충성서약 → 바이아
충혜왕(忠惠王) 338
취성(取姓)관행
친족애착정신 → 샤으비야
7기후대설 222
7대 메이저 299
7대 송독가 95
『칠정산내외편(七政算內外篇)』 343
7지대설(地帶說) 222
침향 333
카디자(Khadījah) 45, 67

카라즈(kharāj) 196
카라치 308
카르타고 종교회의 104
카르툼(al-Kharṭūm) 305
카바브(kabāb) 286
카스트제도 38
카얄룰 쥘르(Khayālu'l Ẓill) 255
카올리(Kao-li) 341, 345
카와리즈미(al-Khawārizmī) 214, 222, 231
카으바(Ka'bah) 42, 66, 68
카즈라즈(al-Khazraj)족 75
카타피(Mu'ammar al-Qadhāfī) 314
카힌(kāhin) 40
칸다끄전투 78
칸디(al-Kandī) 216, 258
칼라일(T. Carlyle) 62
칼리파(al-Khalīfah) 165
『칼릴라와 딤나』(*Khalīlah wa Dimnah*) 251
칼릴 무트란(Khalīl al-Mutrān) 249
칼릴 지브란(Khalīl Jibrān) 249
칼케돈(Chalcedon) 공의회(公議會) 113
코끼리의 해 65
코란(Koran) 87
쿠빌라이 340
쿠피야(kūfiyah) 285
『키타이서』(*Khitayname*) 345
킬라파(al-Khilāfah)제 49, 56, 167, 171, 299
킬지(Khilji) 왕조 51
킵착(Kipchak)칸국 50
타 우프(al-Taṣauuf) 215
타쓰미야(tasmiyah) 94
타우피끄 하킴(Taufiq al-Ḥakīm) 253, 256
타우히드(al-Tauḥīd) 111
타으지야(Ta'ziyah) 255
타이밈(al-Taimīm) 142
타일러(E. B. Tylor) 115
타자(他者) 274
타즈마할(Tāj Mahal)릉 263
타프리까(tafriqah) 279
타프씨룰 꾸르안(Tafsīru'l Qurān) 215
탈라쓰(Talās)전투 49
탬버린 → 다우프 259
토마스 아퀴나스(Thomas Aquinas) 30, 318
토인비(A. J. Toynbee) 18
토장(土葬) 288
톱카피(Topkapi)궁전 263
톼리까(al-Ṭarīqah) 215
톼바리(al-Ṭabarī) 98, 218
톼브르(ṭabr) 259
톼와프(ṭawāf) 154
톼이프(Ṭā'if)족 74
톼흐 후싸인(Ṭah Ḥusain) 253
투글루끄(Tughluq)조 51
투씨(al-Tūsī) 221
퉁소 → 나이 259
『퉈바 항쟁』(*Kifāh Ṭībah*) 253
티무르(Timūr)제국 50
파나으(al-Fanā') 216
파라비(al-Farābī) 217, 258
파라오 22
파라즈다끄(al-Farazdaq) 247
파생학(派生學) 240
파이으(al-Fai') 200

『파쿠리』(*al-Fākhūrī*) 248
파튀마(Fāṭimah) 67, 170
판느(fann) 239
팔레스타인 42
팔싸파(al-Falsafah) 216
페르시아 도기 262
페르시아 삼채(三彩) 262
평양부윤(平壤府尹) 337
평택(平澤) 337
프란씨스 마르라쉬(Francis Marrāsh) 252
프레스꼬 벽화 260
프로테스탄트 316
프톨레마이오스(K. Ptolemaeos) 221
플라톤(Platon) 23, 62
피끄흐(al-fiqh) 175
피르다우스(al-Firdaus) 126
『피조물의 기적과 존재물의 기이』(*'Ajāibu'l Makhlūqāt wa Ghrāibu'l Maujūdāt*) 225
피타고라스(Pythagoras)
필요는 금지에 우선한다 204
하갈 65, 156
하나피야파(al-Ḥanafiyah) 175
하니프(Hanīf) 43
하디스(al-Ḥadīth) 215
『하디스』(*al-Ḥadīth*) 86, 100
하람(al-Ḥarām) 58, 94, 286
하렘제도(harem system) 274
하리리(al-Harīrī) 252
하리스 이븐 가르다(Ḥārith Ibn Ghardah) 226
하바쉬(al-Ḥabash) 73
하선(夏詵) 335
하쉼(al-Hāshim)가 45, 65
하싼(Ḥasan) 101, 304
하싼 알 반나(Ḥasan al-Bannā) 305
하와진(al-Hawāzin) 부족 41
하외지역(河外地域) 49
하킴(ḥākim) 40
하프쏴(Ḥafṣah) 88
하피즈(al-Hāfiẓ) 88
하피즈 이브라힘(Ḥāfiẓ Ibrāhīm) 249
학문은 멀리 중국에까지 가서라도 구할지어다 213
『학문의 열쇠』(*Mafātību'l 'Ulūm*) 214
『한국역사』(*History of Corea*) 330
한국이슬람중앙회 349
한국이슬람협회 349
한발리야파(al-Ḥanbaliyah) 176
한성부판관(漢城府判官) 337
한침반(旱鍼盤) 25
할례(割禮) 272, 288
할리마(Ḥalimah) 66
함둘 릴라(al-Ḥamdu'l lillāh) 75
함브라(al-Ḥambra)궁전 263
합의제 → 이즈마으
핫즈(al-Ḥajj) 136, 151, 153, 154
행위무능자(行爲無能者) 277
행위성훈 100
허용 → 무바흐
헌강왕(憲康王) 333
헤르더(J. G. Herder) 71
헬레니즘(Hellenism)문화 23
혁신주의(al-tajdīd)

협의제 → 슈라
혜초(慧超) 333
호가(胡歌) 340
호메이니(Khomeini)
호무(胡舞) 340
호악(胡樂) 340
호적(胡笛) 340
호탄(Hotan) 345
혼천의(渾天儀) 344
홀리야(ḥoriyah) 169
확산종교(diffused religions) 274
『황금초원과 보석광』(*Murūju'd Dhahab wa Ma'ādinu'l Jauhar*) 218, 220
회골(回鶻) → 위구르
회교(回教) 18
회청(回靑) 344
회회노인(回回老人) 342
회회사문(回回沙門) 342
회회승도(回回僧徒) 342
회회청(回回靑) → 회청
후궁 격리제도 → 하렘제도
후나인 이븐 이쓰하끄(Hunain Ibn Isḥāq) 227
후자이파(Ḥudhaifah) 88
흉안(凶眼) 155 288, 294
흑의대식(黑衣大食) 285
흠성(欽聖) 121
흥덕왕(興德王) 334
희생절 → 이둘 아드하
희소식 전달자 91
히라(Ḥirā')동굴 45, 68
히미리야(Ḥimiriyah) 왕조 42
히쓰비(al-Ḥisbah) 196
히자브(ḥijāb) 285
히즈라(al-Hijrah) 19, 40, 45, 75
히포크라테스(Hippocrates) 227